让孩子
学会做人的故事全集

RANG HAI ZI XUE HUI ZUO REN DE GU SHI QUAN JI

◎总主编：滕　刚
◎主　编：刘英俊　刘光全
◎副主编：周润华　王关淘

花山文艺出版社

图书在版编目(CIP)数据

让孩子学会做人的故事全集 / 刘英俊主编. -- 石家庄 : 花山文艺出版社, 2007.09(2021.8 重印)
（阳光少年励志书系 / 滕刚主编）
ISBN 978-7-80755-159-1

Ⅰ. ①让… Ⅱ. ①刘… Ⅲ. ①故事 – 作品集 – 世界 Ⅳ. ①I14

中国版本图书馆 CIP 数据核字(2007)第 138005 号

丛 书 名：阳光少年励志书系
总 主 编：滕　刚
书　　名：让孩子学会做人的故事全集
主　　编：刘英俊　刘光全

策　　划：张采鑫
责任编辑：于怀新
责任校对：李　鸥
特约编辑：李文生
装帧设计：红十月工作室
出版发行：花山文艺出版社（邮政编码：050061）
　　　　　（河北省石家庄市友谊北大街 330 号）
销售热线：0311-88643221
传　　真：0311-88643234
印　　刷：永清县晔盛亚胶印有限公司
经　　销：新华书店
开　　本：720×1020　1/16
字　　数：460 千字
印　　张：23.5
版　　次：2007 年 10 月第 1 版
　　　　　2021 年 8 月第 2 次印刷
书　　号：ISBN 978-7-80755-159-1
定　　价：78.00 元

长成一棵伟岸的大树

□ 马　德

一天早上，一个小男孩蹲在一茎草叶面前，草叶上，是一颗圆圆的露珠。小男孩一边欣赏着这滴露珠，一边把双手摊开，静候在草叶下。

男孩略有些忧伤地说："妈妈，露珠快掉了。"

母亲说："你把双手放在草叶下面，还是阻止不了露珠在这个世界上消失的命运啊。"

男孩只说了一句话，却让母亲回味了许久：

"妈妈，我只是想，它落下来的时候，别摔疼了它。"

一只蝉在水泥路面上仰躺着，振动着翅膀，想翻转过身体来，几次挣扎都没有成功。一个小女孩蹲下身子，盯着它看了一会儿；然后，她便很小心地轻捏住它的身子，把它翻转了过来。

路上是来来往往的行人。

"秋天了，恐怕它活不长了吧。"这是一个大人的声音，含着经历了岁月之后的无奈和苍凉。小女孩缓缓站起来，一转身，把蝉放到路边一棵粗糙的梧桐树干上。然后，女孩像是回答，又像是自言自语："它还会活着的，你听风中，它们还在歌唱。"

这是我所写的文章中的两个片断，其实，我在写的时候，对这两个孩子充满着敬意，只为他们心中如花绽放的善念。

在我看来，一个孩子，若心中生了善念，就像是在成长的路上撒下了种子，不仅生活会为她的人生长出满眼的苍翠，更重要的是，整个世界都会因了这葱茏和苍翠的善而悄悄发生改变。

善，是做人之始。人类的厚道、正直、公允、谦和都萌发在这胚芽之中，然后，才长成参天大树。我们能够听到最美妙的天籁，就是时间的风，呼啸掠过这树梢发出的声音。

这声音绵延悠长，不绝如缕，才是世界生生不息的原动力。

先做人，后做事。尘世为人类开启的第一扇门，是道德之门。学会做人，就是在道德的规范内行事。这扇门的背后，道德的山水萦绕、白云出岫、百鸟和鸣。一个人，从孩提时代开始，只有经历道德的熏陶与惠泽，才能真正出落为一个优秀的人，一个顶天立地的人。

道德于人，不是一种约束，而是一种规范。道德是阳光、是烛火，它驱散人心中的黑暗与阴霾，引领人走向灿烂和光明；道德也是月光的清辉，弥散在心灵的原野，让心变得澄澈纯净，不染杂尘。所以，对一个人来说，学会做人的本质，不是颠覆，而是拯救；不是改变，而是完善。只有懂得做人的人，才能与这个社会完美地融入。

人类的迷失，最容易从童年开始。后一个脚印的迷失，是从前一个脚印开始的。蹒跚的步履中，不是没有方向，而是有许许多多方向。迈步走向哪里，看起来只是一小步，却是成长的一大步，甚至是人生至关重要的一步。所以，做一个怎样的人，是一个人从小就要确立的目标和方向。

沙滩上的足迹，可以被海浪抚平；大地上的脚印，可以被狂风吹没。然而，人生的路，走错了，却不能返回来重走。只有从小就学会做人的人，才会在正确的道路上，走出非同凡响的人生来。因为诚挚、善良、忠诚、谦逊、公正，这一切优良的美德，会让他赢得朋友的肯定，赢得对手的赞赏，进而赢得整个世界。

翻开青史，那些流芳千古的人，无一例外，都是堂堂正正的人，成为后世的楷模和典范。他们不会给后人留下狭隘、自私、肮脏、卑琐的东西，这些东西，只有在历史的瓦砾堆里才能寻找得到。

一个人行走在这个世界上，怀瑾握瑜，环佩叮当，流转着美玉的光华，摇曳着香草的气息。而美德，就是这香草和美玉。一个人拥有的美德越多，就会越从容、越自信。而做人的最高境界，就是最大可能地拥有这些美德。实际上，人生的一道道亮丽的风景，就是美德在生活中摇曳生姿而形成的。

学会了做人，才算真正有了支撑我们行走在天地之间的筋骨。仿佛花清香扑鼻，仿佛水光影激滟，说到底，做人是底色，是精神，也是魂魄。

《让孩子学会做人的故事全集》，精选了一个个让孩子看得懂、读得明白的做人故事，或微言大义，或铺陈渲染，在潜移默化中，传递着做人的道理，教化人、引导人，让孩子获得做人的精髓与真谛。我相信，被这些故事滋养过的孩子，最终会成长为一棵棵伟岸的参天大树，接受风的抚慰，雨的洗礼，在各自的人生里挺拔站立。

目 录

MU LU

第一辑 你最大的敌人是自己

做人,最关键的是认识自我。一个人过高地估价了自己,容易自以为是,从而遭遇挫折;一个人过低地估计了自己,容易裹足不前。人只有渐渐地认识到了自我,明白了自己是什么人,希望做什么,能做什么,才意味着他开始对自己的人生有所领悟。

第二辑 内心的高贵比能力更重要

一个美国心理医生发现,那些乐于公益事业的名人、富豪,很少有怪癖或者不良记录,也几乎不看心理医生。他由此得出一条公理：当你总是对别人说"谢谢"的时候，你是找不到快乐的；当别人由衷地对你说"谢谢"的时候，快乐就会来找你。

内心高贵的人有时比有能力的人更容易成功，也更能享受生活细节中的美丽，因为做人做事拼到最后，比的还是内心。

第三辑　独立人格是生存的技能

这世界上每一个人出生在什么样的家庭，有多少财产，有什么样的父亲、什么样的地位和怎样的亲朋好友并不重要，重要的是我们不能将希望寄托于他人；只要不轻言放弃，自立、自信、自强，就没有什么实现不了的事。

独立人格是一个人走向成功的标志。只有培养出独立自主的品格，才能立足于社会，才能取得成功。

第四辑　普通人也能成功

　　获得成功的核心是复制成功。成功是一种客观现象,有规律可循,有方法可依。找到已经获得成功结果的实例,分析成功的过程、机制,总结出这一实例的方法,那么这个方法就有普遍意义,只要重复这个方法,就必然有特定的成功出现。这就是复制成功。

　　成功不是一种专利,普通人也能成功。亚伯拉罕·林肯没有因为是普通人而被埋没。他没有社会背景,相貌难看,可我们所见的却是一位伟人。林肯用自己的成功向我们证明了:上帝最爱普通的人,因为他造就了这么多普通人。

第五辑　竞争让你充满活力

　　一种动物如果没有了对手,就会变得死气沉沉;一个人如果没有了对手,就会甘于平庸,养成惰性,最终导致庸碌无为;一个群体如果没有了对手,就会因为相互的依赖或潜移默化而失去生机与活力;一个行业如果没有了对手,就会丧失进取的意志,就会因为安于现状而逐步走向衰亡。

竞争是时代的主旋律,我们要学会竞争,才能不被淘汰;同时,不能为了赢而不择手段,只有学会以健康的心态竞争,才能最终站立在成功之巅。

第六辑　学会合作,懂得分享

美国女科学家朱克曼教授做过这样一个统计:在诺贝尔奖设立的第一个 25 年中,合作研究获奖的人数仅占 41%;第二个 25 年里占 65%;第三个 25 年里占 79%。而时至今日,已极少有人孤军奋战,独享其誉了。

现代社会,人与人的联系越来越紧密,单枪匹马,独享其成已经成为过去,只有学会团体合作,懂得与人分享,追求"双赢",才能发掘自己最大的潜力。因为一堆沙子是松散的,可是它和水泥、石子、水混合后,却比花岗岩还坚韧。

第七辑　拒绝才能收获,舍弃才能得到

　　飞蛾拒绝在黑暗中生存,获得了生命瞬间的壮观;简·爱拒绝自卑,获得了幸福;吕洞宾拒绝学点石成金的法术,获得了成仙的奇遇……学会在拒绝中获得,即使不会有吕洞宾成仙的巧遇,至少你会获得更高的成就。拒绝之妙,在乎一心;是否获得,还看怎么去拒绝。

　　懂得舍弃,你才能以微笑面对得失;懂得舍弃,你才能得到更多……舍弃有时会有峰回路转的效果,"舍弃"中会有"获得"的转机。因为你为获得付出了成本,生活的哲学是最讲信誉的,她总有一天要回报你。

第八辑　创新让你与众不同

换个角度看问题,灰暗的世界也能变得明亮,迷茫的事态也能变得清晰。不同的思维决定不同的出路,讲的就是,一个人在做事之前,一定要善于变换角度看问题,这样可以增加成功的概率。有一个好的角度,就有了成功的一半。

第九辑　控制冲动,做自我情绪的主人

美国哈佛大学著名心理学家戈尔曼指出,预测一个人未来的成就,关键因素是情商。情商高的人能控制冲动,延迟享受,常常能清楚地了解自己并把握自己的情感。这些自制力强的人比那些听从欲望、放任脾气、不听劝告的人生活得更有效率,更容易满足,也更能运用自己的智慧获取丰硕的成果。

第十辑　姿态越低,生存的可能就越大

　　在秦始皇陵兵马俑中保存最完整的是一尊跪射俑,因为它的个子矮、重心低逃过了岁月的各种冲击。在一次龙卷风过后的树林里,生存下来的是那些瘦弱单薄的树木,而在它们的旁边常常横躺着几具巨木的残骸。

　　低姿态是一种保护自己的有效手段。不张扬、不讨人嫌、不招人嫉、沉默地不动声色才能更集中精神做好要做的事。低姿态是一种做人的智慧,每个人都渴望得到展现自己的机会,你把光芒收敛,别人就会更喜欢你。

第十一辑　心理健康，人生才健康

　　2002年，清华大学学生刘海洋，向动物园的熊残忍地泼洒硫酸；2004年，云南大学学生马加爵，以结束四条人命的方式，宣泄长期心理畸形带来的压力。这些曾经的天之骄子，以悲剧的方式告诫我们：心理健康比成绩优秀更重要。

　　2006年，在全国22个城市的调查结果显示，38.27%的儿童有不同程度的心理问题。面对对同学的嫉妒、对金钱的贪婪和自卑、恐惧等负面情绪的侵袭，如果我们没有强健的心理疫苗，很容易造成心理的不平衡，而这种心理的不平衡不断积压，就可能会造成不可控制的可怕后果。

第十二辑　言而无信，无人信言

　　诚信对人，诚信对己。诚信是一轮朗照的圆月，唯有与高处的皎洁对视，才能沉淀出对待生命的真正态度；诚信是一枚凝重的砝码，让摇摆不定的天平立即倾向平稳；诚信是高山之巅的水，能够洗尽浮华，褪尽躁动，淘尽虚诈，留下启悟心灵的妙谛。用心灵呼唤诚信，让诚信成为小鸟的清啼在你耳畔吟唱，让诚信成为寒冷时你身边红红的炉火，让诚信变成烈日下你头顶的一片绿荫。

让孩子学会做人的故事全集

Rang Hai Zi Xue Hui Zuo Ren De Gu Shi Quan Ji

第十三辑　责任是命运的馈赠

　　责任是人出生时就烙下的命运。读书的时候,我们要为贪玩造成的成绩下降负责任;生活中,我们要为我们的过失和任性负责任;长大以后,要为我们的父母、为工作负责任。责任是一种担当,一种约束,一种动力,一种魅力。

　　责任有时很沉重,令人很辛苦,但没有背负的生命会轻浮,会飘在半空;责任使我们的生命更充实,更有质感。千万不要因为短视和怕苦而推卸责任。逃避责任就是逃避命运给你的馈赠。

第十四辑　请尊重你的价值

毕加索刚出道时原本想当个诗人,结果他的诗被极具鉴识能力的丝泰茵夫人批评得一文不值,他因而回心转意,回到了绘画上来。幸好有这位夫人的提醒,要不然,世界不就少了一位画坛巨匠?当自己的能力与理想遥不可及时,适时调整方向是明智之举,虽然这未免有些艰难和痛苦。

时代都尊重个人价值,我们的使命就是实现人生最大的价值,让心灵获得解放,可以自由地创造前程。"如果有个柠檬,就做柠檬水",请以此来面对人生价值。

第十五辑　伟大灵魂的目光都是向下的

在这个世界上很多人比我们不幸。做人不应该把注意力全部集中在自己身上,不要为自己的一点儿挫折、一点儿不如意而埋怨,让自己融入对弱者的关心和体谅中。

每一个伟大的灵魂的目光都是向下的,因为它站在高峰,是最高尚的,所以不会仰头向上帝索取,而会俯下身子去尊重。

第十六辑　魔鬼在细节

　　上海地铁一号线是由德国人设计的,看上去并没有什么特别的地方。直到中国设计师设计的二号线投入运营,才发现二号线忽略了其中的许多细节,结果运营成本远远高于一号线。

　　人类和类人猿的基因差别只是1.8%,成功者和普通人做的事98%是一致的,人与人的命运的不同往往表现在对细节关注程度的高低。当20世纪世界四位最伟大的建筑师之一密斯·凡·德罗,被要求用一句最概括的话来描述他成功的原因时,他只说了五个字:"魔鬼在细节。"

第十七辑　首先是做个好人

孟子说:"取诸人以为善,是与人为善者也。故君子莫大乎与人为善。"意思是,君子最高的德行就是同别人一道行善。后来,与人为善的语义有所拓展,多指要做个好人,以善意的态度对待他人,为人着想,乐于助人。

人心本善,做个好人是人际交往中一种高尚的品德,是智者心灵深处的一种沟通,是仁者个人内心世界里一片广阔的视野。

让孩子学会做人的故事全集

Rang Hai Zi Xue Hui Zuo Ren De Gu Shi Quan Ji

第十八辑　宽容是一种拯救

做人不可以偏激。有的人认为,如果在别人做错事后再宽容他,这样会使自己很没面子。但我想问问这类人,对于你来说,你的一个亲戚、一个朋友、一个知己重要,还是你的面子重要?大海之所以浩瀚博大,就是因为它能包容和淡化:无论河流有什么缺点,它都能一一包容;无论河流污染多大,它都能一一接纳。

当你因为别人的错误而生气时,试着把自己当成别人,把别人当成自己。一个人的快乐,不是因为他拥有得很多,而是因为他计较得很少。

第十九辑　用勇气推来机遇的大门

公元前5世纪,波斯王率领海陆大军大举入侵斯巴达。斯巴达王亲率300人的卫队赶往温泉关进行阻截。温泉关战役是一场铭刻勇气与智慧的战役,斯巴达以区区300人固守关隘阻挡波斯数十万大军达数日之久,这为斯巴达与雅典联军在萨拉米湾挫败波斯海军赢得了宝贵的时间。

每一个机会都是一次冒险,有的人缺乏勇气,与机遇失之交臂;有的人敢于尝试,把握住仅有的成功机遇。

第二十辑　没有自信等于失去力量

　　爱默生说："自信是英雄的本质。"自信，是人类运用和驾驭宇宙的法宝，是所有"奇迹"的根基。自信可以赋予人奋斗的动力，可以从困境中把人解救出来，可以使人在黑暗中看到胜利的曙光。成功是高山，自信是登山的石阶；成功是远方的目标，自信是脚下的跋涉。自信是一缕和煦的春风，是一丝动人的微笑，是一片明朗的天空。

　　自信让我们变得干练、成熟；自信使我们的脚步变得坚实稳健。或许可以这么说："拥有自信，就拥有了成功的一半。"

让孩子学会做人的故事全集

Rang Hai Zi Xue Hui Zuo Ren De Gu Shi Quan Ji

第01辑　你最大的敌人是自己

　　做人,最关键的是认识自我。一个人过高地估价了自己,容易自以为是,从而遭遇挫折;一个人过低地估计了自己,容易裹足不前。人只有渐渐地认识到了自我,明白了自己是什么人,希望做什么,能做什么,才意味着他开始对自己的人生有所领悟。

你有自己的优势

> 每个人天生都是一块璞玉，只要好好打造，都是闪闪夺目的。千万不要因为自己一时的失败而否定自己。

去过寺庙的人都知道，一进庙门，首先是弥勒佛，笑脸迎客，而在他的背面，则是黑口黑脸的韦陀。但相传在很久以前，他们并不在同一个庙里，而是分别掌管不同的庙。

弥勒佛热情快乐，所以来的人非常多，但他什么都不在乎，丢三落四，没有好好地管理财务，所以依然入不敷出。而韦陀虽然管账是一把好手，但整天阴着个脸，太过严肃，搞得人越来越少，最后香火断绝。因此两个人都很郁闷，纷纷找到佛祖诉说自己的无用。

佛祖听完他们的诉说后，笑了一下，然后就将他们俩放在同一个庙里，由弥勒佛负责公关，笑迎八方来客，于是香火大旺；而韦陀铁面无私，锱铢必较，则让他负责财务，严格把关。在两人的分工合作下，庙里一派欣欣向荣的景象。

最后佛祖意味深长地说："每个人天生都是一块璞玉，只要好好打造，都是闪闪夺目的。千万不要因为自己一时的失败而否定自己。"

 成长 悟语

每个人生来都是独特的，独特的容貌、独特的性格、独特的智慧。只有客观清醒地认识自己，我们才能挖掘自己相对于别人所没有的独特优势。别埋没自己，更不能否定自己，只要相信自己，你也能找到自己的闪亮点，使之熠熠生辉。

你就是自己的奇迹

你所要做的,就是比你想象的更疯狂一点儿。只要你去做,有什么不可能的呢?

他是个阳光帅气的小伙子,一头飘逸的长发,再加上一副墨镜,给人的第一印象总是酷酷的。从中医学院毕业后,他开了一家私人诊所,专门给病人推拿。他不仅医术精湛,而且生性乐观,爱好广泛,利用业余时间,他曾和朋友们组建了一支摇滚乐队,他担任吉他手。一天,有个摄影家因患腰椎间盘突出,久治不愈,慕名找到了他的诊所。一来二去,他和摄影家成了好朋友,两人无话不谈。摄影家说,你有这么多爱好,要不我教你摄影,敢不敢玩儿?他说,当然可以,有什么不敢玩儿的。第二天,摄影家就带来了一部"海鸥"牌单镜头反光照相机,很专业的那种。他心里有点儿发虚,昨天一句玩笑话,没想到摄影家还当真了,盛情难却,他只好硬着头皮学起了摄影。

长这么大,他从没摸过照相机,一切都得从零开始。摄影家很有耐心,一点一点地教他,快门、光圈、对焦、运用光线……他第一次拍完了整卷的胶卷,结果只冲印出来 19 张,但他欣喜若狂,因为摄影家说过,36 张胶卷只要他能冲出 8 张就算满分。摄影家的腰疾渐渐好转,一有时间就带着他去户外采风,他的悟性极高,摄影技艺与日俱增。在一次摄影比赛中,他拍的作品获得了优秀奖,在摄影家看来,他简直就是一个伟大的奇迹!

也许有人不以为然,不就是摄影拿了个小奖?有什么好稀奇的?可是,如果我告诉你,他是个盲人,你会作何感想?恐怕绝大多数人的第一反应就是"不可能"。千真万确,他叫谈力,8 岁时因为一次意外事故双目失明,现在他已经是扬州摄影家协会会员。

可是,依然有不少人质疑谈力。他们无论如何也不敢相信,那些优秀的摄影作品会出自盲人之手。谈力反倒坦然处之,"有人怀疑并不奇怪,我从不认为这是对盲人的歧视,因为我做的事情已经超出了他们的想象力范围。"

谈力"看"到了问题的本质。

其实,怀疑谈力的人同时也在怀疑自己。在他们的习惯思维里有太多的"不可能",许多事情还没动手做,自己先想当然地否决了,自然偃旗息鼓,不战自败。神话与现实并无界限,100多年前,飞机就是个神话;谈力之前,盲人摄影也是个神话。记得一位大师说过,你所要做的,就是比你想象的更疯狂一点儿。只要你去做,有什么不可能的呢?

只要你去做,你就是你自己的奇迹。

(姜钦峰)

成 长 悟 语

一切的"不可能"让我们一步步退缩,只是因为我们并未看到更多的"可能"。一个人的潜力是无限的,因此也有无限的"可能",只是我们都欠自己至关重要的一句话:相信我自己! 要将"不可能"变成"可能",相信你能,你就能。

强大改变丑陋

丑鼻子已成为大象生存的法宝。

上帝说:"看来,我没有必要再改造大象了。"

上帝在造大象的时候,一时疏忽把大象的鼻子拉得又大又长,使大象变得奇丑无比。他想为大象重新造一个鼻子,但转念一想,世界上已经有很多美丽的动物了,比如老虎、长颈鹿、天鹅、孔雀等,也应该有一些丑陋的动物才是,这样才能使世界变得丰富多彩。于是,他决定让大象接受丑陋的事实。

大象一开始不知道自己长得丑陋,它喜欢到动物中间去活动。可是,别的动物见了它后都纷纷躲开了,好像是碰到了怪物。大象十分纳闷儿,心想,自己是一个善良温和的动物,从没有伤害过其他动物,可为什么大家如此不愿意和我在一起呢,它感到莫名其妙。一天,大象去湖边喝水,湖水清如明镜,大象仔细地看着自己在水中的影像,天哪,自己怎么这样丑陋呀,甭说别的动物不愿意和自己在一起,就是自己对自身的形象都感到恶心。对此,大象伤心极了。大象心想,上帝,你这不是有意捉弄我吗,为什么给别的动物制造出比例合适而且好看的鼻子,偏偏给我造了一个奇大奇丑的鼻子。我该如何对待这只丑鼻子呀?

不过,大象是心胸开阔的动物,它承认了现实,它决定善待这个丑鼻子。它想,既然有了这个丑鼻子,那么就用它做些事情吧。它先学会用鼻子吸水,只要自己站在河边上,把长长的鼻子往河中一伸,就很容易吸到河中的水。这样别的动物喝不到水的地方,而大象往往能够喝到。大象还用长鼻子去卷树枝,作为自己的食物,由于鼻子又长又大,它能够弄到很高地方的树枝、树叶,丑鼻子给大象带来了数不清的好处。由于大鼻子发挥了作用,大象吃到和喝到的东西又多又好,而且由于经常使用鼻子干活,使大象得到了很好的锻炼,它的身体越来越强壮。亿万年之后,大象成为陆地上最为强大的动物,很少有动物敢挑战大象。

这天,上帝忽然想起了大象和它的丑鼻子。上帝感到很内疚,觉得一时突发奇想,却给大象造成了终生的缺憾。于是,他决定找到大象,给它重新造一只好看的鼻子。可是,当他找到大象时,却吃惊地发现大象已不是原来的样子了,它变成了庞然大物。大象的鼻子比原来大多了长多了,强大有力的大象看上去并不丑,而是显得很有力量。丑鼻子已成为大象生存的法宝。

上帝说:"看来,我没有必要再改造大象了。"

(牟丕志)

成长 悟语

我们不可能人人生来都拥有一副理想的面容,但我们完全有权利与能力化丑为美。敢于接受,然后尝试去改变。当有一天我们发现因为自己在不断地努力中变得强大时,丑陋也已经不再属于我们。

爱你本来的样子

你已经把最好的礼物给我了。你给我你的心、你的善良、你的时间,还有你的爱。我就是爱你本来的样子。

很久很久以前,在一个和你我住的地方没什么两样的国家,有一个村庄,那里住了 5 个兄弟姐妹,他们没有爸爸,也没有妈妈。

寒冷的冬天里,他们总是紧紧地依偎在一起取暖。

有一天,国王知道了这 5 个孤儿的事,决定领养他们。他宣布,他马上就到村子里来看他们,而且要当这5个孩子的新爸爸。

这5个兄弟姐妹知道这个消息之后,简直兴奋得要飞了起来。

村子里的人知道了这个消息之后,也都很兴奋。他们纷纷到孤儿们的家中,告诉他们要做哪些准备。"你们中谁给国王留下最好的礼物,谁就能住到大城堡里去喔!"

这些人并不认识国王。他们只是猜想,所有国王都一样,喜欢能给他留下好印象的人。

孩子们听了这些话之后,就开始准备要送给国王的礼物。他们都很努力,想得到国王的赞赏。

其中一个孩子懂得雕刻,他决定送国王一件美丽的木雕作品。他用刀子在软榆木上削啊削,麻雀的眼睛或是马的鼻子马上成形,小小的木头也顿时好像有了生命。

他的姐姐决定送国王一幅天堂的画,好让国王挂在城堡里。另一个姐姐想把音乐作为礼物送给国王,她不停地唱歌、弹奏曼陀铃。村里的人每次经过,都会停在窗边,欣赏她那美妙、悠扬的歌声。

另一个孩子想在国王面前展示他的聪明,于是每天读书读到深夜。地理、数学、化学,他样样都读。他的求知欲很强,所以学问很渊博,相信任何国王都一定会对他的丰富知识赞赏有加。

但是,最小的妹妹不知道该送国王什么。她的手笨拙,不会雕刻;她的手指僵硬,不适合拿画笔;她开口唱歌,声音粗哑难听,而且她也不太会念书。

她只是一个小马僮。每天,她都站在城门口,看着经过的人群。只要有机会帮这些人照顾马儿,或帮助他们给牲畜喂食,她就可以赚一些钱,买食物给哥哥姐姐们。

小女孩觉得自己没什么特别的长处,实在没有什么东西可以送给国王。

她唯一的优点就是她的心,因为她很善良。她叫得出每一个乞丐的名字;她喂狗儿吃东西;她接待每个过路的旅人,也亲切地和陌生人打招呼。她会问他们:"旅行顺利吗?""告诉我你在旅行中学到了什么,好吗?""你先生好吗?""你喜欢你的新工作吗?"

因为她心胸宽阔,所以对人充满关心与好奇。不论是贫穷的乞丐或有钱的商人,对她来说都一样。

但是,小女孩还是认为自己一无是处,她很担心国王不喜欢她。

她记得村里的人对他们的交代,所以她下定决心要送一样东西给国王。

她抓起一把小刀,走到会雕刻的哥哥身边。"你可以教我怎么雕刻吗?"她问。

"对不起,"哥哥头抬也不抬地说,"我还有很多事要做,没时间陪你。你知道的,国王就要来了。"

小女孩放下小刀,换了一只画笔。

她拿着画笔去找会画画的姐姐。姐姐正在小山坡上画着夕阳。

"你画得好漂亮啊!"善良的小女孩说。

"我知道。"姐姐回答。

"你可不可以让我跟你学画画？"

"现在不行。"姐姐头抬也不抬地说，"你知道的，国王要来了。"

小女孩想起另一个很会唱歌的姐姐。

"这个姐姐一定会帮我的。"她想。

她找到那个姐姐时，姐姐身边围着好多人，大家都在听她唱歌。

"姐姐，姐姐，"小女孩大喊，"我来听你唱歌，我想跟你学学。"

但是这个姐姐并没有听到。大家鼓掌的声音太大了。

小女孩很沮丧，她转身，低着头走开。

这时候，她想起，她还有一个很会念书的哥哥。

于是她拿着一本小书，跑去找他。

小女孩跟哥哥说："我没有东西可以送给国王，你可不可以教我怎么念书，好让国王看看我有多聪明？"爱念书的哥哥没有说话。他正在沉思。

于是小女孩又开口说："哥哥，你可不可以帮帮我？我什么都不会……"

"走开！"哥哥大喊一声，打断了小女孩的话。他头也没抬，两眼仍盯着书本，"国王就要来了，你没看到我正在准备吗？"

小女孩难过地离开了。

她没有东西可以送给国王。

她回到城门边，继续她照顾牲畜的工作。

几天后，一位穿着商人衣服的先生来到这个小镇。

"你能帮我喂喂我的驴子吗？"这位先生问小女孩。

小女孩听到声音，马上站起来，她忍不住要盯着这位远道来的先生看。阳光下，他古铜色的脸颊发出亮光，深邃的眼睛格外清澈；他脸上挂着的笑容让小女孩觉得好温暖。

"可以啊。"小女孩赶紧回答。她把驴子牵到饮水槽边："交给我吧。等您回来时，它不仅吃饱了，毛也会被梳理得很整洁。"

小女孩一面给驴子喝水，一面问这位先生："请问，您会在镇上待一阵子吗？"

"会的。我来找人。"

"您大老远来，会累吗？"

"会啊。"

"那您要不要坐下来休息一会儿？"小女孩指着墙边的长椅说。

这位先生在椅子上坐了下来。他靠着墙，闭上眼睛，睡着了。

几分钟后，这位先生醒了。他睁开眼睛，发现女孩就坐在他的身边，盯着他看。小女孩觉得很不好意思，她马上转过头去。

"你坐在这儿很久了吗？"

"嗯。"

"你在看什么？"

"没什么。我觉得您看起来就是个大好人，所以很想坐在您的旁边。"

那位先生开心地笑了。他摸摸小女孩的头，说："你是个聪明的小孩。等我回来后，我会再来看你的。"

没过多久，那位先生真的回来了。

"您找到要找的人了吗？"小女孩问。

"找到了。但是他们都很忙。"

"怎么说呢？"

"我第一个找到的人是个木匠，他急着要完成一件作品，他要我明天再去。另一个是画家，我看到她坐在山坡上，山脚下的人告诉我，她不想被人打扰。另一个是音乐家，我跟一群人坐在一起，听她表演，我说我想跟她说话，她说她没有时间。另一个我要找的人不在，他到城里去上学了。"

小女孩晓得这位先生是谁了。

她瞪大了眼睛，倒吸了一口气，说："但是您看起来不像个国王啊。"

"我尽量让自己不像。"国王说，"因为当那个国王很孤单。我身边的人都不把我当普通人对待。他们希望从我这里得到一些好处，努力想要讨好我；而且他们老是对我抱怨。"

"可是当国王不就是这样吗？"小女孩问。

"当然。"国王回答，"但是，有时候我也想跟我的人民在一起；有时候，我也想跟他们说说话，想听他们的故事，想大笑，想哭；有时候我也想当孩子的父亲。"

"所以您想领养小孩？"

"对，大人只想讨好我，但是小孩子不会，他们会跟我说心里话。他们知道我对他们的爱是没有条件的。"

"可是我哥哥姐姐都太忙了，不过他们想给您一个惊喜。"

"是啊，但是我会再回来的。也许改天他们会比较有空。"

小女孩犹豫了一会儿后，问："先生，那我呢？我没有什么才能，但是我想做您的小孩。"

国王笑着说："我的小宝贝，你已经把最好的礼物给我了。你给我你的心、你的善良、你的时间，还有你的爱。你当然可以做我的小孩。我就是爱你本来的样子。"

那些有才能的小孩都没有时间，所以他们没见到国王。而那个没有特殊才能、只有一副好心肠、不刻意去改变自己的小女孩反而成了国王的孩子。

([美]陆可铎　郭恩惠/译)

成长　悟语

　　越是努力去改变，越是在不知不觉中将本来一切美好的丑化，甚至变成一种恶化。本来的或许就是最美的，难道我们还需要费心思来把这种本性的自然美浓妆艳抹吗？简简单单，做真实的你自己已经足够！

画出最丑的自己

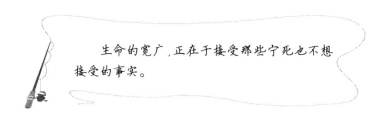

生命的宽广，正在于接受那些宁死也不想接受的事实。

萨班哲是当代土耳其超级富豪，其庄园和产业几乎覆盖了土耳其大部分国土，一个为"SA"的符号是他的产业的标志。而土耳其的国民，对"SA"符号的稔熟，如同每天早晨开门看到阳光。

然而，这位富豪有个令人大惑不解的怪癖。他供养着一群土耳其最好的漫画家，在一间豪华的大厅，他让这群漫画家随心所欲，画他萨班哲的漫画，谁画出了最丑的萨班哲，谁就能得到大大的一笔奖励。这群漫画家整天琢磨、挖掘着萨班哲的"闪光点"，甚至一颗小痣，都被演变成乌鸦的脑袋。

工作之余，萨班哲徜徉在大厅，一幅一幅地欣赏着"靓照"。他很快乐，他看到了在美酒、鲜花、掌声和赞誉前那个不一样的自己。

有人说可能萨班哲很另类，很风趣，很有幽默感，有人说可能萨班哲喜欢真实，也有人说萨班哲是在惩罚自己。

可是，我觉得萨班哲是在做一种心理体操。因为萨班哲幸运亦不幸，这位超级富豪育有一儿一女，不幸的是，一儿一女，均有弱智的残障。

画最丑的自己，一点一点去接受。如果看到最丑的自己，依然那么开心，那就意味着已经成功地训练自己爱上了生活中的缺憾。是的，它很丑，但你必须爱它，否则无法接受。生命的宽广，正在于接受那些宁死也不想接受的事实。

成长 悟语

生活不是完美的，我们也不能力求它完美，所以我们很多时候只能接受它。尝试从接受自己的"缺憾"开始，就会多一分坦然与宽广，少一分埋怨与计较，你眼中的世界也会日渐变得美丽。

认真做自己

> 知道自己的能力，做自己喜欢的事，活得自在，活得快乐，这不也是一种成功吗？

漫画家蔡志忠15岁那年，也就是初中二年级时，就带着投漫画稿赚来的250元稿费，到台北画漫画、闯天涯。他很快就面临学历的问题，在他打算到以制作电视节目闻名的光启社求职时，看到求才广告上"大学相关科系毕业"一项条件，立即就傻眼了！不过他仍旧相信自己的实力，没有理会这项学历限制而参加应征的行列。结果他击败了另外29名应征的大学毕业生，进入了光启社。

以后他在漫画界的表现如异军突起，尤其"庄子说"、"老子说"系列更译成世界各国文字向外国输出，他也一度是全台湾纳税额最高的一位作家，他本人并且颇以此为荣呢。

而在连初中都没念完的情况下，是什么使他有勇气踏入我们这个文凭至上的社会？他说："做人最重要的就是要了解自己。有人适合做总统，有人适合扫地。如果适合扫地的人以做总统为人生目标，那只会一生痛苦不堪，受尽挫折。"而他，不偏不倚，就是适合做一个漫画家。他从小就知道自己能画，所以才15岁就开始画，尽早地画，不停地画，终究能画出自己的一片天空。

蔡志忠的说法也让人想到巴西的世界球王"黑珍珠"贝利，他曾经说："我天生是踢球的，就像贝多芬是天生的音乐家一样。"

能够真切地认识自己，是件多么幸运的事呢？但别以为只有那些天才才知道自己的能力，我们周围有许许多多平凡的人物，但是他们做自己喜欢的事，活得自在，活得快乐，这不也是一种成功。在现代的社会，快乐的人有多少啊。

有一位小学老师，她从大学毕业后就想要教书，但是因为不是师范专业的大学毕业生，当时没有找到教书的工作，她便到日本留学，攻读教育硕士学位。刚回国时，一时还找不到教职，她就到一家公司担任日文秘书，很得老板的信任，待遇也相当好。但是她仍不放弃想要教书的意念。后来她去参加小学教师资格考试，考取后立刻就辞去了秘书的工作。

教书的薪水不如她担任秘书职务的薪水多，同时，周围的朋友很不解的是，以她的学历绝对可以去教高中，为什么要去教小学呢？可是她很坚定地说："我就是因为喜欢小孩子才选择这个工作呀！"

有一回有人碰到她，问她近来如何？她长得胖胖的，是个很可爱的女孩子，她马上很兴奋地说："今天刚上过体育课。我也跟小朋友一起爬竹竿，我几乎爬不上去，全班的小朋友在底下喊：'老师加油！老师加油！'我终于爬上去了，这是我自己当学生的时候都做不到的事呢。"

成长 悟语

　　每个人都有不同的理想，而理想没有崇高与低下之分，只要选择了适合自己的，那就是最好的。哪怕只有自己理解，也始终坚持走自己的路，因为这种认真与执著才能为我们带来自己真正想要的快乐。

内省是做人的责任

　　内省是做人的责任，没有内省能力的人不配做人，人只有透过自我内省才能实现美德与道德。

　　一个学生问："我们的眼睛为什么不对着长，使两只眼睛对看，可以马上看到自己的样子，不必担心牙齿上有菠菜屑，也不必担心嘴边的饭屑？"这是个很好的问题，很多动物的眼睛都是长在两边，至少它看的范围广，不像人类，脑后无眼，被人暗杀了都不知道是怎么死的。的确，诚如孔子所说："人苦于不自知。"我们的眼睛演化的目的是朝外看，"明察秋毫而不见舆薪"，看得见别人脸上的小雀斑，但是看不见自己脸上的青春痘。为此，人类发明了镜子，"以铜为镜，可以正衣冠；以人为镜，可以知得失"，但是有了镜子以后，人类就真的有了自知之明了吗？

　　在心理学上曾有个很有趣的实验，用镜子来测试动物知不知道什么叫自我。

　　实验者先把一面镜子放进黑猩猩笼中，十天之后，将黑猩猩麻醉，在它额头上点一个无味的红点。黑猩猩醒来后，镜子还没有放进来前，它并不会用手去摸额头，但是当镜子放进笼子后，黑猩猩一看到镜子中的"倩影"，便立刻用手去摸额头，而且用力去搓,表示它知道镜中是自己,而且知道自己原来是没有红点的。

如果省略第一步,没有让黑猩猩先接触到镜子,后来它虽然看到镜中的自己头上有红点,但不会用手去摸,因为没有以前的自我可作比较,就无从判断。没有比较就没有抱怨,就不会用力去把不是自己心甘情愿放上去的装饰品搓掉。

这个实验很让人震惊,当一个人不晓得自己原来是什么样时,就只好任人摆布,添多了,减少了,都不会抗争。但是一旦照过了镜子,知道自己是什么样了,那么一有非自主的改变便立刻发觉;而且这个意识出现后是不可逆转的,已经知道便无法再假装不知道,他会在镜子前面一直看,所以有没有自知是非常重要的。

苏格拉底说,一个没有检视的生命是不值得活的。

内省不仅是了解自己做了什么,最重要的是透过它了解自己真正的意图;柏拉图更进一步说,内省是做人的责任,没有内省能力的人不配做人,人只有透过自我内省才能实现美德与道德。

成长 悟语

自己是自己最好的一面镜子,透过它认识自我,然后方知自己的优与劣、功与过、足与不足,从而取长补短,进一步实现人生价值的不断提升。做人最基本的莫过于具备这样的一种内省能力,这也是人类求得自我发展的需求。

敢于放下自我才能有所突破

不管你是一条河流还是看不见的水蒸气,你内在的本质从来没有改变。你总是坚持你是一条河流,是因为你从来不知道自己内在的本质。

有一条小河从遥远的高山上流下来,经过了很多村庄与森林,最后它来到了一片沙漠。它想:我已经越过了重重的障碍,这次应该也可以越过这个沙漠吧!

当它决定越过这片沙漠的时候,它发现它的河水渐渐消失在泥沙当中。它试了一次又一次,总是徒劳无功,于是它灰心了,它颓丧地自言自语:“也许这就是我的命运了,我永远也到不了传说中那个浩瀚的大海。”

这时候,四周响起了一阵低沉的声音:"如果微风可以跨越沙漠,那么河流也可以。"原来这是沙漠发出的声音。

小河很不服气地回答说:"那是因为微风可以飞过沙漠,可是我却不行。"

沙漠用它低沉的声音说:"因为你坚持你原来的样子,所以你永远都无法跨越我。你要让微风带着你飞过这个沙漠,到达你的目的地。只要你愿意放弃你现在的样子,让自己蒸发到微风中。"

小河从来不知道有这样的事情,放弃现在的样子,然后消失在微风中。它无法接受这样的概念:放弃自己现在的样子,那么不等于是自我毁灭吗?

小河问:"我怎么知道这是真的?"

沙漠回答说:"不管你是一条河流还是看不见的水蒸气,你内在的本质从来没有改变。你总是坚持你是一条河流,是因为你从来不知道自己内在的本质。"

此时小河的心中,隐隐约约地想起了似乎自己在变成河流之前,也是由微风带着自己,飞到内陆某座高山的半山腰,然后变成雨水落下,才变成今日的河流。

于是小河流终于鼓起勇气,投入微风张开的双臂,消失在微风之中,让微风带着它,奔向它生命中的下一个归宿。

成 长 悟 语

通往成功的路不止一条,倘若要暂时放下自我也算一条,那我们何不勇敢一次?哪里能放下,哪里也能拾起。只要我们并未失去自我,只要我们本质未变,哪怕再大的风也吹不散那心灵深处的灵魂。

自己栽培自己

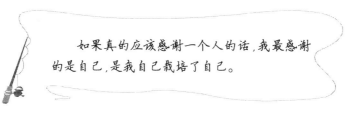

如果真的应该感谢一个人的话,我最感谢的是自己,是我自己栽培了自己。

熊国宝是一名曾赢得世界冠军的羽毛球运动员。在他刚刚入选国家队的时候,教练并不看好他。他沉默寡言,十分木讷,年纪也较大了,尽管他的球打得不错,但更多是被当做绿叶的角色。教练把他选进国家队的目的就是为了让他帮助明星选手练球。在教练看来，他没有一点儿运动明星的样子。

在很多年的时间里，熊国宝一直是一个默默无闻的人。他的任务就是陪自己的队友们练球。他每天打球的时间比那些受到栽培的明星选手们要长很多，因为许多队友都把他当做了最佳的练球对象。在这样的处境下，他并没有放弃，他坚持着，即使是陪练也要做最好的陪练。球拍断线了，他换上一条线接着练；鞋子破了，补上一块橡胶再穿；球衣磨破了，补一块布接着穿。不管是严冬还是酷暑，他都坚持早上5点钟起床去晨跑练体力。

他熟悉所有队友的球路，能够模仿很多人，帮助队友练球。但是，在很长的时间里，他连参加世界大赛的资格都没有。他仍然默默地做好自己的陪练，并不因此而放松自己。

有一年，熊国宝终于有机会参加世界大赛，他的机会来了。第一场，他就遇到了最强劲的对手，大家谁都没有在意他能不能赢。出人意料的是，他成为赛场上的一匹黑马，不但首战告捷，还一路势如破竹，进入了最终的决赛。最后的一个对手是自己的队友，也是教练最看好的一名队员，他实在是太清楚队友的球路了，没费太多周折就成功地战胜了队友，成为世界冠军。

后来在接受采访的时候，记者问他能够赢得世界冠军，最感谢哪一位教练的栽培。这个默默成长起来的世界冠军坦诚地回答："如果真的应该感谢一个人的话，我最感谢的是自己，是我自己栽培了自己。就是不被人看好，我才能够坚持下来，有了今天。"

成长 悟语

即使全世界都把你遗弃，不要紧，你还有你自己。自己的坚定信念更能令你坚持下去，它会一直支撑着你，直到攀上理想的巅峰；同样自我的默默勉励更能令你坚持到最后，向所有看不起你的人证明，你可以靠自己的努力到达成功的彼岸。

突破自己的瓶颈

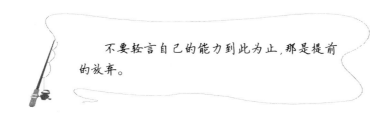

不要轻言自己的能力到此为止，那是提前的放弃。

老师问我："你会在周末的时间思考这道题怎么做吗？"

我摇头说不会。

老师再问我："那会在平常放学后思考吗？"

我也说不会。

这是几年前老师和我的一段对话。这段对话起因于我对老师说，已有好长一段时间了，我无法突破学习数学的瓶颈，我说不管我怎样努力，好像事实就是那样子了。

老师进一步问我到底我是怎么努力的。我已经连续好几周不能很好地完成老师布置的作业，虽然这期间我已绞尽脑汁，尝试过各种努力，但仍然无法很好地完成老师布置的作业。

老师对我所说的"我已绞尽脑汁"感兴趣，也好奇我所谓的"尝试过各种努力"，到底是到什么样的程度。因为从老师的口气听来，他好像已对我所描述的情况很有兴趣。但是从我们简单的对话中可以看出，我所谓的"绞尽脑汁"与"尝试过各种努力"都只发生在上课的时间。

然后老师陪我玩一个"停止呼吸"的游戏，老师让我试试看，如果要暂时屏住呼吸的话，我最长可以忍耐多久？我十分纳闷地照老师的意思做，深吸一口气，然后闭气，但是到了50秒的时候，我就受不了了。

老师告诉我，根据医学统计，人的脑子如果缺氧超过2分钟，就有可能变成植物人，换句话说，2分钟应该是人体的极限了。接着老师让我猜猜看，人类暂时屏住呼吸的世界记录会是多长？我疑惑地想了想就说："应该不会超过2分钟吧？"老师摇摇头说不止，我再猜3分钟。老师说不是，我继续猜4分钟、5分钟、6分钟，一直到7分钟的时候，老师稍微点了头，全世界屏住呼吸最长的纪录是7分45秒。

我摇摇头说不可能，因为如果人缺氧2分钟就会成为植物人，那么要屏气7分45秒，怎么可能？老师向我说明，不是只有我认为不可能，事实上，连科学家也不相信，因此有一组科学家还特别对这位纪录保持者进行医学检验，试图证明他的心肺构造是否天生异常,但是令科学家诧异的是,他的心肺构造和常人完全一样！我半信半疑。老师说出那人办到的秘诀,纯粹只是因为他在工作上的不服输。

这位纪录保持者其实是一个 40 岁的平凡人,他的工作是在地中海教游客浮潜,在过去的 20 年中,每一次在他带游客从海里浮出水面时,这位教练都会要求自己,要比上次浮潜的时间多 1 秒钟,就是这样,经过 20 年的练习,他从原本在水中待不了 1 分钟的状态,竟然达到 7 分 45 秒,并创造了世界记录。

从那一刻我明白了真正付出是什么意思,明白了怎样才能真正突破自己的瓶颈。

成长 悟语

由于我们的浅尝辄止,我们永远不知道自己的能耐有多大。不要轻言自己的能力到此为止,那是提前的放弃。克服自己,每一次都真正努力到最后一刻,每一次都可以创造新的极限与奇迹。

比尔·盖茨的 5 把钥匙

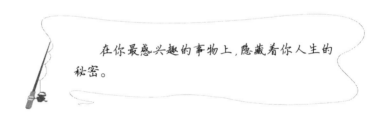

在你最感兴趣的事物上,隐藏着你人生的秘密。

2001 年 5 月,美国内华达州的麦迪逊中学在入学考试时出了这样一个题目:比尔·盖茨的办公桌上有 5 只带锁的抽屉,分别贴着财富、兴趣、幸福、荣誉、成功 5 个标签,盖茨总是只带一把钥匙,而把其他的 4 把锁在抽屉里,请问盖茨带的是哪一把钥匙？其他的 4 把锁在哪一只或哪几只抽屉里？

一位刚移民美国的外国学生,恰巧赶上这场考试,看到这个题目后,一下慌了手脚,因为他不知道它到底是一道英文题还是一道数学题。考试结束,他去问他的担保人——该校的一名理事。理事告诉他,那是一道智能测试题,内容不在书本上,也没有标准答案,每个人都可根据自己的理解自由地回答,但是老师有权根据他的观点给一个分数。

外国学生在这道 9 分的题上得了 5 分。老师认为,他没答一个字,至少说明他是诚实的,凭这一点应该给一半以上的分数。让他不能理解的是,他的同桌回答了这个题目,却仅得了1分。同桌的答案是,盖茨带的是财富抽屉上的钥匙,其他的钥匙都锁在这只抽屉里。

后来,这道题通过E-mail被发回了这位外国学生原来所在的国家。这位学生在邮件中对同学说,现在我已知道盖茨带的是哪一把钥匙,凡是回答这把钥匙的,都得到了这位大富豪的肯定和赞赏,你们是否愿意测试一下,说不定从中还会得到一些启发。

同学们到底给出了多少种答案,我们不得而知。但是,据说有一位聪明的同学登上了美国麦迪逊中学的网页,他在该网页上发现了比尔·盖茨给该校的回函。函件上写着这么一句话:在你最感兴趣的事物上,隐藏着你人生的秘密。

成长 悟语

无需刻意去攀附财富与荣誉,或许就在追求无功利目的的兴趣背后,隐藏着比金钱与名利更多的东西。做自己喜欢的事,从中收获无限的惊喜,那我们往往要比过分地去追求表现得更好。我们宁愿让兴趣走在前面,也不要跟在财富与荣誉的背后。

苍蝇流浪记

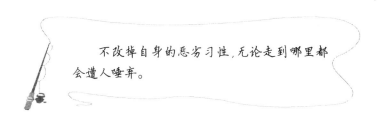

不改掉自身的恶劣习性,无论走到哪里都会遭人唾弃。

近日来,苍蝇越过越不顺心:到处都在开展"灭蚊除蝇"的活动。饭店里、家庭中、厕所里,不时会有人用一些新式武器对它的同伴肆意杀戮,让它既气愤又胆寒。如果再不想办法改变生活现状,不知哪一刻它自己就会被突如其来的极具杀伤力的灭蝇喷雾剂给害死了。所以,它痛下决心:到别处走走看——一定会有一个地方,人们会喜爱它,欣赏它,欢迎它。

苍蝇怀着满腔的悲愤,用脚和翅膀蘸着一个年轻母亲刚刚给孩子温好的牛奶,在雪白的墙壁上写下对人类的强烈抗议:"此处不留蝇,自有留蝇处!"

苍蝇开始四处流浪,它要找寻自己的乐土。飞呀,飞呀,它努力向更远的他乡飞行。饿了，到垃圾堆和医院的病房里找点儿食物；渴了，飞进人家的汤碗里喝个痛快，然后再到人家墙壁上留下"天下第一飞行家到此一游"的印迹，"嗡嗡"地唱着《苍蝇之歌》，继续流浪。

然而，它飞到天南，天南的人唾骂它；它飞到地北，地北的人诅咒它；它飞到海角，海角的人拿起灭蝇药；它飞到天涯，天涯的人向它愤怒地挥舞苍蝇拍。

苍蝇仰天悲叹："为什么，世间的事会如此不公平？我这么英俊，歌声如此美妙，为什么人们还容不下我？"

不改掉自身的恶劣习性，无论走到哪里都会遭人唾弃。苍蝇何时才能明白这个道理呢？

（贺维芳）

成长 悟语

自以为是会蒙蔽自己的双眼，也会让人看不清自己。别人对你称赞，那是你身上有魅力；如果别人对你进行批评，那一定是你身上有错误。尝试看别人眼中的你，那么当别人对你否定的时候，你就不再只是埋怨，而是设法寻找自己的不足，加以弥补。

最不准的天平

这个世界上最不准的天平是称量自己得失的天平。

朋友的姑夫是一位农民，却说了一段一直深深影响着他的话。"很多人和别人交往，总觉得自己吃亏了，但实际上，在旁人看来，你们彼此得失相当，你既没吃亏也没占便宜。如果你觉得自己不亏也不赚，那么在旁人看来，你一定占便宜了；如果你觉得自己占便宜了，而对方没有跳起来，那么要么对方很伟大，要么你很伟大！"

在这位智慧的农民悟出这个看似简单的道理之后很多年，海尔集团的张瑞敏发明了他的"鸵鸟理论"：一个人在评价自己的能力和贡献的时候总觉得自己是鸵鸟,别人是鸡。若有一天他有幸看到真的鸵鸟的时候,他会说,噢,这只鸡比我大一点儿!

你去观察你熟悉的两个同事,你确认他们水平差不多,你可以了解一下他们对自己的看法,他们大抵都会认为自己能力更强一些。除非其中一个确实比别人差得很多,否则他是不会觉得自己差一点儿的。

环顾你的四周,你看看有几个人能认为自己所得比自己付出的多?甚至是认为自己所得和自己付出基本相当的都没有几个人!社会学中有一个"归因理论",是说一个人常常把自己的成功归为自己的努力,常常把自己的失败归咎于运气不好。这个理论和"鸵鸟理论"有异曲同工之妙。

我们在和人相处时,在评判个人得失时,一定要在个人天平上的所得一端再加上一块砝码,而在所失一端减去一块砝码。

(刘洪涛)

我们常常不满足于所得,那是我们把所得看得过于沉重;而我们也往往觉得自己所失太多,那是我们对付出过于计较。所得与所失没有真正意义上的相当,只有我们泰然处之,才能达到两者的平衡。

人 生 试 验

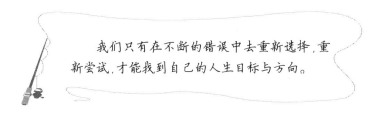

我们只有在不断的错误中去重新选择,重新尝试,才能找到自己的人生目标与方向。

伟大的文学家歌德在年轻的时候曾经立下的志向是成为一个世界闻名的画家。为此他一直沉溺于那变幻无穷的色彩世界中难以自拔。他付出了十年的艰辛努力去提高自己的画技,但是最后却收效甚微。在他40岁那年,他游历了意大利,亲眼见到那些真正大师的杰出作品之后,终于被震醒了:他终于明白,即使自己穷尽毕生的精力恐怕也难以在画界有所建树。在痛苦和彷徨中度过了一段时间之后,他毅然做出决定:放弃绘画,改攻文学。

晚年的歌德在回顾自己的成长过程时，就告诫那些头脑发热的青年，不要盲目地相信自己的兴趣，跟着感觉走。歌德感慨地说："要发现自己多不容易，我差不多花了半生的光阴。"

在人生之路真正开始时，我们也许要面对着两个盲区做决策：一个是外部的世界，这360行中各自独特的酸甜苦辣、艰难险阻以及所要求的素质条件，这一切我们都知之甚少；另一个盲区就是我们自己，我们自身的性格、特长、知识积累等条件，适合去做什么，能够干成什么？恐怕没有经过实践的检验和锻炼，我们很难给自己做出一个一成不变的定论。

不可否认，人的潜力很大，可塑性也很强，也有很多人会干一行爱一行而且做出成绩，但有选择总比没选择好，有比较总比没比较好。随着对自我本身和世界的了解，终会给自己找到一个合适的定位。想想看，鲁迅、孙中山做医生会是什么样子呢？

（肖　剑）

成长悟语

人生是一个错了再试的过程，要想发现真正的自我，就要先否定不足的先我。我们只有在不断的错误中去重新选择，重新尝试，才能找到自己的人生目标与方向。为自己选择一条最适合自己的路，才能展现你自己。

第 02 辑　内心的高贵比能力更重要

让孩子学会做人的故事全集

一个美国心理医生发现，那些乐于公益事业的名人、富豪，很少有怪癖或者不良记录，也几乎不看心理医生。他由此得出一条公理：当你总是对别人说"谢谢"的时候，你是找不到快乐的；当别人由衷地对你说"谢谢"的时候，快乐就会来找你。

内心高贵的人有时比有能力的人更容易成功，也更能享受生活细节中的美丽，因为做人做事拼到最后，比的还是内心。

仅此而已

如果我们能献出自己的力量，不需要太多，仅此而已，就足够了。

在二战即将结束的日子里，一架英国战斗机在敌区执行任务时不幸暴露了目标，德军高射炮齐发，有的炮弹甚至直接打入了油箱。飞行员想，自己的生命就要走到尽头了。但这些炮弹在油箱里竟然没有爆炸，真是不可思议。

受到奇迹鼓舞的飞行员振作精神，终于冲出重围，安全地返回了基地。后来技师从飞机油箱里取出了 11 枚高射炮弹。令人惊讶的是，它们个个完好无损！11 枚炮弹被解体后，人们才恍然大悟：这些炮弹都是空壳，里面根本没有炸药。在其中一个弹头里，有人发现了一张用捷克语写的字条："我能做的仅此而已！"

原来，这些被做过手脚的炮弹是德国军工厂里的地下反法西斯组织成员的杰作。二战期间，他们的空心炮弹救了很多盟军的战士。但是为了保护地下组织人员的安全，盟军很少对外界提起这些救命的炮弹。直到战争结束后，才公开了这个秘密。

那位捷克工人，在严密的监视下，至少往生产线里投放了 11 枚空壳炮弹。他说："我能做的仅此而已！"他一定觉得自己的力量太弱小了，对反法西斯的贡献微乎其微，或者还曾怀疑过自己的此举是否有意义。但他却不知道，就是因为他默默地努力，换来的是战士的生命和希望。

所以，不要埋怨我们的力量弱小，只要努力就行。假如我们只能种植下一棵树，这棵树或许就能成为参天大树，洒下一片绿荫；假如我们只能节约一碗水，这碗水就可能发挥出它的价值，灌溉一个生命。关键是看你是否用心去做，如果我们能献出自己的力量，不需要太多，仅此而已，就足够了。

（薛　峰）

成长　悟语

滴水和沙子纵然只是自然界中异常渺小的"一个"，但它们依然可以凭着微薄之力各自汇聚成江河和沙漠。人也一样，虽然力量有限，但我们能够把这小小的力量发挥到有效之处,使之力尽其用。一个人的力量,不要计较他能改变多少,只在乎我们是否用心付出了所有。

一个人的坚守

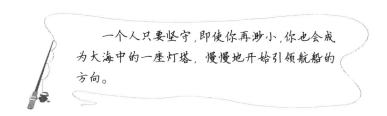

一个人只要坚守,即使你再渺小,你也会成为大海中的一座灯塔,慢慢地开始引领航船的方向。

在日本北海道附近海域,生长着一种名叫船鱼的鱼种,它们成群结队,在浅海里生活着。

当地渔民最喜欢捕食船鱼。但在一个小渔村里,这种鱼却是"圣鱼",不能随意捕杀,如果它们被渔网打上来,就应放生。这个小渔村里的人认为,如果捕杀船鱼,他们驾船出海时,就会遭遇恶浪,遭到船鱼的惩罚。

一个小渔村的风俗,显然不能左右当地渔民的捕鱼习惯。但是,这个小渔村一直不肯妥协,每到渔猎季节,小渔村就会派出一位德高望重的老者到港口规劝渔民。

没有人会听信老者的话,他们早晨驾船出发,晚上捕了船鱼回来,大海一切风平浪静。

但是,这个小渔村仍然坚守着这条规矩,每当前一位老者年老体衰,小渔村就会再选派出一位老者,继续他们的规劝工作。

这样的风俗延续了上百年。

直到有一年,日本有一位渔政长官偶尔踏上了这片偏僻的土地,偶然遇到了正在规劝渔民不要猎捕船鱼的老者。

渔政长官十分奇怪。

这种船鱼并非在禁捕之列,而是浅海中十分普通的鱼种。当他得知这个小渔村为了禁止其他渔民捕杀船鱼,已经规劝了上百年时,他十分震撼。

渔政长官后来就派遣渔业专家作了一次调查,发现船鱼在海洋污染和渔民的大量捕猎下,种群急剧下降。在渔政长官的建议下,当地渔民开始限量捕杀船鱼。

这则消息传到那个小渔村,小渔村沸腾了,人们奔走相告,欢庆这个喜讯。

日本有家电视台采访了这个故事,并把最后一位规劝他人不要捕杀船鱼的老者请到了电视台。老者说,村人把自己的职业叫做"灯塔"。因为"灯塔"虽然很小,很不起眼,但却可以引领船只的航线。

节目播出后,许多观众被这个故事深深打动了。一个人只要坚守,即使你再渺小,你也会成为大海中的一座灯塔,慢慢地开始引领航船的方向。

(流 沙)

成 长 悟 语

或许我们不能左右别人的选择,但我们可以始终坚守自己的一份信念。明知自己不能改变什么,但也要努力让别人明白自己正确的理由。终有一天,当别人注意到你的时候,你就可以帮助他们选择正确的方向。

无人看见的鞠躬

其实,我们的操守教育也好,诚信教育也好,就是期待看到大家在人前人后都能以一贯的标准要求自己吧!

在东京坐过一次小巴,是那种很不起眼的小型公共交通工具,从涩谷车站到居住社区集中的代官山。我上车就注意到司机是位娇小的女孩,穿着整齐的制服,戴着那种很神气的筒帽,还有非常醒目的耳麦。我们上车的时候她就回头温柔地说"欢迎乘车",我立刻就觉得这样的车程是温馨愉快的。

路途中我发现司机最忙的可能是嘴。因为她带着耳麦,时刻都在很轻柔地说着什么,比如"我们马上要转弯了,大家请坐好扶好哦","我们前面有车横过,所以要稍等一下","变绿灯了,我们要开动了","马上要到站,要下车的乘客请提前做好准备"。

我觉得这样也挺有趣,一边坐车一边还可以猜猜人家说的是什么。到了其中一站的时候,司机讲了很多话。正当我们猜测得难解难分的时候,车门打开了,上来一个同样打扮的女司机。她朝车里的乘客们深鞠一躬,说:"接下来由我为大家服务,请多关照。"

哦!原来她们是要交接班了!然后她下车绕到驾驶位,和之前的司机交接工作。她们简单交谈了几句,然后互相深深地鞠躬,接着交换位置。新司机握好方向盘,同样温柔地说:"我们马上要开动了,请大家注意安全。"这时之前的司机在路边对乘客说:"谢谢大家,祝大家一路平安!"

车开动了。我无意中回头,发现之前的司机静静地在路边朝我们行驶的方向鞠着90度的躬,许久许久。

我说了这么多那次乘车的细节,重点就在这个无人看见的鞠躬。那天下着小雨,在社区边安静的小路旁,一位娇小的女孩诚心诚意地对着她的乘客离去的方向深深地弯下腰去。这个场面让我当时就相当有感触,平平静静地定格在我的记忆中。

很多人都觉得日本人的礼数太啰嗦。我亲身经历的那次交接班的过程也很可能会让你觉得过分复杂和矫情,我也无意推崇某些具体的做法,我甚至也觉得过多的客套话和没完没了的鞠躬其实已经不太适合这个快节奏的时代,可是我感动于这个无人看见的鞠躬。这让我觉得,职业的操守、行为的准则不是遵守给别人看的。如果你没有从心里理解和接受一种做法,你就没有办法发自内心地把它做得透彻到位。别人监督的时候当然可以很好地表现,没有人看见的时候呢? 是否也能同样地好自为之? 其实,我们的操守教育也好,诚信教育也好,就是期待看到大家在人前人后都能以一贯的标准要求自己吧!

没人看见的时候,你也会鞠躬吗?

(何　炅)

成长　悟语

如果一个人始终恪守自己为人的准则,那么无论身在何时何地,他都能够坚定不移地从高从严要求自己。态度决定一切行为,每个人都有不同的准则,但每个人都应以一种认真的态度执行标准。

你掉了一样东西

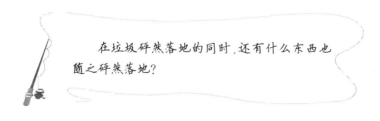

在垃圾砰然落地的同时,还有什么东西也随之砰然落地?

这是一件真事,可听起来简直像个笑话。有一个女人,穿着不方便的长裙,在月台上追赶一张在风中飞跑的纸。热心的人们看见她万分焦灼的样子,便纷纷加入了援助追纸的队伍。可那张纸仿佛要存心逗弄大家,飞起又落下,落下又飞起,像附了魂一样。越是这样,人们追上它的决心也就越大。大家认定那是一张太重要的纸,捉不住它,那女人定会无比伤心失望的。终于,在众人的共同努力下,那张纸乖乖就范了。那个幸运地捕住了纸的人,得意地将战利品朝女人递过去。女人优雅地向人家道谢,然后,拈着那张纸,在众目睽睽之下走到垃圾筒前,将它塞了进去。回过身,她微笑着对大家说:"好了,现在这一片垃圾终于到了它应该去的地方。"

你可能会问:这件事发生在哪里?别急,请先回答我一个问题:这件事不会发生在哪里?我想,这个问题,你我都一定具备足够的资格回答。

我认识一位官员,他说,他在澳大利亚办了一件特"裁面"的事。一天,他们参观团的汽车在野外飞驰,他吃了一根香蕉,随手就将香蕉皮扔出了窗外——反正车上也没外人,连翻译都是同胞。但是,他忽略了一个问题,那就是,司机是地道的澳大利亚人!"吱——"一个紧急刹车,司机一声不响地跳下车去,快速往回跑,拣回了那个香蕉皮,然后又一声不响地上车,开动。一车中国人面面相觑。翻译耸耸肩说:"别在意,他拣这玩意儿跟你扔这玩意儿一样自然!"我的那位官员朋友说:"唉,瞧我这嘴巴子挨的哟!"

我的学校里曾经有一位气质非凡的女校长,当看见学生随手将垃圾丢在地上时,她总是要追上那人,温和地提醒他(她):"嗨,你掉了一样东西。"有学生反应极其迟钝,居然对她感激地笑笑说:"没有啊,校长。"她便指着地上的东西给他(她)瞧,那人于是面红耳赤地拾起垃圾,跑掉了。

"你掉了一样东西",我喜欢反复揣摩这句话,挖掘潜隐在它下面的更深的含义。真的,你不妨再追问一句:在垃圾砰然落地的同时,还有什么东西也随之砰然落地?

（张丽钧）

成长 悟语

一件垃圾哪里都有它的藏身之处,但不是每一个地方都是适当之处。不要贪图一时的方便而随意将垃圾丢弃。在你潇洒地把垃圾随手一甩的同时,公德心也随之被丢掉。我们为何要像随手扔掉一件垃圾那样,轻易地抛弃我们最宝贵的美德呢?

人性的光辉

奉献不是一种失去，而是一种收获，收获随那份感动而带来的快乐与幸福。

一

那还是在上两个世纪，有一个小女孩读到了一本关于古希腊学者阿基米德的书，里面讲述了他被破城而入的罗马士兵用长矛杀死前，还在沙地上画几何图，甚至头也不抬地说："请等一等，让我把这道题解完……"这个故事使小女孩受到极大感动，她发誓要像阿基米德那样献身数学事业。

这个小女孩后来成为法国出色的数学家和物理学家，她参与了著名的"费马大定理"的论证。鉴于其非凡的业绩，法国科学院授予她金质奖章。她就是索菲·热尔曼女士。

1806年，拿破仑大军横扫欧洲大陆，当攻陷普鲁士城堡时，前线军官对手下传达了一项命令：一定要保护大数学家高斯教授，任何人不准侵扰和伤害他。

同样都是大军压境，阿基米德和高斯同样都是大数学家，为什么他们的命运和遭遇会截然不同呢？高斯为什么会受到保护呢？原来保护他的人正是索菲·热尔曼。那位下令保护高斯的前线军官正是索菲·热尔曼的男友，是她对男友的那份特殊重托使高斯幸存了下来。

在这个世界上，总有一些精神让我们感动。人类正是有了一代又一代献身科学、献身事业的精英，正是他们的奉献精神，一次又一次地感动着我们，让我们变得纯粹起来，变得高尚起来，让我们的这个世界变得美好起来，变得充满希望起来。

二

与美国火箭队续约5年的姚明，身价高达7600万美元，对他来说，一场重要比赛，可能为他赢得数百万元美元的收入。

不久前，姚明加入了中华骨髓库捐献造血干细胞志愿者行列，记者为此采访了他：

"现在你是中华骨髓库的志愿者，是真的捐献还是作为一个形象代言人？"

"我已经签过意向书了，一旦匹配成功的话，马上就捐献。"

"如果你正在举行一场重要的比赛呢？"

"有什么比生命更重要吗？"

有什么比生命更重要吗？但愿这句反问，能在那些漠视别人生命的人的心中激起一分觉醒，激起一分良知，激起一分对生命的敬畏和尊重。

三

肯尼斯·贝林是现在美国最富有的400人之一，他拥有顶级豪宅、世界级经典汽车、私人飞机，他应有尽有，似乎什么都不缺。然而，巨大的财富却并没有给他带来快乐。

促使贝林改变人生态度的是一件小事。那是1999年，一家慈善机构找到他，希望他能够用私人飞机顺路带些捐赠物品到罗马尼亚，其中包括6把轮椅。在罗马尼亚的一家医院里，贝林平生第一次把一位老人扶上了轮椅。坐上轮椅的老人，感动得老泪横流。老人说，他妻子过世了，他又患了中风不能走路，如果没有轮椅他只能永远待在没有阳光的屋子里。老人越说越激动，紧紧握住贝林的手说，现在坐上了轮椅，他也可以走出院子和邻居一起闲聊抽烟了。贝林听完老人的话后，百感交集，他想，他只不过把老人扶上了轮椅，却好像把老人扶上了人生幸福的轨道。

这件小事，点燃了贝林从事慈善事业的激情，接下来的几年里，他频频光顾非洲的医院和世界各个贫穷国家。2000年他创立了轮椅基金会。据统计，轮椅基金会已向全球130多个国家捐赠了37万把轮椅。

贝林是一个深知为富之道的人，就像他在自传《为富之道》一书中所说的那样：起初，我以为钱挣得多就是目标，而事实是，我把梯子靠错了墙，爬到顶后发现错了。但我毕竟是有福的，罗马尼亚之行改变了我的人生态度，让我懂得了奉献的意义和价值。当然，这么做并不是为了得到回报，而是为了享受奉献所带来的快乐。

财富的终极目的不是为了敛聚，而是去实现它价值的最大化，去帮助那些最需要帮助的人，并从中享受由此带来的幸福和快乐，这才是真正的为富之道。

(黄小平)

成长 悟语

当我们为着科学或他人欣然付出的时候，我们开始了人性的觉悟，懂得了作为人的价值追求。哪里需要我们，我们到哪里奉献。哪里有奉献，哪里就有希望、有感动。奉献不是一种失去，而是一种收获，收获随那份感动而带来的快乐与幸福。

沉睡的美德

世界上任何一个地方，虽然有着不同的生活习惯与风土人情，但是，文明和友善却是人类共有的美德。

那天早上，一位在英国读书的美国青年，乘地铁去上课。车厢里的人很多，几乎座无虚席。当他走近车厢唯一的空位子时，旁边的一位衣着雍容、体态肥胖的英国妇女，却抢先把她怀中抱着的那只小狗放到那个空位上。

小狗眯着眼，懒散地卧在柔软的坐席上，而它的女主人则坐在它的旁边昏昏欲睡。

美国青年非常礼貌地指着小狗的那个位子说："太太，您是否能允许我坐在这里？"

胖女人没有说话，只是鼻子里喘着粗气，并故意把头转向窗外。

尴尬的青年再次轻声说道："打扰一下，太太。我可不可以坐在这里？"女人仍然一声不吭。

"太太，请您把您的狗挪一挪。"年轻的美国人第三次发出请求，然而小狗的女主人仍旧是一副傲慢的样子，对美国青年根本不屑一顾。

突然，美国青年猛地打开车厢的窗子，拎起座位上的狗，一扬手扔出窗外。然后，稳稳地坐在那个空位子上。

女人尖叫一声，惊异的眼睛睁得大大的，看着身边沉稳的青年。车厢里出奇的安静。这时，坐在他们对面的一位英国绅士打破了寂静。

"听我说，小伙子，你们美国人在英国几乎时刻在犯错误。比如说，经常把行车的方向搞反，吃饭时双手总是拿着刀叉，把楼号的顺序读颠倒。而你今天犯的错误是你不该将那只不懂事的小狗扔出窗外，而是应该把你身边这个胖女人扔出去。"

世界上任何一个地方，虽然有着不同的生活习惯与风土人情，但是，文明和友善却是人类共有的美德。

成长 悟语

你让美德沉睡了吗？赶快把它唤醒，不要摒弃心灵美好的那部分，它可以拉近人与人之间的距离。无论走在哪里，遇上哪些人，请把同样友善的点头、同样亲切的微笑献给任何一个人。

美德是生命最精彩的部分

一贫如洗也好，富可敌国也罢，其生命中最精彩的部分，都是其为人处世中表露出的种种美德。

　　已故香港华懋(mào) 集团主席龚如心被称为"亚洲第一富婆"。据统计，龚如心名下的财产加在一起，将近有 400 亿港元。以此计算，龚如心的身价要比英国女王伊丽莎白二世的财富多出 5 倍。巨额财富，让她自 1997 年起，每年在《福布斯》富豪榜上都有一席之地。

　　但是，龚如心和其他富翁也没什么两样：有钱，以及一段积累这些财富的所谓"传奇"经历。如今有钱人多如天上繁星，所以见多不怪的人们对他们早已没有关注的兴趣了。引起人们注意的，是这位亚洲女富豪生命中的其他细节。

　　龚如心从来不穿名牌衣服，她的衣服都很普通，好多都是朋友亲手做给她的。她从没有花钱理过头，头发都是自己剪的。对于饮食，海鲜宴席在她眼里更是"贵得要命"，所以她从不享用鲍参翅肚，而只吃简单的快餐，吃剩下的饭菜还要打包带走。她对坐车的态度也十分随便，经常坐极普通的轿车。有一次，龚如心的华懋集团开楼盘，负责按揭的银行送几盒蛋糕到售楼处慰劳员工，在场的龚如心毫不客气，把剩下的蛋糕全部带走。更令人难以想象的是，这位亚洲女首富每个月的花费不会超过 3000 元！

　　但是，这样一个对自己近乎苛刻的女性，做起善事来却慷慨大方。早在 20 世纪 90 年代，龚如心就捐建了一座"华懋护理安老院"。1993 年，华东发生水灾时，她捐款 300 万港币。从 1995 年起，龚如心又设立了"如心农业奖励金"，每周奖励一名小有成就的普通农民，一年 54 名，奖金为每人 1 万元人民币。1997 年，龚如心又出资 2000 万元人民币设立了教育基金会，支持中国国内 6 所大学的教育事业。就在逝世前不久，她还在香港发起筹建"中国老区发展基金会"，向中国老区建设促进会捐赠 500 万元港币，龚如心的善举几乎遍布了各个行业。

　　"最开心的事情就是赚钱，赚了钱才能帮助更多的人。"这是龚如心曾说过的一句话。品读这句话时，让人心灵一动，感觉其远比那道叫做财富的光环更为耀眼夺目。

每个人活着，一贫如洗也好，富可敌国也罢，其生命中最精彩的部分，都是其为人处世中表露出的种种美德。

成长 悟语

美德，使金钱不是显示富有，而是节俭；美德，使财富不是代表独揽，而是慷慨。单单拥有丰富物质的人，只可以惹来别人的羡慕，唯有他们具有了美德，才真正值得他人敬佩，才能显示出他们高于物质的人生价值。

小女孩的布娃娃

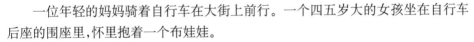

所有的人文关怀，所有珍惜生命、尊重人权的话语，都比不上这个交警在这短短几分钟里的所作所为那么光辉动人。

一位年轻的妈妈骑着自行车在大街上前行。一个四五岁大的女孩坐在自行车后座的围座里，怀里抱着一个布娃娃。

路上，行人如织，车水马龙。年轻妈妈的自行车，是在交通指示灯转为红灯之前的一刹那，在路口中央岗亭上的交通民警的注视下，加速驶过十字路口的。

就在这时，她背后的小女孩尖厉地叫了起来，小身子使劲晃着——她的布娃娃在自行车加速前进的时候掉到地上了。年轻妈妈停下车回头一看，它正手脚朝天地躺在路口中间，远看真像一个无助的婴儿。两边排着长龙的汽车已经发动，正向它的方向驶去。眼看布娃娃将要被碾烂，女儿大声哭喊着翻身下车要去捡它。妈妈死死拉着她不放手。这时，小女孩放开嗓门朝交警大喊一声："叔叔，救救我的娃娃。"

本以为只是不懂事女儿的异想天开，可让这位年轻的妈妈没想到的是，那个交警果断地做了一个手势，两边的汽车戛然而止，交警跳下岗台，把布娃娃捡——不，抱了起来，接着打手势让汽车继续通行，然后快步来到母女身边。

年轻妈妈赶快迎上去，刚要说对不起、谢谢之类的话，那位交警立正，举手敬礼，说："在公路上，请照顾好您的孩子。"却并没把布娃娃交给她，而是转身走到小女孩面前，郑重地交给她，又是一个立正，举手敬礼："请照顾好你的娃娃。"

那个妈妈愣住了。

所有的人文关怀，所有珍惜生命、尊重人权的话语，都比不上这个交警在这短短几分钟里的所作所为那么光辉动人。美好不是生造出来的，而是来自真诚的发掘，是天然的、善良的。这个警察的敬礼，尤其是第二个敬礼，将会深深印在那个小女孩的心里，教会她怎样爱人，怎样善待他人。

（非　非）

成长悟语

对人，多一分尊爱，是人性的美好。这个世界应该是一个充满爱的世界，不分年龄、身份与地位，任何时候我们都要以一颗善良的心待人，关爱一切生命，尊重身边的人。待人真诚，满心快乐，无论自己还是对方。

失去的都会得到补偿

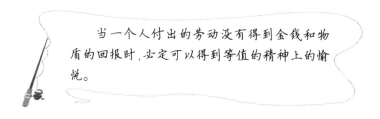

当一个人付出的劳动没有得到金钱和物质的回报时，必定可以得到等值的精神上的愉悦。

奥黛丽·赫本是 20 世纪五六十年代的好莱坞著名影星，她有两项非常有趣的记录：一是她结过 7 次婚，二是她从没有看过心理医生。

前不久，一位叫史塔勒的美国医生对此产生兴趣，因为他常在半夜接到一些著名主持人和影视明星的电话，要求他给予心理上的帮助。史塔勒作为心理学家，对绝大多数人的问题都能迎刃而解，但对有些人，他也一筹莫展。这些人多是些影视大腕儿，要么片酬在 1000 万美元以上，要么出场费高达百万美元之巨。他们衣食无忧，崇拜者如云，是一群世界上最幸运的人。

史塔勒获知赫本的两大记录之后，好像在黑暗中发现了一抹曙光，决心深入研究一下，他想，说不定从她那儿可以得到一点儿突破。

他翻出 20 世纪 60 年代的报纸，找出有关赫本的所有报道，发现赫本区别于其他影星的不仅仅是那两点。比如说，赫本曾息影 8 年，这在好莱坞历史上是没有先例的。要知道，在当时，作为著名影星，息影一年就等于洛克菲勒家族在田纳西州封存一口油井，那种损失是看得见、摸得着的。另外，史塔勒还发现赫本做过 67 次亲善大使,尤其是 1956～1963 年间,她几乎每个月都到码头、监狱、黑人社区去做义工。有一次,她甚至谢绝了贝尔公司每小时 5 万美元的庆典邀请,而去医院给一位小男孩做护理服务。总之,赫本除了上面的那两个特征外,还有一大特点,就是乐于做无报酬的慈善工作。

史塔勒对这一发现非常重视,他认为里面肯定蕴藏着心理学方面的某种东西。为了能得出一个圆满的答案,他推而广之,对其他乐于公益事业的名人、富翁进行研究。最后,他发现这些人很少有怪癖及其他不良记录,他们同赫本一样,几乎没有看过心理医生。

后来,他把他的发现应用到他的那一批特殊病人身上。许多人在接受医疗或忠告后,一扫过去的心灵困惑,变得乐观起来。有一段时间,好莱坞甚至掀起了一个争做联合国亲善大使的热潮——他们争着去非洲的索马里,去科索沃的难民营。因为他们在慈善行动中发现,世界上存在着这么一条公理:当一个人付出的劳动没有得到金钱和物质的回报时,必定可以得到等值的精神上的愉悦。

(燕 敏)

033

成长 悟语

如果要在物质与精神两者之间抉择,那么我们应该毫不犹豫地选择后者,因为只有物质没有精神的话,我们最多只能是行尸走肉般地活着;有了精神,我们才能充实起来。物质会腐化,但精神不会;精神可以弥补物质上的不足,但物质不能填补精神上的空缺。

最珍贵的财宝

我抢劫的其他财宝都已经物归原主,只有这一件财宝却没有办法归还啊。

在 20 世纪的 20 年代,有一个强盗在欧洲妇孺皆知,他的名字叫阿瑟·贝里。欧洲几乎所有富豪名流的银行保险箱和收藏室他都光顾过。如果哪一位富豪没有遭受过阿瑟·贝里的抢劫,别人通常都认为他的所谓富裕只是虚有其表,不然阿瑟·贝里怎么就没有来过呢?

后来,在他千百次得手之后的一次抢劫中,终于落入法网。当警察进入阿瑟·贝里的家之后,所有的人都被眼前壮观的财富惊呆了。他把这些抢劫的财富分在6个储藏室储藏,金银、绘画、珍珠、玉石、现钞、古玩,每一个储藏室里都满满的。这里几乎汇集了世界上最罕见的金银珠宝、最名贵的美术作品,甚至中国的瓷器、敦煌的经卷也在他的储藏之列。这些财富不是简单地用价值连城这个词语能够形容的。

颇有些讽刺意味的是,在他这里发现的一些绘画,是英国王室和卢森堡大公独有的,而且王室并没有丢失。最后经专家鉴定,他的这些是真品,而依然挂在王室里的绘画则全部是阿瑟·贝里找人复制的赝品。这让当时的英国王室和卢森堡大公声誉扫地。

当时有媒体报道说,非洲许多国家的财富总和恐怕也难以与他的财富媲美。

他被判20年监禁。1950年,阿瑟·贝里刑满释放。当他走出监狱之后,他决定隐姓埋名过一种清贫而普通的生活。他到了距离首都最远的一个小城隐居下来,他开了一个小酒店,每天有一些微薄的收入,但是对于他的用度已经足够了。人们逐渐忘记了他,他自己似乎也把自己忘记了。

但是有一天,一个记者发现了他。"江洋大盗阿瑟·贝里就居住在我们的小城"这个消息让小城顿时翻了天。

阿瑟·贝里很从容地接待来采访他的人,他对于记者的问题有问必答。其中,有一个问题的回答至今为人们铭记。记者问他抢劫的最珍贵的财宝是什么,他沉着地回答:"我抢劫的最倒霉的人是阿瑟·贝里,最珍贵的财宝是他的20年岁月。我抢劫的其他财宝都已经物归原主,只有这一件财宝却没有办法归还啊。"

人们看到一向坚强的阿瑟·贝里此刻的眼眶里溢满了泪水,人们知道,那是他用20年生命顿悟出来的悔恨之泪。

成 长 悟 语

当时间在指间流逝的时候,我们无法握拳挽留,但我们应努力把握每一个有限而短暂的瞬间,让它变得精彩。有些事情,我们可以重来,但时间绝不会向我们回头看一眼。岁月不留人,别浪费光阴去做一些愚蠢的事情。

内·心·的·高·贵·比·能·力·更·重·要

035

可怜的人

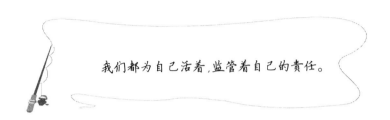

我们都为自己活着,监管着自己的责任。

两个同学,大学毕业一起到深圳闯天下。甲很快做成了一单大生意,升为部门经理;乙业绩平平,还是一个普通业务员,并且是甲的手下。

乙心理不平衡,就去庙里着急地找和尚,求神灵相助。和尚说:"你过三年再看。"

三年后,他找到和尚,很沮丧地说:"甲现在是总经理了。"和尚说:"再过三年你再看。"

三年又过,他又去见和尚,气急败坏地说:"甲已经自己当老板了。"和尚说:"我也从普通和尚成为方丈了。我们都是自己,你是谁?我们都为自己活着,监管着自己的责任。你在干什么?你痛苦地为甲活着,监管着他。你丢的不是职位、金钱和面子,你丢掉了你自己。"

一年后,乙又来了,幸灾乐祸地说:"大师,你不对,甲公司破产,坐牢了。"

和尚无语,心里悲悯:"坐牢了,破产了,甲还是他自己。可是你这个可怜的人啊,还不是你自己呀!"

三年后,甲在监狱里服刑时,思索人生写了一本书,很轰动,成了畅销书。甲减刑,提前出狱,到处见记者,签名售书,成了很红的名人,无限风光。甲还在电视上与和尚一起,作为名人谈佛论道、感化众生。

乙在出租屋里看电视,手里翻着甲的书,内心极度痛苦。他就这样一辈子把自己给弄丢了。

成长 悟语

光顾看着别人在前进,自己却在原地不动,那比倒退还要失败,起码倒退是因为我们尝试着去改变。别人的成功与失败都不会成为你前进的障碍,不用嫉妒他人的成功,更无须对别人幸灾乐祸,更多地关注自己,思考自己,捡回被你丢掉的自我;唯有让自己行动起来,才能改变现状。

我听见了长大的声音

> "谢谢我",是我成熟的一座纪念碑。从一句句轻轻的"谢谢你"中,我听见了自己长大的声音。

17岁那年,我已长得人高马大了,和父亲站到一块儿,足足比他高出半个头来,虎背熊腰的,威武得不行。父亲常常高兴地拍着我厚厚的肩膀说:"瞅瞅,成一条大汉了。"

块头虽然不小,但因为我一不甘心像父亲那样一辈子泡在一亩三分地里,二是嫌外出打工不体面,所以整天待在家里,东游西逛无所事事。那年春天,村东头福海叔家翻盖新瓦房,人手紧,父亲跟我说:"你在家里闲着也是闲着,明天去你福海叔家帮把手去。"

我说:"我又不会干泥瓦匠活儿,我去干什么?"父亲说:"不会做手艺活儿,你搬砖运瓦总能干吧?"我一听,脖子顿时就梗了起来,"让我搬砖运瓦呀?听那一群泥瓦匠指东吆西?我不去!"

父亲瞅了我半天,叹口气:"俺知道你,又嫌去搬砖运瓦不体面了不是?不去也行,咱俩明天换换工,你去镇上买几袋化肥,我去你福海叔家帮忙。"父亲也不是什么手艺人,只有一身好力气,村里谁家翻房盖屋了,即使人家不来找,父亲听说就去搬砖、运瓦、和泥,尽做一些笨重的苦力活儿,但父亲在乡亲中却挺有威望,十里八村的乡亲们说起他,都啧啧着嘴说:"那真是个好人呀。"

第二天一清早,父亲就去了福海叔家。吃过早饭,我套好一辆架子车,拽着去20余里外的镇上买化肥。回来时可就难了,七八袋化肥,七八百斤重,一溜的上坡路,我拼命地弓着腰拽,没拽出多远,汗水就把上衣洇透了,两条腿儿也软得直打颤,心怦怦直往嗓眼儿跳,上气难接下气。正愁得不行时,恰遇到几个过路人,他们二话没说,将自己拎的东西往我车上一扔,就挽起袖子帮我推起来。车轱辘沙沙地,车子一下子变得又轻又快了。上到坡顶,我望着他们一张张汗涔涔的脸,心里十分感激,红着脸一个劲儿地对他们说:"大叔大婶,我谢谢你们了!"几个人淡淡地笑笑,说:"没啥,不就是搭把手嘛?"

夜里,父亲从福海叔家回来,问我:"这么多化肥,一个人怎么拉回来的?"我跟他讲了上午的事。听罢，父亲说："你向人家道过谢没有？""当然道谢了。"我说。父亲思忖了半晌说："你尝过别人向你道谢的滋味吗？"我摇摇头。"你整天待在家里也憋得慌，这两天买化肥的人多，你明天去路上转悠转悠，见有需要帮忙的人，就伸手帮一把吧。"父亲说。

第二天我就一个人步行着去镇上转悠了一圈。返回时，果真见有几个艰难运化肥的乡亲，想想自己昨天的事情，我默默挽起了袖子，快步上前，不声不响地帮忙推起来。车到了坡顶，拉车的人回过头来，满脸感激地说："小伙子，谢谢您帮忙了！"

"谢谢您？"我一愣。这是我第一次听到别人对我说这样的话，脸羞得热热的，心里却兴奋极了！我以前多少次向别人道过谢，但没想到别人向自己道谢时，这瞬间的感觉是这么地美妙，像薰香的微风，又像池塘的涟漪、月夜下的曼歌。

回到家里，我还沉浸在这种兴奋和快乐中。夜里父亲回来，看到我舒心的模样，笑着问："尝到别人向你道谢的滋味了？"我点点头。父亲又问："比你向别人道谢的滋味怎么样？""当然感觉好多了！"

父亲笑了。父亲顿了顿说："你长这么高了，成一条大汉了，应该懂得这种事理了。当你自己还总是对别人说谢谢的时候，你是找不到快乐的；当别人由衷地对你说声'谢谢'时，快乐就会来找你。人活这一辈子，应让别人经常对你道谢，只要你心里常揣着一句让别人'谢谢我'，活着就是高兴和快乐的。"

"谢谢我？"我愣了，当我又细细品味了父亲的这番话后，不禁对向来不屑一顾的父亲肃然起敬了。

第二天早晨起来，我对父亲说："今天你忙家里的活吧，我去福海叔家帮忙搬砖运瓦！"父亲咧着嘴赞赏地笑了："去吧去吧，能给别人帮助，你才知道活着的味道。"

多年以后，当我阅读托尔斯泰的作品时，发现了这样一句话："为别人而生活着是幸福的！"

这和父亲的"谢谢我"是多么异曲同工啊！

"谢谢我"，是我成熟的一座纪念碑。从一句句轻轻的"谢谢你"中，我听见了自己长大的声音。

（李雪峰）

成长 悟语

越是长大，我们越应懂得帮助他人。"赠人玫瑰，手有余香"，别人简单的一句"谢谢"，足以像泉水一样滋润我们的心田，清新而甘甜。帮助别人，乐得自愉，从中我们已经收获成熟。

　　不要埋怨我们的力量弱小，只要努力就行。假如我们只能种植下一棵树，这棵树或许就能成为参天大树，洒下一片绿阴；假如我们只能节约一碗水，这碗水就可能发挥出它的价值，灌溉一个生命。关键是看你是否用心去做，如果我们能献出自己的力量，不需要太多，仅此而已，就足够了。

第03辑　独立人格是生存的技能

这世界上每一个人出生在什么样的家庭,有多少财产,有什么样的父亲、什么样的地位和怎样的亲朋好友并不重要,重要的是我们不能将希望寄托于他人;只要不轻言放弃,自立、自信、自强,就没有什么实现不了的事。

独立人格是一个人走向成功的标志。只有培养出独立自主的品格,才能立足于社会,才能取得成功。

站着的高度

真正的伟人是不需要给自己找垫脚砖的，一个坐在别人肩膀上的人再高，也没有他自己站着的高度高。

一天，大仲马得知他的儿子小仲马寄出的稿子总是碰壁，便对小仲马说："如果你能在寄稿时，随稿给编辑先生们附上一封短信，或者只是一句话，说'我是大仲马的儿子'，或许情况就会好多了。"

小仲马固执地说："不，我不想坐在你的肩头上摘苹果，那样摘来的苹果没味道。"年轻的小仲马不但拒绝以父亲的盛名做自己事业的敲门砖，而且不露声色地给自己取了十几个其他姓氏的笔名，以避免那些编辑先生们把他和大名鼎鼎的父亲联系起来。

面对那些冷酷而无情的一张张退稿信，小仲马没有沮丧，仍在不露声色地坚持创作自己的作品。他的长篇小说《茶花女》寄出后，终于以其绝妙的构思和精彩的文笔震撼了一位资深编辑。这位知名编辑曾和大仲马有着多年的书信来往。他看到寄稿人的地址同大作家大仲马的丝毫不差，怀疑是大仲马另取的笔名，但作品的风格却和大仲马的迥然不同。带着这种兴奋和疑问，他迫不及待地乘车造访大仲马家。

令他大吃一惊的是，《茶花女》这部伟大作品的作者竟是大仲马名不见经传的年轻儿子小仲马。"您为何不在稿子上署上您的真实姓名呢？"老编辑疑惑地问小仲马。小仲马说："我只想拥有自己真实的高度。"

老编辑对小仲马的做法赞叹不已。

《茶花女》出版后，法国文坛书评家一致认为这部作品的价值大大超越了大仲马的代表作《基督山伯爵》。小仲马一时声誉鹊起。

真正的伟人是不需要给自己找垫脚砖的，一个坐在别人肩膀上的人再高，也没有他自己站着的高度高。

（李雪峰）

成长 悟语

活在别人的影子下，你永远无法看清前面的路，只有绕身超过，你才能

看见太阳在前面微笑。别人的成功只可以为他套上光环,但不可以造就你的
辉煌。所以,人生高度应该由自己决定,而不能靠别人把自己托高来实现。

自己开门

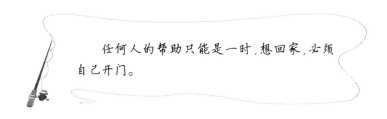

任何人的帮助只能是一时,想回家,必须
自己开门。

那年我 5 岁,那晚大风呼呼。

记不清到底因为什么原因惹父亲发脾气,只记得,他一怒之下把我拎到门外,
一句话也不说就插上了门闩。

门外,漆黑一片。大风刮到脸上,又冷又疼。站在黑暗中,所有可怕的东西一瞬
间从四面八方涌来,也就在我最害怕的那一刻,邻居家的狗不知为什么歇斯底里地
叫起来,我"哇"地哭了出来。

以往,不管因为什么原因遭到父亲的训斥,只要我一哭,奶奶就会护着我。我
以为这次我的哭声依然能招来奶奶,让她用温暖的棉袄把我抱回去。但是,嗓子都
快哭哑了,依然没有听到奶奶的脚步声。只听到父亲的吼声:"就会哭,今天没人给
你开门。"

父亲的话让我明白,哭已经无济于事,如果奶奶已经被父亲说服,那么家里已
经没有人敢给我开门了。

想到这里,我止住哭声,开始使劲推门。那时候门是两扇对开的,使劲推能推开
一条小缝,伸手就能碰到门闩。我使出吃奶的力气推门,然后把手伸进去,够着门
闩,一点一点地挪动。也不知过了多长时间,门终于被我弄开了。站在院子里,我看
到奶奶、父亲、母亲,还有脸上流着泪的小姑。

长大以后才知道,那晚奶奶并不是没有听到我的哭声,小姑已经走到了门后,
母亲因为此事和父亲吵了起来。但父亲阻挡了所有人对我的帮助,他说:"让她自己
开门进来。"

也正是那晚的独自开门,让我渐渐独立起来,也让我明白,任何人的帮助只能
是一时,想回家,必须自己开门。

(葛文娟)

在大人的庇护下长大,习惯了父母温暖的怀抱,我们似乎忘记了我们每个人身后都有一双隐形的翅膀,要飞多高,由自己挥动翅膀来掌控。我们必须离开庇护和怀抱,习惯在没有大人的注视下学着成长与坚强。

给自己埋单

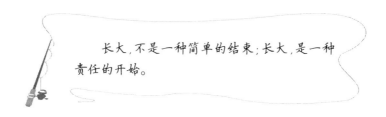

长大,不是一种简单的结束;长大,是一种责任的开始。

21 岁,我大学毕业了。高高兴兴到单位报到后,一帮同学就接二连三请我进舞厅、泡酒吧。我整天满身酒气地早出晚归,心里兴奋而轻松——毕竟我已毕业,还有一份不错的工作,春风得意马蹄疾,此时不乐更待何时?

父母开始对整天在灯红酒绿里穿梭的我忧心忡忡。

母亲劝我:"刚参加工作不一心一意干工作,就这样喝酒跳舞呀?"我不屑地说:"我不是刚刚从大学里逃出来吗, 放松放松有什么了不起? 工作的事儿今后长着呢。"母亲摇着头,叹息了两声默默地走开了。

一天,我照例和朋友们吆五喝六地喝了一通酒,一直折腾到凌晨 1 点多,才趔趔趄趄浑身酸乏地回到家里。打开门后,发觉父亲还在客厅里等我父亲说:"先别睡,一会儿咱俩算笔账吧。"

我醉眼蒙眬地问:"深更半夜的,算什么账啊?"父亲说:"是笔老账了,都 21 年了,该一五一十地算算了。"

21 年的老账? 我惊讶地说:"都这么多年的老账了? 那是该算算了。"父亲意味深长地淡然一笑:"那你就帮我算算吧。"

我随父亲走到书房,拧开灯,见桌上放着厚厚一摞老式的牛皮笔记本,还有一只算盘和一个计算器,父亲把计算器递给我说:"我打算盘,你用计算器。"说着便翻开了一本纸张已经发黄的笔记本,第一笔账是婴儿营养费、医生接生费、防疫费、母婴生活费等等。开始记账时间是 1980 年 4 月 16 日,我问父亲:"那不是我的出生日期吗？"

父亲看了我一眼说："你欠下的账，当然要从你的出生之日算起。"

我欠下的账？我从一出生就开始欠账啊？我愣了，酒也顿时醒了，父亲对莫名其妙的我说："其实，每个父母心里都有自己儿女的一笔账，我只不过是用笔详细地记录下来罢了，这没什么大惊小怪的。"我翻看父亲记得密密麻麻的一本本账簿，小学到高中一直到大学的一笔笔费用，学费、书费、勤工俭学费、生活费用……没想到父亲竟是这样一个葛朗台！我有些忿忿地对他说："算吧，算清楚了我挣钱还你！"

父亲不温不火吧嗒吧嗒地拨着算盘说："你当然要还了，咱中国有句古语叫欠账还钱嘛。"算了好一阵子，父亲忽然说，"对了，光算本金怎么行，还有利息呢。"

"利息？"我又愣了，老爸对儿子的投资还要计息？我生气了："加吧加吧，把你能想到的全加上，我保证一个子儿不少地全还你！"

父亲依旧不急不躁地瞅了我一眼说："18岁前你还没长大，就光算本金不计息了；从18岁起你是成年人，要开始计息。"父亲算了好久才把账本推给我："各种费用加起来，你一共欠我们17万元。记住，你现在已是成年人了，这些账每天都是有利息的。"17万，对我来说好似一个天文数字，还要计利息？

父亲毫不理会我的惊讶，缓缓地补充道："不过，也有一些奖惩措施，你爱好文学，立志当作家，我打算这样奖励你，发表一首诗奖励你100元，如果作品获奖，我将会再奖你500元，不过，"父亲笑笑说，"这些只能在你的欠账里扣除。"

父亲静静地坐了一会儿，忽然问我："我有七八年没进过像样的宾馆酒店了，听说你们现在管酒店付费叫什么什么单来着？"

我说："埋单。"

"哦，埋单。"父亲自嘲地笑笑，然后话题一转说，"你都21岁了，大学也毕业了，也有了一份工作，你以后该为自己的生活、工作和前途埋单了。当然，"父亲又拍拍那一摞账本说，"你也要给你的这一大笔欠账埋单了。"

父亲见我有些赌气不理他，自语道："也许你现在心里骂我吝啬，但生活和一切就是吝啬的葛朗台，每个人从出生到长大成人，都是在负债中成长。说一个人长大了，其实就是说一个人可以从此不靠借债工作和生活了。你仔细想想，青春、年龄、时光，哪一个不是葛朗台呢？它们从来不会施舍给谁，谁要想洗去自己的一身债务，谁就必须不虚度光阴，就必须抓住一分一秒给自己埋单！"

父亲站起身，走到门口又回过头盯着我说："孩子，我再提醒你一遍，你21岁了，三年前就是成年人了，你现在背负一笔巨债，而且从你18岁那年起已开始计息了。"

那晚，我躺在床上辗转反侧，怎么也睡不着，越思忖越轻松不起来，一种沉重的责任感渐渐压到了我年轻的肩上。

明天，我就要开始为自己减债，就必须一笔一笔为自己埋单了。这一晚上父亲使我明白:长大,不是一种简单的结束;长大,是一种责任的开始。

(李雪峰)

成 长 悟 语

　　我们生来就背负着对自己负责的使命,为着这一生的使命,我们必须努力不枉费光阴和青春。有压力,才有动力和方向,才能驱使我们与时间竞争。不能让自己松懈,每一阶段的结束只是人生跑道上的一圈,未完的还有无数个这样的圈。

生病的大象

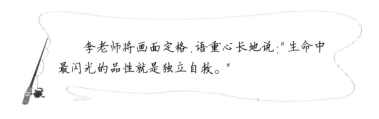

李老师将画面定格,语重心长地说:"生命中最闪光的品性就是独立自救。"

　　困境中唯一能拯救你的只有自己。

　　每年的教师节前夕,我和同学们都要去拜访李老师。李老师虽然两鬓斑白,但红光满面,每次聚会,她总要给我们讲一些为人处世、有所作为的小故事,一如回到当年教室,令我们心里充满阳光和温馨。

　　今年的教师节,李老师"鸟枪换炮",由"讲小故事"改为"光碟盛宴",所放的第一张光碟是动物——大象。

　　在热带草原上,一只大象步履蹒跚,艰难地在烈日下行走。解说词旁白:这是一只正在生病的大象,它要独自步行 30 多公里,去草原深处采摘一种植物。据说吃下那种植物,大象的病很快就能好转、痊愈。

　　原来它是一只生病的大象,怎么身边没有陪护呢? 我心生怜悯。屏幕上大象默默无语地走着,好像根本就没有想到需要陪护之类的! 四只象蹄有序地轮番慢慢抬起又沉重地落下,庞大的身躯忍受着阳光的灼烤和痛苦的折磨而缓缓前行。我心想:孤苦吗? 很疼吗? 想哭吗? 那就痛痛快快地流泪吧。可是待我细瞧大象的面庞,却全然没有这些迹象,除了倦息,大象的脸上被一种意念所覆盖,那是一种快快吃到治病草而求得新生的意念,那是一种无所畏惧自己救助自己而重享康乐的意念,那是一种毫无幽怨独担生命责任而刚毅的意念!

单调枯黄的草原、沉闷的天空、灼热的太阳,生病的大象终于走完了寂寞的全程,找到了治病的植物。只见它用鼻子卷起植物大把大把地送入口中。数日后,生病的大象康复了,它甩着长长的鼻子在大草原上快乐地散步游玩。

李老师将画面定格,语重心长地说:"生命中最闪光的品性就是独立自救。"

有时,我们无形中丢掉自救,总希望他人伸出援助之手,否则就抱怨别人缺乏爱心;即便是自救,也充满哀怨,觉得自己是天底下最可怜的人,一边自救一边落泪。而那只生病的大象把独立自救视为对生命应尽的责任和义务,所以它才那么坦然而坚强。生病的大象是多么深明生命的真谛啊! 对于自己应当履行的责任和义务,何须顾影自怜? 何须等待外援? 何须抱怨连天?

在和煦的秋风里,李老师的一席话,让我和同学们领悟了大象以及更多……

(绘 丹)

一个人的奋斗并不代表寂寞,而是一种独立。人生是自己的人生,责任是个人的责任,遇到任何挫折与困难,都应该以自己的力量克服。没有了别人,只有自己,我们也可以力挽狂澜,因为我们每一个人都可以为了保存自己而独立。

由你自己负责

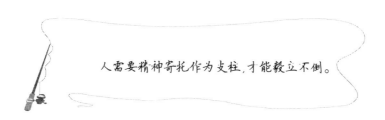

人需要精神寄托作为支柱,才能毅立不倒。

在一次因为战乱而逃难的人潮当中,有一位身体虚弱的母亲,带着她只有 3 岁的小孩。

难民潮缓慢地向边境移动,酷热的太阳恶毒地在每一个难民的头上肆虐。难民们拖着蹒跚的步伐,一步一步向前走,不知道自己什么时候会倒下。

那位虚弱的母亲终于支撑不下去了,她抱着自己的小孩,找到了难民潮当中的一位神父。她苦苦地哀求神父帮她照顾小孩，因为她觉得自己绝对无法支撑到边境。

神父略懂医道，在简单地检查了这位妇女的身体状况之后，他发现她的体力尚可，便断然拒绝了她。神父说："你自己的孩子，当然要由你自己负责，我无法代劳。"

虚弱的母亲听到神父这般无情的拒绝，不由得十分愤怒，转身抱着自己的孩子，回到难民潮的队伍当中。

时间一天一天过去了，这一群难民终于走到了边境。在国际红十字会的难民营中，每个人至少有了最起码的安身之处。

这时候，神父再来探望这位身体已经恢复的母亲。神父看到她，欣慰地说："还好，我没有接下你托孤的任务，今天才能看到你们母子都平安……"

充满智慧的神父，在最危急的时刻，让这位可怜的母亲激发出了无穷的潜能。

成长 悟语

人需要精神寄托作为支柱，才能毅立不倒。当我们心里还有牵挂，即使濒临绝望，我们也能产生一种超人的意志力，形成连自己也难以想象的力量，使我们仍能奇迹般地坚持到走出绝境。

牧师的忠告

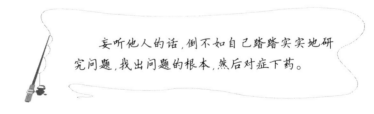

妄听他人的话，倒不如自己踏踏实实地研究问题，找出问题的根本，然后对症下药。

有位龚先生养了100只鹅。有一天，死了20只。于是，他跑到犹太牧师那里，请教怎样牧鹅。

那位犹太牧师专注地听完他的叙述，问道：

"你是什么时候放牧的？"

"上午。"

"哎呀！纯粹是个不利的时辰！要下午放牧！"

龚先生感谢他的劝告,幸福地回了家。三天后,他跑到犹太牧师那里。

"牧师,我又死了 20 只鹅。"

"你是在哪里放牧的?"

"小河右岸。"

"哎呀,错了! 要在左岸放牧。"

"非常感谢您对我帮助,牧师,上帝祝福您。"

过了三天,龚先生再次来到犹太牧师那里。

"牧师,昨天又死了 20 只鹅。"

"不会吧,我的孩子。你给它们吃了什么?"

"喂了包谷,包谷粒。"

犹太牧师坐着深思良久,开始发表见解:

"你做错了,应该把包谷磨碎喂给鹅吃。"

"万分感谢您——牧师。由于您的劝告,上帝会酬谢您。"

第三天,龚先生有点儿失望,但又充满希望地敲着犹太牧师的房门。

"唔,又碰到什么新问题啦! 我的孩子。"犹太牧师得意地问道。

"昨晚又死了 20 只鹅。"

独·立·人·格·是·生·存·的·技·舫

"没关系,只要充满信心,常到我这儿来,告诉我,你的鹅在哪里饮水?"

"当然是在那条河里。"

"是大错特错,错上加错! 不能让它们饮河水,要给它们喝井水,这样才有效。"

"谢谢,牧师。您的智慧总是拯救您的信徒。"

当龚先生通过开着的门进来时, 犹太牧师正埋头读着一部厚厚的古旧的书。

"向您问好,牧师。"他带着极大的尊敬说道。

"上帝把你召到我这儿。看,甚至现在我都在替你的鹅操心。"

"又死了 20 只鹅,牧师。现在我已经没有鹅了。"

犹太牧师长时间地沉默不语,深思许久后,他叹息道:"我还有几个忠告没有对你说,多可惜啊!"

 成 长 悟 语

　　妄听他人的话,倒不如自己踏踏实实地研究问题,找出问题的根本,然后对症下药。不要总以为别人的意见才是对的,相信你自己总比道听途说要实际得多,尽信人言不如不信。所以,遇到困难时,自己先多动脑筋,不必急于寻求别人所谓的忠告。

别人不是你的镜子

只有自己才是自己的镜子，如果拿别人做镜子，白痴或许会把自己照成天才的。

爱因斯坦的父亲和杰克大叔去清扫一个大烟囱。那烟囱只有踩着里边的钢筋踏梯才能上去，于是杰克大叔在前，爱因斯坦的父亲在后，一级一级地爬上去；下来时，杰克大叔依旧在前，爱因斯坦的父亲跟在后面。于是当他们走出烟囱的时候，杰克大叔的后背、脸上全都被烟囱里的烟灰蹭黑了，而爱因斯坦的父亲身上连一点儿烟灰也没有。

爱因斯坦的父亲看见杰克大叔的模样，心想自己的脸肯定和他一样脏，于是就到附近的小河里洗了又洗；而杰克大叔看见了爱因斯坦父亲干干净净的样子，就只是草草地洗了洗手，然后大模大样地上街了。街上的人笑痛了肚子，还以为杰克大叔是个疯子哩。

这是爱因斯坦 16 岁时，他父亲给他讲的一个自己亲身经历过的故事。父亲说："其实，只有自己才是自己的镜子，如果拿别人做镜子，白痴或许会把自己照成天才的。"

父亲的故事照亮了爱因斯坦的一生。爱因斯坦时时用自己做镜子来审视自己，终于映照出了生命的光辉。

成长 悟语

看别人，只能看出别人身上的优缺点；看自己，才能知道自己是怎样的一个自己。这就是说，别人是别人，自己是自己，谁都不能从别人身上看出自己。自我的真实，只能从自我中映射出来，绝不能从别人身上寻找。

你有自己的芳香

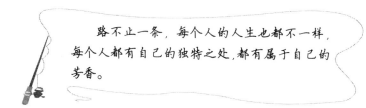

路不止一条，每个人的人生也都不一样，每个人都有自己的独特之处，都有属于自己的芳香。

有一个年轻人，很希望能够做出一番成就。开始，他也总是尝试着鼓足勇气去做每一件事情。但是，渐渐地他就对自己失去了信心，结果一事无成。因此，他感到很自卑。

他去拜访了一位成功的长者。他希望从那位长者那里，获得一些成功的启示。在见面之后，他问了长者这么一个问题："为什么别人努力的结果总会成功，而我努力的结果却那么糟糕呢？"

长者微笑着摇了摇头，反问了他："如果，现在我送你'芳香'两个字，你首先会想到什么呢？"

思忖了一会儿，年轻人回答说："我会想到糕点，虽然我开办不久的糕点店已在前些日子停业了，但是我仍会想到那些芳香四溢的糕点。"

长者点了点头，然后，便带他去拜访一位动物学家朋友。在见面后，长者问了对方一个相同的问题。

动物学家回答道："这两个字，首先会使我想到眼下正在研究的课题——在自然界里，有不少奇怪的动物，利用身体散发出来的芳香做诱饵，捕捉食物。"

之后，长者又带他去拜访一位画家朋友，也问了对方这么一个问题。

画家回答道："这两个字，会使我联想到百花争妍的野外，还有翩翩起舞的少女。芳香，能够给我的创作带来灵感。"

从那位画家朋友家中出来之后，年轻人仍不明白长者的用意。

在返回的途中，长者顺便又带他去拜访了一位久居海外、刚刚回国探亲的富商。在谈话中，长者也问了对方这么一个问题。

那位久居海外的富商动情地说："这两个字，会使我联想起故乡的土地。故乡土地的芳香，令我魂牵梦绕。"

辞别那位富商之后，长者才问那个年轻人："现在，你已经见过不少出色的人物了。那么，他们对'芳香'的认识与你相同吗？"

年轻人仍不解地摇了摇头。

长者继续问道："那他们对'芳香'的认识,有相同的吗？"

年轻人又摇了摇头。此时,长者笑了,然后意味深长地说："其实在生活中,每一个人都有与众不同的芳香,你也一样呀,拥有自己的芳香。为什么你现在做得不如别人那么出色呢？那是因为你只是在看别人如何欣赏他们自己的芳香,而你把自己的芳香给忽视了。"

成 长 悟 语

路不止一条,我们不必总是朝着别人走过的方向走。每个人的人生也都不一样,每个人都有自己的独特之处,可以各自精彩。不是成功了的人才具备成功的因素,每位成功人士在成功之前都是一样的平凡,只是他们懂得挖掘能令自己成功的独特因素,因此也就成就了他们各自不同的成功。

克服依赖心理

任何时候都要靠自己,不要指望别人。因为自己的能耐可以救你一生,别人的能耐却只能救你一时。

依赖别人,意味着放弃对自我的主宰,这样往往不能形成自己独立的人格。

法兰西帝国的缔造者拿破仑很喜欢打猎,他常常独自一个人到山里寻找各种有趣的猎物。他的聪明才智再加上高超的打猎技巧,基本上每次都是满载而归。

有一次,拿破仑像平常一样又外出打猎,他奔跑了整整一个上午,口干舌燥,疲惫不堪,于是就到附近一条小河边去喝水。他走到小河边的时候,刚好看到一个不小心落水的男孩正在拼命地挣扎。那个小男孩一边挣扎,一边朝拿破仑高呼救命。

拿破仑看了看这条小河,河面并不宽,也不深,孩子完全没有危险,完全可以凭自己的力量爬出来,是他自己吓坏了,以为河水能把他淹死。拿破仑心想:这是教育自己的子民成长的好时机。于是,他不但没有入水救人,反而端起猎枪,对准

水里的男孩,大声喊道:"听着,孩子,你如果不自己奋力爬上来,我就把你打死在水中。"

小男孩听了又是惊又是怕,自己已经被淹个半死了,好不容易上帝派来了一个救命者,可他竟然要开枪打死自己!可是看看那个人严肃认真的模样,男孩知道向他求救不仅无济于事,反而增添了一层危险,不知道那个人什么时候会对自己开枪。

于是,惊慌害怕的男孩就一边流泪一边拼命地划动手脚,心里还在大声地哭喊:"上帝啊,你给我派了一个什么样的救命人啊?"

小男孩拼命挣扎了一番后,终于游上了岸。他抽泣着问拿破仑:"上帝不是派你来救我的吗?为什么你不肯向我伸出援助之手,还要向我开枪?"

拿破仑笑了:"我的孩子,我没有救你,你不是也没被河水淹死吗?回头看看那条小河,它并没有你想象的那么可怕。记住,孩子,任何时候都要靠自己,不要指望别人。因为自己的能耐可以救你一生,别人的能耐却只能救你一时。"

男孩听了,懂事地点了点头。

成长 悟语

依赖会增长我们的惰性,使我们不思进取;而且,依赖会成为一种习惯,在不知不觉中腐蚀我们。在生死关头,依赖必然会带我们走向死亡。其实,我们每个人都可以是拯救自己的英雄,而不必坐等别人的援助。

只有自己才是最终的依靠

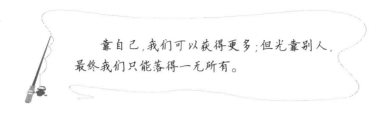

靠自己,我们可以获得更多;但光靠别人,最终我们只能落得一无所有。

一个中国留学生,以优异的成绩考入了美国的一所著名大学。由于人生地不熟、思乡心切加上饮食生活等诸多的不习惯,入学后不久便病倒了;更为严重的是由于生活费不够用,他的生活甚为窘迫,濒临退学。给餐馆打工一小时可以挣几美元,但他嫌累不干。几个月下来他所带的费用所剩无几,学校放假时他准备退学回家。

回到故乡后在机场迎他的是他年近花甲的父亲。当他走下飞机扶梯的时候,立刻看到自己久违的父亲,便兴高采烈地向他跑去。父亲脸上堆满了笑容,张开双臂准备拥抱儿子。可就在儿子搂到父亲脖子的那一刹那,这位父亲却突然大大地向后退了一步,孩子扑了个空,一个趔趄摔倒在地。他对父亲的举动深为不解。父亲拉起倒在地上的孩子深情地对他说:"孩子,这个世界上没有任何人可以做你的靠山,当你的支点。你若想在激烈的竞争中立于不败之地,任何时候都不能丧失那个叫自立、自信、自强的生命支点,一切全靠你自己!"说完父亲塞给孩子一张返程机票。这位学生没跨进家门直接登上了返校的航班,返校不久他获得了学院里的最高奖学金,且有数篇论文发表在有国际影响的刊物上。

这世界上每一个人出生在什么样的家庭,有多少财产,有什么样的父亲、什么样的地位和怎样的亲朋好友并不重要,重要的是我们不能将希望寄托于他人;只要不轻言放弃,自立、自信、自强,就没有什么实现不了的事。

成 长　悟 语

要别人扶着走路,自己会永远站不起来;一旦失去依靠,我们就会跌得很重。无论贫穷怎样向我们肆虐,我们都只能靠自己勤劳的双手去战胜它;即使再大的难题,我们也只能独立思考解决。靠自己,我们可以获得更多;但光靠别人,最终我们只能落得一无所有。

驯 鹿 和 狼

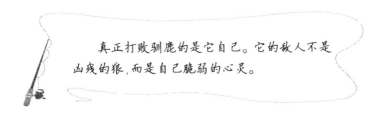

真正打败驯鹿的是它自己。它的敌人不是凶残的狼,而是自己脆弱的心灵。

驯鹿和狼之间存在着一种非常独特的关系,它们在同一个地方出生,又一同奔跑在自然环境极为恶劣的旷野上。大多数时候,它们相安无事地在同一个地方活动,狼不骚扰鹿群,驯鹿也不害怕狼。

在这看似和平安闲的时候,狼会突然向鹿群发动袭击。驯鹿惊愕而迅速地逃窜,同时又聚成一群,以确保安全。

狼群早已盯准了目标,在这追和逃的游戏里,会有一只狼冷不防地从斜刺里蹿出,以迅雷不及掩耳之势抓破一只驯鹿的腿。

游戏结束了,没有一只驯鹿牺牲,狼也没有得到一点儿食物。

第二天,同样的一幕再次上演,依然从斜刺里冲出一只狼,依然抓伤那只已经受伤的驯鹿。

每次都是不同的狼从不同的地方蹿出来做猎手,攻击的却只是那一只鹿。可怜的驯鹿旧伤未愈又添新伤,逐渐丧失大量的血和力气,更为严重的是它逐渐丧失了反抗的意志。当它越来越虚弱,已不会对狼构成威胁时,狼便群起而攻之,美美地饱餐一顿。

其实,狼是无法对驯鹿构成威胁的,因为身材高大的驯鹿可以一蹄子把身材矮小的狼踢死或踢伤,可为什么到最后驯鹿却成了狼的腹中之食呢?

狼是绝顶聪明的,它一次次抓伤同一只驯鹿,让那只驯鹿一次次被失败击得信心全无,以致最后完全崩溃,已忘了自己其实是个强者,忘了自己还有反抗的能力。当狼群攻击它时,它已没有勇气奋力一搏了。

真正打败驯鹿的是它自己。它的敌人不是凶残的狼,而是自己脆弱的心灵。

成长 悟语

在失败面前畏惧,那就只能永远与成功无缘。不要让脆弱成为绊脚石,战胜自己的懦弱才能战胜别人,宁可屡败屡战,也不要一败便气馁。输了其他,也不要输了勇气和信心。

不是不可能

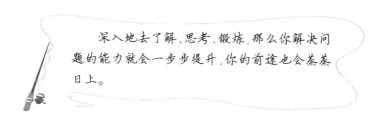

深入地去了解、思考、锻炼,那么你解决问题的能力就会一步步提升,你的前途也会蒸蒸日上。

有一位名叫路特的人,家在伊里铁路附近。起初他在铁路局找到一个管理货物的职位,不久上司看出他有足够的工作能力,于是就提升他为一个车站的货运主任。上任之后他立刻把那里的货运工作大加整顿,一改从前混乱的情形,一切工作都有条不紊,每个人都对他称赞不绝,于是他立刻再被提升为整个铁路局的货运管理主任。当时的伊里铁路局总办是海军统帅凡得毕兹,他看出这位青年有不可限量的才干,就特地再请他到中央铁路局担任货运主任,年薪是15000美元。

有一天,路特因工作中遇到了几个难以解决的问题,就去请教凡得毕兹。可是海军统帅却对他说:"你每年拿15000美元的薪水,你应该做些什么事?"

"管理货运事宜。"路特说。

"这么说来,你是不是想把这笔薪水给我呢?"

路特惭愧得连忙转身而出,终于他用自己的力量把那几个难题一一解决。后来由于路特自己的不断努力,再度被提升为中央铁路局次长,不久凡得毕兹年老退休,路特就接任他成为中央铁路局总办。

如果当初路特不用全力去解决自己碰到的难题,恐怕他现在的位置早已被别人占去了。

([美]奥里森·马登)

成 长 悟 语

当你未做出最大的努力之前,不要随意把难题抛给别人。不经过自己的思考,哪有免费的答案?不是自己没有解决的能力,而是你缺乏坚持独立思考的毅力。深入地去了解、思考、锻炼,那么你解决问题的能力就会一步步提升,你的前途也会蒸蒸日上。

爱 的 节 制

所有的人必须懂得:用自己的劳动去换取自己需要的东西,才是最幸福的。

有一位著名的慈善家在家里设宴招待客人,忽然闯进一个乞丐。那乞丐很年轻,却一副慵懒的样子。乞丐怪腔怪调地唱到:"当官的、有钱的,可怜可怜我这个要饭的。"慈善家站起身看了乞丐一眼说:"你去后院帮忙做些活儿吧,我会付给你工钱。"那年轻的乞丐十分不满地冲慈善家说:"从没见过像你这样吝啬的人,不愿施

舍就算了,给你干活儿,没门儿。"说完扭头就走了。

慈善家也不理睬乞丐,接着招呼客人继续用餐。客人中有一位记者说:"对不起,我想提一个问题。"慈善家点点头,示意记者提问。

记者说:"第一,您是一位社会慈善家,刚才那样面对一个身无分文的乞丐,是否有损您的名声呢? 第二,如果让您把您所有的钱财全部分给那些需要帮助的弱小者,或只给一个人,你会愿意吗? "

慈善家严肃地回答说:"我先给大家讲一个故事:有一个小女孩,看见一只蛾正奋力破茧而出,看那蛾吃力挣扎的样子,小女孩顿生同情之心,便拿出剪刀将茧划破让蛾免去挣扎破茧之苦。蛾出来后鼓着翅膀却飞不起来,最后终于垂下翅膀死了。其实蛾在破茧时的奋斗可以磨炼它的翅膀,让它的翅膀变得更加有力,但小女孩人为地将茧划破,剥夺了蛾自我磨炼的机会,才使它无法飞起来。小女孩付出的爱心最终却将蛾害死了。"见大家似有所悟地看着自己,慈善家解释说:"第一,我并不认为那样做会对我的名声产生什么不好的影响,我给了那个乞丐用劳动挣钱的机会,他那么年轻,四肢健全,完全可以用双手养活自己。如果我和所有的人都献出爱心无条件地施舍,那么他就会逐渐丧失劳动的意识和劳动能力,结果我们付出的爱心反而害了他。第二,我不会把我所有钱财都分给弱小者,社会上的弱小者太多了,我的钱财对他们来说不过是杯水车薪,起不了任何作用。如果只给一个人,因为这些钱财不是他劳动所得,他没有付出必然不会珍惜。最最重要的是,所有的人必须懂得:用自己的劳动去换取自己需要的东西,才是最幸福的。作为一名慈善家,并不是要无条件地付出爱心,还要懂得爱的节制。"

人们往往赞美那些有爱心并付出爱心的人,可是有时爱心的付出却有可能变成一种伤害。比如对待自己的子女,有些父母正是因为不懂爱的节制,为孩子包办一切,结果子女在生活中得不到磨炼,一旦离开了父母的庇护走上社会,就会吃更多的苦。很多时候,我们怀着好心给予过多的爱,结果却和我们最初的愿望背道而驰。

面对需要帮助的人,我们既要奉献爱心,又应有所节制。要让他们在爱的激励下,迎接生活的挑战,鼓起勇气在生活中磨砺自己,让自己成为一名强者,让自己由一个需要爱的人成为一个可以付出爱的人。

(王 新)

成 长 悟 语

　　爱的滥施不是对受施者的一种给予,更不能成为受施者一世安逸的保障,反而这是一种剥夺,令受施者失去自立自强的能力。人不是靠白白接受别人爱的施舍得以生存的,而应靠辛勤的劳动换取所需要的一切。爱,适可而止,才能发挥它应有的积极作用。

　　我的孩子，我没有救你，你不是也没被河水淹死吗？回头看看那条小河，它并没有你想象的那么可怕。记住，孩子，任何时候都要靠自己，不要指望别人。因为自己的能耐可以救你一生，别人的能耐却只能救你一时。

第**04**辑　普通人也能成功

　　获得成功的核心是复制成功。成功是一种客观现象,有规律可循,有方法可依。找到已经获得成功结果的实例,分析成功的过程、机制,总结出这一实例的方法,那么这个方法就有普遍意义,只要重复这个方法,就必然有特定的成功出现。这就是复制成功。

　　成功不是一种专利,普通人也能成功。亚伯拉罕·林肯没有因为是普通人而被埋没。他没有社会背景,相貌难看,可我们所见的却是一位伟人。林肯用自己的成功向我们证明了:上帝最爱普通的人,因为他造就了这么多普通人。

成功的角度

成功的角度源于理智的选择。差之毫厘，失之千里，只有适时地拨正航向，才能抵达理想的彼岸。

一个女孩，出生于比利时的布鲁塞尔。她6岁开始上芭蕾舞学校，并显露出超人的天赋。以后她随团演出，并希望成为一名出色的芭蕾舞演员。1940年5月，德军占领了她的家乡，她的家被洗劫一空。1942年，她的5个舅舅惨遭纳粹杀害。她们家处于饥饿和危难之中，常常只能以煮野菜充饥度日。然而，女孩对音乐和舞蹈的热情有增无减，她的舞技日见长进。为补贴家用，她开始给一些私人教授芭蕾舞。19岁时，亭亭玉立的她，来到伦敦著名的玛丽·兰伯特芭蕾舞学校就读。她多么希望自己能成为一名出色的专业舞蹈家。但除了因为长期饥饿所造成的营养不良外，她还患有气喘、黄疸及其他疾病，以至于影响到了她的新陈代谢。因此，她偏大的年龄、瘦弱的身材和过高的身高，已经使她很难成为一名顶尖的舞者了。校长兰伯特对她说："你有很好的技巧，也可以做个老师，但你绝对不会成为首席芭蕾舞星。"

女孩几乎一下子崩溃了，14年的努力付诸东流！但她很快又恢复了平静。为了弥补芭蕾梦破灭的失落，她偶尔充当商业摄影师的模特赚取一些外快，并在一些音乐剧和电影里面饰演一些小角色。1951年，22岁的女孩有幸成为好莱坞影片《罗马假日》的女主角，并凭借精湛的演技一举夺得了奥斯卡金像奖。此后，她曾四度获得奥斯卡金像奖提名，并最终荣获奥斯卡终身成就奖，成为好莱坞永恒的时尚女神。她就是奥黛丽·赫本。

试想，如果赫本仍然抱住芭蕾舞不放，不进行重新选择，那么她的一生定然与巨大的成功擦肩而过。有时，当自己的能力离理想已遥不可及时，适时调转方向，是明智的，虽然这未免有些艰难和痛苦。

天才，就是放对了地方的人才。相反，即使一个真天才，若放错了地方，也必定会碌碌无为。毕加索刚出道时原本想当个诗人，结果他的诗被极具鉴赏能力的丝泰茵夫人批评得一文不值，他因而回心转意，回到了绘画上来。幸好有这位贵妇的提醒，否则，这世界不就少了一位画坛巨匠？

有的放矢,方向决定成败。成功的角度源于理智的选择。差之毫厘,失之千里,只有适时地拨正航向,才能抵达理想的彼岸。

(崔鹤同)

成 长 · 悟 语

> 错了可以改正,那我们不至于一错到底。但错了仍不知悔改,那就只能以失败告终。不是每个人都能一开始就把握住成功的方向,但最重要的是要懂得抓住机会去改变。成功有很多种,但一个人的成功只能源于适合他自己的正确选择。

迎 接 死 球

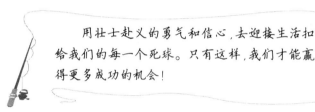

> 用壮士赴义的勇气和信心,去迎接生活扣给我们的每一个死球。只有这样,我们才能赢得更多成功的机会!

有一个小男孩,从小就酷爱打羽毛球,练就了一身不凡的技术。因此,他被选送到市少年羽毛球队。在一些地区性的比赛中,他经常取得优异的成绩。

后来,他被一位著名的教练相中,进入了国家青少年羽毛球队,进行更加专业的训练。

训练的时候,教练总是安排一名身材比他高半个头的队员与他对打。那名队员因为占有身高的优势,再加上发球凶猛、刁钻,因此每一次对打,几乎都是以他的失败而告终。

在接下来的3个多月的训练中,他只赢过对方寥寥几场,他的心情郁闷到了极点。有一天,教练在旁边认真地观看他俩对打,在关键时刻,对方连续几记重扣,他几次接球均失败。

终于,他忍耐不住内心的失望与愤怒,把球拍狠狠摔在地上,而后,躺倒在训练场上,掩面啜泣起来。

见此情形,他的教练走上前去质问道:"你为什么要摔掉球拍?"

他被教练严肃的表情给震慑住了,讷讷地说:"我恨自己的技术没有长进,这么长时间总是输球……"

此时，教练脸上的神情丝毫没有放松，继续问道："难道你摔掉球拍，便可以赢得比赛吗？"

听了，他无言以对。

于是，教练便和他一起到场外散步。这时候，教练说话的口气温和了下来："当你面对一个强大的对手时，你会怎么选择呢？"

他思忖了一会儿，没有想到一个合适的答案。

教练对他解释说："你只有三个选择：第一就是闭上眼睛，任由对方凌虐；第二就是像你刚才一样，摔掉手中的球拍，发泄内心的愤怒；还有一个，就是举起球拍，用壮士赴义的心态面对这致命一球。但是，你要记住，只有最后一个选择才有可能给你一个扳回的机会！"

说完这些话，他的教练头也没回地离开了。那个晚上，他失眠了，一直在回味着教练留给他的那一句话。

他恍然大悟。在以后的训练中，他既没有选择保守和怯懦，也没有选择愤怒和浮躁，而是选择用勇气和毅力去面对对手扣出的每一个死球，并对自己技术上的失误进行认真的剖析和纠正。

他的球技出现了质的飞跃。后来，他屡屡在一些国家级和世界级的羽毛球大赛上获得优异成绩。

生活很少会怜悯那些内心怯懦、性情浮躁和缺少自信的人。对于我们，应该像那位教练说的一样，用壮士赴义的勇气和信心，去迎接生活扣给我们的每一个死球。即使有过失败，也可以提升我们的动力。只有这样，我们才能赢得更多成功的机会！

(矫友田)

成长　悟语

　　竞争是残酷的，而生命正是由无数个残酷的竞争组成，优胜劣汰的生存法则，时为我们敲响警钟。舒适的生活容易使人放松和放纵，要追求成功，就必须对自己苛刻一些，在苛刻的自我要求中修补自己的生命，提升自己的潜能。

把犯错的速度再提高

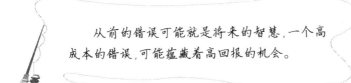

从前的错误可能就是将来的智慧,一个高成本的错误,可能蕴藏着高回报的机会。

可口可乐公司每年都会举办一个比赛,让参赛学生们加强团结发挥创意,在操场上拼出一个"CocaCola"的图形,获胜的队伍可获得1万美元的奖金。因为金额很高,每个代表队无不憋足了劲,全力争取。

比赛时,可口可乐公司有一个要求,即参赛选手必须穿上印有"可口可乐"标志的运动衫才能上场,否则便是不符合规定,取消其参赛资格。在一次比赛中,佐治亚州一所学校的中学生迈克匆匆忙忙地来到体育场,却见领队满脸怒气地看着他,原来他忙中出错,身上穿的居然是一件百事可乐的宣传运动衫。迈克当场被老师呵斥了一顿,而学校更为此处罚他停课一天。事情发生时,迈克也非常自责,他实在不知道怎么会穿错了衣服,一整天都闷在家里的他,便打电话给某callin(呼入)节目诉苦。

一夜间迈克成了全美最著名的人物,有许多人愿意出面帮助他,还有些名校特别提供名额给他,让他转校就读!而"百事可乐"获得免费宣传,更是喜出望外,派人送了一箱"百事可乐"的运动衫给迈克。迈克完全没想到,拨一个电话,居然会获得这么多鼓励与支持,他更没有想到最后的结果却是因祸得福。

迈克的故事给我们的启示是:从前的错误可能就是将来的智慧,一个高成本的错误,可能蕴藏着高回报的机会。是的,唯有积极地视错误为改善的新契机,那么越多的错误越将是你成功的转机。正如IBM的创始人华特生所说:"成功的法则,就是把犯错的速度提高一倍。"这是因为,我们从失败和错误中所学到的东西,往往比从成功的过程中学到的还要多。

成 长 悟 语

俗话说,胜者王,败者寇。但不经历失败与挫折怎么享受成功的喜悦,一次都不失败的人,即使成功也不会是大的成功。成功散发着诱人的光芒,但失败过程中的经验与教训却能让你受益匪浅。

成功智慧

无论是事业还是财富，都是聚沙成塔的，只有着眼于现在与未来的平衡点，你才能取得成功。

拿出你的谦虚、礼貌、真诚

在美国有一位叫特里的推销员，初出茅庐时，他的工作是向人推销各种窗户。但那时他还没有一点儿推销经验，就连向自己的祖母推销假牙都不会，而他的竞争对手则个个经验老到、巧舌如簧，甚至能说动爱斯基摩人买他们的雪。

上班的第一天，老板就交给特里一项重任，让他到富人区向一位对他们的产品很感兴趣的客户推销一种双层玻璃窗。

特里非常紧张，当站在客户门前时，他的手脚都在打颤。终于，他还是叩响了门。一位上了年纪的妇女打开了门，听他结结巴巴地做完自我介绍后，将他请进了屋。

特里总共在那里待了3个小时，在喝掉了十几杯茶后，他终于让那位女士在合同上签了字，买下了价值1.1万美元的窗户。

而在此之前，那位女士已经打发走了6位窗户推销员，且他们的开价都比特里低。这位最没有经验的推销员成功地卖出了标价最高的产品，原因其实很简单，那位女士说："我喜欢这个小伙子。"

在那3个小时里，特里凭着他的谦虚、礼貌、真诚赢得了女士的信任，并最终做成了这笔生意。他靠的不是夸夸其谈的口才，而是"人格"与"印象"，他给客户留下的良好印象正是特里成功的秘诀。

既看"脚下"又看"前方"

第二次世界大战期间，日本有家名不见经传的小公司，专门生产体育器材。为了和一家贸易公司联手，老板田中一次又一次地去游说那家大公司，但毫无进展。这天晚上，田中又一次被人从大公司的办公室赶了出来，他伤心至极。

当他意志消沉地走到一楼大厅时,发现外面正下着大雨,还刮着狂风。风正从敞开的入口处毫无阻挡地往里吹,把放在桌上的一份报纸刮到了地上。当时那里空无一人,田中很自然地走过去随手捡起报纸,将它放回原处。正想离开时,他却又停了下来,心想,等他走后,说不定过不了多久,风会再次把报纸吹到地上。想到这里,他又从墙角找来了一块石头压在报纸上,这才安心离开。

让田中意想不到的是,他的这一细心动作,被站在外面保安亭里的公司总裁看得一清二楚。就因为这件事,田中打动了那位睿智老人的心,最终同意与他合作。而在跟田中签合同时老人却说:让他感动的不是田中捡报纸的行为,而是他捡石头时的细心。

细心——是的,正是田中的细心,才感动了老人,才成就了他后来在事业上的辉煌。当初的那个作坊式小厂,如今已是分公司遍及全球的国际性大企业了。

原来,成功竟是如此简单,只要既能看到脚下,又能看到前方。

(李文忠)

成　长　悟　语

凡事都需从小事做起,没有捷径可以帮助你一夜成名。没有一点一滴的积累,你将永远与成功失之交臂。无论是事业还是财富,都是聚沙成塔的,只有着眼于现在与未来的平衡点,你才能取得成功。

成功就在下一个路口等你

当你一次又一次地被拒绝时,请对自己说,我还有机会,并且坚信,成功就在下一个路口等你。

有一所大学邀请一位资产过亿元的成功企业家演讲,在自由提问时,一位即将毕业的大学生问:“我参加过多次校内创业,可是没有一次成功,最近参加多次校园招聘也没有获得一次签约机会。请问我什么时候才能成功,怎样才能成功?”这位企业家没有正面回答,而是给她讲述了自己登山的经历。

这位企业家登的是海拔8848米高的珠穆朗玛峰。由于登山经验不足,加上高原反应很强烈,没有控制好呼吸,氧气消耗得很快。当他爬到8300米左右的高度时,突然发现有些胸闷,原来氧气已经不多了。此时,摆在他面前的选择是两个,一个是一边往下撤,一边向半山腰的营地求救,这样做生命应该没有危险,但登顶的机会就只能留到下一次了;另一种选择是,先登上顶峰再说。不肯轻易认输的他选择了后者。

当他爬到8400米的高度时,发现路边扔了很多废氧气瓶,他逐个捡起来掂量。在8430米左右的一个路口,他捡到了一个盛有半瓶氧气的氧气瓶。靠着这半瓶氧气,他登上了顶峰,并安全撤回了营地。

这位企业家的登山经历告诉我们:干事业,就像登山。受挫时,不要轻言失败,更不要轻易放弃。很多时候,只要再坚持一会儿,成功就在下一个路口等你。

有一位汽车推销员,刚开始卖车时,老板给了他一个月的试用期。29天过去了,他一部车也没有卖出去。最后一天,老板准备收回他的车钥匙,请他明天不要来公司了。这位推销员却坚持说:"还没有到晚上12时,我还有机会。"于是,这位推销员坐在车里继续等。午夜时分,传来了敲门声。是一位卖锅者,身上挂满了锅,冻得浑身发抖。卖锅者是看见车里有灯,才过来问问车主要不要买一口锅。推销员看到这个家伙比自己还落魄,就忘掉了烦恼,请他坐到自己的车里来取暖,并递上热咖啡。两人开始聊天,这位推销员问:"如果我买了你的锅,接下来你会怎么做。"卖锅者说:"继续赶路,卖掉下一个。"推销员又问:"全部卖完以后呢?"卖锅者说:"回家再背几十口锅出来卖。"推销员继续问:"如果你想使自己的锅越卖越多,越卖越远,你该怎么办?"卖锅者说:"那就得考虑买部车,不过现在买不起……"两人越聊越起劲,天亮时,这位卖锅者订了一部车,提货时间是5个月以后,订金是一口锅的钱。

因为有了这张订单,推销员被老板留下来了。他一边卖车,一边帮助卖锅者寻找市场,卖锅者生意越做越大,3个月以后,提前提走了一部送货用的车。推销员从说服卖锅者签下订单起,就坚定了信心,相信自己一定能找到更多的用户。同时,从第一份订单中,他也悟到了一个道理,推销是一门双赢的艺术,如果只想到为自己赚钱,是很难打动客户的心的。只有设身处地地为客户着想,帮助客户成长或解决客户的烦恼,才能赢得订单。秉持这种推销理念,15年间,这位推销员卖了一万多部汽车。

当你一次又一次地被拒绝时,请对自己说,我还有机会,并且坚信,成功就在下一个路口等你。

(静 岚)

成 长 悟 语

是金子总会发光的。也许,你已经具备自信、勇敢、智慧等等成功的条件,但却还没有看到成功的身影,那么,请你再坚持一下,再尝试一次,因为成功就在你的不远处等待着你,等着你向它再迈出坚毅的一步。

成功青睐敢于拼搏的狂者

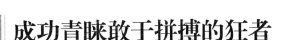

没有这些代价，没有疯狂追逐梦想的勇气，他不可能取得这样的成功，因为成功总是青睐敢于拼搏的狂者。

1965 年，一个 19 岁的美籍犹太青年考入了加州大学长滩分校，攻读电影及电子艺术专业。大三时，这个狂热地做着导演梦的小伙子拍了一部 24 分钟的短片，讲的是一对在沙漠相遇的年轻恋人的故事。

那时，环球公司是每一个想进入好莱坞的电影人梦中的圣地。1969 年，该公司的行政长官西德尼·乔·辛伯格偶然看到了这个青年拍的爱情短片。影片刚一放完，辛伯格便激动地对他的助手说："我认为它棒极了！请你尽快安排这个导演来见我。"

第二天，助手向他报告："这个青年并不是导演，只是个大三学生。"辛伯格回答："我不管他是什么，我要见他！"

一个星期后，辛伯格见到了这个青年。

"我喜欢你的电影。我们签个合同吧。"辛伯格开门见山地发出邀请。

青年犹豫地说："可我是犹太人，我才读大三，还有一年才毕业呢。"不过，青年知道，以他这个年龄想当上好莱坞大公司的电影导演几乎是不可能的，所以，他明白眼前是一个千载难逢的机会。

"你是想上大学还是想当导演？"辛伯格问。

一分钟，仅仅是一分钟，青年的头上已经开始冒汗……

辛伯格当然明白，犹太人是一个非常重视教育的民族，大学未毕业就出来工作，这是他们不可想象的事情。

当天下午，青年与辛伯格所在的环球公司签了一份标准的"自愿服务"7 年的合同。在合同的限制下，青年等于是把自己的每一分钟都卖给了环球公司。有人戏言，只有神经不正常的人或者有着疯狂野心的人才会签这种合同。这份合同对辛伯格来说是一场豪赌：让一个名不见经传，甚至大学尚未毕业的人做导演，这可是环球公司从未有过的事。

事实上，不论是这个青年还是辛伯格，都是"神经不正常的人"或"有着疯狂野心的人"，然而，正是这个青年陆续拍出了《大白鲨》、《外星人》、《侏罗纪公园》、《辛德勒名单》等传世杰作。

青年名叫斯蒂芬·斯皮尔伯格，一个电影史因之而更加辉煌的名字。

人的一生会经历无数次的选择，斯皮尔伯格选择当导演，他付出了辍学、来自父亲的怨恨以及长达7年的自由身。然而，没有这些代价，没有疯狂追逐梦想的勇气，他不可能取得这样的成功，因为成功总是青睐敢于拼搏的狂者。

(吴 平)

成长 悟语

人生路上有许多所谓的"禁地"，有许多难以想象的苦难，而成功往往就隐藏在这些"禁地"里面，这些苦难之中，只要你能勇敢地走进去迎接生存的挑战，呈现在眼前的，就很可能是一个崭新的天地。

想少受一些挫折吗

要想少遭遇人生的挫折，少经历失败的打击，我们也只有尽量缩小目标范围，把力量和精力集中到一个目标上，这样才能降低遭遇挫折的概率。

第二次世界大战期间，盟军运输船队在大西洋经常遭到德国潜艇的袭击，搞得盟军焦头烂额。为此，一位盟军将领专门去请教几位数学家，数学家们运用概率论分析后发现，船队与敌潜艇相遇是一个随机事件，从数学角度来看这一问题，它具有一定的规律：一定数量的船编队规模越小，编次越多；编次越多，与敌人相遇的概率就越大。盟军海军接受了数学家的建议，命令运输船队在指定海域集合，再集体通过危险海域，结果盟军船队遭袭被击沉的概率由原来的25%下降为1%，大大减少了损失。

人生遭遇挫折，其实也像盟军船队遭遇德军潜艇一样，也是一个随机事件。如果把人生的力量和精力分散到多个目标上，与挫折相遇的概率就越大。要想少遭遇人生的挫折，少经历失败的打击，我们也只有尽量缩小目标范围，把力量和精力集中到一个目标上，这样才能降低遭遇挫折的概率。即使遭遇到挫折，也能集中人生的"优势兵力"去战胜挫折。

如果你想人生少受一些挫折,那就全身心地去瞄准一个目标、倾注一项事业吧!这将大大提高你人生成功的概率。

(黄小平)

成 长　悟 语

　　在经过认真思考确立目标后,就应该将全部的精力集中在选定的目标上。不要再左顾右盼,更不要朝三暮四,这样不仅不能为你提供更多的机遇,相反还可能会令你与成功背道而驰。

成功常常在不经意时来临

　　许多东西,当我们过分地刻意去追求的时候,总感觉它离我们很远很远;而一旦我们静下心来时,它却常常在不经意间骤然降临……

　　有个年轻人在岸边钓鱼,邻旁坐着一位老人,也在钓鱼。两人坐得很近。奇怪的是,老人家不停有鱼上钩,而年轻人却一整天都没有收获。

　　他终于沉不住气,问老人:"我们两人的钓饵相同,地方一样,为何你能轻易钓到鱼,我却一无所获。"

　　老人从容答道:"我钓鱼的时候,只知道有我,不知道有鱼。我不但手不动、眼不眨,连心也静得似乎没有跳动,令鱼也不知道我的存在,所以,它们咬我的鱼饵;而你心里只想着鱼吃你的饵没有,眼也不停地盯着鱼,见有鱼上钩,心里急躁,情绪不断变化,心情烦乱不安,鱼不让你吓走才怪,又怎会钓到鱼呢?"

　　还有一位商人,他最早是子承父业做珠宝生意的,可是他缺乏像父亲那样对珠宝行业的明察秋毫的能力,没几年,他就把父亲交给他的全城最大的珠宝店赔光了。

　　后来,他又尝试做服装生意、化妆品生意、钟表生意、印染生意,都无一例外地失败了。这时,他已52岁。灰白的双鬓使他相信,他没有丝毫经商的才能。他盘算了自己的家底,所有的钱仅够买一块离城很远的墓地。

可就在他买下这块墓地的第15天，这座城市公布了一项建设环城高速路的规划，他的墓地恰好在环城路内侧，道路两旁的土地一夜之间身价倍增，他的这块墓地的价值更是涨了好多倍。他突然顿悟，自己为何不做房地产生意呢？

5年之后，他果然成了全城最大的房地产业主。

成功，常常在不经意间来临。许多东西，当我们刻意地去追求的时候，总感觉它离我们很远很远；而一旦我们静下心来时，它却常常在不经意间骤然降临，这正应了那句古语"踏破铁鞋无觅处，得来全不费工夫"。但是，如果没有我们先前的苦苦追寻，它是绝对不会光顾我们的。

所以，生活中最为关键的是要耐心地等待和发现。有很多人努力了半辈子也没有成功，就自动放弃了。其实，这个时候，成功距他只有一步之遥了。如果他再坚持哪怕是一小步的话，成功也许就会降临在他的头上了。

（萧　遥）

成长　悟语

一颗种子能破土而出不是因为机缘巧合，也不是因为幸运降临，它的生根发芽完全是因为它已付出了足够的努力，储蓄了足够的力量。不能忍受成功前的苦闷，就不能享受成功的喜悦，不必为了成功迟迟不来而苦恼，当你的一切都已准备就绪，成功自然会降临。

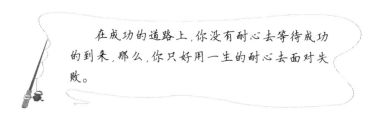

068

推销大师的演说

在成功的道路上，你没有耐心去等待成功的到来，那么，你只好用一生的耐心去面对失败。

某位全国著名的推销大师，即将告别他的推销生涯，应行业协会和社会各界的邀请，他将在某城最大的体育馆，做告别职业生涯的演说。

那天，会场座无虚席，人们在热切地、焦急地等待着这位当代最伟大的推销员做精彩的演讲。当大幕徐徐拉开，人们发现舞台的正中央吊着一个巨大的铁球。为了吊起这个铁球，台上搭起了高大的铁架。

一位老者在人们热烈的掌声中，走了出来，站在铁架的一边。他穿着一件红色的运动服，脚下是一双白色胶鞋。

人们惊奇地望着他，不知道他要做出什么举动。这时，两位工作人员抬着一个大铁锤，放在老者的面前。主持人这时对观众说："请两位身体强壮的人到台上来。"好多年轻人站起来，转眼间已有两名动作快的跑到台上。

老人这时开口和他们讲规则，请他们用这个大铁锤，去敲打那个吊着的铁球，直到把它荡起来。

一个年轻人抢着拿起铁锤，拉开架势，抡起大锤，全力向那吊着的铁球砸去，一声震耳的响声，那铁球动也没动。他就用大铁锤接二连三地砸向铁球，很快他就累得气喘吁吁了。另一个人也不甘示弱，接过大铁锤把铁球打得丁当响，可是铁球仍旧一动不动。

台下逐渐没了呐喊声，观众好像认定那是没用的，就等着老人做出什么解释。

会场恢复了平静，老人从上衣口袋里掏出一个小锤，然后认真地，面对着那个巨大的铁球，他用小锤敲了一下，然后停顿一下，再一次用小锤敲了一下。人们奇怪地看着，老人就那样敲一下，然后停顿一下，反复持续地做着。

10分钟过去了，20分钟过去了，会场早已开始骚动，有的人干脆叫骂起来，人们用各种声音和动作发泄着他们的不满。老人仍然一小锤一小锤不停地工作着，他好像根本没有听见人们在喊叫什么。人们开始愤然离去，会场上出现了大片大片的空缺；留下来的人好像也喊累了，会场渐渐地安静下来。

大概在老人进行到40分钟的时候，坐在前面的一个妇女突然尖叫一声："球动了！"刹那间会场立即鸦雀无声，人们聚精会神地看着那个铁球。那球以很小的摆渡动了起来，不仔细看很难察觉。老人仍旧一小锤一小锤地敲着，人们好像都听到了那小锤敲打铁球的声响。铁球在老人一锤一锤的敲打中越荡越高，它拉动着那个铁架子"哐、哐"作响，它的巨大威力强烈地震撼着在场的每一个人。终于场上爆发出一阵阵热烈的掌声，在掌声中，老人转过身来，慢慢地把那把小锤揣进兜里。

老人开口说话了，他只说了一句话："在成功的道路上，你没有耐心去等待成功的到来，那么，你只好用一生的耐心去面对失败。"

成 长 悟 语

没有人能够一步登天，也没有成功可以一蹴而就，很多人之所以失败，恐怕不是因为他力量薄弱、智力低下，而是因为在追求成功的无数次考验中，因求胜心切而失去了平静的心态，慌了手脚，过早放弃。

成功缘于一杯酒

一个母亲要想使懒惰和不自信的儿子勤奋和自信，她需要做的并不是太多，只是向他的脸上泼一杯酒就够了。

在普佐 15 岁的时候，任西西里岛地方长官助手的父亲患病去世了。埋葬了父亲，母亲就带着他和两个妹妹投奔住在罗马的舅舅。

他家没什么积蓄，舅舅家也不富裕，安顿了他们一家四口，就没余力供他读书了，只得让他到酒店做侍者挣钱养家。3 年之后，他已长成了个子很高的帅小伙子。一天晚上回家后，他对母亲说他再也不做侍者了，母亲问他为什么，他对母亲讲了在酒店的遭遇：在为一顾客上汤时不小心将汤溅到了顾客的身上，不仅被骂了一顿，那人还打了他一耳光。领班也训斥了他，警告他要再犯这样的错就让他滚蛋。他说他再也不去酒店了，不再受他们的侮辱了。

母亲听完，严厉地对他说："你说这话就该挨一个嘴巴子！"他愣了，没想到母亲不但不同情他，反而还责骂他，他都要哭出来了。母亲接着说："你只想着你自己，你想过顾客没有？他也许就那一件好衣服，被你给毁了，能不气愤吗？你如果是一个合格的侍者，就不会发生这样的事。发生了这样的事就是因为你从心里没有想过要做好侍者，没想过要做一个优秀的侍者！"

母亲看他哭丧的样子，语气温和下来，说："孩子，做侍者的，要看到客人因享受了你的服务后心情舒畅地离去而高兴，你要享受你职业的荣耀。孩子，好好做吧，只要你心中时刻想着侍者也是荣耀的职业，你就会获得荣耀！"

母亲的话并没消除普佐心中的委屈，但他仍然去酒店上班，因为母亲不同意他辞去酒店的工作。他做着，但很不开心。他觉得母亲的话像教幼儿的吃语，谁会以做一个侍者而觉得荣耀呢？

一天午间，普佐正忙着，抬眼一看，母亲来了。他刚要打招呼，母亲食指按在嘴前示意他不要做声，然后装做不认识似的坐下，悄声告诉他要像对待别人一样地对待她。母亲也像顾客一样叫了酒菜，他为母亲服务着，可做得既慌乱又笨拙，在上最后一道菜时竟把桌上的酒杯碰翻了。母亲盯着他，低声说："你觉得做侍者丢脸是吗？我看你的样子像做贼，你这样做才恰恰是最丢脸的，你知道不知道？"说着，她手

让孩子学会做人的故事全集

Rang Hai Zi Xue Hui Zuo Ren De Gu Shi Quan Ji

一扬,将杯里的酒全泼在了他脸上,转身走了。普佐站在那里,心一颤,泪流了下来。

晚上回家后,母亲拥抱了他,对他说:"孩子,对不起,白天妈妈做得过分了,向你道歉。"母亲接着又对他说:"孩子,你要珍爱你的职业,你不能觉得自己低贱,你心里要觉得自己像一个国王……"

他笑了,对母亲说:"可我只是一个侍者啊……"

母亲说:"不错,你是侍者,可你要做到最好,你就会成为侍者中的国王!"

母亲拍着他的肩说:"孩子,从明天开始,你试试用另一种态度做事好吗?"

面对着母亲期许的眼神,普佐点头答应了。

这之后,普佐工作的态度转变了,慢慢地,人们欢迎他了,很多来酒店的人都点名要他服务。就是有时走在街上也会有人热情地和他打招呼,他觉得整个罗马都知道了他的名字。

一天,普佐正忙碌而又熟练地招待着顾客,他母亲进来了,手捧一大束芬芳的鲜花,递到了儿子的手里,笑容满面地说:"孩子,祝贺你20岁的生日,你今天真的成了国王!"

后来,普佐创立了凯莱旺大酒店,他真的成了罗马餐饮业的国王。

在酒店开业的庆典上,普佐幽默地对已白发苍苍但精神矍铄的母亲说:"一个母亲要想使懒惰和不自信的儿子勤奋和自信,她需要做的并不是太多,只是向他的脸上泼一杯酒就够了。"

(浩 瀚)

成 长 悟 语

有时候生存的道路是艰辛的,追求成功的过程也总是山重水复,每当遇到这些情况,请不要无奈,更不要轻言放弃,因为路还在,梦还在,阳光还在,真情还在……更重要的是,生命还在,你便能用你的坚韧为你的生命创造辉煌。

成功取决于一种勇气

狭路相逢勇者胜,它的成功完全取决于一种勇气,一种在关键时候敢于决断善于谋划的超强智慧。

20世纪80年代,美国最负盛名的连锁餐厅加州扒房的总裁和比萨饼店的总裁,都曾派出过商业密探,去打听对方公司对经营咖啡店的真实意图。密探调查的结果很快反馈到了各自总裁的手里,双方都是北美最有实力开发经营咖啡店的公司,而且此次对咖啡店的开发双方都是志在必得。可是这两家公司在综合分析了对方实力之后,竟然都戏剧性地放弃了。原因很简单:如果两家公司都出巨资打造咖啡店,抢占同一市场,有可能会影响到双方正在经营的店铺,结果很有可能会两败俱伤。

事过不久,出人意料的事发生了:一家名叫星巴克的咖啡店,以惊人的速度抢占了整个美国市场。今天,星巴克公司是北美地区一流的咖啡零售商、烘烤商,已成为一流品牌的拥有者,它的扩张速度让《财富》、《福布斯》等顶级刊物津津乐道。这家小作坊仅仅花了10多年时间,就发展成了在全球拥有5000多家连锁店的大企业。

也许有人会说,这家名不见经传的小咖啡店,是夹在那两家著名大公司中间捡了个大便宜;也有人会说,是机遇成就了星巴克。其实不是这样,俗话说,狭路相逢勇者胜,它的成功完全取决于一种勇气,一种在关键时候敢于决断善于谋划的超强智慧。当市场的美好前景已众所周知,当许多有实力的公司还在犹豫不决的时候,那么胜利就属于那个敢于出击的人了。其实,这也是我们常说的一句话:机遇只青睐那些能够抓住它的人。

(李 梅)

成长 悟语

走过人生就像穿过一个个鳄鱼池,需要自信的胆识和无惧的魄力。在面对强大的挑战时,一定要拿出必胜的信心和勇气去接受挑战,因为只有在挑战面前生命才会充满生机和希望。

让石头漂起来

> 人生也是如此,没有人为你等待,没有机会为你停留,只有与时间赛跑,才有可能会赢。

25 岁的舞蹈家黄豆豆,身兼数职:舞星、教师、艺术总监等,每天早上 7 点起床跑步练功……风雨无阻,他总是停不下来。他个矮、下肢短,先天条件严重不足,但他却成为世界"舞"林高手。他说,他早就知道有个成功公式是:1%的天赋加上 99%的努力,但他身边没有这样的人,而他做到了,这令他备感自豪。

25 岁,多少人的人生才刚刚起步,而他可以说已是功成名就,令人羡慕。但黄豆豆仍然在与自己竞争,"永远停不下来",一旦做了某事,就要把它倾力做到最好,这是他的个性。如果有一天"停"了下来,他就会发胖,他必须一直保持一种飞翔的感觉。他不能失败,因为失败就意味着离开舞台,告别青春。

海尔集团首席执行官张瑞敏在一次中层干部会上提出这么一个问题:石头怎样才能在水上漂起来?反馈回来的答案五花八门,有人说"把石头掏空",张先生摇摇头;有人说"把它放在木板上",张先生说"没有木板";有人说"石头是假的",张先生强调"石头是真的"……终于有人站起来回答说:"速度!"

张瑞敏脸上露出满意的笑容:"正确!《孙子兵法》上说:'激水之疾,至于漂石者,势也。'速度决定了石头能否漂起来。"

这让我想到了跳远、跳高、飞机、火箭……也想到"无法停下来"的黄豆豆,以他的身体条件,是成不了舞者的,但他最后却让石头漂了起来!石头总是要往下落的,但速度改变了一切,打水漂的经验告诉我们,石头在水面跳跃,是因为我们给石头一个方向,同时赋予它足够的速度。

人生也是如此,没有人为你等待,没有机会为你停留,只有与时间赛跑,才有可能会赢。美国最负盛名的棒球手佩奇说:"永远不要回头看,有些人可能会超过你。"

早起的鸟儿有虫吃。赶在别人前头,不要停下来,这是竞争者的状态,也是胜者的状态。如果成功也有捷径的话,那就是赋予它足够的速度。

(罗　西)

人不能操控时间,但能操控自己把握时间的能力。不要让等待成为你生活的常态,认真对待你手中的每一个机会,将其视做自己的使命,以全力以赴、全速前进的心态将其实践,只有这样才能创造出佳绩,才能改变自己的命运。

把帽子抛过栅栏吧

无论遇到什么事,看上去太大了,甚至不太可能完成,我的做法是,把帽子扔过栅栏去!

我在寻找送给教堂义卖的捐献品时,偶然找到了许多年前别人送的一套船模部件。我想到了父亲年轻时拥有的一条船。我没有亲眼见过被他视做宝贝的"迪克西",只是从相册里一张泛黄的照片上,看到父亲自豪地坐在船上掌舵。有一天,父亲针对我老回避一个工作而向我提出了忠告:"把你的帽子扔过栅栏去。"

"你是什么意思?"

他"咯咯"地笑了笑:"当你遇到一道栅栏跳不过去时,就把你的帽子扔过去,这样,你就只得设法去栅栏那边了。我就是那样到芝加哥的。"

他说:"我刚满20岁时,只有一条船,除此之外就一无所有了。在一个夏日的清晨,我把衣服装进箱子,登上'迪克西'后解索离岸了,而后一路嚓嘎嚓嘎地驶进了芝加哥的贝尔蒙特港口。我第二天就去寻找工作了。工作不好找,我很想调转船头回家去算了。但是,我把帽子扔过了栅栏——把迪克西卖了。我想,假如我要在芝加哥站稳脚跟,钱是必不可少的。一旦我把船卖了,那我就无路可退了。"

我父亲从卖掉迪克西的那天起,就把全部精力用在开创一个新生活上。他先去一家电力公司工作,而后就在芝加哥发了迹,有了一个幸福的生活。

我从父亲的经历中得到了启发,懂得一个人一旦作出了一个大胆的决定,使自己处于背水一战的处境,你就会迫使自己去攀越那道栅栏。譬如,妻子贝蒂和我一直想把起居室油漆一下,可是老是拖着不做。终于有一天贝蒂把帽子扔过了栅栏。

她说:"我已经邀请朋友星期天来吃甜点心,看看我们的起居室。"于是,我们立即动起了手,把起居室油漆一新。

还譬如,我们这所房子的前主人把卧室中的一扇凹窗封起来做了一个壁橱。贝蒂和我说了几年要把封窗的墙壁拆掉以便采光,但总感到这工程太大了,因此迟迟没有动手。一天,我弟弟赫伯特来我家做客,他在壁上钻了一个洞以探测墙壁的结构。令我吃惊的是,他居然拆下了一块墙板。这下没有退路了。赫伯特和我动手拆掉了这堵墙壁。到天黑前,我们的卧室就有了一扇漂亮的凹窗。

我想要不是我弟弟先拆下了一块墙板,弄得那壁非拆不可了,恐怕我们也就不会动手拆了。

此后,无论遇到什么事,看上去太大了,甚至不太可能完成,我的做法是,把帽子扔过栅栏去!

(尹林标/编译)

 成 长 悟 语

常言道,置之死地而后生。很多时候,我们离摆脱生存困境的路口并不远,只是我们没有一种强烈的摆脱现状、跳出困境的勇气。当你遇到极大困难的时候,断绝自己的后路,把自己置于一种无法回头的境地,让自己只能勇往直前,不顾一切地全心投入,全心付出,那么成功就会向你走来。

　　走过人生就像穿过一个个鳄
鱼池，需要自信的胆识和无惧的
魄力。在面对强大的挑战时，一定
要拿出必胜的信心和勇气去接受
挑战，因为只有在挑战面前生命
才会充满生机和希望。

一种动物如果没有了对手，就会变得死气沉沉；一个人如果没有了对手，就会甘于平庸，养成惰性，最终导致庸碌无为；一个群体如果没有了对手，就会因为相互的依赖或潜移默化而失去生机与活力；一个行业如果没有了对手，就会丧失进取的意志，就会因为安于现状而逐步走向衰亡。

　　竞争是时代的主旋律，我们要学会竞争，才能不被淘汰；同时，不能为了赢而不择手段，只有学会以健康的心态竞争，才能最终站立在成功之巅。

赢的最高境界

此刻的丁俊晖，早已热泪盈眶："我流泪不是因为输了比赛，而是遇到了一位绅士对手。"

2007年1月22日凌晨5点40分，斯诺克温布利大师赛决赛上，中国台球"神童"丁俊晖和"火箭人"罗尼·奥沙利文再一次狭路相逢。去年8月的北爱尔兰杯台球赛的较量中，丁俊晖首胜"火箭人"，如愿捧到了职业生涯中的第三个世界冠军杯。奥沙利文呢，也憋足了一口气要报一箭之仇。所以，这回交锋，可谓"仇人"相见，分外眼红。

比赛开始后，丁俊晖很快以2：0取得领先。这时候，不和谐的一幕出现了：很近的看台上，一名奥沙利文的"粉丝"在丁俊晖每一次起杆时都要大声咒骂，让这位台球少年很不自在。也许是骂声的影响，丁俊晖的心理开始出现波动，在关键的几局中失误频频，很快以大比分落后。

因为没有保安管理，那位"粉丝"骂得更起劲了。方寸已乱的丁俊晖已经无法全身心投入比赛，甚至球也不知道该怎么打了。第12局，奥沙利文胜出，丁俊晖伸过手去，准备向奥沙利文祝贺。"火箭人"先是一愣，知道是对手弄错了赛制，随即他又感觉到了场内的变故，马上连说几句"NO，NO，NO"，然后搂住丁俊晖说："比赛还没结束呢，和我接着打完后面的比赛好不好？"

休息室内，奥沙利文一直陪着自己这位小弟弟对手，还叫来了自己练球房的老板，一个四五十岁的香港人，一起来安慰他。奥沙利文说："那个骂你的声音，我也听到了。我刚来伦敦时，也领教过这样的骂声，但我坚持过来了。你要记住，那不是比赛，比赛是属于我们两人的。"

最后一局开始之前，奥沙利文做的第一件事，就是走向裁判，要求将那个骂人的"粉丝"清退。然后在喝彩声中，双方进入第13局。当机会球再一次倒向丁俊晖的时候，奥沙利文主动走向球迷，要他们帮助加油助威。

获胜后的奥沙利文，将与对手的礼节性握手改成了拥抱："没关系，以后还有机会，随时欢迎来伦敦找我，我很喜欢和你一起打球。"

此刻的丁俊晖，早已热泪盈眶："我流泪不是因为输了比赛，而是遇到了一位绅士对手。"

　　看到这里,观众的感觉已不像是面对一场令人窒息的高水平角逐,更像欣赏一门艺术,一种闪耀人性光环的美。比赛有很多种赢法,尤其实力在伯仲之间的较量,在赢得比赛的同时,赢得尊重和友谊,赢得对手的心,赢得观众的感动,才是赢的最高境界。

(蒋　平)

竞·争·让·你·充·满·活·力

成 长　悟 语

　　天堂与地狱原本就只有一步之遥,只是因为多了温情与爱,天堂成了欢声笑语的场所,地狱成了满是抱怨与饥饿的地方。人与人之间的关系是紧密而微妙的,没有人能完全脱离别人而独自取得成功,真诚对待他人,包括你的对手,良性竞争最终将实现双赢。

给对手掌声

　　有时候搬走别人脚下的一块石头就等于给自己打开了一条成功的捷径。在自己失败的时候,给对手掌声,这也是一种成功。

　　在一档世界职业拳王争霸赛电视节目中我看到了几个暖人的细节。

　　比赛的是两个美国职业拳手,年长的叫卡非拉,今年35岁,年轻的叫巴雷拉,今年28岁。上半场两人打了六个回合,实力相当,难分胜负。在下半场第七个回合,巴雷拉接连击中老将卡非拉的头部,使他鼻青脸肿。

　　短暂的休息时,巴雷拉真诚地向卡非拉致歉,他先用自己手中干净的毛巾一点一点擦去卡非拉脸上的血迹,然后把矿泉水洒在卡非拉头上,一脸歉意,那神情仿佛受伤的是自己。接下来两人继续交手。也许是年纪大了,也许是体力不支,卡非拉一次又一次被巴雷拉击中后倒在地上。

　　按规则,对手被打倒在地上后,由裁判连喊十声,如倒地的拳手起不来则对手胜利。卡非拉挣扎着起身,裁判开始报数,"一、二、……"三字还没出口巴雷拉把卡非拉拉了起来。裁判感到很吃惊,这样的举动在拳场上很少见。巴雷拉向裁判解释说:"我犯规了,只是你没有看见,这局不算我赢。"扶起卡非拉后他们微笑着击掌,继续交战。

最终,卡非拉以108∶110的成绩负于巴雷拉。观众潮水般涌向巴雷拉,向他献花、致敬、送礼物。巴雷拉拨开人群径直走向被冷落的老将卡非拉,他把鲜花送给了卡非拉。两人紧紧地抱在一起,相互亲吻被击中的部位,俨然是一对亲兄弟。卡非拉真诚地向巴雷拉祝贺,一脸由衷的笑容。他握住巴雷拉的手高高举过头顶,向全场的观众致敬。

卡非拉虽然败了,但败得很有风度。巴雷拉赢了,赢得很大度。两个人一个败在拳术,一个赢在人格。但是,他们都赢了,在人格上。

有时候搬走别人脚下的一块石头就等于给自己打开了一条成功的捷径。在自己失败的时候,给对手掌声,这也是一种成功。

(马国福)

成 长 悟 语

当你树立了一个敌人时,你得到的将不只是一个敌人;而当你用真情感动了一个对手的时候,你得到的也不只是一个朋友。惜英雄,重英雄,这才是竞争之道。

敢于直面对手

这十几年来,不论遭遇多么大的坎坷与挫折,我总用故事中父亲的那句话鼓励自己:必须有一方投降,但投降的绝不能是我!

参加过大西南剿匪的父亲给我讲过一个他亲历的故事。

父亲端着步枪刚从一座巨岩后拐出来,迎面撞上了一个也端着步枪的土匪。两人同时将枪口指住了对方的胸膛,然后就一动不动了。

如此近的距离,不管谁先开枪,打死对方的同时,自己肯定也得被对方打死,动起手来只能是同归于尽。

要想都保全性命,就必须得有一方投降。

双方对峙着,枪口对着枪口,目光对着目光,意志对着意志。

其实总共只对峙了十几秒钟,可父亲感到是那么的漫长。那是他一生中唯一一次对时光的流逝产生刻骨铭心的印象。父亲不知道他已经咬破了自己的下嘴唇,两条血溪濡湿了下巴。他的大脑中一片空白,只有一个念头支撑着他:

必须有一方投降,但投降的绝不能是我!

父亲眼睁睁看着那个土匪的精神垮掉——先是脸煞白,面部痉挛,接着是大汗淋漓,最后是双手的握肌失能——枪掉到了地上。土匪扑通跪下去,连喊饶命。

父亲努力控制着自己,才没有昏厥过去。他和土匪都清楚,双方的命,保住了!

押着土匪,见到自己人时,父亲再也坚持不住了,一屁股坐到地上。同志们以为他负伤了,赶忙跑过来,父亲虚脱般地说:"没事!我只是累坏了。"

父亲的这个故事永远印刻在了我的脑海里。这十几年来,不论遭遇多么大的坎坷与挫折,我总用故事中父亲的那句话鼓励自己:

必须有一方投降,但投降的绝不能是我!

成 长 悟 语

不要轻易看扁你自己,也不要轻易对别人妄下判断。用怎样的眼光看待自己、看待他人,用怎样的方法对待自己、对待他人,将会产生截然不同的效果。勇敢地直面对手、直面困境,你的人生将因你的非凡勇气而与众不同。

如果你比对手更专注

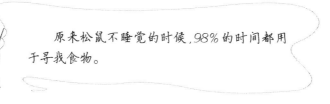

原来松鼠不睡觉的时候,98%的时间都用于寻找食物。

我的朋友比尔是个成功的演说家和作家,喜欢在闲暇时间观察鸟类。几年前,比尔买了一幢新房子,附近草木葱茏。入住后的第一个周末,他就在后院里装了个喂鸟器。就在当天日暮时分,一群松鼠弄倒了喂鸟器,吃掉了里面的食物,把小鸟吓得四散而去。在接下来的两周里,比尔绞尽脑汁想出各种办法让松鼠远离喂鸟器,就差没有使用暴力了，但丝毫不起作用。

万般无奈之下，他来到当地一家五金店。在那儿他找到了一种与众不同的喂鸟器，带有铁丝网，还有个让人动心的名字，叫"防松鼠喂鸟器"。这回可保万无一失，他买下它并安装在后院里。但天黑以前，松鼠又大摇大摆地光顾了"防松鼠喂鸟器"，照样把鸟儿吓跑了。

这回比尔又失败了。他拆下喂鸟器，回到五金店，颇为气愤地要求退货。五金店的经理回答说："别着急，我会给你退货的，不过你要理解：这个世上可没有什么真正的'防松鼠喂鸟器'。"比尔惊奇地问："你想告诉我，我们可以把人送到太空基地，可以在几秒钟之内把信息传到全球任何一个地方，但我们最尖端的科学家和工程师都不能设计和制造出一个真正有效的喂鸟器，可以把那种脑子只有豌豆大的啮齿类小动物阻挡在外？你是想告诉我这个吗？"

"是啊，"经理说，"不过没花你那么长时间。"比尔好奇心更盛，请他说得仔细些。店铺经理说："先生，要解释，我得问你两个问题。首先，你平均每天花多少时间，让松鼠远离你的喂鸟器？"比尔想了一下，回答说："我不清楚，大概每天10~15分钟吧。"

"和我猜的差不多，"那位经理说，"现在，请回答我第二个问题，你猜那些松鼠每天花多少时间来试图闯入你的喂鸟器呢？"

082比尔马上会意：在松鼠醒着的每时每刻。这个故事激发了我浓厚的兴趣，我甚至特意对松鼠进行了一番研究。原来松鼠不睡觉的时候，98%的时间都用于寻找食物。

成长 悟语

　　自然界的法则是适者生存，人类也一样。只有知己知彼，勇于竞争，比对手付出更多的努力，比对手更专注，不断壮大自己的实力，才能摆脱被淘汰的命运。

对 手

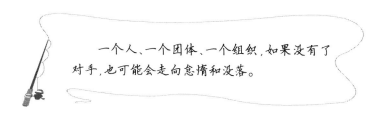

一个人、一个团体、一个组织,如果没有了对手,也可能会走向怠惰和没落。

美洲虎是一种濒临灭绝的动物,世界上仅存 17 只,其中有一只生活在秘鲁的国家动物园。

为保护这只虎,秘鲁人从大自然里单独圈出 1500 英亩的山地修了虎园,让它自由生活。参观过虎园的人都说,这儿真是虎的天堂,里面有山有水,山上花木葱茏,山下溪水潺潺,还有成群结队的牛、羊、兔供老虎享用。奇怪的是,却没有人看见这只老虎捕捉过猎物(它只吃管理员送来的肉食),也没人见它威风凛凛地从山上冲下来。它常躺在装有空调的虎房,吃了睡,睡了吃。

一些市民说它太孤独,说一只没有爱情、没有伴侣的老虎,怎么能有精神呢? 于是大家自愿集资,又通过外交渠道,与哥伦比亚和巴拉圭达成协议,定期从他们那儿租雌虎来陪它生活。

然而,这项人道主义之举,并未带来多大改观,那只美洲虎最多陪"女友"走出虎房,到阳光下站一站,不久就又回到它躺卧的地方。人们不知道它还有什么不满足的地方。

一天,一位来此参观的市民说,它怎能不懒洋洋呢? 虎是林中之王,你们放一群只吃草的小动物,能提起它的兴趣吗? 这么大的虎园,不弄几只狼来,至少也得放几条豺狗吧? 虎园领导听他说得有理,就捉了三只豹子投进虎园。

这一招果然灵验,自从三只豹子进了虎园,美洲虎不再睡懒觉,也很少回虎房了。它时而站在山顶引颈长啸;时而冲下山来,雄赳赳地满园巡逻;时而冲到豹子面前,放肆地挑衅。没多久,它还让巴拉圭的一只雌虎生下了一只小虎崽……

一个没有对手的生物,一定是死气沉沉的生物。一个没有对手的民族必定成为一个不思进取的民族。同样,一个人、一个团体、一个组织,如果没有了对手,也可能会走向怠惰和没落。

对手究竟是什么？在许多情况下，对手就是让自己变得更加成熟、更加完美的人。感谢对手，将每一次的指责与批评都看成改正的良机，只有这样，你才能在成功的道路上，走得更远更长。

竞 争 上 岗

懂得真诚待人，有效运用合作法则的人，才能在竞争中生存，才能在竞争中脱颖而出。

　　小王和小张都是公司新分来的大学生，两人被安排在同一个部门，做同样的工作，在工作能力和工作业绩上也不相上下，但两个人在为人处世方面却有很大不同。

　　小王比较"直爽"，见到人要么直呼其名，要么小赵老王地喊。有一次，小王的顶头上司李经理正在会议室接待客人，小王突然出现在门口，大声喊："老李，你的电话。"刚刚三十出头的李经理，竟被人喊老李，又是当着客人的面，而且喊自己的人还是自己的部下，自然心里很不舒服。

　　而小张就不同了，见到谁都毕恭毕敬的，小心翼翼地喊李经理、刘主管，没有职务的，她就喊陈大姐或刘大哥，年龄稍长的职工，她就喊师傅。

　　小王只有上班时才来公司，下班就走人，与公司里的人也没有过多的交往。小张就不同了，她下班以后，看有人没走就会留下来，与人家聊聊天，说说闲话。谁有什么困难，她也会尽力帮忙。当然，她也经常向别人求助。

　　有一次，她来到李经理的办公室，说有一件大事，务必请他参谋参谋。原来她表妹参加高考，想请经理"指点一下，看填什么志愿好"。李经理很高兴，很认真地给她分析了近几年的就业形势，然后慎重地给她提了一个建议。

　　后来，李经理手下的一个副经理调到别的部门主持工作了，公司决定采用公开竞聘的方式选拔新的副经理。小王和小张因为都是本科学历，又都是业务骨干，符合公司规定的竞聘条件，于是两人都报名竞聘。评委由公司中层以上干部和职工代

表组成。竞聘的结果大家可能已经猜到了：小张以绝对的优势击败了小王，成为公司最年轻的中层干部。

成长 悟语

　　我们生存在一个充满竞争的时代，生存变得越来越艰难。然而正是如此，我们才更需要与别人合作，懂得真诚待人，有效运用合作法则的人才能在竞争中生存，才能在竞争中脱颖而出。

有专长就有机会

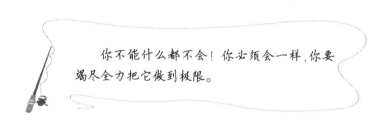

　　你不能什么都不会！你必须会一样，你要竭尽全力把它做到极限。

　　43 岁的王强移民去了美国。大凡去美国的人，都想早一点儿拿到绿卡。他到美国后 3 个月，就去移民局申请绿卡。一位比他早到美国的朋友好心地提醒他："你要有耐心等。我申请都快一年了，还没有批下来。"

　　他笑笑说："不需要那么久，3 个月就可以了。"

　　朋友用疑惑的目光看着他，以为他在开玩笑。

　　3 个月后，他去移民局，果然获得批准，填表盖章，很快，邮差就给他送去了绿卡。

　　他的朋友知道后，十分不解："你的年龄比我大，申请比我晚，钱没有我多，凭什么比我先拿绿卡？"他微微一笑，说："因为钱。"

　　"你来美国带了多少钱？"

　　"10 万美元。"

　　"可是我带了 100 万美元，为什么不给我批反而给你批呢？"

　　"我的 10 万美元，在我到美国的 3 个月内，一部分用于消费，一部分用于投资，一直在使用和流动。这个，在我交给移民局的税单上已经显示出来了。而你的 100 万美元，一直放在银行里，没有消费变化，所以他们不批准你的申请。"

　　美国是一个十分注重效率和功利的国家，你要对美国的社会经济发展有益，美国才会接纳你。在美国拿绿卡，只有两种人可以：一种人是来美国投资或消费；还有一种人,就是有技术专长。

与王强一起申请绿卡的还有一位中年妇女。这位妇女,从她被晒成古铜色的皮肤看,可以断定她是一位户外工作者。出于好奇,王强上前和她搭话,一问才知,她来自北方农村,因为女儿在美国,才申请来美,她只读完小学,连汉语表达都不太好。

可就是这样一位英语只会说"你好"、"再见"的中国农村妇女,也在申请绿卡。她的申报理由是有"技术专长"。移民官看了她的申请表,问她:"你会什么?"她回答说:"我会剪纸画。"说着,她从包里拿出一把剪刀,轻巧地在一张彩色亮纸上飞舞,不到3分钟,就剪出栩栩如生的各种动物图案。

美国移民官瞪大眼睛,像看变戏法似的看着这些美丽的剪纸画,竖起拇指,连声赞叹。这时,她从包里拿出一张报纸,说:"这是中国《农民日报》刊登的我的剪纸画。"

美国移民官一边看,一边连连点头,说:"OK!"

她就这么OK了。旁边和她一起申请而被拒绝的人又羡慕又嫉妒。

这就是美国,你可以不会管理,你可以不懂金融,你可以不会电脑,甚至,你可以不会英语。但是,你不能什么都不会!你必须会一样,你要竭尽全力把它做到极限。这样,你就会永远OK了!

成长 悟语

每个人都拥有不同的特长。不必太在意自己的不足,因为,你总有一点与众不同的优势,只要你能把它找出来,你就离成功又进了一步。因此,相信自己,并积极寻找自己与众不同的优势,这就是获取成功的关键。

发财的奥秘

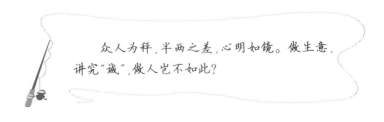

众人为秤,半两之差,心明如镜。做生意,讲究"诚",做人岂不如此?

从前的秤十六两一斤,因此有半斤八两之说。

还在十六两一斤的年代,县城南街开着两家米店,一家字号"永昌",另一家叫"丰裕"。"丰裕"米店的老掌柜眼看兵荒马乱生意不好做,就想出个多赚钱的主意。

一天,他把星秤师傅请到家里,说:"麻烦师傅给星一杆十五两半一斤的秤,我多加一串钱。"

星秤师傅为了多得一串钱,满口答应下来。米店老掌柜有四个儿子,最小的儿子两个月前娶了一塾师的女儿为妻。爹吩咐星秤师傅的话被新媳妇听见了。老掌柜离开后,新媳妇对星秤师傅说:"俺爹年纪大了,刚才一定是把话讲错了。请师傅星一杆十六两半一斤的秤,我再送您两串钱。不过,千万不能让俺爹知道。"

一段时间后,"丰裕"米店的生意兴旺起来,而斜对门的"永昌"米店却门可罗雀,老主顾也纷纷转到"丰裕"买米。

到了年底,"丰裕"米店发了财,"永昌"米店却没法开张了,把米店让给了"丰裕"。年三十晚上,老掌柜高兴,出了个题目让大家猜,看谁猜得出自家发财的奥秘。大家七嘴八舌,有说老天爷保佑的,有说老掌柜管理有方的……掌柜嘿嘿一笑,说:"你们说的都不对。发财是靠咱的秤!咱的秤十五两半一斤,每卖一斤米,就少付半两,每天卖几百几千斤,就多几百几千个钱,日积月累,咱就发财了。"

竞·争·让·你·充·满·活·力

087

儿孙们惊讶过后,都说老人家不显山不露水地就把钱赚了,实在高明。这时,新媳妇从座位上慢慢站起来,对老掌柜说:"我有一件事要告诉爹,希望您老人家原谅我的过失。"新媳妇不慌不忙,把年初多掏两串钱星十六两半一斤秤的经过讲给大家听。她说:"爹说得对,咱是靠秤发的财。咱的秤每斤多半两,顾客就知咱做买卖实在,就愿买咱的米,咱的生意就兴旺。尽管每一斤米少获了一点儿利,可卖的多了获利就大了,咱是靠诚实发的财呀。"大家更是一阵惊讶。老掌柜不相信这是真的,拿来每日卖米的秤一校,果然每斤十六两半。老掌柜呆住了,一句话也说不出。第二天,老掌柜把全家人召集到一块,从腰里解下账房钥匙说:"我老了,不中用了。我昨晚琢磨了一夜,决定从今天起,把掌柜让给老四媳妇,往后,咱都听她的!"

众人为秤,半两之差,心明如镜。做生意,讲究"诚",做人岂不如此?

成 长 悟 语

　　财富和权势都只能影响他人的感受,却无法取得他人的信任。只有坦荡和真诚,只有对他人全心全意的诚信,才能获得别人的认可。坚守诚信的法则,才能赢得顾客的心,才能创造财富。

画一根比对手更长的线

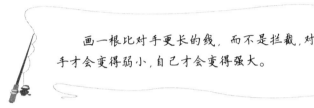

画一根比对手更长的线，而不是拦截，对手才会变得弱小，自己才会变得强大。

22岁的叶眉从大学毕业，凭借着名牌大学的毕业证应聘到了某跨国集团中南分部工作。与她一起应聘来的，还有另外一个男孩。公司总监说，两个职位，一个是技术部的经理助理，一个是普通的销售人员，试用期三个月，优异者任经理助理。

叶眉的一根弦便绷紧了。怎么说自己也是名牌大学毕业的高材生，对手不过是普通三流大学毕业的。不说职位高低，起码也得为自己的学校争点儿光啊。

自此，叶眉一日三餐，几乎都靠泡面维持，每天过着"家——单位——家"两点一线的生活，然后是无休止的加班。但叶眉的投入，并没有把太多精力放在工作上，更多的时候，她是在观察那个男孩。他在电脑前做什么？他去办公室是不是跟领导打小报告？同事被他幽默的话语逗得哈哈笑，是不是他刻意拉拢同事关系？甚至，为了阻碍他工作的进展，叶眉处处为难他。他要去档案室查资料，她故意让相关人员不给他；他在策划部做方案，她故意关闭电源的按钮……诸如此类。叶眉想，只要他的工作不能顺利完成，经理助理的职位就与自己更近了。

不想三个月后，总监宣布男孩出任经理助理，而信心满满的叶眉，被派往销售部。叶眉心中不满，更疑惑。她不明白，刚进公司时比自己逊色的对手，怎么就强过自己，受到了总监的青睐。

叶眉坦白地去问总监。总监只笑不语。半晌，在一张纸上画了一根线，问叶眉，如何让这条线变短。叶眉二话不说，从直线上截断几截，这不就变短了吗？总监摇摇头，说，这是最低级的做法。然后拿起笔在直线的旁边画了一根更长的直线，意味深长地说，有时候，过于关注对手本身，处处设防而忽略自己的提高，只会让对方变得更强大，更上进。画一根比对手更长的线，而不是拦截，对手才会变得弱小，自己才会变得强大。这就是职场的奥秘……

总监话音落地时，叶眉的脸已经羞得通红，她终于明白自己败在了哪里。

（玲　珑）

社会在不断进步,竞争也日趋激烈,面对对手的挑战,有些人会想尽办法阻碍别人的前进,结果却往往适得其反。其实,只有不断努力,掌握更多的知识,不断充实自我,才能使自己立于不败之地。

狮子和老虎

要成为一个强者,首先要是一个精神上的强者,如果尚未迎战便向挑战者妥协,你就永远无法获得更大的成功。

在森林里,狮子和老虎相互闻名久矣,只是从未谋面。关于它俩谁是兽中之王,动物们看法不一。狮子和老虎私下里都憋足了一股劲,准备有朝一日一决高低。

这一天,狮子蹓跶时,看见前方地上有一块肉。狮子正想去吃,却又停住了脚步,因为在那块肉的另一个方向,一个庞然大物正在靠近。狮子立即意识到,是老虎! 老虎看见了狮子,也不再往前走了。

狮子想了想,最终转身离开了,因为它没有把握能战胜老虎,只好把那块肉留给了对手。

几天后,狮子再一次路过那个地方,它发现,老虎竟然没有吃那块肉,那块肉还在,只是已经腐烂了,有一只秃鹫吃得正香。

原来,就在狮子转身离开的瞬间,老虎也转身离开了,因为老虎也没有把握能战胜狮子。

在任何扩大生存空间的过程中,都难免会遭遇到各种挑战和重重困难。在这种情况下,能勇敢接受挑战,迈出勇敢的一步是最重要的。要成为一个强者,首先要是一个精神上的强者,如果尚未迎战便向挑战者妥协,你就永远无法获得更大的成功。

发财的机会

成功的关键是你在勤奋的基础上能比别人多想了几步,既看到眼前,又能看到未来。

三个年轻人一同结伴外出,寻找发财的机会。在一个偏僻的小镇,他们发现了一种又红又大、味道香甜的苹果。由于地处山区,信息、交通等都不发达,这种优质苹果仅在当地销售,售价非常便宜。

第一个年轻人立刻倾其所有,购买了10吨最好的苹果,运回家乡,以比原价高两倍的价格出售。这样往返数次,他成了家乡第一个万元户。

第二个年轻人用了一半的钱,购买了100棵最好的苹果树苗运回家乡,承包了一片山,把果苗栽种。整整3年时间,他精心看护果树,浇水灌溉,没有一分钱的收入。

第三个年轻人找到果园的主人,用手指着果树下面,说:"我想买些泥土。"

主人一愣,接着摇摇头说:"不,泥土不能卖。卖了还怎么长果树?"

他弯腰在地上捧起满满一把泥土,恳求说:"我只要这一把,请你卖给我吧,要多少钱都行!"

主人看着他,笑了:"好吧,你给一块钱拿走吧。"

他带着这把泥土返回家乡,把泥土送到农业科技研究所,化验分析出泥土的各种成分、湿度等。接着,他承包了一片荒山,用整整3年的时间,开垦、培育出与那把泥土一样的土壤。然后,他在上面栽种了苹果树苗。

现在,10年过去了,这三位结伴外出寻求发财机会的年轻人命运迥然不同。

第一位购苹果的年轻人现在每年依然还要购买苹果运回来销售,但是因为当地信息和交通已经很发达,竞争者太多,所以赚的钱越来越少,有时甚至不赚钱反而赔钱。

第二位购买树苗的年轻人早已拥有自己的果园,因为土壤的不同,长出来的苹果有些逊色,但是仍然可以赚到相当的利润。

第三位购买泥土的年轻人,他种植的苹果果大味美,和山区的苹果相比不相上下,每年秋天引来无数购买者,总能卖到最好的价格。

成 长　悟 语

　　勤奋造就成功,这是千载不变的真理。但在同样勤奋的人群中如何突围而出,取得成功?眼光和思维就显得尤为重要。成功的关键是你在勤奋的基础上能比别人多想了几步,既看到眼前,又看到未来。

巨蟒与豹子

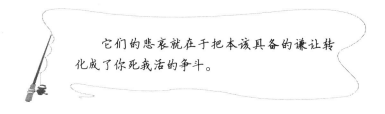

　　它们的悲哀就在于把本该具备的谦让转化成了你死我活的争斗。

　　在一个原始森林里,一条巨蟒和一头豹子同时盯上了一只羚羊。豹子看着巨蟒,巨蟒看着豹子,各自打着"算盘"。
　　豹子想:如果我要吃到羚羊,必须首先消灭巨蟒。
　　巨蟒想:如果我要吃到羚羊,必须首先消灭豹子。
　　于是,几乎在同一时刻,豹子扑向了巨蟒,巨蟒扑向了豹子。
　　豹子咬着巨蟒的脖颈想:如果不下力气咬,我就会被巨蟒缠死。
　　巨蟒缠着豹子的身子想:如果不下力气缠,我就会被豹子咬死。
　　于是,双方都死命地用着力气。
　　最后,羚羊安详地踱着步子走了,而豹子与巨蟒却双双倒地。
　　猎人看了这一场争斗甚是感慨,说:"如果两者同时扑向猎物,而不是扑向对方,然后平分食物,两者都不会死;如果两者同时走开,一起放弃猎物,两者都不会死;如果两者中一方走开,一方扑向猎物,两者都不会死;如果两者在意识到问题的严重性时互相松开,两者也都不会死。它们的悲哀就在于把本该具备的谦让转化成了你死我活的争斗。"

成 长　悟 语

　　在竞技场上不求胜的是懦夫,但在生活中事事求胜的却是愚者。因为这样的人容易因求胜心切而作出错误的判断，结果不仅不能获取胜利，还有可能造成大的损失。因此，不要让利益蒙蔽了你的双眼，切记欲速则不达的道理。

第06辑 学会合作，懂得分享

　　美国女科学家朱克曼教授做过这样一个统计：在诺贝尔奖设立的第一个25年中，合作研究获奖的人数仅占41%；第二个25年里占65%；第三个25年里占79%。而时至今日，已极少有人孤军奋战，独享其誉了。

　　现代社会，人与人的联系越来越紧密，单枪匹马，独享其成已经成为过去，只有学会团体合作，懂得与人分享，追求"双赢"，才能发掘自己最大的潜力。因为一堆沙子是松散的，可是它和水泥、石子、水混合后，却比花岗岩还坚韧。

上帝的惩罚

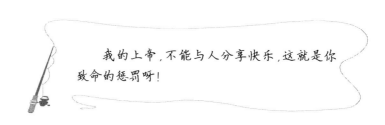

我的上帝,不能与人分享快乐,这就是你致命的惩罚呀!

我太太接到一个久无联系的同学的电话,寒暄客套了老半天。

我听太太接过的话茬儿,已听出了对方要告诉我们什么,便压低声音,对为人老实的太太说:"赶快点明,问她家是不是买了新房子?"太太便不知所以然地话锋一转:"老同学,这么开心,是不是又买了房子了?"

电话那头传来兴奋的笑声,我与太太隔1米远都能听到。"你怎么知道?消息这么灵通!对呀,我老公又买了一套85万元的小复式,不是按揭的……"

事后太太对我料事如神的能力大为惊讶。我笑着拍拍她的脑袋:"因为我了解人心。一个人如果有什么喜讯,不及时向四周散播,那是比痛了不让你叫喊、痒了不让你笑还要难受的。"

我比较喜欢孩子的率真。邻居5岁的小孩子跑过来要告诉我一个好消息,结果太急了,摔了一跤,哭了。我蹲下来摸摸他的脚安慰他。他突然记起刚才要告诉我的喜事,便又破涕为笑:"叔叔,看,我的新鞋子!"

不久前,我也接到一位旧友的电话。他软绵绵地问我,什么时候去郊外。我第一反应是那么远怎么去,但马上就有个新念头闪现——莫非他买了新车?他很愉快但略显矜持地说:"没什么,就是一辆破车……"为满足他这种幸福的心情,我当即决定替他多叫几个旧友一同去"捧"他的车。我们的友情因此得到进一步巩固。

一个善解人意的人,很容易行善积德。因为他懂人心,可以不费吹灰之力,只要一句赞美一个微笑或拥有一颗真挚分享的心,就可以给他人带去许多美妙的感受。也许这只是小小的善,小小的德,但都是阳光的颗粒。

犹太教规定安息日不可以做事,连按电梯按钮都不行。某个安息日,一位酷爱高尔夫球的长老实在手痒难耐,偷偷去打球。球场一个人都没有,他乐得手舞足蹈。但不幸让天使看到了,天使急忙去上帝那里告状,要上帝好好惩罚这位长老。

打了一会儿,成绩不错,长老十分高兴。天使又去打小报告。上帝懒懒地说:"知道了。"打完 9 个洞,几乎都是一击必中。天使忍无可忍,又去找上帝。上帝神秘地笑笑。打完 1~8 个洞,成绩史无前例的好,长老乐坏了。

天使很生气地问上帝:"这就是你所说的惩罚吗?"上帝笑了:"你想想,他的快乐能和谁说? 又能和谁去分享?"

我的上帝,不能与人分享快乐,这就是你致命的惩罚呀!

(罗 西)

成长 悟语

当你把快乐与人分享时,你的快乐就变成了双份;当你将你的烦恼向别人倾诉时,你的烦恼就会减半。分享,是我们汲取力量与收获快乐的源泉,懂得与人分享,乐于与人分享,你的生活将会焕然一新。

赢得别人的帮助和协作

最后获胜的竟然是那个矮个子。这到底是为什么?

某公司要招聘一个营销总监,报名的人很多,经过层层考试,最后只剩下三个人竞争这个职位。

为了测验谁最适合担任这个角色,公司出了一道怪题:请三个竞争者到果园里摘水果。

三个竞争者一个身手敏捷,一个个子高大,还有一个个子矮小,看来,前面两个最有可能成功。但正好相反,最后获胜的竟然是那个矮个子。这到底是为什么?

原来,这次考试是经过精心设计的,竞争者要摘的水果都在很高的位置,很多都在树梢。个子高的人,尽管可以一伸手就摘到一些果子,但是毕竟有限。身手敏捷的人,尽管可以爬到树上去,但是树梢的一部分,他就够不着了。而个子矮小的人,一看到这种情形,二话不说就往门口跑。守门的是个老头,也是果园的维护者。这位小个子的应聘者意识到这次招聘非同寻常,也许个个是考官,处处是考场,所以在刚进门时,他就很热情地和老头打了招呼。他很谦虚地请教老头平时他是怎样摘这些树梢上的水果的,老头回答说是用梯子。于是,他向老头提出借梯子,老头十分爽快地答应了。有了梯子,摘起水果来自然不在话下,结果,他摘得比谁都多。因此,他赢得了最后的胜利,获得了总监的职位。

成 长　悟 语

一个人再聪明能干,终究不过是一个脑袋,两只手而已,充其量也只能做几件自己认为得意的事情。凡是能成大事的人,都是善于合作的人,善于在各种合作的过程中,找到自己可能成功的条件和因素。

一棵树上的两种果实

如果我们想使自己的生命同时拥有两种果实,那么,你就该允许别人的枝条伸到自己的世界里;同时,你也要学会,将自己的成果奉送到别人的面前。

两家相邻,以院墙相隔,墙东栽了一棵石榴,墙西栽了一棵樱桃,春天开花的季节,姹紫嫣红,分外妖娆。

两家经常坐在各自的树下乘凉、吃饭,因为有了两棵树,他们的生活五彩缤纷。

但时间久了,两棵树的枝条开始延伸生长,它们逐渐蔓过了院墙的界限,石榴的枝条跑向了墙西,而樱桃的枝条呢,也无声无息地伸进了东邻。

又到了开花时,东家开始给石榴打药了,因为石榴树上生了许多的虫子。他给自己的石榴打完药,仔细观察,竟然发现樱桃蔓过的枝条上也有害虫。他想了想,觉得这可能是因自己的石榴引起的。于是,他重新配了药,沿着蔓过的枝条将药打在樱桃枝上。过了几天,他再次观察时,竟然发现所有的害虫消失得无影无踪,他感觉很快乐。

一场大风雨,残花遍地,西家心疼地看着自己的樱桃,他动手给樱桃破损的部分进行捆绑。捆完时,竟然发现越过院墙的石榴也是体无完肤,他忽地想起来了,东家的主人可能出差了,要是几天后回来,石榴也许就会错过了花期。他没有再多想,动手将石榴残破的枝条修理好。

几天后,两棵树又是生机盎然。

到果实成熟的季节了,东家孩子吃了自己的石榴后,看上了蔓延过来的樱桃,他哭着要吃。西家的主人听见了,对东家说:"没关系的,拣大的给孩子摘一些吧。"东家的主人觉得过意不去,便将自家的石榴摘下许多,送给了西家。

两家人和谐相处,种了一棵树,却能吃到两种果实,两家人感到分外高兴。

过了几个月,换了新邻居,原来的两家搬走了。先是东家觉得西家的树枝碍事,便拿剪刀剪了个精光。接下来,西家觉得东家在找自己的事,便索性趁他家没人时,打落了正在盛开的花。

秋天,该是果实成熟的季节了,两家的树枝上光秃秃的,只有几枚残叶在秋风中诉说着凄凉。

生命本是一棵华美的树。如果我们想使自己的生命同时拥有两种果实,那么,你就该允许别人的枝条伸到自己的世界里;同时,你也要学会,将自己的成果奉送到别人的面前。

(古保祥)

成 长 悟 语

只要你将自己的心扉敞开,与人共享你的快乐,那么你便能感受到人间的温情,收获世间的真爱。在你抱怨这个世界如此冷漠时,你是否想过,这是因为你封闭了自己的心,拒绝了他人的温情。

富翁之死

医生看着奄奄一息的富翁感慨万千——只有分工、没有合作的团体迟早是要瓦解的。

天冷得出奇,年迈的富翁坐在炉火旁豪华的座椅上取暖,熊熊的火焰照亮了富翁肥胖的脸庞。渐渐富翁觉得身上发躁、脸上发烧,炉火太旺了。

富翁环顾四周,怎么4个佣人只来了3个。那3个佣人告诉富翁,另外1个佣人跟管家请假了。

富翁没有吭声。他想离开炉火，可别的地方实在是太冷了，没办法只得继续坐在豪华的座椅上向着炉火。

要吃午饭了，富翁头晕得怎么也站不起来。医生赶来，富翁高烧达 39.4℃。医生说，这都是炉火温度过高造成的。

高烧引起的并发症非常严重。在富翁弥留之际，医生问富翁："这么多佣人为什么不把座椅往后挪一挪，离炉火远点儿？"

富翁艰难地告诉医生："不能怪他们，他们都是有分工的，今天分管把椅子往后挪的佣人请假没来。"

医生看着奄奄一息的富翁感慨万千——只有分工、没有合作的团体迟早是要瓦解的。

（赵倡文）

成长 悟语

现代社会特别重视团队精神，合作往往能发挥出 1+1>2 的惊人效果。单独作战则很难获得成功，只有善于与人合作，把各人的长处有机地结合起来，共同迎接生活的挑战，才能避免陷入生活的绝境。

与人分享，快乐无穷

他的藏品保密了一辈子，谁都没看见。卖掉吗？要钱做什么呢？继续保密吗？他觉得够没意思的了。他回想了一下，自己一辈子竟没见过别人给他的一丝笑容。

收藏家拉希德先生有八千多把梳子，枣木梳、牛角梳、象牙梳、玉梳应有尽有。据他自己说，他有两把西施的梳子、三把杨贵妃的梳子、四把慈禧太后的梳子，还有五把英国女王伊丽莎白一世的梳子。女王的梳子上还挂着一根弯弯曲曲的亚麻色的头发，光这根头发就价值连城啊！拉希德先生的梳子用"老虎嘴"牌保险柜锁着，柜上常年放着一把子弹上膛的手枪。

"你就说世界上这梳子，哈哈……"拉希德先生骄傲得不行，总是说着这样的半句话。

"你想看看我的收藏? 那怎么行啊! "拉希德先生常常这样自问自答。

"爸爸,您有许多梳子是吗? "拉希德先生的儿子央求说,"我想看看! "

"不行! "拉希德先生简直吓坏了,赶紧把保险柜的钥匙缝在内裤里,"你小孩子家嘴巴不严,没准惹出什么祸事来呢! 爸爸哪有什么梳子呀! "

儿子流下了委屈的泪水。

"他爸,"他的妻子说,"我知道你有梳子,难道连我也不能看一眼吗? "

"不行! "拉希德先生埋下头来,"你们妇人家,浅薄得很,没准……其实梳子有什么好看的呢? "

拉希德先生的内裤改由自己来洗了,因为那上面缝着保险柜的钥匙啊。

为了最大限度地显示自己的富有,拉希德先生几经辗转,好不容易来到一座没有梳子的城市。

"亲爱的市民们,你们知道吗,世界上有一种东西叫梳子,能够把头发弄得格外的整齐顺滑,没见过吧? 哈哈,鄙人拥有八千多把梳子呢! "

拉希德先生在人们的眼神里寻找崇拜和恭维,然而他没有找到。你想啊,在一个没有梳子的城市里,也就没人听得懂他的话了。所以说,拉希德先生天天说话,却等于白说。

斗转星移,日月如梭,拉希德先生老了。他的藏品保密了一辈子,谁都没看见。现在,他不知道该怎么办了。卖掉吗? 要钱做什么呢? 继续保密吗? 他觉得够没意思的了。他回想了一下,自己一辈子竟没见过别人给他的一丝笑容。

有一天,拉希德先生坐在一棵大树下昏昏欲睡,他怎么也没想到,有一头狮子从后面走了过来。

狮子是从动物园里跑出来的。这是一头雄狮,长长的鬣(liè)毛有些肮脏,可它仍然不失威武。

当拉希德先生发现了狮子时,真是魂飞魄散、瘫软如泥了。

"先生您好,"狮子开口说,"我很难受,我的鬣毛粘在了一起,硬邦邦的,我一点儿办法都没有。请问,您能帮我个忙吗? "

拉希德先生赶紧讨好地说:"能啊,能的! 我有梳子,有许多许多梳子啊! 狮子先生,您稍等啊! "

狮子跟着他,来到他的住所。

拉希德先生打开保险柜,取出大大小小、疏疏密密、各式各样的许多梳子。狮子看得有些眼花缭乱了。拉希德先生耐心而又很小心地给狮子梳理鬣毛,梳子当然是先用疏的,后用密的了。他还要打一些水来,把鬣毛上的脏东西清洗掉。

狮子乖乖地等着,像猫儿一样温顺,后来竟打起了呼噜。拉希德先生累得满头大汗,花去了三个小时才做完了所有工作。狮子觉得非常舒服,连连感谢。拉希德先生让狮子照了照镜子,狮子露出了动物的让人难得一见的笑容。

"太谢谢您了,看来梳子真是世间的宝贝,您有这么多宝贝,我羡慕死了! "狮子开心极了。

拉希德先生被狮子的笑容感动了。他一股脑儿把所有的梳子拿了出来,送给了狮子和市民。

从此,这座城市有了一种新的文明。

拉希德先生笑了,那是一位老年人的笑容,满足又宁静。

成长 悟语

任何人都不可能独自背负所有的事务与压力,快乐的时候你需要有人与你分享,悲伤的时候你更需要有人给你支持和力量。不要悭吝于你的付出,因为你在付出的同时也正与别人分享着快乐。

借力而行

儿子,你并没有用尽你所有的力量,你没有请求我的帮助。

星期六上午,一个小男孩在沙滩上玩耍。他身边有他的一些玩具——小汽车、货车、塑料水桶和一把亮闪闪的塑料铲子。在松软的沙堆上修筑公路和隧道时,他发现一块很大的岩石挡住了去路。

小男孩开始挖掘岩石周围的沙子,企图把它从泥沙中弄出去。他还是个很小的孩子,而岩石却相当巨大。他手脚并用,花尽了力气,岩石却纹丝不动。小男孩下定决心,手推、肩挤、左摇右晃,一次又一次地向岩石发起冲击,可是,每当他刚把岩石搬动一点点的时候,岩石便又随着他的稍事休息而重新返回原地。小男孩气得大喊大叫,使出吃奶的力气猛推猛挤着。但是,他得到的唯一回报便是岩石滚回来时砸伤了他的手指。最后,他筋疲力尽,坐在沙滩上伤心地哭了起来。

整个过程,他的父亲从不远处看得一清二楚。当泪珠滚过孩子的脸庞时,父亲来到了他的跟前。父亲的话温和而坚定:"儿子,你为什么不用上所有的力量呢?"男孩抽泣道:"爸爸,我已经用尽全力了,我已经用尽了我所有的力量!""不对,"父亲亲切地纠正道,"儿子,你并没有用尽你所有的力量,你没有请求我的帮助。"说完,父亲弯下腰抱起岩石,将岩石扔到了远处。

成 长 悟 语

　　人互有长短,你解决不了的问题,对于你的朋友和亲人而言或许就是轻而易举的,必要的时候,应当积极寻求他们的帮助,因为他们也是你的资源和力量。

羊 的 故 事

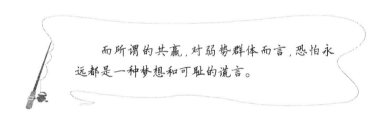

　　而所谓的共赢,对弱势群体而言,恐怕永远都是一种梦想和可耻的谎言。

　　一群羊遇到一群狼。

　　最初的时候,群羊面对自然的天敌精神抖擞、充满了斗争精神。此后,群羊和群狼之间发生了激烈的战争。

　　结果当然是毫无悬念。群羊尽管对群狼造成了一定的威胁,但是面对强大的敌人,伤亡惨重。结果,群羊成了群狼的奴隶和下酒菜。

　　变成了奴隶的羊群始终不能忘记自己的耻辱,它们一次次与狼群发生冲突,逃走、怠工乃至于绝望自杀的情况几乎每天都有。这个时候,作为统治者的狼群对群羊采取了分化的措施:拉拢一部分,排挤一部分,最终打击一部分。

　　从此以后,凡是狼群对羊群的役使和袭击的事件,总有那么　部分被训练好的羊出来辩护。它们的理论无非是羊群和狼群之间应该和解,只有永久的和解,才能达到狼群和羊群的共赢。而这个时候,面对群体内的不同意见,大部分群羊一下子傻了眼:选择抗争还是选择和解? 面对自己同胞的不同声音,它们行动迟缓起来,并因此丧失了最佳的时机。

　　最终,直到今天,羊群遭遇袭击的时候,还是难以组织起有效的反击。一旦天敌到来,羊群内立刻出现了不同的声音:一种声音呼吁有效抵抗,另外一种声音则呼吁彼此共赢。而在这个过程中,大批的羊群转瞬成了群狼的美餐。

　　而那些在自己群体内部呼吁共赢的羊,它们至死也不明白:作为脆弱的一方,任何关于和解和共赢的想法都是幼稚的。除非你积累了足够与天敌对抗的资本,除非你的妥协能够引起对方的妥协。而所谓的共赢,对弱势群体而言,恐怕永远都是一种梦想和可耻的谎言。

(冯　磊)

成长　悟语

在生存竞争中,有时候你是强者,但在某些时候你又是个弱者。当你是弱者时,与其苦斗无益,不如团结力量,增强自身素质,练就足够的自我保护的本领,从而获得生机。

麻雀和红襟鸟

个人的力量往往微不足道,但当你投身于集体,成为其中一分子,你所付出的努力与智慧,就会得到丰厚的回报,而这才是更大的成功。

在 20 世纪 30 年代的时候,英国送奶公司送到订户门口的牛奶,既不用盖子也不封口,因此,麻雀和红襟鸟可以很容易地喝到凝固在奶瓶上层的奶油皮。后来,牛奶公司把奶瓶口用锡箔纸封起来,想防止鸟儿偷食。没想到,20 年后,英国的麻雀都学会了用嘴把奶瓶的锡箔纸啄开,继续吃它们喜爱的奶油皮。然而,同样是 20 年,红襟鸟却一直没学会这种方法,自然它们也就没有美味的奶油皮可吃了。

这种现象引起了生物学家的兴趣,他们对这两种鸟儿进行研究,从解剖的结果来看,它们的生理结构没有很大区别,但为什么这两种鸟在进化上却有如此大的差别呢? 原来,这与它们的生活习性有很大的关系。

麻雀是群居的鸟类,常常一起行动,当某只麻雀发现了啄破锡箔纸的方法,就可以教会别的麻雀。而红襟鸟则喜独居,它们圈地为主,沟通仅止于求偶和对于侵犯者的驱逐,因此,就算有某只红襟鸟发现锡箔纸可以啄破,其他的鸟也无法知晓。

对于物种来说,进化需要集体交流和行动,这样,它们中的任何一个有了新技能,才可以真正地发扬光大,使物种生生不息。同样,对于我们人类来说,要想取得成功,也离不开与他人的沟通与合作。个人的力量往往微不足道,但当你投身于集体,成为其中一分子,你所付出的努力与智慧,就会得到丰厚的回报,而这才是更大的成功。相反,当你孤身一人,与外界充满隔阂,闭关自守,你就会知道,做一件事是多么困难,而成功又是多么遥远。

如果你也是一只鸟,那么你是想做麻雀还是红襟鸟呢?

(孙 丽)

成 长 悟 语

　　常有人说,现实生活中,我们每个人都可以飞得更高一些。但是我们究竟能飞多高呢?这在很大程度上要依靠我们的合作伙伴,依靠我们的团队。生存即共存,只有懂得合作,懂得互惠互利,才能走得更远,飞得更高。

一 双 靴 子

　　不是将自己的多余之物作施舍,而是把自己的必需之物奉献他人,为了让他能有脸回家去!我想象着他一瘸一拐地穿着我的破靴在冰水里跋涉的情形,不禁热泪盈眶……

　　在我的记忆深处,珍藏着一双靴子,一双得之于半个多世纪以前而今依然完好如初的靴子。它不仅铭刻着一个流浪汉的颠簸之苦,也深藏了一位陌路人的关怀之心。

　　那是在大萧条时期的一个冬天,当时 20 岁的我已经独自在外乡闯荡了一年多,一无所获的磨难使我心灰意冷,蜷缩在闷罐车里做着回家的梦。当火车路经一个不知名的小镇时,我下了车,希望能碰上好运气,找到一个打工的机会。一阵刺骨的寒风向我表示了冷冷的敌意,我使劲裹了裹自己的旧外套,但还是被冻得直打寒战,尤其糟糕的是脚上的那双半统靴已不堪折磨,像它主人的梦想一样地破败了——冰水毫不客气地渗入了袜子。我暗暗地向自己许了个愿,要是能攒下买一双靴子的钱,我就回家!

　　好不容易找到了山边的一个小木屋,不料里面早有几个像我一样的流浪汉了。

同病相怜，他们挤了挤，为我挪出了一个位置。屋里毕竟比野外暖和多了，只是刚才被冻僵的双脚此时变得疼痛难挨，使我怎么也无法入睡。

"你怎么了？"坐在我身旁的一个陌生人转过头来问我。

"我的脚趾冻坏了，"我没好气地说，"靴子漏了。"

这位陌生人并不在意我的态度，仍然热情地向我伸出了手："我叫厄尔，是从堪萨斯的威奇托来的。"之后，他跟我聊起了自己的家乡、家人以及自己的流浪经历……厄尔先生的健谈似乎缓解了我身体的不适，我不知不觉地迷糊了过去。

这个小镇并没有为我留下一份吃的。盘桓数日以后，我又登上了去堪萨斯方向的货车——厄尔先生也在这趟车上。火车渐渐地驶出了落基山区，进入了茫无边际的牧场。天气也越来越冷了，我只有不停地跺脚取暖。不知什么时候，厄尔先生已经坐在我身边了。他关切地问我："你家里还有什么人？"我告诉他，家里还有一个父亲和一个妹妹——是个穷得丁当响的农家。

厄尔先生安慰我说："不管怎样的家也总是个家呀！我看你还是和我一样回家去吧。"

望着寒星闪烁的夜空，我感到了一种从来没有过的孤独。"要是……要是我能攒点儿钱买双靴子，也许就能够回家了。"

我正想着家庭的温暖的时候，发觉脚跟被什么东西碰了一下。低头一看，原来是一双靴子——厄尔先生的。

"你试试吧，"厄尔说，"你刚才说，只要能有一双像样的靴子你就能回家了。喏，我的靴子尽管已经不新，但总还能穿。"他不顾我的谢绝，一定要我穿上，"你就是暂时穿穿也好，待会儿再换过来吧。"

当我把自己冰凉的脚伸进厄尔先生那双体温尚存的靴子时，立刻感到了一阵暖意，我很快在隆隆的火车声中睡着了。

等我醒来时，已经是次日凌晨了。我左顾右盼，怎么也找不到厄尔先生的身影。一位乘客见状说："你要寻那个高个子？他早下车了。"

"可是他的靴子还在我这儿呢。"

"他下车前要我转告你，他希望这靴子能陪伴你回家去。"

我怎么也不能相信，世上确实还有这样的好人：不是将自己的多余之物施舍，而是把自己的必需之物奉献他人，为了让他能有脸回家去！我想象着他一瘸一拐地穿着我的破靴在冰水里跋涉的情形，不禁热泪盈眶……

这半个多世纪中，我和厄尔先生再也无缘相见，但在我的心中他永远是我最亲密的朋友，而这双靴子则是我这一辈子得到的最贵重的礼物。

（[美] S·查辛）

成长　悟语

真朋友是在你需要帮助的时候，借给你肩膀的人；是你在苦闷的时候,帮你走出困境的人。也许,你们只是萍水相逢,也许你还不知道他的名字,但这种帮助与真诚却能成为你一生中最珍贵的财富。

失败者的荣誉

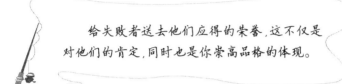

给失败者送去他们应得的荣誉,这不仅是对他们的肯定,同时也是你崇高品格的体现。

1945年9月2日,日本投降仪式在美舰"密苏里"号上举行。上午9时,占领军最高司令道格拉斯·麦克阿瑟将军出现在甲板上,这是一个令全世界为之瞩目和激动的伟大场面。面对数百名新闻记者和摄影师,麦克阿瑟突然做出了一个让人吃惊的举动,有记者这样回忆那一历史时刻:"陆军五星上将麦克阿瑟代表盟军在投降书上签字时,突然招呼陆军少将乔纳森·温斯特和陆军中校亚瑟·帕西瓦尔,请他们过来站在自己身后。1942年,温斯特在菲律宾、帕西瓦尔在新加坡向日军投降,两人都是刚从战俘营里获释,然后乘飞机匆匆赶来的。"

可以说,这个举动几乎让所有在场的人都惊讶、都嫉妒、都感动。因为他们现在占据着的,是历史镜头前最显要的位置,按说该属于那些战功赫赫的常胜将军才是,现在这巨大的荣誉却分配给了两个在战争初期就当了俘虏的人。麦克阿瑟为什么会这样做?其中大有深意:两人都是在率部苦战之后,因寡不敌众,没有援兵,且在接受上级旨意的情势下,为避免更多青年的无谓牺牲,才忍辱负重放弃抵抗的。在记录当时情景的一张照片中,两位"战俘"面容憔悴,神情恍惚,和魁梧的司令官相比,体态瘦薄得像两株生病的竹子,可见在战俘营没少遭罪吃苦。

然而,在这位麦克阿瑟将军眼里,似乎仅让他们站在那儿还嫌不够,他做出了更惊人的举动——

"将军共用了5支笔签署英、日两种文本的投降书。第一支笔写完'道格'即回身送给了温斯特,第二支笔续写了'拉斯'之后送给了帕西瓦尔,其他的笔完成所有手续后分赠给美国政府档案馆、西点军校(其母校)和其夫人……"

麦克阿瑟可谓用心良苦,他用特殊的方式向这两位尽职的落难者表示尊敬和理解,向他们为保全同胞的生命而作出的个人名望的巨大牺牲和所受苦难表示感谢……

（王开岭）

失败者之所以失败，或许不是因为他没有倾尽全力，不是因为他没有努力争取胜利，他的失败或许仅仅是因为当时的时势并没有为他的成功赋予"天时、地利、人和"的环境。给失败者送去他们应得的荣誉，这不仅是对他们的肯定，同时也是你崇高品格的体现。

排队创奇迹

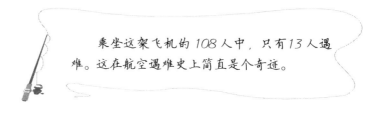

乘坐这架飞机的 108 人中，只有 13 人遇难。这在航空遇难史上简直是个奇迹。

一架空中客车在机场起飞后，突遇机械故障。飞行员竭尽全力进行迫降，但是飞机最终还是坠落在一大片沼泽地中。

飞机在沼泽里燃起熊熊大火，十几分钟后发生了剧烈爆炸。据目击者猜测，飞机里乘客生还的机会很小。但是，实际情况却是：乘坐这架飞机的 108 人中，只有 13 人遇难。这在航空遇难史上简直是个奇迹。

这是发生在美国三角洲航空公司的一件真实的故事，据当地媒体称，飞机坠毁后，能有这么高的生还率，有赖于一位乘客的勇敢行为。

他曾是一位直升机飞行员，当飞机猛烈撞落到地面后，他凭着职业的敏感迅速找到了飞机的裂口处，并把离他最近的一位乘客送到飞机外面，同时他要求这位乘客协助他工作，他自己则高声呼喊逃生的路线。飞机上许多惊醒的乘客纷纷涌向裂口，局面有些不可控制。他有些惊慌，如果发生混乱，逃生的人将会很少。但是，大家很快就排起了长队，互相搀扶着往外走，尽管大家十分惊慌，但是逃命的队伍却井然有序。

飞机在熊熊燃烧，大家都知道时间意味着什么。在地面救援人员的协助下，旅客一个接着一个地离开飞机。等到他离开飞机几分钟后，飞机爆炸了。

电视台为他做了一个专访节目，许多生还的乘客纷纷打电话向他表示最衷心的感谢。可是，这位勇敢的退役飞行员说，他更要感谢生还的乘客，是他们有序的排队争取了时间，救了他们自己，也救了他。

现实生活中,我们常常会遇到一些棘手的问题,有些人只从自己的利益出发,不顾他人,无视客观规律,这样只会把自己推上绝路。相反,凡事从大局出发,兼顾他人利益就能为自己争取多一点儿的生存空间。

踏踏实实做人

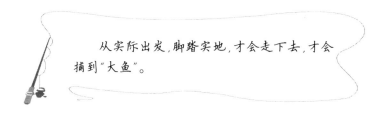

从实际出发,脚踏实地,才会走下去,才会捕到"大鱼"。

做人不要太圆滑,一旦养成圆滑的习惯,别人就会对你敬而远之。

有一个小寓言,讲得异常深刻——甲乙两人死后来到阴曹地府,阎王查看过功德簿后说:

"你二人前世未作大恶,准许投胎为人。但是现在只有两种人可供选择:付出的人与索取的人,也就是说,一个必须过付出、给予的人生,另一个则必须过索取、接受的人生。"

然后要他俩慎重选择。

甲暗忖,索取、接受就是坐享其成,太舒服了,于是他抢先道:

"我要过索取、接受的人生!"

乙见此情景,也没有别的选择,就表示甘愿过付出、给予的生活。

阎王听其所愿,当下判定二人来世前途:

"甲过索取、接受的人生,下辈子当乞丐,整天向人索取,接受别人施舍。"

"乙过付出、给予的人生,来世做富翁,布施行善,帮助别人。"

从实际出发,脚踏实地,才会走下去,才会捕到"大鱼"。

有个渔夫整日打鱼,以此为生。有一天,他运气不佳,忙活了一整天,只网到了一条小鱼,而且小鱼还劝他另做决定:"渔夫,你放了我吧,看我这么小,也不值钱,你要是把我放回海里,等我长成一条大鱼,到那时你再来捉我,不是更划算吗?"渔夫说:"小鱼,你讲得挺有道理,但是我如果用眼前的实利去换取将来不确切的所谓

'大利'，那我恐怕就太愚蠢了。"

　　要知道，大海可不是渔夫自家的池塘，想什么就捞什么，所以切切实实地珍惜每一分收获是很重要的，只有脚踏实地，方可站得更牢。

（叶燕妮）

成　长　悟　语

　　万丈高楼平地起，要想获得成功就必须先把基石打好。任何的空想与好高骛远的生活态度都不能为你走向成功增添动力。踏踏实实地做人，实实在在地充实和提升自己，你自然会得到成功的青睐。

飞蛾拒绝在黑暗中生存,获得了生命瞬间的壮观;简·爱拒绝自卑,获得了幸福;吕洞宾拒绝学点石成金的法术,获得了成仙的奇遇……学会在拒绝中获得,即使不会有吕洞宾成仙的巧遇,至少你会获得更高的成就。拒绝之妙,在乎一心;是否获得,还看怎么去拒绝。

　　懂得舍弃,你才能以微笑面对得失;懂得舍弃,你才能得到更多……舍弃有时会有峰回路转的效果,"舍弃"中会有"获得"的转机。因为你为获得付出了成本,生活的哲学是最讲信誉的,她总有一天要回报你。

平常心——让自己活得更成功

> 真正的毒药不是长今的聪明才智，而是长今太想赢得比赛而引发了急功近利的心态，从而失去了一颗"平常心"，违背了做事的根本。

聪明的人能马上发现新机会，但为什么其业绩往往不如表面单纯甚至愚钝的人？那是因为要成就一番事业，聪明的想法只是暂时的。能守住成功并持续不断成功的人，往往是那些能持有平常心态去做事的人，只有这样才能持续不断地、坦然地、执著坚韧地一步步迈向成功。

为了争夺最高尚宫娘娘的位置，长今和今英各自全力以赴协助自己的师傅，比赛熬制鲜美的汤。

结果长今输给了今英，输掉了一场关键的比赛。

长今做菜的灵性和才能都不输给今英，但在一场比自己生命都还重要的比赛中她怎么会输了呢？

长今实在太想赢得这场比赛了，为了能够寻找到最好的牛骨，她跑到很远的地方，因此耽误了一天多的时间。要熬上好的牛骨汤，至少需要三天三夜才能去除牛骨的油腻和腥味，长今想出了利用宣纸来去除油腻、加珍贵药材来去掉腥味的方法。

结果却输了。

因为，长今违背了考题的宗旨——"做出老百姓也能做得出的汤"。

师傅对长今说："是你的聪明才智变成了你的毒药，所以你应该失败。"

其实，真正的毒药不是长今的聪明才智，而是长今太想赢得比赛而引发了急功近利的心态，从而失去了一颗"平常心"，违背了做事的根本。

一个具有聪明才智的人，应该比别人更容易获得事业上的成功。可是，才智出众的人，往往思想比较复杂，心里的欲望和野心也比一般人更强烈，因此他比普通人更不容易保持一颗"平常心"。他们往往因为自己过于复杂的思想、过于强烈的欲望和野心，而迷失了自己，忘却了做事的根本。这个时候，聪明才智就会成为一种阻碍、一种毒药。

所以，保持一颗"平常心"，坚持做事的根本，甚至要单纯得像傻瓜一样，持续专注于这件事本身，而不被其他因素所影响，不被其他目的和欲望所干扰，才能成就一番伟大的事业。

举世闻名的奇才陈景润,在6平方米的小屋里,借一盏煤油灯,伏在床板上,用一支笔,耗去了几麻袋的草稿纸,终于攻克了世界著名的数学难题……

尽管他傻到边走边想数学题,几次头撞树、撞电线杆……可他最终成功了!他最终赢得了爱情、名誉——而这一切都不是他研究数学难题时曾一心想要的,动力只是一个——"热爱数学",这就是一个人最难得的事业心态:平常心。

诺贝尔物理奖获得者丁肇中博士说:"如果是为获得诺贝尔奖来工作,那是非常危险的。"

李嘉诚先生说:"好景时,绝不过乐观;不好时,也不过分悲观。"

开车的哲学:"慢就是快!"

开飞机的哲学:"稳就是快!"

运动员一定要赢的哲学:"不怕输——才会赢!"

成功学专家陈安之说:"先有质,才后有量;先有稳,才后有快。"长今通过这个事件,终于领悟到了应该用怎样的心态来对待自己的工作和事业。从此以后,不管遇到多大的危机,受到多大的诱惑,她都能始终如一,以平常的心态,坚持做事的根本。哪怕刀架在脖子上,也不会放弃自己的初衷,放弃自己的原则。

(王 阳 河 沿)

111

成长 悟语

人世中的许多事,只要想做,都能做到,该克服的困难,也都能克服。只要一个人还在朴实而饶有兴趣地生活着,对所有的是非得失都保持一颗平常的心,他终究会发现,造物主对世事的安排都是水到渠成的。

关键是必须舍得

一旦你舍得了你已经有的东西,你往往什么都不会损失。人生也是一道题,时时处处你都必须懂得放弃的道理。

小宁的父亲是一位数学老师。一天,他在外面吃喜酒,回来时带回了一包糖果。他先拿出一颗糖果给小宁。看着正要剥开糖来吃的儿子,他忽然想起了一道传统的数学题,觉得这是一个启发儿子的好机会,便拦住了。

他又从那包糖果里数出 17 颗,一颗一颗地摆在桌面上。他吩咐小宁把这 17 颗糖果分成三份——爸爸一份,妈妈一份,他自己一份,但要求小宁的一份是桌上糖果的 1／2,妈妈的一份是糖果的 1／3,爸爸的一份则是糖果的 1／9。不能把糖掰开,也不能剩。这下可把小宁难住了。17 不能被 2、3 和 9 整除,怎么也不可能按父亲的要求去分呀！他急得抓耳挠腮,还是无计可施。

父亲见状,在一旁意味深长地叹了一口气说:"要是有 18 颗糖果就好分了,是不?"

小宁是一个非常机灵的孩子,一听这话,知道是父亲在提醒自己,就赶紧把手中那颗还没来得及吃的糖果拿出来,凑成了 18 颗。这样难题就迎刃而解了。更令他高兴的是,最后他先得到的那块糖仍剩了下来,还属于他。

父亲想了想,对小宁说:"孩子,这下你应该知道了吧,解这道题的关键是你必须舍得。你要是舍不得把自己手里的糖果拿出来,你就永远不可能解开这道题;你要是舍得,你就能很容易地解开这道题。而且,一旦你舍得了你已经有的东西,你往往什么都不会损失。解题是如此,与人相处何尝不是如此呢? 孩子,你要记住,人生也是一道题,时时处处你都必须懂得放弃的道理。"

成长 悟语

得与失其实只有一线之隔,我们以为得就是得意,失就是失意。人生在世不可能事事完美,有得必有失,有失必有得。学会舍得是一种生存的哲学,得既是失之由,失又何尝不是得的开始呢?

勇敢地说"不"

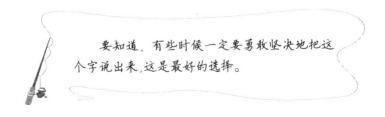

要知道,有些时候一定要勇敢坚决地把这个字说出来,这是最好的选择。

汉斯刚参加工作不久,姑妈来到这个城市看他。汉斯陪着姑妈在这个小城转了转,就到了吃饭的时间。

汉斯身上只有 20 美元,这已是他所能拿出招待对他很好的姑妈的全部资金。

他很想找个小餐馆随便吃一点儿,可姑妈却偏偏相中了一家很体面的餐厅。汉斯没办法,只得随她走了进去。

两人坐下来后,姑妈开始点菜,当她征询汉斯意见时,汉斯只是含混地说:"随便,随便。"此时,他的心中七上八下,放在衣袋中的手里紧紧抓着那仅有的20美元。这钱显然是不够的,怎么办?

可是姑妈一点儿也没注意到汉斯的不安,她不住地夸赞着这儿可口的饭菜,汉斯却什么味道都没吃出来。

最后的时刻终于来了,彬彬有礼的侍者拿来了账单,径直向汉斯走来,汉斯张开嘴,却什么也没说出来。

姑妈温和地笑了,她拿过账单,把钱给了侍者,然后盯着汉斯说:"小伙子,我知道你的感觉,我一直在等你说'不',可你为什么不说呢?要知道,有些时候一定要勇敢坚决地把这个字说出来,这是最好的选择。我这次来,就是想要让你知道这个道理。"

成长 悟语

别人的意见固然重要,但只有你自己清楚你需要什么,你能做到什么,你要怎样做。不要活在别人的舆论与眼光中,因为你不可能面面俱到,使每一件事都尽如人意。因此,在该拒绝的时候拒绝,在该坦白的时候坦白,你才会有一个愉快的人生。

113

装满石头的篓子

每个人来到这个世界上的时候,都背着一个空篓子,在人生的路上我们每走一步,都要从这个世界上捡一样东西放进去,所以就会有越走越累的感觉。

一个人觉得生活很沉重,便去见哲人,寻求解脱之法。

哲人给他一个篓子让他背在肩上,指着一条砂石路说:"你每走一步就捡一块石头放进去,看看有什么感觉。"那人开始遵照哲人所说的去做,哲人则快步走到路的另一头。

过了一会儿，那人走到了头。哲人问他有什么感觉，那人说："越来越觉得沉重。"

"这就是你为什么感觉生活越来越沉重的原因。"哲人说，"每个人来到这个世界上的时候，都背着一个空篓子，在人生的路上我们每走一步，都要从这个世界上捡一样东西放进去，所以就会有越走越累的感觉。"

那人问："有什么办法可以减轻这种沉重吗？"

哲人问他："那么你愿意把工作、爱情、家庭、友谊哪一样拿出来呢？"

那人沉默不语。哲人说："我们每个人的篓子里装的不仅仅是精心从这个世界上寻找来的东西，还有责任。当你感到沉重时，也许你应该庆幸自己不是另外一个人，因为他的篓子可能比你的大多了，也沉多了。"

既然都难以割舍，那就不要想背负的沉重，而去想拥有的欢乐。

成长 悟语

无论现实多么不尽如人意，无论生活的担子有多么沉重，我们都必须以快乐的心态去接受。很多时候，决定一切的就是我们的态度，有了正确的态度，就可以将压力转化为动力，从而帮助我们踏上成功的舞台。

学会转弯也是人生的智慧

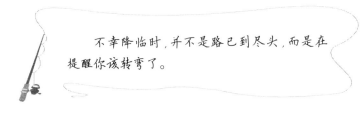

不幸降临时，并不是路已到尽头，而是在提醒你该转弯了。

克里斯朵夫·李维以主演《超人》而蜚声国际影坛。然而 1995 年 5 月，在一场激烈的马术比赛中，他意外坠马，成了一个高位截瘫者。当他从昏迷中苏醒过来时对大家说的第一句话就是："让我早日解脱吧。"出院后，为了让他散散心，舒缓肉体和精神的伤痛，家人推着轮椅上的他外出旅行。

一次，汽车正穿行在蜿蜒曲折的盘山公路上，克里斯朵夫·李维静静地望着窗外，他发现，每当车子即将行驶到无路的关头时，路边都会出现一块交通指示牌："前方转弯！"或"注意！急转弯。"而转弯之后，前方照例又是柳暗花明，豁然开朗。山路弯弯，峰回路转，"前方转弯"几个大字一次次冲击着他的眼球，他恍然大悟：原来，不是路已到尽头，而是该转弯了。他冲着妻子大喊："我要回去，我还有路要走。"

从此，他以轮椅代步，当起了导演。他首次执导的影片就荣获了金球奖。他还用牙咬着笔，开始了艰难的写作。他的第一部书《依然是我》一问世，就进入了畅销书排行榜。同时，他创立了一所瘫痪病人教育资源中心，他还四处奔走为残疾人的福利事业筹募善款。

最近，美国《时代周刊》以《十年来，他依然是超人》为题报道了克里斯朵夫·李维的事迹。在文章中，李维回顾他的心路历程时说："原来，不幸降临时，并不是路已到尽头，而是在提醒你该转弯了。"

路在脚下，更在心中，心随路转，心路常宽。学会转弯也是人生的智慧，挫折往往是转折，危机同时也是转机。

（陈文杰）

成 长　悟 语

　　打破常规思维，突破固有的框框，往往会收到意想不到的效果。一个简单的脑筋"转弯"，就能为我们解决一个棘手的问题。在现实生活中，我们不妨从多角度看问题，随时开动我们的大脑，转个弯来思考。

金银珠宝与快乐

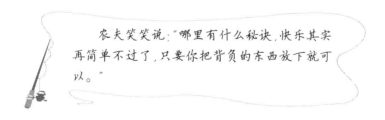

农夫笑笑说："哪里有什么秘诀，快乐其实再简单不过了，只要你把背负的东西放下就可以。"

有个阔佬，背着许多金银珠宝去远方寻找快乐，可是走遍了千山万水也没有找到。

一天，他正愁眉不展地坐在路边叹息，一位衣衫褴褛的农夫唱着山歌走过来。阔佬向农夫讨教快乐的秘诀，农夫笑笑说："哪里有什么秘诀，快乐其实再简单不过了，只要你把背负的东西放下就可以。"

阔佬忽然顿悟——自己背着那么沉重的金银珠宝，腰都快被压弯了，而且住店怕偷,行路怕抢,成天忧心忡忡,惊魂不定,怎么能快乐得起来呢?

于是,他放下行囊,把金银珠宝分发给过路的穷人。这样,不仅背上的重负没有了,他还看到了一张张快乐的笑脸,他终于成了一个快乐的人。

成 长 悟 语

人生之中,我们背负着太多已经获得的且不愿失去,没有获得的而又期望得到的东西。很多时候不是快乐离我们太远,而是我们有太多的欲望。其实,若要得到快乐再简单不过了,只要把这些背负着的包袱轻轻放下就可以了。

放弃,是另一种坚持

如果说坚持是一种品质,那么学会放弃就是一种智慧了。从某种意义上说,放弃,正是另一种坚持。

记不清是哪一年的高考了,作文题目为《"找水"的启示》。题下配有一幅漫画:在一片干涸的土地上,一位找水者手握铁锹到处挖井,也许他已经奋战了几个昼夜,身后那几眼深浅不一的土井就像饥渴的眼睛,紧盯着他那疲惫而无奈的背影。其实,地下水源就在他的脚下,有一眼深井差点儿就成功了,遗憾的是,他在浅尝无功之时又转向了下一个目标,以至于功败垂成。在此,我们并不能责怪他的懒惰,因为,他是一个实实在在的实干家。但是,他又是一个地地道道的失败者,让每一个善良的旁观者为之扼腕。其实,在大多数情况下,坚持是一种品格,是获得成功的一种方式,比如,对爱情的坚持,你就会拥有忠贞不渝、相濡以沫的温情暖意;比如,对青春的坚持,你就会拥有海阔天空、勃勃生机的不老童心;比如,对事业的坚持,你就会拥有柳暗花明又一村的成功体验与欢乐……

人们一定会记得那个令人心悸的9月,满载着生命与欢乐的爱沙尼亚号游轮在茫无边际的大海上正一点点陷入死亡,恐怖的恶浪席卷了每一位乘客的心。此时此刻,在惊慌失措的人群中,有一对年轻的恋人,小伙子紧紧地抱着他的爱侣不停地说:"坚持住,一定要坚持住!"其实,姑娘已经咽气,小伙子仍不肯放下,还是那样紧紧地抱着她。那催人泪下的一幕至今仍铭刻在每位幸存者的心里。

"坚持住，一定要坚持住！"那种坚持并不仅仅是因为生命与爱情，更重要的是一种对人生的态度。在漫长的人生旅途中，我们会面临许多机遇与挑战，把握机遇、迎接挑战，就成为人生的重要课题。在现实生活中，我们经常会遇到这样的事，一个人为某一个目标苦苦守候了许多年，他后来实在坚持不下去了，就不再坚持。结果，他刚走，那个目标就出现了。有很多人努力了半辈子也没有成功，就自动放弃了。其实，这个时候，成功距他往往只有一步之遥了。如果对一切都浅尝辄止，缺少耐性与毅力，机遇就会稍纵即逝，挑战也会成为又一次打击。

但是，守株待兔式的盲目坚持，则又是对生命的一种浪费。人是一种被各种欲望填充的集合体，荣辱得失祸福进退大都在一念之间。有一位学者曾到南隐禅师处问禅，见面之初他便从哲学及科学等角度阐释禅之要义。学者也许本就有好为人师之习性，也许是为显示其所学非薄，因此，一开口便滔滔不绝。南隐禅师呢？他只是一直默默地倾听，并边给客人上茶。眼看茶杯已满了，可南隐还在往杯子里倒水。此时，学者闭口了，他眼睁睁地望着茶水不断地溢出杯子，提醒南隐道："禅师，茶水已经溢出来了，不能再倒了。""是啊，你就像这只杯子一样。"南隐说，"你头脑装满了那么多东西，我就是跟你说禅，你也装不进去呀。"学者终有所悟。

有所得必有所失，有所为必有所不为。如果说坚持是一种品质，那么学会放弃就是一种智慧了。比如，放弃虚伪，你就会拥有一片真情的天空；比如，放弃仇恨，你就会拥有愉悦开朗的心情；比如，放弃安逸，你就会拥有拼搏进取的人生……

从某种意义上说，放弃，正是另一种坚持。

（黄伯益）

成长 悟语

对于放弃与坚持，人们往往批判前者，赞颂后者。然而，得与失之间从来没有一个清晰的判断。我们无须为失去而惋惜，更不能因为执著地坚持要得到而失去生活的意义，有时候，放下即快乐。

学会放弃

> 他放弃了自己最心爱的东西，而选择了正确的道路，所以他才成功。

妈妈告诉过我小时候的一件事：

那时的一天，妈妈给我玩具。她先给了我两个，我一手拿一个；后来她又给了我一个，我迅速地把手上的一个玩具用手臂一夹，伸手拿到了第三个玩具。

当你听到这事时可能认为我小时候很聪明，我妈也是这么认为的，现在仔细想一下便知道我很愚蠢。当我夹着一个玩具，手上还拿着两个时怎么能玩得好呢？如果放弃其中任何一个玩具，我想情况会大有改善。

曾经我经历过无数的选择，但放弃的太少，所以才使自己的身心疲惫不堪。以前别人让我帮忙时，我绝不会说"不"，不管自己有没有这种能力，往往最后事情干得一塌糊涂。如果我在事前选择放弃，就不会有这么多不堪回首的经历，同时还让事情更糟糕。或许"放弃"是一个人成功必须具备的条件……

大家都知道小孩儿们对气球有一种非常强的依恋的感情。有一天，一对母子在公园中嬉戏，儿子手中拿着一个气球，当他们玩累时就坐在草坪上。于是母亲拿出一只口琴吹起来，林间立即回响起悠扬的琴声。儿子瞪大眼睛，准备伸手向母亲要口琴，却又舍不得放开气球。左右为难之际，母亲停止了吹奏，朝他不住地发笑。在短短的几秒内，他做了选择，松开手……这天他学会了吹奏口琴。悠扬的琴声响遍公园。这个小孩就是艾伦·格林斯潘——曾任美国联邦储备委员会主席。

他放弃了自己最心爱的东西，而选择了正确的道路，所以他才成功。如果他像我这样不放弃的话，或许他只是一个普通人。塞万提斯笔下那个傻帽正是因为他不会放弃才落得自己忧郁而死。歌剧《图兰朵》中的柳儿也是因为对爱情——准确地说是对一段不可能得到的爱情不放弃而客死他乡。结果当公主与她的"爱情"步入洞房之时谁又会想起柳儿——那个可怜的仆人！

对待事物和人要学会放弃，当面对自己得不到的东西时为何再对它坚决不动摇呢？你是希望事情能随着你的主观意愿去发展？不，这是不可能的，世界绝不会因

为失去一个人而改变多少。面对一个人就连世界都学会放弃,而我们呢?

面对选择,我不得不放弃……

(刘 飞)

成 长 悟 语

很多时候,不是生活亏待了我们,而是我们企求太高以致忽略了生活本身,因此,我们才陷入到一种人为的生存困境之中而无法自拔。该执著的时候执著,该放弃的时候放弃,你的头上将永远有一片晴朗的天空。

回 头 不 难

其实,世界并不完美,人生也不可能没有遗憾,凡事应该有所取舍,在该舍弃的时候舍弃也是大智慧。

大和尚与小和尚结伴去镇上购买寺院一周必需的粮食。去镇上的路有两条:一条是远路,需绕过一座大山,过一条小溪,来回近一天的路程;一条是近路,只需沿山路下得山来,再过一条大河即可,不过河上只有一座年久失修的独木桥,不知哪天会桥断人翻。

大和尚和小和尚自然走的是近路,毕竟远路太远,一天一来回,费时费力。他们轻松下得山来,正准备过桥,突然,细心的大和尚发现独木桥的前端有一丝断裂的痕迹。他赶紧拉住抬着头一直向前走的小和尚:"慢点儿,这桥恐怕没法过了,今天我们得回头绕远路了。"小和尚经大和尚的提醒,也看到了桥的断痕,但他甚是迟疑:"回头?我们都走到这儿了,还能回头吗?过了桥可就是镇上了,回头绕远路那还得有多远啊?我们还是继续赶路吧,桥或许还能撑得住。"大和尚知道小和尚性格倔强,见他执意要过桥,便不再言语,只是抢道走到了小和尚的前面,并随手捡了块石头在手中。"砰"的一声,腐朽老化的独木桥应声而落,坠入三四丈湍急的河流中。偌大的独木桥竟经不起大和尚手中小石块的轻轻一敲!小和尚惊得半天说不出话来,继而庆幸自己还没来得及踏上危桥,又暗自为自己的鲁莽无知感到羞愧。

在回头的路上，小和尚感激而又疑惑地对大和尚说："师兄，刚才幸亏你的投石问路，要不然，我可要葬身鱼腹了。你说，我当时咋就那么懵呢？满脑子想到的都是回头太难，过了桥便是镇上了，绝不能回头了，压根儿就没想过桥万一真垮了摔下河怎么办。"大和尚不无深意地说："只要懂得放弃，其实回头并不难。"

只要懂得放弃，其实回头不难。人生的很多时候又何尝不是如此呢？

(陆先念)

成 长　悟 语

在这个世界上，总有许多人一味地执著于眼前已经得到或即将得到的事物，并因此总是对自己、对他人分外苛求。其实，世界并不完美，人生也不可能没有遗憾，凡事应该有所取舍，在该舍弃的时候舍弃也是大智慧。

想要说"NO"不容易

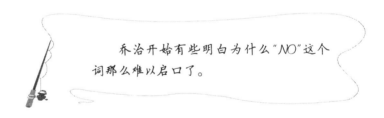

乔治开始有些明白为什么"NO"这个词那么难以启口了。

在一次闲谈中，乔治的父亲对乔治说："在我看来所有的词中最难说的就是仅仅两个字母的'NO'。"

"你在骗我！"乔治大喊，"这可是世界上最好说的词呀！"为了证明父亲的错误，他说了无数遍"NO"。

"我可没开玩笑，我觉得这是所有词里最难说的一个。你今天觉得很容易，明天可能就说不出口了。"

"我肯定能说出这个词。"乔治很自信地说，"NO，这就像呼吸一样容易。"

"好，乔治，我希望你能像你说的那样，在应该说'NO'的时候能轻易地说出来。"

在学校旁边有一个很深的池塘，冬天结冰时，男孩儿们常到那儿去滑冰。

一夜的工夫，池塘的水面成了美丽的冰面。早晨，孩子们去上学的时候看见那光滑、平坦的冰面像玻璃一样。他们想，到中午冰面就会冻得足够厚实，那时就可以滑冰了。一下课,孩子们就跑到池塘边,有的想试一试,有的只是看看热闹。

"乔治,快来呀!"威廉·格林大声喊,"我们可以美美地溜上一圈了。"

乔治却犹豫不决,他说冰面是昨天晚上才冻的,还不够结实。

"噢,笨蛋,"另一个男孩说,"够结实了,以前的冰面也是在一天之内冻成的,不会有问题,对吗,约翰?"

"是啊,"约翰·布朗说,"去年冬天也是一个晚上就冻成了,何况今年比去年更冷些。"

乔治还是犹豫不决,他不敢在没得到父亲允许的情况下去滑冰。

"我知道他为什么不来,"约翰说,"他怕摔倒。"

"他是个胆小鬼,所以不敢来。"

乔治再也无法忍受这些嘲讽了,勇敢一直是他的骄傲,"我不怕。"他大声说,第一个跳到冰面上。男孩们玩得十分开心,他们跑呀,滑呀,想在光滑的冰面上抓住对方。

越来越多的孩子加入了滑冰的行列,几乎所有的人都很快地忘记了危险。突然,有人大喊:"冰裂了!冰裂了!"果然冰裂了,有三个孩子掉了下去,在水中挣扎着,乔治是其中之一。

老师听到喊声立即赶到。他从旁边的一个篱笆上拆下几根木条,沿着冰面伸过去,直到水中的孩子能抓到。他终于把三个快要冻僵的孩子救出池塘。

乔治被送到家时,他的父母伤心极了。在乔治暖和过来以前,他们什么也没问,只是庆幸他脱险了。到了晚上,当大家都坐在壁炉前的时候,父亲问他为什么忘了他的劝告。

乔治回答说,他并不想去,但是其他的孩子非让他去不可。

"他们是怎么非让你去不可的。他们是把你抓去的还是拖去的?"

"不,他们没拉我,但他们想让我去。"

"那你怎么不说'NO'呢?"

"我想这样说,但他们叫我胆小鬼,我无法忍受这个。"

"换句话说,你宁可去冒生命危险也不愿对人说'NO',是吗?昨晚,你说'NO'最容易说,但你没做到,不是吗?"

乔治开始有些明白为什么"NO"这个词那么难以启口了。

成 长 悟 语

当你不懂得在必要的时候说"不",一辈子只会跟着别人的脚步走的时候,你的事业和生活将没有任何可预期和不可预期的发展和变化,你甚至会因此而陷入生存的困境。把握自我、主宰自我才是生存之道。

什么也没失去

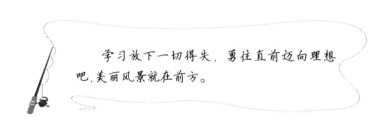

学习放下一切得失，勇往直前迈向理想吧，美丽风景就在前方。

从大学毕业后，他分到了一家国有工厂，他也是这家工厂唯一的大学生。

在最初的几年里，他很想在工厂干出些什么，施展自己的才华和抱负。

他是学管理的，又写得一手好文章，经常在报刊上发表，在那个一千多人的单位里，他很快令人耳熟能详。在单位的简报、黑板报和企业报纸上，经常可以看到他写的文章。

所有人都觉得他在单位里会很有前途，因为他年轻，有才华。但是，奇怪的是，他在单位里待了5年，每一年单位里都有升迁机会，都轮不到他。

他也想不清楚，为什么单位不用他，难道他工作不扎实？他只是在心里想想，但工作仍旧认认真真。

7年过去了，管理层的人员换了一批又一批，但他仍旧待在原先的岗位上。

这时他才感到不妙，思考单位为什么不接受他。

其实工厂里每个职工都熟悉他，也相信他的才华。问题是，他不懂得在工厂里并不是有才华就可以得到升迁的，还需要关系。他缺少的恰恰是关系和左右逢源的狡猾，他像一只猎豹一样不停地奔跑着，让周围的人都感到了危机。

他在工厂的错综复杂的关系链上，无法抓住其中的任何一点，所以他一直都是孤立的。

第8年的时候，单位进行改制，他理所当然地被精简了。这是一个不需要作出说明的原因，因为他和厂长关系一般。

他在这家死气沉沉的工厂里耗了8年，他觉得冤，觉得苦，他说在这里失去了自己一生中最好的年华。

他好像真的失去了最宝贵的年华。但仔细想想，又不是。下岗后，他把自己业余创作的文章集成一册，结果被出版社看中出版了。而后许多家私营企业聘请他加盟，因为他在国有企业工作过，有系统的管理知识和经验。他的性格很适合私营单位的环境，结果被一位老总相中，一年后，被聘为经营副总。

我看他什么也没失去,如果在那家单位该得到的全得到了,对他来说,反而是一种失去。到现在,他自己也不得不承认。

成 长 悟 语

我们在生活中所遭遇到的种种困难和挫折,就像是上天加诸在我们身上的石块。表面上这些石块的沉重会阻碍我们的前进,但只要我们能锲而不舍地将他们抖落,然后站上去,那他们就会成为我们的垫脚石。学习放下一切得失,勇往直前迈向理想吧,美丽风景就在前方。

焉知非福

> 灾难自有它的价值。瞧,这不,我们以前所有的谬误过失都给大火烧了个一干二净,感谢上帝,这下我们又可以从头再来了。

1914 年 12 月,大发明家托马斯·爱迪生的实验室在一场大火中化为灰烬。损失超过 200 万美金,但事前却只投了 23.8 万的保险,因为实验室是钢筋混凝土结构,按理说应是防火的。那个晚上,爱迪生一生的心血成果在蔚为壮观的大火中付之一炬了。

大火最凶的当儿,爱迪生 24 岁的儿子查里斯在浓烟和废墟中发疯似的寻找他父亲。他最终找到了:爱迪生平静地看着火势,他的脸在火光摇曳中闪亮,他的白发在寒风中飘动着。

"我真为他难过,"查里斯后来写道,"他都 67 岁——不再年轻了——可眼下这一切都付诸东流了。他看到我就嚷道:'查里斯,你母亲去哪儿了? 去,快去把她找来,她这辈子恐怕再也见不着这样的场面了。'"

第二天早上,爱迪生看着一片废墟说道:"灾难自有它的价值。瞧,这不,我们以前所有的谬误过失都给大火烧了个一干二净,感谢上帝,这下我们又可以从头再来了。"

火灾刚过去 3 个星期,爱迪生就开始着手推出他的第一部留声机。

(占梅姿)

成长 悟语

面对困难和灾难,人们往往会陷入绝望的泥潭,认为灾难是毁灭性的,是不可战性的,因而从此一蹶不振。其实,走投无路很可能就是一条崭新的路,忘掉过去的得与失、成与败,重新开始,或许你就能顺利找到通向成功的另一条捷径。记住:有失必有得,失败是终点也是起点。

让孩子学会做人的故事全集

Rang Hai Zi Xue Hui Zuo Ren De Gu Shi Quan Ji

第 **08** 辑　创新让你与众不同

　　换个角度看问题，灰暗的世界也能变得明亮，迷茫的事态也能变得清晰。不同的思维决定不同的出路，讲的就是，一个人在做事之前，一定要善于变换角度看问题，这样可以增加成功的概率。有一个好的角度，就有了成功的一半。

不要小看"荒唐"

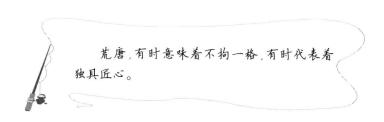

荒唐,有时意味着不拘一格,有时代表着独具匠心。

当正常的思路无法圆满地解决问题时,不符合常理的"荒唐"想法反而可能收到奇效。美国犹他州有一座名为弗纳尔的小镇。1916 年,那里的居民非常渴望修建一座砖砌的银行,这座银行将是小镇有史以来第一家银行。

镇长买好了地,备好建筑图纸,万事俱备,只差砖还没有着落。

就在一切仿佛都进展得一帆风顺的时候,出现了一个可能导致整个工程计划化为泡影的致命障碍:从盐湖城用火车运砖到小镇,每磅的运费要 2.5 美元。这个昂贵的价格将断送掉一切——不会有足够的砖,更不可能有什么银行。

幸运的是,小镇里的一位商人开始从一个新的角度来考虑这个问题。他居然想出一个"荒唐透顶"的主意——邮寄砖!

因为邮寄包裹每磅邮费是 1.05 美元,比用火车运送的费用低多了。事实上,不仅是价格便宜了一半,而且邮寄过来的砖和用火车货运过来的砖是同一班列车运送!

几周之内,邮寄的包裹像洪水般涌入小镇。每个包裹 7 块砖,刚好可以不超重。这样,弗纳尔镇的居民很骄傲地拥有了他们的第一家银行。当然,这家银行全部是用邮寄过来的砖盖起来的。必须钦佩那个商人不一般的想法,假如没有这个"荒唐的主意",又怎么会有银行的建成呢?

埃德文·H·兰德是一位发明家,他对照相机做过改进。然而,小女儿一个幼稚得近乎荒唐的疑问,却让他对摄影做出了名垂青史的贡献。

一天,兰德为小女儿拍照。天真的小姑娘突然发问:"噢,爸爸,为什么要等很长时间才能看到照片呢?"这一问不要紧,它激发出了兰德的灵感。他想:人们买了一件物品,自然希望马上就能使用。那么照相机为什么不能做到这一点呢?能否在一个很小的封闭空间里用几秒钟就能冲洗出照片,而不必在暗房中花几个钟头的工夫呢?

听到兰德的"奇思妙想",他那些科技界的朋友都大摇其头,并且劝他迷途知返。

让孩子学会做人的故事全集

Rang Hai Zi Xue Hui Zuo Ren De Gu Shi Quan Ji

兰德不为所动,经过 6 个月的不懈努力,他终于在理论上解决了难题。1948 年 11 月 26 日,第一架 60 秒"拍立得照相机"问世了。

小姑娘的"荒唐"提问,不同于想邮寄砖头的商人的思路。商人经过比较、计算找出了妙计,小姑娘的提问是无意中对父亲的提醒,为他指出了发明的方向。

荒唐,有时意味着不拘一格,有时代表着独具匠心。不管是对别人还是对自己,当看似"荒唐"的想法出现时,请不要因其"荒唐"就忙不迭地将它一棍子打死。而应当是仔细地想一想,这是不是一种全新的思路呢?

(谈笑生)

成 长 悟 语

很多时候,成功者的思维是发散性的,甚至是逆向的。为了获得更大的成功,他们会找到各种各样的途径,而不局限于现有的那些条条框框。纵使这些想法有时不能为常人所理解,但却正因如此,他们也创造了常人无法创造的成就。

换个角度切苹果

一个人如果受习惯思维的影响,得出来的判断是大同小异的。这种思维并没什么错,但如果长期这样思考问题,往往会抑制人的创新能力的发挥。

切苹果一般总是从蒂处落刀,一分为二。如果把它横放在桌上,然后拦腰切开,就会发现苹果里有一个清晰的五角形图案。这让人不免感叹,吃了多年的苹果,我们却从来没发现过苹果里面竟然会有五角形图案,而仅仅换了一种切法,就发现了鲜为人知的秘密。

日本有一家生产圆珠笔的企业,产品销路不好,原因在于圆珠笔芯中的油墨没有使用完,笔芯上的圆珠就坏了。这是一个致命的质量问题,厂家找了许多专家对笔芯中的圆珠质量进行攻关,设法进行改进,但是做了很多努力,效果不是十分理想。最后这家企业的一个工人成功地解决了这个问题。办法很简单,他把笔杆截去了一段。这样，没等"圆珠"报废，油已用完了。这个办法简单得不可思议，但却十分可行。

上海有一家手帕厂，生产的锦缎白手帕销售受阻，库存积压 20 万条。按照习惯思维，手帕总是用来擦手、揩汗的。但销售人员换了一种思维方式，手帕除了实用的功能外，应该还有美化功能，而市场上没有一家手帕厂是以美化功能进行定位的。这个发现让他们欣喜不已，他们对库存的 20 万条手帕重新进行加工，在上面印上图案，配上说明书，重新投放市场，结果大受欢迎，这批滞销的手帕成为了畅销商品一售而空。

一个人如果受习惯思维的影响，得出来的判断是大同小异的。这种思维并没什么错，但如果长期这样思考问题，往往会抑制人的创新能力的发挥。就像切苹果一样，如果不换种切法，你就永远不可能看到苹果里面美丽的图案。

成 长 悟 语

没有一成不变的事物，也没有放之四海而皆准的真理。必须抱着创新的心态看事物，抱着打破旧观念、旧框框的态度去看待新的情况。这样，你不仅不会被事物的快速发展影响，你还能创造出生活的奇迹。

让孩子学会做人的故事全集

Rong Hai Zi Xue Hui Zuo Ren De Gu Shi Quan Ji

皮鞋的来历

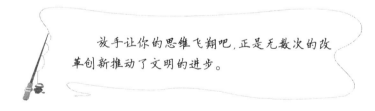

放手让你的思维飞翔吧，正是无数次的改革创新推动了文明的进步。

据说，在很久很久以前，人类都还赤着双脚走路。

有一位国王到某个偏远的乡间旅行，因为路面崎岖不平，有很多碎石头，硌得他的脚又痛又麻。

回到王宫后，他下了一道命令，要将国内的所有道路都铺上一层牛皮。他认为，这样做不只是为自己，还可造福他的人民，让大家走路时不再受苦。但即使杀尽国内所有的牛，也筹措不到足够的皮革，而所花费的金钱、动用的人力，更不知要多少。

虽然根本做不到，甚至还相当愚蠢，但因为是国王的命令，大家也只能摇头叹息。

一位聪明的仆人大胆向国王提出建议："国王啊！为什么您要劳师动众，牺牲那么多头牛，花费那么多金钱呢？您何不只用两小片牛皮包住您的脚呢？"

国王听了很惊讶，但也当下领悟，于是立刻收回成命，改用了这个建议。据说，这就是"皮鞋"的由来。

成长 悟语

我们从前人那里继承了许多所谓的"经验"，但正确与否，能否改进，却很少有人去验证。很多时候，我们会被这些叫做"经验"的东西蒙蔽了双眼，束缚了思维。放手让你的思维飞翔吧，正是无数次的改革创新推动了文明的进步。

把玉米变成黄金

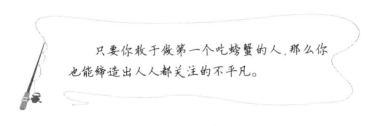

只要你敢于做第一个吃螃蟹的人，那么你也能缔造出人人都关注的不平凡。

考泽是美国艾奥瓦州的农民，以种植玉米为生。种玉米，卖玉米，再种玉米，再卖玉米，几十年来，考泽一直在农田里重复着这个周而复始的轮回。每年秋收，考泽总会出神地看着那些堆积如山的玉米，幻想着这些金黄色的玉米会变成金灿灿的黄金。

玉米作为一种普通的粮食，它的价格低廉，但考泽却不这样认为。他在那些玉米中捕捉着灵感，寻找着希望。他相信，那些玉米中一定潜藏着人们未发现的价值。

考泽开始查阅有关玉米的各种资料，有一天，考泽在互联网上偶尔看到一则消息：德国和日本生产出了燃烧乙醇的汽车。他立刻把这条消息和玉米联系在了一起，产生了用玉米来加工乙醇的念头。

考泽找到周围的其他农民，希望他们能和自己一道来实现这一梦想。但是，很多农民听了之后都认为不可行,因为他们认为玉米里根本不可能产生汽车的燃料。考泽后来找到了一家研究机构商谈合作事宜,结果机构的负责人对考泽的想法很感兴趣。于是,他们和考泽共同成立了林肯威能源公司。2006年5月,林肯威能源公司开始利用玉米来生产乙醇汽油。玉米脱胎换骨为乙醇汽油后,其附加值开始成倍增长,考泽那个玉米变黄金的愿望终于成为现实。

玉米提炼乙醇将成为解决美国能源饥渴的新的办法之一。凭着这种创新,农民考泽成为美国《时代》杂志评出的2006年年度最具影响力人物之一。

《时代》杂志对他的评价是,这个农民,依靠智慧的魔法,把普通的玉米变成了"黄金"。

(感　动)

成长悟语

在我们的成长过程中,会接收到很多关于"这个不好,那个不行"、"这样危险"之类的信息,很多人也很容易就被这些信息吓倒。然而,为什么我们不能去做第一个尝试的人,然后再去影响周围的人呢?只要你敢于做第一个吃螃蟹的人,那么你也能缔造出人人都关注的不平凡。

带把手的瓶子

你也许不是第一个想到一个主意的人,但你可以是第一个着手去做的人。

比尔·坎姆贝尔和尼克依·坎姆贝尔夫妇像大多数新当上父母的年轻人一样,非常溺爱自己刚出生的女儿玛丽。

一天,玛丽的爷爷雷克斯突然发现小玛丽抱不住奶瓶。"总有一天,有人会在这些奶瓶上安上把手,这样就会比较容易拿了。"雷克斯说。

比尔和尼克依欣然接受了这个想法。我们为什么不来制造这种瓶子呢?尼克依开始用建筑黏土捏出各种形状的时尚瓶子。夫妇俩把那些黏土瓶子给玛丽,看她拿不拿得住。这种带一个把手的瓶子还是不好拿,其他一些设计也不成功。后来,尼克依捏了一个形状像拉伸过的油炸圈饼一样的瓶子。它有两个把手，每个把手都是中空的，可以盛流质。坎姆贝尔夫妇用自己的钱，找阿肯色州的一家公司为他们制造了一个塑料模子。接下来，他们在佛罗里达找了一家公司为他们制造这种新颖的瓶子。

坎姆贝尔夫妇在第一次用户调查时得到了这样一个反馈消息：他们制造的这些瓶子色彩艳丽但不透明，而父母们都想看到瓶子里面的东西。夫妇俩立刻改变设计，将不透明的瓶子改成了透明的瓶子。瓶子生产出来后，六天内就售出了 5 万个。没过几个月，他们就搬到了一个大仓库。他们第一年的销售额达到了 150 万美元。

你也许不是第一个想到一个主意的人，但你可以是第一个着手去做的人。

（朱孝萍）

成 长　　悟 语

　　再多的好主意若不加以实践，那也只能变为毫无意义的空想。一个有理想的人只要勇于尝试，不辞劳苦地将构想变为现实，那么就一定能够看到自己渴望看到的风景，摘到挂在高处的那些诱人的果实。

创新让你与众不同

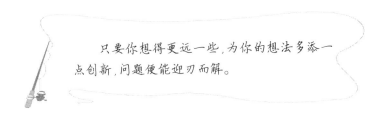

　　只要你想得更远一些，为你的想法多添一点创新，问题便能迎刃而解。

　　一家公司的贸易业务很忙，节奏也很紧张，往往是上午对方的货刚发出来，中午账单就传真过来了。随后就是快寄过来的发票、运单等。会计的桌子上总是堆满了各种讨债单。

　　讨债单太多了，都是千篇一律地要钱，会计常常不知该先付谁的好，经理也一样，总是大略看一眼就扔在桌上，说："你看着办吧。"但有一次是马上说，"付给他。"仅有的一次。

　　那是一张从巴西传真来的账单，除了列明货物产地、价格、金额外，大面积的空白处写着一个大大的"SOS"，旁边还画了一个头像，头像正在滴着眼泪，简单的线条，但很生动。这张不同寻常的账单一下子引起会计的注意，也引起了经理的重视，他看了便说："人家都流泪了,以最快的方式付给他吧。"

经理和会计心里都明白,这个讨债人未必在真的流泪,但他却成功了,一下子以最快速度讨回大额货款。因为他多用了一点儿心思,把简单的"给我钱"换成了一个富含人情味的小幽默、花絮,仅此一点,就从千篇一律中脱颖而出。

成长 悟语

人们在处理问题时,总喜欢使用常规的方法,有时候会因为办法的"老套"而吃尽苦头。其实,只要你想得更远一些,为你的想法多添一点儿创新,问题便能迎刃而解。

把阳光加入想象

从开始到现在,我都没有做什么,我只不过是把触手可及的阳光加入了想象。

美国青年罗尔斯大学毕业后,开始为工作四处奔波,但很长一段时间后,罗尔斯并没有找到需要自己的职位。

不久,罗尔斯的朋友邀请他一起去夏威夷旅行。一天,沐浴在夏威夷海滩阳光下的罗尔斯注意到,很多在海滩上休闲的人在用手机聊天。但是他发现这些人不一会儿就不得不顶着太阳跑回停车场。这是为什么呢?罗尔斯从游客的抱怨中找到了答案。"该死的手机又没电了!"手机突然断电,竟打断了一些游客的开心之旅,这引起了罗尔斯的思考。如果有一种能在海滩上充电的充电器,这个问题不就解决了吗?

罗尔斯极度痴迷太阳能,他曾在大学里设计制造过一辆太阳能自行车。此时,夏威夷海滨的阳光让他忽有所悟。为何不去利用这取之不尽的太阳能呢?他突然有设计一种便携式太阳能充电器的冲动。

接下来,罗尔斯在网上购买了一款太阳能充电器并把它缝到了背包上。当他把这种太阳能背包拿到一个旅行网站上出售后,竟吸引了许多购买者。2005年,罗尔斯创立了罗尔斯设计公司,生产销售自己生产的"瑞特"牌太阳能背包。

让孩子学会做人的故事全集

Rang Hai Zi Xue Hui Zuo Ren De Gu Shi Quan Ji

半年后,罗尔斯公司的产品竟在世界各地的沙滩上占有了一席之地,公司也因此盈利 8 万美元。紧接着,罗尔斯又开始设计一种能为笔记本电脑充电的背包。结果,这种产品上市后更受欢迎,世界各地的订单雪片般飞向罗尔斯的公司。这使罗尔斯每个月有近两万美元的收益。

谁也不敢相信,一个为找工作而发愁的大学生,两年后竟成为一个拥有自己公司的老板。罗尔斯接受一个电视节目采访时说:"从开始到现在,我都没有做什么,我只不过是把触手可及的阳光加入了想象。"

(感　动)

成长　悟语

想象力是一种非凡的能力,甚至有人说,强健的想象,足以产生事实。想象力是至关重要的,缺少了它,思维也就只剩下一半,人就更不可能成为有思维、有理性的生物。

聪明地工作

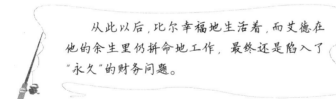

从此以后,比尔幸福地生活着,而艾德在他的余生里仍拼命地工作,最终还是陷入了"永久"的财务问题。

从前有一个奇异的小村庄,村庄里除了雨水没有任何水源,为了解决这个问题,村里的长者决定对外签订一份送水合同,以便每天都能有人把水送到村子里,有两个人愿意接受这份工作,于是村里的长者把这份合同同时给了这两个人。

得到合同的两个人中有一个叫艾德,他立刻行动了起来。每日奔波于 1 千米以外的湖泊和村庄之间,用他的两只桶从湖中打水并运回村庄,再把打来的水倒在由村民们修建的一个结实的大蓄水池中。每天早晨他都必须起得比其他村民早,以便当村民需要用水时,蓄水池中也有足够的水供他们使用。由于起早贪黑的工作,艾德很快就开始挣到了钱。尽管这是一项相当艰苦的工作,但是艾德很高兴,因为他能不断地挣钱,并且他对能够拥有两份专营合同中的一份而感到满意。

另外一个获得合同的人叫比尔。令人奇怪的是，自从签订合同后比尔就消失了，几个月来，人们一直没有看见过比尔。这一点更令艾德兴奋不已，由于没人与他竞争，他挣到了所有的水钱。

　　比尔干什么去了呢？他做了一份详细的商业计划，并凭借这份计划找到了4位投资者，和他们一起开了一家公司。6个月后，比尔带着一个施工队和一笔投资回到村庄。花了整整一年时间，比尔的施工队修建了一条从村庄通往湖泊的大容量的不锈钢管道。

　　此时，比尔却在思考：如果这个村庄需要水，其他有类似环境的村庄一定也需要水。于是他重新制定了他的商业计划，开始向全国甚至全世界的村庄推销他的快速、大容量、低成本并且卫生的送水系统。每送出一桶水他只赚1便士，但是每天他能送几十万桶水。无论他是否工作，几十万的人都要消费这几十万桶的水，而所有的这些钱便都流入了比尔的银行账户中。显然，比尔不但开发了使水流向村庄的管道，而且还开发了一个使钱流向自己的钱包的管道。

　　从此以后，比尔幸福地生活着，而艾德在他的余生里仍拼命地工作，最终还是陷入了"永久"的财务问题。

　　多年来，比尔和艾德的故事一直指导着人们。每当人们要作出生活决策时，这个故事都能给人以帮助。所以我们应该时常问自己：

　　"我究竟是在修管道还是在运水？"

　　"我是在拼命地工作还是在聪明地工作？"

（季　白）

成长　悟语

　　磨刀不误砍柴工。做任何事都不能一味蛮干，做之前要想好方法，做之时要讲究效率。否则，你用了十二分的努力，也只有别人的一半成果。不要只知道埋头苦干，必要的时候抬头看一看周围，思索一下是否会有更好的方法。

囚徒的命运

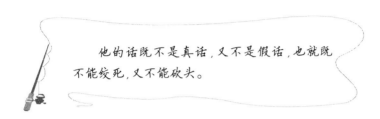

他的话既不是真话，又不是假话，也就既不能绞死，又不能砍头。

在古希腊，处死囚徒的方法有两种：一种是砍头，一种是用绳绞死。

一次，好恶作剧的国王派刽子手向囚徒们宣布："国王陛下有令——让你们任意挑选一种死法。你们可以任意说一句话——如果说的是真话，就绞死；如果说的是假话，就杀头。"

这样的法令真是太奇怪了。但囚徒们的命运操纵在国王的手里，反正都是一死，也就顾不得多想，就很随意地说一句话。结果，囚徒们不是因为说了真话而被绞死，就是因为说了假话而被砍头。

国王看到杀囚徒像玩游戏一样有趣，觉得十分开心。

在囚徒中，有一个非常聪明的人，当轮到他来选择处死方法时，他巧妙地对国王说："你们要砍我的头！"

国王一听，顿时感到好为难。如果真的砍他的头，那么他说的就是真话，而说真话是要被绞死的；但如果要绞死他，那他说的"要砍我的头"便成了假话，而假话又是应该被砍头的，但他说的又不是假话。他的话既不是真话，又不是假话，也就既不能绞死，又不能砍头。

国王无奈，只好挥挥手说："放这个聪明人一条生路吧！"

于是，国王那条奇怪的法令，只好马上宣告废除。

成长 悟语

对于各种见惯不怪的现象，人们都有一个固定的心理模式，如果想要在那样的心理模式上找到突破点是极为困难的。但是，当你利用这样的心理模式，从另外一个角度去突破的时候，就会有意外的惊喜。

三种不同的鱼

我们不应以个人的感觉，以别人为参照物认识世界的"表象"，而应该从自身特点出发寻找最合适的解决方法。

长江中有三种鱼肉质最为细嫩、味道最为鲜美：鲥鱼、刀鱼和河豚。虽然这三种鱼体形和习性各不相同，可长江边的渔民却常能用同一张网捕获它们。渔民捕鱼的网类似排球网，上面绑着浮标，捕鱼时把网撒在江中。

鲥鱼的美味，全靠鱼鳞传递。因此，鲥鱼爱惜自己的鳞片胜过生命。可就是因为这一点，鲥鱼常常被捉。鲥鱼的体形跟鲤鱼差不多，两头窄，中间宽，当它的头误入渔人的网眼时，其实只需要稍稍后退就可以逃掉。但它太爱惜自己的美丽鳞片，怕后退会刮掉自己的鳞片，所以，仍不顾一切往前冲；可它的体形越往后越宽，越冲越紧，结果鲥鱼就会被网牢牢地套住。

刀鱼体形如匕首，脊上有坚硬密集的鱼鳍，游动时自动撑起。当它发现鲥鱼上当被网住时，便吸取鲥鱼的教训，迅速后退。岂知适得其反，它一后退，撑起的鱼鳍便会被网眼死死卡住，刀鱼见自己被卡住，便更加用力地向后退，结果越后退，卡得越紧。其实凭刀鱼匕首般的身材，只需要稍一用力往前游，就可以穿过网眼活命。

河豚身上没有鳞片，也没有硬鳍，只是表皮上有密密的钉刺。它看到鲥鱼进是死，刀鱼退亦是死，于是当网眼卡住它时，它便拼命地给自己鼓励，给自己打气，三下五除二就把肚皮撑得滚圆，试图胀断网眼逃生。可结果不但把自己胀得越来越紧，还由于浮力增大和渔网一起浮出水面，被人们轻而易举地捕获。

就像这三种鱼一样，很多情况下，我们只会以个人的感觉，以别人为参照物认识世界的某些"表象"，而忽略了从自身特点出发寻找最合适的解决方法，这将对我们的生存带来很大的不利。

把缺点转化为优点

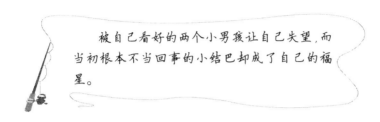

> 被自己看好的两个小男孩让自己失望，而当初根本不当回事的小结巴却成了自己的福星。

一位神父要找三个小男孩，帮助自己完成主教分配的 1000 本《圣经》的销售任务。

神父觉得自己只能完成 300 本的销售量，于是他决定找几个能干的小男孩卖掉剩下的 700 本《圣经》。神父对"能干"是这样理解的：口齿伶俐，言辞美妙，让人们欣喜地做出购买《圣经》的决定。于是按照这样的标准，神父找到了两个小男孩，这两个男孩都认为自己可以轻松卖掉 300 本《圣经》。可即使这样还有 100 本没有着落，为了完成主教分配的任务，神父降低了标准，于是第三个小男孩找到了。给他的任务是尽量卖掉 100 本《圣经》，因为第三个男孩口吃很厉害。

5 天过去了，那两个小男孩回来了，并且告诉神父情况很糟糕，他们俩总共只卖了 200 本。神父觉得不可思议，为什么两个人只卖掉了 200 本《圣经》呢？正在发愁的时候，那个口吃的小男孩也回来了，他没有剩下一本《圣经》，而且带来了一个令神父激动不已的消息：他的一个顾客愿意买他剩下的所有《圣经》。这意味着神父将能卖掉超过 1000 本的《圣经》，神父将更受主教青睐。

神父彻底迷惑了。被自己看好的两个小男孩让自己失望，而当初根本不当回事的小结巴却成了自己的福星，神父决定问问他。

神父问小男孩："你讲话都结结巴巴的，怎么会这么顺利就卖掉我所有的《圣经》呢？"小男孩答道："我……跟……见到的……所有……人……说，如……果不……买，我就……念《圣经》给他们……听。"

成 长 悟 语

正所谓，天生我材必有用。每个人都是不同的，每个人的优缺点也有所不同，而上天这样的安排自有道理。不必太在意自己的不足，只要在适当的时候、适当的环境把你与众不同的一点发挥出来,你就离成功又近了一步。

新乌鸦喝水

看问题不能只停留在表面,停留在某一个点上,辩证地看待变化、发展中的事物,了解其本质,这样你才不会在变化面前手足无措。

乌鸦口渴极了,它发现了一只长颈小瓶里有半瓶水。可是瓶口很小,乌鸦喝不到水。后来它想了一个办法,把一颗颗小石子投到瓶里去,瓶里的水升高了,乌鸦高兴地喝到了水。这件事被伊索写进了寓言,传遍了全世界,乌鸦也因此出了名。

有一次,这只乌鸦外出旅游,它又口渴了,可是四处找不到水。后来它发现了一口井,低头一看,井底有水,但井口很小,井又很深,它喝不着。

它想到了自己曾经投石入瓶喝水的光荣事迹,不禁高兴地叫了起来:“呱! 呱!我怎么把这经验忘了! ”

于是它又衔来一颗颗的小石子,向井里投去,谁知道投了半天,井水就是不上来。

树上的喜鹊看到了,说:“乌鸦先生,这是水井,不是你原先的那个长颈瓶子,怎么还用那个老办法? ”

“你懂什么,呱呱! ”乌鸦说,“我的方法是经过寓言大师鉴定了的,都上了书本,到哪里都适用,怎么会老呢! ”

乌鸦继续向井里投石子。那结果,我想大家会想得到的。

成长 悟语

社会是变化、发展的,今天得到的正确经验可能在明天就行不通了。所以,看问题不能只停留在表面,停留在某一个点上,辩证地看待变化、发展中的事物,了解其本质,这样你才不会在变化面前手足无措。

动脑的结果

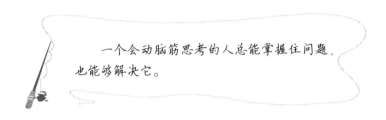

一个会动脑筋思考的人总能掌握住问题,也能够解决它。

佛瑞迪当时只有 16 岁,在暑假将至的时候,他对爸爸说:"爸爸,我不要整个夏天都向你伸手要钱,我要找个工作。"

父亲从震惊中恢复过来之后对佛瑞迪说:"好啊,佛瑞迪,我会想办法给你找个工作,但是恐怕不容易。现在正是人浮于事的时候。"

"你没有弄清我的意思,我并不是要您给我找工作,我要自己来找。还有,请不要那么消极,虽然现在人浮于事,我还是可以找个工作。有些人总是可以找到工作的。"

"哪些人?"父亲带着怀疑问。

"那些会动脑筋的人。"儿子回答说。

佛瑞迪在"事求人"广告栏上仔细寻找,找到了一个很适合他专长的工作。

广告上说找工作的人要在第二天早上 8 点钟到达 42 街一个地方。佛瑞迪并没有等到 8 点钟,而在 7 点 45 分就到了那儿。可他看到已有 20 个男孩排在那里,他只是队伍中的第 21 名。

怎样才能引起特别注意而竞争成功呢?这是他的问题,他应该怎样处理这个问题?

根据佛瑞迪所说,只有一件事可做——动脑筋思考。因此他进入了那最令人痛苦也是令人快乐的程序—— 思考。

当真正思考的时候,总是会想出办法的,佛瑞迪就想出了一个办法。

他拿出一张纸,在上面写了一些东西,然后折得整整齐齐,走向秘书小姐,恭敬地对她说:"小姐,请你马上把这张纸条转交给你的老板,这非常重要。"

她是一名老手,如果他是个普通的男孩,她就可能会说:"算了吧,小伙子。你回到队伍的第 21 个位子上等吧。"但是他不是普通的男孩,她凭直觉感到,他散发出一种自信的气质。

她把纸条收下。

"好啊!"她说,"让我来看看这张纸条。"

她看了不禁微笑了起来,然后站起来,走进老板的办公室,把纸条放在老板的桌上。

老板看了也大声笑了起来,因为纸条上写道:

> 先生,我排在队伍中第21位,在你没有看到我之前,请不要做出决定。

他是不是得到了工作?他当然得到了工作,因为他很早就学会了动脑筋。一个会动脑筋思考的人总能掌握住问题,也能够解决它。

([美]麦尔顿)

成长 悟语

有时候,因为客观的原因,我们会处于较为不利的位置,但这并不代表我们会因此而失去成功的机会。多动动脑子,在应当充分表现自己的时候,想办法把自己放在有光的地方,让别人能更容易、更清楚地看到你。

第 **09** 辑　控制冲动，做自我情绪的主人

让孩子学会做人的故事全集

　　美国哈佛大学著名心理学家戈尔曼指出，预测一个人未来的成就，关键因素是情商。情商高的人能控制冲动，延迟享受，常常能清楚地了解自己并把握自己的情感。这些自制力强的人比那些听从欲望、放任脾气、不听劝告的人生活得更有效率，更容易满足，也更能运用自己的智慧获取丰硕的成果。

贪婪的蚊子

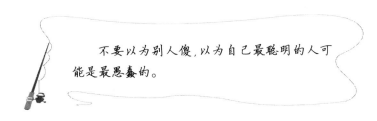

不要以为别人傻，以为自己最聪明的人可能是最愚蠢的。

一只准备冬眠的蚊子静静地伏在房间的角落里。在它不远处是一张大网，网中央是一只静卧不动的蜘蛛。两只动物已经相安无事地相处很长一段时间了。

蚊子每天都会亲眼看到同类以及苍蝇和其他小昆虫被粘在这张网上，成为蜘蛛的美餐。蚊子清楚地知道，那是一张令人恐惧的死亡之网，是飞虫的鬼门关。它时常为同类的死感到深深的惋惜，看着网上粘挂的一具具同类或异类的躯体，它明白这些飞虫都是因为太过贪婪而走向死亡。它为自己能够看清楚这一切，也为自己能够把握好自我，没有过多的贪欲，从而保持住了内心的平和而暗自庆幸。它甚至多次设想，明年开春该如何绕开这张网飞出去。

这一天，来了一位搬运工，正赤裸着上身汗流浃背地搬运着房间的物体。蚊子贪婪地看着搬运工流着汗滴油亮诱人的臂膀，一种久违的感觉刺激得它不自觉地抹了抹嘴。这时，一阵微风吹过，一股浓浓的汗味向蚊子飘来，望着这不断移动的佳肴，它兴奋得几乎快要发狂；那是多么丰盛的一顿大餐呀！可是……它转眼看了看旁边那张骇人的大网和网中央那一动不动的蜘蛛，无可奈何地摇了摇头，叹了口气："唉！算了，等到明年再吃吧。其实不吃这顿也能安稳过冬。"它自我安慰道。

忽然，蚊子发现搬运工在搬东西时不经意把那张网撕开了一个大缺口，那张骇人的大网支离破碎地摇曳在半空中。看着这突如其来的变化，蚊子兴奋得再也抑制不住自己了。

"哪怕只吃一口也好啊。"它鼓足勇气，小心翼翼地绕过那张网，展开翅膀向那人猛冲过去。

"真是太甘美了！"蚊子伏在那人身上贪婪地吸吮着。

不久，大腹便便、行动迟缓的蚊子得意地飞在了回来的路上。"看来，只要头脑聪明，方法得当，不但能够避开那些危险，而且做任何事情都不会有问题。"它得意地想着。

让孩子学会做人的故事全集

Rang Hai Zi Xue Hui Zuo Ren De Gu Shi Quan Ji

突然,它再也飞不起来了。它惊骇地发现自己的翅膀已经被牢牢地粘在了那张虽然已有缺口,但仍在风中摇摆着的破碎网上。

不久,这张网上又多出了一具蚊子的干瘪躯体。

看来,无论多么工于心计的算计,只要出现一丁点儿失误,就会一败涂地,最终会被贪婪吞噬。

(十士子)

成长悟语

　　不要以为别人傻,以为自己最聪明的人可能是最愚蠢的。在利益面前,很多人都会贪婪地想把利益全部据为己有。这种自以为聪明的做法不仅不聪明,还极有可能把人带进万劫不复的境地。让心不要被贪婪占据,贪婪只会损人而不利己。

自制帮你抓住机遇

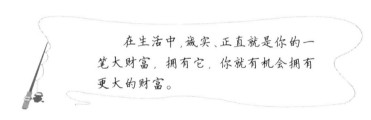

在生活中,诚实、正直就是你的一笔大财富,拥有它,你就有机会拥有更大的财富。

　　大概是在 20 年前,在一个村庄里住着一位老绅士,他的脾气十分古怪。他大约60 多岁了,非常富有,有些奇怪的习惯,但他的慷慨和仁慈没人赶得上。

　　他对那些需要抚慰的农民,那些需要帮助的病人,甚至乞丐,都会慷慨解囊,没有一个人空手离开过他的大厅。就如村里的牧师在《被遗忘的村庄》这首诗里描述的那样:

> 所有旅途中的列车都知道他的住处,
> 他斥责他们的流浪,却排解他们的痛苦;
> 他总是记得他款待过的那个乞丐,
> 乞丐的长须飘扬在他苍老的胸前。

现在，这位老绅士想请一个年轻人照顾他的日常生活，帮他做些事情，因为他很喜欢年轻人。但他十分讨厌多数年轻人的好奇心，虽然他对他们的世界很感兴趣。他常说："偷看抽屉的孩子是试图从里边拿出一些东西，小来偷针的人，大了就会偷金。"

听到这个消息后，很多人都想获得这个位置。不久老绅士就收到20多封来信。可是老绅士决定要找一位没有好奇心、不爱管闲事的人。

周一早上，大厅里来了7个穿着盛装，打扮漂亮的小伙子，每个人都暗下决心一定要得到这个工作。老绅士的脾气古怪，他准备好一间房子，这样，他很容易就会发现哪些人爱管闲事，喜欢往抽屉或壁橱里偷窥。他做好安排，让大厅里的这些年轻人依次进入房间。

查尔斯·布朗第一个被叫进房间，老绅士请他在里边等一会儿。查尔斯在门边的一把椅子上坐下。刚开始他很安静，坐在椅子上朝周围看。当他发现屋里有许多珍奇的东西后，终于站了起来偷偷地观察。

桌子上有一个罩子，他很想知道下面是什么，但他不敢掀开罩子。坏习惯对人有很大的影响，查尔斯又是那种十分好奇的人，他终于忍不住掀开罩子想看个明白。

结果很使人扫兴，罩子下边是一堆轻飘飘的羽毛。羽毛被流动的空气卷起来，在房里飞来飞去。他十分害怕，赶忙把罩子放下，但桌上剩下的那些羽毛又被吹到地上了。

怎么办？他一根一根地捡着羽毛。老绅士一直就在隔壁，他听到这声音，就知道了发生的事情，他走了进来，正好看见查尔斯·布朗慌成一团的样子。他很快就把他打发走了，因为他认为查尔斯连最小的诱惑都无法抵制。

老绅士又重新弄好房间，叫来亨利·威尔金斯。老绅士刚离开房间，亨利就被一盘诱人的樱桃吸引住了。他特别爱吃樱桃，他想，这么多樱桃，即使吃掉一个老绅士也不会发现，他想了又想，看了又看，正准备从椅子上站起来拿樱桃时，他好像听到门口有脚步声，幸好是他听错了。

他又鼓起勇气，小心谨慎地站起来，拿了一个很好的樱桃放进嘴里。美味极了！他想，再来一个也没什么，于是又拿了一个匆匆地塞进嘴里。在这堆樱桃里，老绅士有意放了几个假樱桃，假樱桃里边全是辣椒。很不幸的是，亨利碰巧就拿到了一个假的，他嘴里立即像着了火一样刺痛起来。老绅士听到咳嗽声，明白是怎么回事了。这个孩子既然会拿樱桃，肯定会拿别的东西。老绅士不喜欢他，于是他也被打发走了。

接着，鲁弗斯·威尔森被叫进来了，独自待在房里。他刚待了不到10分钟就开始东摸西碰。他的脾气倔强鲁莽，不受规则的约束，要是他能打开这里所有的壁橱、抽屉和储藏室而不被发觉的话，他肯定会这么做。

他向周围看了看，发现桌上有个抽屉，决心看看里边。他刚把手放在抽屉的拉手上，一阵清脆的铃声就响起来了。原来，桌子下面藏有一个电铃。老绅士听到铃声赶忙走了进来。

鲁弗斯被这突如其来的铃声吓了一大跳。老绅士问他拉铃是不是想要什么东西。他结结巴巴地想要道歉,但这毫无用处,他被老绅士从候选名单上删除了。

随后,一名老管家把乔治·琼斯领到房里。他性格谨慎,什么也没碰,只是向周围看着。后来,他发现有一扇壁橱的门虚掩着,他想,要是把它打开一点儿,绝不会有人发觉。于是,他看看门的下面,以免碰到东西发出声响,然后把门小心地打开了一英寸。要是他看上面而不看下面就好了,因为门上边系了一个小塞子,塞子堵住一个小桶,桶里装满了小铅球。他斗胆又把门打开了一英寸,接着又是一英寸,最后,塞子被拉了出来,蹦出了许多小铅球。壁橱的底部有个锡盘,小铅球滚到锡盘上发出很大的声音,老绅士很快就来了。他把脸吓得像纸一样白的乔治打发走了。

别的男孩都被打发走了,没人知道他们在房中的经历。现在轮到阿尔伯特·杨金斯了。

桌上放着一个带盖的小圆盒。阿尔伯特想里边的东西肯定很奇特。他坐立不安,很想打开盒盖。但当他刚刚打开盒子时里边就跳出一条假蛇来。它缠到他的胳膊上,他尖叫了一声向后退去。叫声引来了老绅士,他看见阿尔伯特一手拿着盖子一手拿着盒子,蛇掉在地上。

"快起来,快起来!"老绅士说,"你快出去吧!屋里有一条蛇就够了。"就这样,老绅士任何解释都没听就打发了这个男孩。

接着走进来的是威廉·史密斯。老绅士离开后,他就好奇地左顾右盼。他不仅好奇、爱管闲事而且更不诚实。他发现钥匙还留在书柜的抽屉上,就踮着脚走过去。钥匙上系着一根与电机相接的电线。他被重重地击了一下,这下可够他受的。他刚恢复神智可以行走,老绅士就对他说,以后最好还是让抽屉的主人自己上锁开锁,并叫他离开了。

最后一个男孩叫哈里·戈登。他一个人在屋里呆了20多分钟,在椅子上一动不动。他的头上也有眼睛,但他的心灵正直。罩子、樱桃、抽屉、拉手、壁橱门、盒子和钥匙都没能使他离开座位。30分钟后,老绅士留下了他。他一直服侍老绅士直到他去世。由于他的正直,他从老绅士那儿得到一大笔遗产。

成长 悟语

生存的第一要诀就是诚实、正直。正直就像树木的根,如果没有了根,树木就没有了生命;没有了正直,人也就没有了立身之本。在生活中,诚实、正直就是你的一笔大财富,拥有它,你就有机会拥有更大的财富。

致命诱惑

> 每天，不知道有多少海鸟会因为贪图一时的安逸而被鸟鲨诱惑，从而失去自己的生命。

虎纹鲨，又名鸟鲨，是生活在澳洲海洋中的一种鱼类。

之所以称这种鲨为虎纹鲨，是因为在这种鲨鱼的表面生有类似于老虎身上的黑黄相间的条纹；之所以称这种鲨为鸟鲨，则是因为这种狡猾的鲨鱼是以食鸟为生的。

这种被称为鸟鲨的鱼类，它每天最重要的任务，就是将自己的脊背露出水面，然后让自己的身体自由地漂浮在海面上。从远处看，谁都会以为那是一块漂浮在海面上的烂木头，可很少有人会知道，这正是鸟鲨为诱捕海鸟而布下的一个陷阱。那些在海面上飞累了的海鸟，会毫不犹豫地落在那块"烂木头"上休息，并为自己的"新发现"沾沾自喜，殊不知，自己已是命悬一线。

鸟鲨在海面上自由地漂浮，一旦有猎物落在自己的身上，鸟鲨便缓慢地让自己的身体沉入海中，这就使得落在它们身上的海鸟不得不向鸟鲨的头部方向移动。

慢慢地，慢慢地……只要海鸟一挪动到鸟鲨的头部，鸟鲨的机会就算来了。时机一到，鸟鲨便飞快地将头转向落在自己身上的海鸟，并一口将海鸟吸入腹中！那些"中场休息"的海鸟，就这样成为了鸟鲨的腹中之物。

每天，不知道有多少海鸟会因为贪图一时的安逸而被鸟鲨诱惑，从而失去自己的生命。

（孙婧妃）

成 长 悟 语

人生中会出现很多不同的诱惑，很多人因为难以自持而在这些诱惑上栽了跟头。面对各种各样的诱惑，有一个共同的方法，那就是控制贪念，否则将永远回不了头，甚至付出沉重的代价。

自律者律人

> 人生道路上充满了形形色色的诱惑,只有保持一颗平常心,心胸坦荡地走好人生之路,才能最终成就自己。

很久很久以前,有一个牧羊人到山上放羊时,发现了一只孤零零的小狼,于是他就把小狼抱回家,希望能够把它训练成可以帮他牧羊的好帮手。

这匹狼跟着牧羊人,渐渐长大了。在牧羊人的管教、训练之下,它学会许多牧羊的技术,也常常帮牧羊人到山坡上放羊。因为有这样一个好帮手,牧羊人感到很欣慰。

牧羊人的邻居也是牧羊的,而且他家的羊又白又胖,还特别多。牧羊人羡慕极了,好想去偷,可是又怕被发现,迟迟不敢下手。

终于有一天,牧羊人对那只捡来的狼说:

"狼啊! 我把你抚养这么大了,你还是为我做些我不能做的事吧。我很喜欢隔壁人家养的那些羊,你去替我偷几只回来好吗? "

这只狼非常听话地在半夜里跑去偷了两只小羊回来,牧羊人高兴得不得了,就不断称赞这只狼很聪明又勇敢。可是,没过几天,牧羊人却发现自己的羊也少了好几只,他非常生气地把狼找来质问:"我的羊是不是你偷走的? "

狼得意地回答说:"没错! 是你教我如何偷窃的,因此,你也得小心你自己的羊,随时可能会被偷走。"

对自己放松要求的牧羊人有苦说不出,他为自己的放纵付出了代价。

成 长   悟 语

自律是一种生命的能力,它能够使你时时对照自己、反省自己,构建完美的人生;自律是一种生命的过程,它能够使你时时控制情绪、抵制诱惑,做出非凡的成就。人生道路上充满了形形色色的诱惑,只有保持一颗平常心,心胸坦荡地走好人生之路,才能最终成就自己。

克 制 冲 动

> 我们总是因为一点点的矛盾或不公平而大发脾气,殊不知,一时的不忍,会给他人和自己带来极大的伤害。

斯坦德是一位经理,一大早起床,发现上班的时间快要到了,便急急忙忙地开了车往公司急奔。

一路上,为了赶时间,斯坦德连闯了几个红灯,终于在一个路口被警察拦了下来。

这样一来,上班更是笃定迟到了。到了办公室之后,斯坦德有如吃了火药一般,看到桌上放着几封昨天下班前便已交代秘书寄出的信件,斯坦德更是生气,把秘书叫了进来,劈头就是一阵痛骂。

秘书来到总机小姐的面前,又是一阵狠批。秘书责怪总机小姐,昨天没有提醒他。总机小姐被骂得心情恶劣之至,便找来公司里职位最低的清洁工,借题发挥,对清洁工的工作,没头没脑地进行一连串声色俱厉的指责。

清洁工底下没有人可以再骂下去,她只得憋着一肚子闷气把衣服、书包、零食,丢得满地都是的儿子好好地修理了一顿。

儿子电视也看不成了,忿忿地回到自己的卧房,见到家里那只大懒猫正盘踞在房门口,便狠狠地一脚,把猫儿给踢得远远的。

无故遭殃的猫儿,心中百思不解:"我这又是招谁惹谁啦?"

这时,斯坦德正好从猫身边走过,谨慎的猫为防止再被人踢,迅速抓了斯坦德一下就溜了,可怜的斯坦德被猫抓破了腿。

成 长　悟 语

我们总是因为一点点的矛盾或不公平而大发脾气,殊不知,一时的不忍,会给他人和自己带来极大的伤害。多克制自己的冲动情绪,宽容地看待他人,为别人开启一扇窗的同时,也就是让自己看到更完整的天空。

信天翁的生命哲学

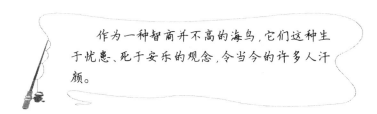

> 作为一种智商并不高的海鸟，它们这种生于忧患、死于安乐的观念，令当今的许多人汗颜。

信天翁——一种长相奇特、鼻孔呈管状位于嘴巴两侧的大型海鸟。它的嘴又尖又长，并且尖端有钩，便于在海洋中捕食，乌贼、浮游生物、小鱼、小虾都在它的捕获之列。信天翁大都生活在太平洋北部，属于漂泊性海鸟。它们几乎终日翱翔在海上，体长超过1米，翅膀展开时有3.6米，是所有海鸟中展翅最宽的。它可以利用海上强劲的风力，顺风向下滑落，而快接近海面时，又能乘势迎风而起，向上冲去。这样上上下下回旋飞翔，可以连续数小时，由此可见，它的翅膀排击空气时的力气是多么强劲，可以称得上是世界上最大功率的"滑翔机"。

信天翁在海风中如此辛苦地寻找食物，如果你同情它的艰辛，把它带到风平浪静的地方，他们反而会怅然若失，并且在极度的焦虑中死亡。它们的观念是既然生出了一对翅膀，就应该是在大风大浪中翱翔的，假如放在一个优越的享乐环境中，它们会担心自己的巨翅会在这种平静安乐的生活里渐渐退化。

这就是信天翁的生命哲学，作为一种智商并不高的海鸟，它们这种生于忧患、死于安乐的观念，令当今的许多人汗颜。

是的，无论是哪一种动物，无论多么高级，都应该时刻保持在奋斗中，都应该保持飞翔的姿态。困难固然可怕，但享乐的漩涡更容易让人堕落于死亡之谷。

（薛　峰）

成长　悟语

困难来了，要勇敢坦然地面对，而不是被困难所吓倒。面对困难时，不要顾虑太多，要给自己足够的勇气与信念，认定最后的目标，排除干扰，直达胜利的彼岸。

自　律

> 自律来自于自我控制，一个人必须能控制住自己所有的情绪与行为。

一位骑师精心训练了一匹好马，所以，骑起来得心应手。只要他把马鞭一扬，那马儿就乖乖地听他支配，而且骑师说的话，马儿句句都明白。骑师认为用言语指令就可以驾驭住了，再给这样的马加上缰绳是多余的。于是，有一天，他骑马外出时，就把缰绳解掉了。

马儿在原野上驰骋，开始还不算太快，仰着头抖动着马鬃，雄赳赳地阔步前进，仿佛要叫它的主人高兴。但当它知道什么约束都已经被解除了的时候，英勇的骏马就越发大胆了。它头脑充涨，再也不听主人的指挥，愈来愈快地飞奔起来。

不幸的骑师，如今毫无办法控制他的马了，他想用笨拙而颤抖的手把缰绳重新套上，但已经做不到了。失去束缚的马儿撒开四蹄，一路狂奔着，竟把骑师摔了下来。而它还是疯狂地往前冲，像一阵风似的，路也不看，一股劲儿冲下深谷，摔了个粉身碎骨。

"我的可怜的马呀，"骑师悲痛地大叫道，"是我一手造成你的灾难，如果我不冒冒失失地解掉你的缰绳，你就不会不听我的话，就不会把我摔下来，你也就绝不会落得这样凄惨的下场。"

给予自由是无可非议的，但我们不要过分地醉心于放任自由，一点儿也不加以限制的自由，潜藏着无穷的害处与危险。自律来自于自我控制，一个人必须能控制住自己所有的情绪与行为。如果你不能征服自己，就会被别人所征服。

成　长　悟　语

　　我们的生活每时每刻都在响应我们所做过的事，你所说的、所做的每一件事最终都会响应在自己的身上。如果你希望获得更大的自由，你必须首先学会自律，学会控制无缰的狂野与散漫。生命中没有意外，它就是你的反射，因此，只有自律，才能获得真正的自由。

控制你的脾气

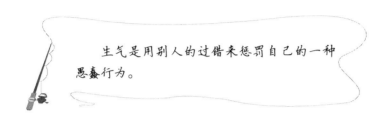

生气是用别人的过错来惩罚自己的一种愚蠢行为。

世上没有任何人生来脾气就很好，完全不用克制和改善；同样，也没有人生来脾气就很坏，以至于后天的修养都于事无补。可以相信，脾气是能够受到约束的。

罗格·谢尔曼原本出身低微，后来却当上了美国首届国会议员，他的观点还赢得了议会中那些知名人士的普遍认同。他成了自己脾气的主人，一生都很注重自身的修养。以下这件轶事就是关于他的脾气的。

在他已成为国会议员后的某一天，他在会客室里阅读书刊。相邻房间里的一个顽皮学生拿着一面镜子，将太阳光反射到谢尔曼先生的脸上。谢尔曼将椅子移开一点儿，但那学生依旧不知趣地继续恶作剧。当他第三次移动椅子时，那男孩还是将阳光反射到他脸上。

谢尔曼先生放下书，走到窗户前。很多旁观者都以为他会将这个顽劣的学生训斥一顿，他却轻轻地打开窗户，接着——将百叶窗放了下来！

谢尔曼的情感原本十分强烈，但是他已经习惯于控制自己的感情，习惯于稳重、平静和自我约束。谢尔曼先生一直坚持在家中进行宗教仪式。一个清晨，他同往常一样召集家人一块儿祈祷。桌上摆放着陈旧的《圣经》。

他开始诵读《圣经》。坐在他旁边的孩子玩了些小把戏。谢尔曼先生停下来，叫他安静些。他接着读，可没过多久，又不得不停下来教训这个小调皮——小家伙非常好动，一刻也停不下来。这次，谢尔曼先生用手掌拍了拍他的脸蛋。这一掌——假如这也称得上是一掌的话——碰巧被他的老母亲看见了。她吃力地站起来，颤巍巍地穿过房间，来到他面前，当着众人的面扇了他一个耳光。"是呀，"她说，"你打你的儿子，我也打我的儿子。"

谢尔曼先生的脸顿时涨得通红。但他很快就恢复了常有的平静和祥和。他停了停，拾起眼镜，瞧了瞧他母亲，接着又诵读起来。

他镇定地读着，没有读错一个字。他的这一举动为他家人树立了榜样。

（[美]约翰·托德）

生气是用别人的过错来惩罚自己的一种愚蠢行为。既是如此,又何必生气?莫生气,因为生气伤身又伤神。每个人都有自己的情绪,要学会控制,否则,有些过分的言语和行为,会误事更会伤人。

登峰造极的成就源于自律

在这之前,他已经写下连续19年比赛从不缺席的纪录,这也是他高度自律的品德及超强韧力的明证。

达到巅峰绝不是一件容易的事。世界上很少有人能在自己的专业领域中,被公认为是鹤立鸡群的翘楚,而在历史上留下名声的人,就更是少之又少。这正是杰瑞·莱斯了不起的地方,他被公认为美式足球前锋球员的最佳代表,他的球场表现是最好的明证。

熟悉他的人说他是个天生的运动员,他体能惊人,而且罕见。任何一位足球教练都想找到这样天赋优异的前锋球员。获选进入美式足球名人榜的明星教练比尔·华西发出这样的赞叹:“在我所认识的人当中, 没有一个能赶得上他的体能。”单是这一点还不能使他成为传奇性的人物,在他卓越成就的背后有一个真正的原因,就是他的自律能力。他勤练身体,每一天都在为攀越更高境界而准备,在职业足球界没有人像他这样有规律。

莱斯自我鞭策的能力,可以从他体能训练的故事说起。当他还在高中校队的时候,每次练习之前,摩尔高中球队教练查尔斯·戴维斯都规定球员以蛙跳的方式,跳上一座40码高的山丘,来回20趟后才能休息。在密西西比炎热而潮湿的天气下,莱斯在完成第11趟之后就感到吃不消而想放弃。当他打算偷偷地回球员休息室时,他意识到了自己的行为。“不可以放弃,”他对自己说,“因为一旦养成半途而废的习性,你就会把它视为正常。”他掉过头来,回到练习场上完成他的弹跳。从那天起,他再也没有半途而废过。

成为职业球员之后,莱斯又以攀越另一座山丘而闻名。这是一处位于加州圣卡洛斯的山野小径，全长约有 2.5 公里，莱斯每天在此锻炼体能。有一些足球明星偶尔也来参加练习，但是没有一个人能够追得上他，全被他远远抛在后头，人人对他的体力赞不绝口。其实这只是莱斯固定操练的一部分而已。当赛季结束之后，其他的球员都去钓鱼或享受假期，莱斯却仍旧保持勤练的作息规律，每天从早晨 7 点钟开始做体能训练，直到中午。曾有人开玩笑说："他的身体锻炼到高度完美的状况，连功夫明星跟他比起来都只像是个相扑选手。"

"许多人所不能了解的地方是，莱斯总把足球赛季看成是一年 365 天的挑战。"美国职业足球联盟明星凯文·史密斯这样描述他："他的确天赋过人，然而他的努力更是凌驾于他人之上，这正是好球员与传奇性球员的分野。"

莱斯最近又在专业领域中登上另一座高峰：他遭受了一个极为严重的运动伤害。在这之前，他已经写下连续 19 年比赛从不缺席的纪录，这也是他高度自律的品德及超强韧力的明证。当他于 1997 年 8 月 31 日在球场上摔裂膝盖骨时，人们以为他的足球生命就此停住了。因为就历史纪录来看，只有一位球员，在这种伤害之后，还能在足球赛季内回到球场比赛，那就是罗德·伍德生，他以四个半月完成康复，创下职业球赛历史的纪录。然而莱斯却只花了三个半月就康复了，靠的就是咬紧牙关的坚毅决心，以及令人难以置信的自律。这种恢复的速度令世人大开眼界，可说是前所未有，也难有人出乎其右。莱斯因此得以再次回到球场上继续创造佳绩，并为球队赢得胜利。

153

成 长 · 悟 语

　　自律是每一个人求得进步，少犯错误的最主要手段之一。古人说："自律者律人，自制者约人。"一个连自己都控制和管理不住的人，又怎么去引导和管理别人，又怎能打理好生活中的一切事务。只有对自己认真求自律，对人认真求促进，才能创出成就。

想游泳的孩子

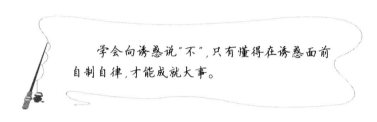

学会向诱惑说"不"，只有懂得在诱惑面前自制自律，才能成就大事。

"儿子，"父亲命令道，"不要在那条运河里游泳。"

"好的，爸爸。"他回答。但那天晚上他回家的时候手里拿着一条湿漉漉的游泳裤。

"你去哪里了？"父亲问。

"在运河里游泳呢。"男孩回答。

"我不是告诉过你不要在那儿游泳吗？"父亲问。

"是的。"男孩回答。

"那你为什么还要那么做？"

"噢，爸爸。"他解释道，"我带着我的游泳裤，所以我无法抗拒那诱惑。"

"你为什么要带着你的游泳裤？"他问。

"因为我准备，如果万一我受不了诱惑，我就游泳。"

成 长　悟 语

　　人生时时面临诸多诱惑，权重的地位是诱惑，利多的职业是诱惑，光环般的荣誉是诱惑，畅欢的娱乐是诱惑，甚至漂亮的时装、可口美味都是诱惑……面对这些诱惑，稍有不慎就会坠入欲望的深渊。学会向诱惑说"不"，只有懂得在诱惑面前自制自律，才能成就大事。

学会主宰自己

> 学会主宰自己,认清自己,拒绝活在随波逐流的心态中,这就是成功的起点。

南京大学有一个美国留学生叫苏珊娜。寒假里,苏珊娜随她的女同学张某到张的老家河南农村过年。大年初一,张家准备了一桌丰盛的酒席招待苏珊娜。席上,张父特意以当地名酒款待嘉宾。张父给苏珊娜斟了满满一杯酒,可是苏珊娜只是礼貌地举杯,却滴酒不沾。

张家问其故,苏珊娜说,她的家乡在美国西雅图州,当地的法律规定,公民年满21岁才能饮酒,她今年才19岁,还未到饮酒的年龄。

张家人劝她,这里是中国,不是美国,入乡随俗嘛。再说,没有一个美国人会知道你在中国饮过酒。苏珊娜却说,虽然自己身在国外,也应该遵守美国法律。名酒的味道很香,但自己会克制自己,不到法定年龄,绝不饮酒。

苏珊娜虽然始终没有饮酒,但张家人对这个19岁的美国姑娘十分敬佩。

寒假结束,苏珊娜要回南京的时候,当地政府有关部门特意设宴款待苏珊娜,苏珊娜却婉言谢绝了。问其故,苏珊娜说,美国的法律规定,凡属官方的宴请,只能由政府官员出席。她是一个普通的美国人,不是政府官员,因此不能接受官方的宴请。当地政府一再做工作,苏珊娜还是没有出席。

再说一个美国商人,他经常到中国做生意。有一次,一笔生意成交以后,中方宴请他。中方听说这个美国商人十分喜欢吃虹鳟鱼,席上,主人特意请著名厨师做了一道名菜:清炖虹鳟鱼。

这道菜上来以后,美国商人眼睛一亮,看得出来,商人真的很喜欢这道菜。奇怪的是,商人夹了一块鱼肉以后,还没有送到嘴里就又送了回去,放下筷子不吃了。

主人忙问其故,商人说,这是一条有子的虹鳟鱼,美国法律规定,要保护生态环境,不能吃有子的母鱼。主人连忙说,这是在中国,不是美国,中国并没有这样的法律。美国商人说,我是美国人,走到哪儿,都要遵守美国的法律。

主人很尴尬,再次劝美国商人说,即使这样,这条虹鳟鱼已经烧熟了,不吃浪费了岂不可惜! 美国商人却说,即使浪费了,我也不能吃。美国商人自始至终都没有碰这条虹鳟鱼。

成 长 悟 语

　　　只有你自己才能主宰自己的决定。只要明白自己的需求,清楚自己的原则,才可以有选择性地接受别人的建议,才不会因为顺从他人而违反自己的原则。学会主宰自己,认清自己,拒绝活在随波逐流的心态中,这就是成功的起点。

吃了窝边草的兔子

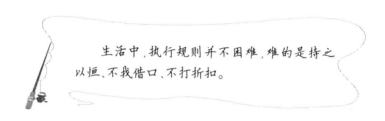

生活中,执行规则并不困难,难的是持之以恒、不找借口、不打折扣。

　　兔子三瓣长大了,离家之前,兔妈妈反复叮嘱:"无论如何,都不要吃窝边的草。"三瓣在山坡上建造了自己的家。为安全起见,它的家有三个洞口。三瓣牢记母亲的叮咛,总是到离洞口很远的地方吃草。秋天过去了,一切安然无恙。

　　这一天刮着很冷的西北风,三瓣走出洞口时不禁打了个冷颤,它实在不想顶着大风到很远的地方觅食。"我只吃一点儿,明天天气好了,我就出去觅食。"三瓣安慰着自己,把肚子吃了个滚圆。

　　过了几天,下起了大雪,三瓣又在家门口填饱了肚子,不过这一回,它换了一个洞口。"我有三个洞口,每个洞口都有很多草。我不过是在天气不好的时候,在每个洞口吃一点儿草而已。"于是,在每个恶劣的天气,三瓣都找到了一个解决吃饭问题的捷径。

　　一天,睡梦中的三瓣突然觉得异样。它睁开眼睛,发现一只狼堵在它的家门口,正试图把洞口挖开。三瓣连忙跑向别的洞口,却惊讶地发现,另两个洞口已经被岩石牢牢地堵住了!

　　"从你第一次吃窝边草,我就知道这里有只兔子,可我知道狡兔三窟,摸不清另外两个洞口的位置,不好下手。"看着到口的美食,狼得意地说。直到这时候,三瓣才明白母亲的教诲是多么正确!

成 长 悟 语

　　不吃窝边草是兔子的生存准则,为了一时的安逸而对规则打折扣就预示着极大的危险。生活中,执行规则并不困难,难的是持之以恒、不找借口、不打折扣。千万不要像吃了窝边草的兔子,死到临头才明白,在第一次放松、违背生存法规的时候就已经预示了死亡。

任性的女孩

　　人生在世,不可能孤立于他人而存在,说话、做事之前应当多想想别人的感受,多想想可能发生的情况,管好自己的脾性,拒绝任性。

　　从前,一对夫妇有一双儿女。女儿叫玛拉,10岁;儿子叫伊凡,刚满3岁。夫妇俩十分溺爱孩子,特别是对玛拉百依百顺。玛拉就这样被娇惯得非常任性。

　　有一天,夫妇俩有事进城去,就对玛拉说:"要是你好好在家看弟弟,我们就给你买很多好吃的东西和漂亮的衣服。"可是玛拉却满不在乎。

　　爸爸妈妈出去了,小朋友们来找玛拉到草地上去玩。起初,玛拉还记着爸爸妈妈的嘱咐,带着弟弟坐在草地上,给他编花冠。后来,玛拉玩得高兴,就把弟弟给忘记了。

　　等她想起弟弟赶忙回来找时,却发现弟弟不见了,玛拉急得哭起来。

　　她跑到一座炉子跟前问:"你看见我的弟弟伊凡了吗?"炉子说:"任性的女孩,你吃点儿我烤的黑面包,我就告诉你。"

　　玛拉说:"我吃白面包还要加蜂蜜,谁吃你的黑面包!"

　　她继续往前找,遇到一只小刺猬。她问小刺猬:"看见我弟弟伊凡了吗?"刺猬说:"看见了,小姑娘。有一群天鹅把一个穿红衣服的小孩叼到树林里去了!树林里有一个凶恶的老妖婆,是她让天鹅们去干的。"

　　她请求小刺猬带她去找弟弟,最后来到一座草棚前,看见老妖婆正躺在床上睡觉,伊凡坐在板凳上玩。玛拉跑进去拉起弟弟,但机警的天鹅们发现了,"嘎嘎"叫着报告了老妖婆。老妖婆愤怒地跳起来,命令天鹅们去把他俩抓回来。

姐弟俩一直向前跑,天黑了,玛拉看不见路,也没处可藏,天鹅们又从天空追来了。玛拉来到炉子前,求炉子藏起他们。炉子说:"你得吃一点儿我烤的黑面包,以后还要听父母的话。"玛拉和弟弟都拿起黑面包吃了起来。炉子让他们钻进炉膛,关好了炉门。天鹅们飞过来,怎么也找不到,只好回去了。

玛拉拉着弟弟往家跑。这时,爸爸妈妈正到处找他们,可是谁也不知道他们在哪里。有一个牧羊人说,孩子们曾在树林里玩耍过。爸爸妈妈赶快往树林里跑,在村口遇见了玛拉和伊凡。玛拉向父母承认了错误,讲述了事情的经过,并保证以后要听话,不再任性,别人吃什么,自己就吃什么。任性的女孩变好了。

成长 悟语

　　生活中,我们常常会因一时的任性而不能有效控制自己的情绪与行为,从而引发意想不到的后果。人生在世,不可能孤立于他人而存在,说话、做事之前应当多想想别人的感受,多想想可能发生的情况,管好自己的脾性,拒绝任性。

第10辑 姿态越低，生存的可能就越大

　　在秦始皇陵兵马俑中保存最完整的是一尊跪射俑，因为它的个子矮、重心低逃过了岁月的各种冲击。在一次龙卷风过后的树林里，生存下来的是那些瘦弱单薄的树木，而在它们的旁边常常横躺着几具巨木的残骸。

　　低姿态是一种保护自己的有效手段。不张扬、不讨人嫌、不招人嫉、沉默地不动声色才能更集中精神做好要做的事。低姿态是一种做人的智慧，每个人都渴望得到展现自己的机会，你把光芒收敛，别人就会更喜欢你。

自谦的巨人

> 和这些为人类的进步留下了巨大财富的人比起来,我们中间那些热衷于给自己树碑立传的人该是多么的汗颜和无地自容啊!

在人类的历史上,能够与诺贝尔的发明创造相媲美的发明家屈指可数,在身后能够与其留下的名声相媲美的更是凤毛麟角。诺贝尔的一生给我们留下了225项重大发明,他把自己的所有遗产捐献给社会成立的诺贝尔奖,不仅仅使自己名垂青史,更成为惠及全人类的伟大事业。

按照我们正常的思维,像这样一位伟大的人物,是应该大书特书,有一部像样的传记传世的。世界上有多少并不是十分伟大的人物,特别是一些政治人物,多么热衷于给自己树碑立传啊。诺贝尔给我们留下了这么多伟大的发明,他没有理由不让后人讴歌自己的伟大。

他的哥哥就这样认为。弟弟取得了这样伟大的成就,一辈子为了发明创造竟然没有来得及结婚,没有享受过一天轻松的生活。应该写一部传记留给后人,让人们记住弟弟。他强迫弟弟停下手头的工作来给自己写传记。诺贝尔每天都与哥哥住在一起,他实在没有理由拒绝哥哥的好意,迫不得已,写了自己的传记:

> 阿尔弗雷德·诺贝尔,他那可怜的半条生命,在呱呱坠地之时,差一点儿断送了一个仁慈的医生之手。主要的美德:保护指甲干净,从不累及别人。主要的过失:没有家室,脾气坏,消化力弱。仅仅有一个愿望:不要被别人活埋。最大的罪恶:不敬财神。生平主要事迹:无。

这就是伟大的诺贝尔给我们留下的只有100多个字的传记。

让我们好好看看这个传记吧。他把从不累及别人当做自己最大的美德,他不敬什么财神,他坚信财富是依靠自己的努力创造的,更令我们不可思议的是,他认为自己没有什么事迹,自己不过是一个平常的人。

无独有偶,同样地这样认为自己没有什么事迹的还有文艺复兴时期意大利最著名的艺术家达·芬奇,他同时是画家、雕刻家、建筑师、工程师、音乐家、哲学家、科学家,他的绘画风格影响了几个世纪。他的代表作品《最后的晚餐》和《蒙娜丽莎》成为人类历史上最经典的作品。但是,在1519年他的生命走到了尽头,眼看着自己的时间不多了,自己有很多的理想不能实现了,他很痛苦地对身边的人说:"我的一生,不过是利用白天来酣睡罢了,我一生一事无成。"

无论是诺贝尔,还是达·芬奇,他们说自己一生一事无成,绝对不是矫情和谦虚,而是因为他们心中的目标更加宏伟和遥远,他们对自己有更高的要求,这也许正是他们之所以名垂青史的原因。

和这些为人类的进步留下了巨大财富的人比起来,我们中间那些热衷于给自己树碑立传的人该是多么的汗颜和无地自容啊!

成长　悟语

木秀于林风必摧之,形高于众人必非之。一个人即使天赋过人也不能光芒过露,招摇过市。真正的强者,往往具备自我意识的渺小感,谦虚做人,低调做事,只有这样才能引发不断进步的要求与动力,获得非比寻常的成就。

毛鼠与鳄鱼

千万不要过高地估计自己的位置,并以此作为炫耀的资本。悲剧往往是因位置的错位而产生,特别是自大者。

一只可爱的硬毛鼠向四下张望着,然后径直游下了水,水中十几条鳄鱼立刻像被按下电闸起动的传输带一样冲向硬毛鼠的方向。可小家伙丝毫没把这些"傻大个"们放在眼里,鳄鱼们在水中扭动着它们老树皮似的庞大身躯的工夫,硬毛鼠已经把它们抛在了脑后,并迅速地爬到了河流中央的一棵树上。

十几条鳄鱼面目狰狞、凶神恶煞般地冲了过来,但望见已经爬上树梢的硬毛鼠后大都又失望地离去,只留下一条小鳄鱼还在那里向上张望……它试了试,向前冲,但是没什么效果;接着它又试了一下,还是如故。稍停了几分钟后,它调整了自己的状态,然后奋身一跃,这次它足足跳起了七八十公分,但是离硬毛鼠栖身的树权还是差得很远。它又稍停了片刻,然后又是飞身一跃……一次,二次,三次……小鳄鱼不断地打破着自己的跳高纪录,1.3米、1.5米、1.8米、1.9米……最后的一跃,它居然跳到了2米多高,随着树权"喀嚓"一声折断,可怜的硬毛鼠顷刻间便成了这只小鳄鱼的"点心"。

我不敢肯定这到底是一只硬毛鼠的一次觅食遭遇,还是一条小鳄鱼的一次超常发挥。

因为硬毛鼠是一种很聪明的动物,世代居住于此,与鳄鱼家族比邻而居,常常栖身于树权之上,食野果。它们深知鳄鱼凶猛暴戾的本性,从不轻易越雷池半步,鳄鱼们则多半时间潜伏在水中捕食猎物,如鱼类、蛙类,硬毛鼠这类小动物也是它们喜食的美味。而捕食硬毛鼠这种陆地上的小动物,对于鳄鱼来说并不是一件容易的事,除非硬毛鼠自己游下水,鳄鱼才会有一点儿渺茫的机会。可此时岸上有无尽相似的野果可供食用,硬毛鼠为什么偏偏选择游到河流中央的一棵独树上来觅食野果呢?

经过动物学家们细致的观察,答案终于揭晓:觅食并不是硬毛鼠的真正目的,它的真正动机是想"炫耀"一下自己的本领——爬树。也正是这一点深深地刺伤了鳄鱼的自尊心,因此生活在古巴内陆的鳄鱼独一无二地进化出了"跳高"这种行为方式。

取得了一点儿成绩,便骄傲地炫耀起来,本以为能超越他人提升自己在众人眼中的地位,却没想到别人已经抢先一步做出了更好的成绩,弱者的炫耀成就强者前进的动力。凡事都没有值得炫耀的价值,尤其是在比自己强大的对手面前,若想不被"吃"掉,还是老老实实地待在自己的"陆地"上吧!

(祝春兰)

成长 悟语

人生在世,各有各的位置,又各自有着适合自己和此时此刻应当扮演的角色。千万不要过高地估计自己的位置,并以此作为炫耀的资本。悲剧往往是因位置的错位而产生,特别是自大者。

拉比与傲慢的公主

珍奇贵重的东西,有时候必须装在简陋普通的容器中,才能保存其价值。

拉比,是一位相貌丑陋而头脑聪明的人。一次拉比去晋见罗马公主,公主一见到他这副样子,就当面奚落他说:

"在如此丑陋的人的脑袋里,怎么可能有了不起的智慧?"

拉比受到如此羞辱,不但没有恼怒,反而笑容满面地问公主:

"王宫里有没有酒?"

公主点了点头。

拉比又问:

"装在什么容器里?"

公主说装在坛子里。

拉比惊讶地说:

"贵为罗马帝国的公主,为何不以富丽堂皇的金器、银器盛酒,反而以粗陋的坛子装酒呢?"

公主觉得拉比的话很有道理,便令宫中佣人将那些金器拿来装酒,而用那些坛子去装水。结果时隔不久,酒变得淡而无味了。

皇帝知道酒变味后,勃然大怒,下令追查是谁干的。公主连忙坦白说,是她让佣人干的,原以为这样会更好,没想到反而把事情弄糟了。

公主想到这是拉比唆使她干的,就去找拉比算账。

"拉比,你为什么让我这样做呢?"

拉比微微一笑,温和地说:

"我只是要让你明白,珍奇贵重的东西,有时候必须装在简陋普通的容器中,才能保存其价值。"

公主恍然大悟,从此以后再也不敢小看这位丑陋的拉比了。

有光的地方就一定会有阴影,就像一个人不可能全是优点,也不可能全是缺点。切勿因别人的某一个缺点而将其全盘否定,更不能只看表象,以貌取人。只有充分尊重并发掘他人的优点,才是正确的相处之道。

有本事不必自夸

愈是不喜欢接受别人赞誉的人,愈是表示他知道自己的成功是微不足道的。

美国南北战争时,北军格兰特将军和南军李将军率部交锋。经过一番空前激烈的血战后,南军一败涂地,溃不成军,李将军还被送到浦麦特城去受审,签订降约。

格兰特将军立了大功后,是否就骄奢放肆、目中无人起来了呢? 没有! 他是一个胸襟开阔、头脑清醒的人。

他很谦恭地说:"李将军是一位值得我们敬佩的人物。他虽然战败被擒,但态度仍旧镇定异常。像我这种矮个子,和他那6尺高的身材比较起来,真有些相形见绌,他仍然穿着全新的、完整的军服,腰间佩带着政府奖赐给他的名贵宝剑;而我却只穿了一套普通士兵穿的服装,只是衣服上比士兵多了一条代表中将官衔的条纹罢了。"这一番谦虚的话在人们听来,远比自吹自擂好得多。

也许你以为格兰特将军的自谦固然值得赞美,而李将军以败将的身份,居然也昂首挺胸、衣冠整齐,似乎有些之之骄傲吧? 其实不然,李将军虽然战败,但仍能坦然忍受耻辱,这正是他勇敢坚毅的地方。他这样做,是表示他把失败当做一种经验,而非一种耻辱,如果能再给他一次机会的话,他仍能挺身奋战,争取光荣。所以,也可以说他不失为一位伟大军人的风度。他之所以与格兰特持相反的态度,并非不肯谦虚,实在是由于两人所处的环境不同。

格兰特将军不但赞美了李将军的态度,而且也没有轻视他的战绩。他认为自己的成功和李将军的失败,是综合因素所造成的。他说:"这次胜负是由极凑巧的环境决定的,当时敌方军队在弗吉尼亚几乎天天遭遇阴雨天气,害得他们不得不陷在泥淖中作战。相反,我军所到之处,几乎每天都是好天气,行军异常方便,而且有许多地方往往是在我军离开一两天后便下起雨来,这不是幸运是什么呢!"

格兰特将军把一场决定最后命运的大胜利,归功于天气和时运,这正表示他有充分的自知之明,始终没有被名利的欲念所埋没。曾经有人说:"愈是不喜欢接受别人赞誉的人,愈是表示他知道自己的成功是微不足道的。"

成长 悟语

　　人要自信,但千万不能自大、自夸。假使你常为芝麻小事而得意忘形,自己拍自己的肩膀,把它当做一桩了不得的事情,那你不但不能得到赏识,还有可能招致他人的反感。真正有本事的人用以证明自己能力的从来都不是自卖自夸的语言,而是实实在在的行动和绩效。

165

花朵静悄悄地开放

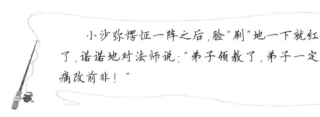

小沙弥愣怔一阵之后,脸"刷"地一下就红了,诺诺地对法师说:"弟子领教了,弟子一定痛改前非!"

　　寺院里接纳了一个年方 16 岁的流浪儿,这个流浪儿头脑非常灵活,给人一种脚勤嘴快的感觉。灰头土脸的流浪儿在寺里剃发沐浴之后,就变成了干净利落的小沙弥。

　　法师一边关照他的生活起居,一边苦口婆心、因势利导地教他为僧做人的一些基本常识。看他接受和领会问题比较快,又开始引导他习字念书、诵读经文。也就在这个时候,法师发现了小沙弥的缺点——心浮气躁、喜欢张扬、骄傲自满。例如,他刚学会几个字,就拿着毛笔满院子写、满院子画;再如,他一旦领悟了某个禅理,就一遍遍地向法师和其他僧侣们炫耀;更可笑的是,当法师为了鼓励他,刚刚夸奖他几句,他马上就在众僧面前显摆,甚至不把任何人放在眼里,大有唯我独尊、不可一世之势。

　　为了改变和遏制他的不良行为和作风,法师想了一个用来启发、点化他的非常美丽的教案——这一天,法师把一盆含苞待放的夜来香送给这个小沙弥,让他在值更的时候,注意观察一下花卉的生态状况。

第二天一早,还没等法师找他,他就欣喜若狂地抱着那盆花一路招摇地主动找上门来,当着众僧的面大声对法师说:"您送给我的这盆花太奇妙了! 它晚上开放,清香四溢、美不胜收。可是,一到早晨,它又收敛了它的香花芳蕊……"

法师就用一种特别温和的语气问小沙弥:"它晚上开花的时候,吵你了吗?"

"没、没有,"小沙弥高高兴兴地说,"它的开放和闭合都是静悄悄的,哪能吵我呢。""哦,原来是这样啊,"法师以一种特殊的口吻说,"老衲还以为花开的时候得吵闹着炫耀一番呢。"

小沙弥愣怔一阵之后,脸"刷"地一下就红了,诺诺地对法师说:"弟子领教了,弟子一定痛改前非!"

山深愈幽,水深愈静。真正有学问、有道行的人,真正成功和芬芳的人生,不见得张扬和炫耀。

成 长 悟 语

　　半瓶酒晃荡,满瓶酒不响。最有价值的人不一定是最能说会道的人。我们要学会沉默,学会倾听,学会将知识进行酝酿、积累,而不是急于向他人展示自己不成熟的思想。真正的价值不在于你说得多好听,而在于你做得有多好。

让孩子学会做人的故事全集

Rang Hai Zi Xue Hui Zuo Ren De Gu Shi Quan Ji

不要告诉他你比他聪明

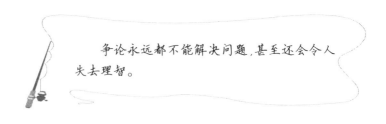

争论永远都不能解决问题,甚至还会令人失去理智。

要比别人聪明,如果可能的话,就不要告诉人家你比他聪明。如果有人说了一句你认为错了的话——即使你知道是错的,你这么说会更好:"噢,这样的,我倒有另一种想法,但也许不对。我常常会弄错。如果我弄错了,我很愿意被纠正过来。我们来看看问题的所在吧。"

用"我也许不对"、"我常常会弄错"、"我们来看看问题的所在"这一类句子，确实会收到神奇的效果。你承认自己也许会弄错，就绝不会惹上烦恼。因为那样的话，不但会避免所有争执，而且还可以使对方跟你一样宽容大度；并且，还会使他承认他也可能弄错。如果你肯定别人弄错了，而且直率地告诉他，结果会如何呢？

有一次，彼得请一位室内设计师为他置办一些窗帘。等账单送来，他大吃一惊。过了几天，一位朋友来看彼得，看到那些窗帘，问起价钱，朋友面有怒色地说："什么？太过分了，我看他占了你的便宜。"

真的吗？不错，朋友说的是实话。可是很少有人肯听别人羞辱自己判断力的实话。身为一个凡人，彼得开始为自己辩护。他说贵的东西终究有贵的价值，你不可能以便宜的价钱买到质量高而又有艺术品味的东西，等等。

第二天，另一位朋友也来拜访，开始赞扬那些窗帘，表现得很热心，说她希望家里购买得起那些精美的窗帘。彼得的反应完全不一样了。"说句老实话，"他说，"我自己也负担不起，我所付的价钱太高了。我后悔订了这些。"

当我们错的时候，也许会对自己承认。而如果对方处理得很适合，而且和善可亲，我们也会对别人承认，甚至以自己的坦白直率而自豪。但如果有人想把难以下咽的事实硬塞进我们的食道，你想，我们的感觉将会如何？表现得聪明未必是件好事。

如果你想知道一些有关处理人际关系、控制自己、完善品德的有益建议，不妨看看本杰明·富兰克林的自传——它是最引人入胜的传记之一，也是美国的一本名著。

在这本自传中，富兰克林叙述了他如何克服好辩的习惯，不在任何时候都表现得比别人聪明，使自己成为美国历史上最能干、最和善、最老练的外交家。

当富兰克林还是个毛躁的年轻人时，有一天，一位教会的老朋友把他叫到一旁，尖刻地训斥了他一顿："本，你真是无可救药。你已经打击了每一位和你意见不同的人。你的意见变得太珍贵了，没有人承受得起。你的朋友发觉，如果你在场，他们会很不自在。你知道的太多了，没有人再能教你什么，也没有人打算告诉你些什么，因为那样会吃力不讨好的，而且又弄得不愉快。因此，你不能再吸收新知识了，但你的旧知识又很有限。"

富兰克林的优点之一，就是他接受了那次教训。他已经能成熟、明智地领悟到他的确是那样，也发觉他正面临失败和社交悲剧的命运。他立刻改掉了傲慢、粗野的习惯。

"我立下一条规矩，"富兰克林说，"绝不准自己太武断。我甚至不准自己在文字或语言上有太肯定的意见表达，比如，'当然'、'无疑'等等，而改用'我想'、'我假设'、'我想象一件事该这样或那样'或'目前，我看来是如此'。当别人陈述一件事而我不以为然时，我绝不立刻驳斥他或立即指正他的错误。我会在回答的时候，表示在某些条件和情况下，他的意见没有错，但在目前这件事上，看来好像稍有两样等。我很快就领会到我这种改变态度的收获：凡是我参与的谈话，气氛都融洽得多了。我以谦虚的态度来表达自己的意见，不但容易被接受，更减少了一些冲突。我发现自己有错时,没有什么难堪的场面。而我自己碰巧是对的时候,更能使对方不固执己见而赞同我。"

"我最初采用这种方法时,确实和我的本性相冲突,但久而久之就逐渐习惯了。也许50年来,没有人听我讲过一些什么太武断的话,这是我提交新法案或修改旧条文能得到同胞的重视,而且在成为民众协会的一员后具有相当影响力的重要原因。我不善辞令,更谈不上雄辩,遣词用句也很迟疑,还会说错话,但一般说来,我的意见还是能得到广泛的支持。"

如果把富兰克林的方法用在经商上呢?我们再看一个例子。

纽约自由街114号的麦哈尼,专门经销石油所使用的特殊工具。一次他接受了长岛一位重要主顾的一批订单,图纸呈上去,得到了批准,工具便开始制造了。然而,一件不幸的事情发生了:那位买主同朋友们谈起这件事,他们都警告他,他犯了一个大错,他被骗了。一切都错了,太宽了,太短了,太这个,太那个,他的朋友把他说得发火了。于是,他打了一个电话给麦哈尼先生,发誓不接受已经在制造的那一批器材。

"我仔细查验过了,确实我方无误。"麦哈尼先生事后说,"我知道他和他的朋友们都不知所云,可是,我觉得,如果这样告诉他,将很危险。我到了长岛,当我走进他的办公室,他立刻跳起来,一个箭步朝我冲过来,话说得很快。他显得很激动,一面说一面挥舞着拳头,竭力指责我和我的器材,而我却耐心地听着。结束的时候,他说:'好吧,你现在要怎么办?'我心平气和地告诉他,我愿意照他的任何意见办。我说:'你是花钱买东西的人,当然应该得到适合你用的东西。可是总得有人负责才行啊!如果你认为自己是对的,请给我一张制造图纸,虽然我们已经花了2000元钱,但我们可以不提这笔钱。为了使您满意,我们宁可牺牲2000元钱。但我得先提醒你,如果我们照你坚持的做法,你必须负起这个责任。但如果你放手让我们照原定的计划进行,我相信,原计划是对的,我们可以保证负责。'"

他这时平静下来了,最后说:"好吧,照原计划进行。但若是错了,上天保佑你吧。"

最终的结果证明,我们的产品非常好。于是他答应我,本季度还要向我们订两批相似的货。

"当那位主顾侮辱我,在我面前挥舞拳头,而且还说我是外行的时候,我要维护自己而又不同他争论,真需要有高度的自制力。的确,我们常常需要极度的自制,但结果很值得。要是我说他错了,开始争辩起来,很可能要打一场官司,感情破裂,损失一笔钱,失去一位重要的主顾。所以,我深信,用这种方法来指出别人错了,是划不来的。"

成长 悟语

大部分人都喜欢争强好胜,在遇到分歧时势必要分出个高低对错。其实，争论永远都不能解决问题，甚至还会令人失去理智。然而，若你在受到非议时仍能神情自若，不为其所扰；在需要指出别人错误时能谦厚温和，甚至以幽默的方式点拨对方，你便能轻易地化解矛盾。

得意的萤火虫

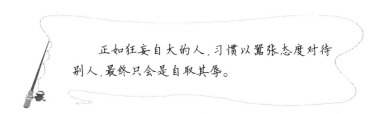

正如狂妄自大的人，习惯以嚣张态度对待别人，最终只会是自取其辱。

那一夜，没有月亮，也没有星星。萤火虫得意洋洋地飞来飞去，逢人便说："唉！可把我累坏了，到处都需要我去送光明。要是没有我，这个世界不就完蛋了吗？我是你们生活中唯一的太阳啊！"

一株小草嘟哝说："我怎么一点儿也感觉不到温暖呢？"

萤火虫闻言大怒："太不像话！气死我了！我拼死拼活为你们发光，累得差点儿吐血，你却说这种伤天害理的话，也不怕遭雷劈？好心不得好报，我不干了，让你们都冻死，永远见不到光明！到那时你们就知道这个世界少了我会是什么样子。"

萤火虫真的藏起来了。

萤火虫藏了几天，闷得要死，就又出来了。看见世界依旧热热闹闹，长叹一声："算了，算了，大人不计小人过，谁让我是个劳碌命呢。虽然有人想抹杀我有目共睹的伟大功绩，但我忍辱负重，毫不计较，还是无私无畏地为你们发光发热，甘当无名英雄壮烈牺牲自己吧。"

(邹德学)

成长 悟语

不论什么时候，我们总是希望在各种场合中得到别人的认可、尊重和感谢。但很多人只希望获得这个结果，却没有想过获得这个结果的前提。正如狂妄自大的人，习惯以嚣张态度对待别人，最终只会是自取其辱。

姿·态·越·低·，·生·存·的·可·能·就·越·大

169

鹿 之 死

虚荣的公鹿葬身狮腹。被它嫌弃的腿在危急关头救了它,而它最引以为自豪的角却最终害死了它。

夏季来临了,火辣辣的太阳照射着森林和草原,空气热极了。

一头公鹿从毫无遮挡的草原上跑到了树林里,准备寻找一块凉爽的地方休息。它跑呀跑呀,汗流浃背,嗓子热得冒烟,终于来到一条小河边。

公鹿看到清澈的河水,高兴极了,把嘴凑近水边,咕咚咕咚,喝了个痛快。喝完之后,公鹿长长地呼了一口气,觉得舒服极了。它在凉爽的河边徘徊,忽然看见了自己在水里的影子。又清又亮的河水,把鹿的影子倒映出来。公鹿清清楚楚地看到自己的倒影。"多么雄壮,多么美丽的角啊。"公鹿看到了自己的角,洋洋得意地想。"我的腿又细又丑,怎么能跟我的角相配呢?"公鹿看到了自己的腿,它闷闷不乐地想。公鹿想得入了神,忘了自己身后的危险,没发现一头狮子正悄悄走过来。当它看到狮子时,吓得魂飞魄散,转身就跑。

这次,公鹿准备砍掉的那细腿却救了它的命。它铆足了劲向前逃跑,又瘦又细的腿非常有力量,它越跑越快,把狮子甩下了好长一段距离。前面出现了一片矮树林,公鹿一直向树林冲去。它想,只要进了树林,就可以利用树林遮挡住狮子的视线,我在树林里东拐西转,一定可以甩掉那头狮子。公鹿冲进了树林里,可是它的角太大了,没跑几步,就和树枝纠缠在了一起。公鹿急了,可是越挣扎,茂密的树藤在它的角上缠得越紧,完全动弹不得。狮子越追越近,公鹿只有在那等死了。它已经没有时间后悔了,叹了口气,说:"虚荣的我,活该!"虚荣的公鹿葬身狮腹。被它嫌弃的腿在危急关头救了它,而它最引以为自豪的角却最终害死了它。

美和丑只是事物的外表,并不能作为评判事物是否具有价值的标准,一切事物均各有所长,也各有所短。不要只看到它的长处而忽视它的短处,也不要因为它的短处而否定它的长处,美和丑在不同的环境和条件下都有存在的价值。

钓鱼的故事

事情未办成之前就自吹自擂一点儿用也没有,纵然办成了也毋须自夸。

赛跑时,在你还没有冲破终点线的任何时刻里,你都没有资格以胜利者的姿态标榜自己!生活中也是这样,在你还没有真正完成一件事之前,不要忙着炫耀自己。

查尔斯·施瓦伯是伯利恒钢铁公司的总经理。他在自传中写道:"我的一生中有一位影响我最大的人物,他就是我的叔叔。"

下面是一个关于他叔叔的故事:

初秋时节的一天,我头一回从叔叔手里接过鱼竿,跟着他穿过树林去钓鱼。多年的垂钓经历使叔叔深谙何处小狗鱼最多,他特意将我安排在最有利的位置上。我摹仿别人钓鱼的样子,甩出钓鱼线,宛如青蛙跳动似的在水面疾速地抖动鱼钩上的诱饵,眼巴巴地等候鱼儿前来叮食。好一阵子什么动静也没有,我不免有些失望。

"再试试看。"叔叔鼓励我道。

忽然,诱饵消失得无影无踪了。

"这回好啦,"我暗忖,"总算来了一条鱼了。"我赶紧猛地一拉鱼竿,岂料扯出的却是一团水草……

我一次又一次地挥动发酸的手臂,把钓线扔出去,但提出水面时却总是空空如也。我望着叔叔,脸上露出恳求的神色。

"再试一遍,"他若无其事地说,"钓鱼人得有耐心才行。"

突然间,好像有什么东西在拽我的钓线,旋即一下子将它拖入了深水之中。我连忙往上一拉鱼竿,立刻看到一条逗人爱的小狗鱼在璀璨的阳光下活蹦乱跳。

"叔叔!"我掉转头,欣喜若狂地喊道,"我钓了一条!"

"还没有哩。"叔叔慢条斯理地说。他的话音未落,只见那条惊恐万状的小狗鱼鳞光一闪,便箭一般地射向了河心。

钓线上的鱼钩不见了。我功亏一篑,眼看快到手的捕获物又失去了。

我感到分外伤心，满脸沮丧地一屁股坐在草滩上。叔叔重新替我缚上鱼钩，安上诱饵，又把鱼竿塞到我手里，叫我再碰一碰运气。

"记住，小家伙，"他微笑着意味深长地说，"在鱼儿尚未被拽上岸之前，千万别吹嘘你钓住了鱼。我曾不止一次看见大人们在很多场合下都像你这样，结果干了蠢事。事情未办成之前就自吹自擂一点儿用也没有；纵然办成了也毋须自夸，这不是明摆着的吗？"

成长 悟语

离成功最近的时候，也是人们最容易松懈的时候，这时成功在望，人们很容易被这种大好的形势冲昏头脑，再无心努力，满脑子是鲜花和掌声，忘记了还需要临门一脚，于是看似唾手可得的成功，也就因为错过时机而调头远走。

大人物和小人物

许多卑微者，实际上是最没有危险、最少麻烦的人，而危险总是更多地降临在那些豪杰与英雄们的身上。

整理历史遗迹时，人们发现，在古罗马遗留下来的雕塑中，被人为破坏最多最严重的，是那些以帝王豪杰为首的作品。尽管这些雕塑价值连城，但还是没能逃过一次次历史的劫难。无论是战争，还是民族灾难，人们都会拿这些帝王豪杰的化身来开刀出气，毁得一塌糊涂。

至今为止，在古罗马保留下来的完整的艺术品中，没有一件是帝王人物，凡是显赫一时，驰骋江山的人物雕塑，几乎都被毁坏。保留最为完整的，倒是一些下等人的雕塑，一些小人物。其中一座为帝王进贡的男佣石雕，最为完好：他单腿下跪，两手向上，托着一个果盘。无论是模样，还是形象，都是一副无比卑微的模样，让人看了，不禁唤起心中的怜悯，不忍心去碰他。

无独有偶，在中国，人们在古代遗留下来的文物中同样发现，帝王将相的雕塑被毁坏得最多，最惨。千百年来，各地几乎没有留下一件完好的帝王将相塑

身,不管是泥塑,还是铜塑;其次被破坏得最严重的,就是那些所谓世代英雄、名门贵客的塑像。

在各地,保留较为完整的历代雕塑,几乎也都是一些卑微者的作品。

在陕西的兵马俑中,保存最完好的竟然也是一尊卑微者的泥塑——跪射俑。保存之完好,令人惊叹,浑身竟然没有一点儿磕碰。人们不得不为这一现象深深感叹。

巧合的是,除了这些不会说话的雕塑作品,在现实生活中,卑微者也是受到极大保护的。

据心理学家和历史学家考证,卑微者的本身,就能使其逢凶化吉,躲过灾难。卑微者的表现,原是人类自身一种最原始的自我保护现象。人在危难与险境中,只要肯低下头来,危险往往就会降低一半。许多卑微者,实际上是最没有危险、最少麻烦的人,而危险总是更多地降临在那些豪杰与英雄们的身上。

美国人琼斯曾做过一个实验,在电脑上制作出一些有代表性的人物,供人们在游戏中击打:一个大块头的人物和一个小块头的人物同时出现,威武的大块头被击打的比率超过80%,而小块头的人物被击打的次数就相对少了许多。

当把一个老板和一个员工放在一起时,挨打最多的自然是有势力的老板。这与现实生活中,人们恭维、敬畏甚至惧怕老板的情景完全相反。把帝王和贫民做成一对电脑人物,帝王挨打的次数是贫民的数十倍甚至数百倍。

躲过危险的,总是处在低下位置的人;引起人们不满、遭到人们攻击的,却正是那些受人尊敬、被人拥戴的大人物。在这里,事物反差得成了阴阳两重天,全都调了过来。

姿·态·越·低·生·存·的·可·能·就·越·大

173

成 长 悟 语

在一片树林里,一棵长得歪歪扭扭的臭椿树,常常被周围那些长得笔直挺拔的树嘲笑样子难看。有一天,人类来了,把那些长得笔直的树木都砍了下来作木材;而那棵臭椿树因为不能取为木材而无人问津,躲过了斧锯,生命因此得以保存。所以,平淡其实也是生命给我们的一种恩赐,也要珍惜。

爱吹牛的猫

> 假如总是把自己吹嘘得很了不起，而对于自己的不足则百般掩饰，那么后果必定是不堪设想的。

假如总是把自己吹嘘得很了不起，而对于自己的不足则百般掩饰，那么后果必定是不堪设想的。有一只猫就是这样。

它捕捉老鼠的本事还不太精，会让老鼠从自己嘴边逃掉。每当这时，它就说："我看它太瘦，先放走它，等以后它长肥了再说。"

它到河边抓鱼，鲤鱼的尾巴狠狠地劈头盖脸打下来，把它的脸都打肿了，它却装出笑容说："那是我不想捉它，要捉它还不容易，我就是想用它的尾巴洗脸，刚才阁楼上的灰把我的脸弄脏了。"

一次，它掉到泥坑里，浑身沾满了泥浆。伙伴们惊讶地看着它，它连忙解释说："我身上最近长了一些跳蚤，用这办法治它们，最好不过了。"

后来，它掉到了河里，伙伴们正打算救它，它却挣扎着说："你们以为我遇到危险了吗？不，我是太热了想洗个澡……"话音刚落，它就沉没了。有伙伴说："不好了，它沉下去了，我们快救它吧。"另一只猫说："走吧，我们一片好心帮它，它到时候肯定会说它在表演潜水呢。"

然而，那只说谎的猫再也没有机会为自己辩解了，它沉下去后就再也没有上来过。

 成长 悟语

吹牛逞强，就好比打肿脸充胖子，虽然别人看起来是胖乎乎的，但只有自己心里最清楚，为了别人的这几句称赞，巴掌打在脸上有多痛，在别人面前忍痛忍得多辛苦。

拨火棍和吹火筒

听说人类有个进化论,说人类是从猴子进化来的。错!应该说,猴子是从人类进化来的。不然,我们怎么会比人类聪明呢?

有一只猴子,有一天钻进山上守林人的木屋里,偷了一点儿点心之类的干粮,临出门还顺手摘下了挂在床头的管箫。

群猴分享了干粮,坐在火堆边把食物三口两口吃光了,又把那管箫拿出来反复研究,轮番把玩……

谁也不懂这玩意儿是什么东西。

一只小猴子拿过来闻了闻,没有闻出什么增加食欲的香味,皱着眉头,摇了摇头;一只大猴子拿过来对着箫管瞄了瞄,没有看出什么隐藏机关的秘密,也跟着摇了摇头;一只老猴子接过来,使劲对着箫咬了一口,可是这家伙硬邦邦的,一点儿也咬不动……

老猴子发话了:"我知道了,人类有一个不良的习惯,那就是喜欢拿一些没有用的东西来当摆设,附庸风雅。可以肯定,这劳什子不过是人类用来摆设的废物罢了。"

老猴子一锤定音。既然是废物,群猴们除了嘲笑那只偷箫的猴子之外,一致同意将它扔掉算了。

可是那只偷箫的猴子不服气。它拿过箫,朝着火堆拨弄了几下,立即高兴地跳了起来:"怎么能说没有用处呢?可以当拨火棍啊!"

经过猴子拨弄的火堆又燃起了旺盛的火苗。

这时,旁边一只大猴子接过箫,看了看说:"你也笨到家了,这东西中间是空的,还可以做吹火筒呢!"说罢它鼓起腮帮子连吹了几下,箫管发出了莫名其妙的声响,而这一吹,火堆里的火苗真的又旺盛起来了。

于是,众猴子接过箫,当做吹火筒,轮番吹了起来。大家兴高采烈,轮番把玩,其乐融融。老猴子最后把箫接过来,下了结论:"我们猴子真是聪明绝顶,人类拿来当摆设的东西,我们竟然能想到拿来当拨火棍和吹火筒,真是不简单!听说人类有个进化论,说人类是从猴子进化来的。错!应该说,猴子是从人类进化来的。不然,我们怎么会比人类聪明呢？"

成 长　悟 语

泰山巍峨屹立，但如果我们的眼睛被一片小小的树叶挡住，高大挺拔的泰山也大不过一片微不足道的树叶，自以为是就是那片遮挡我们目光的树叶，只有拿开那片树叶，我们的视野才会开阔，见识才会倍长。

学会看轻自己

盲目自信会把自己置于不利位置，只有清醒认识自己，并不断吸取教训，加强自身修炼的人，才能不断进步。

小苏大学毕业后进了一家投资咨询公司。他在大学里学的是投资管理，在一次人才交流会上遇到了那位老板，老板说，公司目前虽然不大，但可以给他充分地施展个人才华的空间和机会。

老板并未食言，小苏到公司没多久就被任命为市场部的副经理，负责客户拓展。这是一项相当重要、难度也较大的工作。但小苏没有胆怯，他有闯劲，再加上丰厚的专业知识打底，局面渐渐打开。有一段时间，小苏新拓展的客户竟占了公司新增客户总量的一半以上。老板很高兴，有事没事总要过来拍拍小苏的肩膀，还时不时拉上小苏去喝酒，公司有什么重要活动，也要把小苏带上，给人的感觉，他和小苏的关系有了"哥们儿"的意思。公司里有些人私下里说，小苏不久就会是市场部经理；还有人说，市场部经理算什么，对小苏来说，公司副总也是指日可待的。

小苏自己也踌躇满志。老板越器重他，他越觉得自己对于公司很重要，除老板之外，再也无人能与他相提并论，即便是那个与老板沾亲带故的副总。

不久，市场部经理离开了公司，但出人意料的是，老板并没有让小苏接替那位置，而是花高薪从一家证券公司挖了一个人过来担任市场部经理。这让小苏很不解，也非常愤懑。小苏不好直接表白自己的心情，便提出要休假，说以前太累了，想放松放松。他想通过这种方式提醒老板，他小苏对于公司来说是不可或缺的。老板考虑了一会儿，同意了。

姿·态·越·低·，·生·存·的·可·能·就·越·大

小苏带着一丝报复心理休假去了，他想，要不了两天公司就会乱套，到那时，老板一定会哭着喊着请他回去。

一个月后小苏回到公司，公司一切如旧，运转正常。当他去老板办公室销假时，老板放下手中的文件，站起来，热情地拍拍他的肩膀，笑着问："休假结束了？"小苏终于知道，老板的热情不过是作为老板的一种技巧而已，而自己并没有所想的那样重要。这么一想，他原本郁闷的心情忽然轻松开来，他觉得这样的经历对于他来说，未尝不是一件好事，至少，让他明白了美国那句谚语的真正意思。谚语是这样说的：天使能够飞翔是因为把自己看得很轻。

（苏　柳）

成 长　悟 语

盲目自信会把自己置于不利位置，只有清醒认识自己，并不断吸取教训，加强自身修炼的人，才能不断进步。看轻自己，不是妄自菲薄，而是卸下那些影响前进的不必要负担，只有这样我们才能轻装上阵，步履轻松。

半瓶酒晃荡，满瓶酒不响。最有价值的人不一定是最能说会道的人。我们要学会沉默，学会倾听，学会将知识进行酝酿、积累，而不是急于向他人展示自己不成熟的思想。真正的价值不在于你说得有多好听，而在于你做得有多出色。

　　2002年，清华大学学生刘海洋，向动物园的熊残忍地泼洒硫酸；2004年，云南大学学生马加爵，以结束四条人命的方式，宣泄长期心理畸形带来的压力。这些曾经的天之骄子，以悲剧的方式告诫我们：心理健康比成绩优秀更重要。

　　2006年，在全国22个城市的调查结果显示，38.27%的儿童有不同程度的心理问题。面对对同学的嫉妒、对金钱的贪婪和自卑、恐惧等负面情绪的侵袭，如果我们没有强健的心理疫苗，很容易造成心理的不平衡，而这种心理的不平衡不断积压，就可能会造成不可控制的可怕后果。

克 服 嫉 妒

一种克服消极嫉妒心理较好的办法是：唤醒你的积极嫉妒心理，勇敢地向对手挑战竞争。积极超越嫉妒心理，必然会产生自爱、自强、自奋、竞争的行为和意识。

几年前，北京市海淀区法院曾经判过这样的一个案子。某名牌大学心理学系的一位女研究生，将同宿舍的一个同学推上了被告席。原告与被告以前关系非常好，两人的成绩不相上下，因此彼此又在暗中较劲。到第三年的时候，两人都参加了托福和 GRE 考试。

原告成绩较理想，遂向美国一所著名大学提出申请，不久被告知每年可获得近 2 万美元的奖学金。原告高兴万分，等着对方的正式录取通知。被告考砸了，看到原告整天兴高采烈的模样，心中更加不爽。她越想越有气，就生出了一条毒计。原告左等右等，迟迟不见正式通知的光临，就托在美国的同学去该校打听，校方说曾经收到她发来的一份电子邮件，表示拒绝来该校，因此校方只好将名额转给了别人。

原告闻此消息，如五雷轰顶，冥思苦想这到底是怎么回事。后来，她多方调查，才发现是被告盗用了她的名义，在心理学系的机房发了一封拒绝函。原告怀着愤怒的心情，将此事诉诸法庭。

是什么害了上面这个案件中的两个少女呢？是嫉妒。

一种克服消极嫉妒心理较好的办法是：唤醒你的积极嫉妒心理，勇敢地向对手挑战竞争。积极超越嫉妒心理，必然会产生自爱、自强、自奋、竞争的行为和意识。当你发现你正隐隐地嫉妒一个在各方面比自己能干的同事时，你不妨反问几个为什么和结果如何？在你得出明确的结论之后，你会大受其益。

对别人产生了嫉妒并不可怕，关键要看你能不能正视嫉妒。你不妨借嫉妒心理的强烈意识去奋发努力，升华这种嫉妒之情，把嫉妒转化为成功的动力，化消极为积极，超过别人！

用努力战胜怒气

他的成功秘诀就是："用努力来发泄胸中的怒气。"结果,他终于把侮辱他的对手压倒。

有一次,佛勒与某大银行的一位经理见面时,偶然说起他想在长岛设立一家银行,若能如愿以偿,将来生意一定发达,前途不可估量。

但是那位经理是怎样回答他的呢? 他不但对这个计划不加半点儿评价,反而露出十分轻蔑的样子说:"好啊! 只要你的命够长,也许有一天,你是可以在这里开一家银行的。"说着便起身告辞。

佛勒先生后来告诉别人说:"当时我听了他的冷言冷语,不觉燃起万丈怒火,这是什么话! '只要你的命够长'这不是等于说我是一个庸碌无能、怠惰成性、专等机会的人吗? 这不是等于讥讽我这辈子也开不了银行吗? 这样大的耻辱,岂是一个堂堂男子所能忍受的? 好,我立刻打定主意,尽快着手开设一家银行给他瞧瞧,而且非使我的银行营业额超过他的记录不可。我真的这样做了,而且不到4年,我们银行的存款数额,果然已经超过他的一倍以上。"

佛勒如果当时没有那股怒火,说不定他不会开银行。他的成功秘诀就是:"用努力来发泄胸中的怒气。"结果,他终于把侮辱他的对手压倒。

成长 悟语

在追求成功的道路上,最大的危险不是来自对手,而是来自不良的情绪。情绪是和人的追求联系在一起的。我们必须学会选择快乐,抛弃烦恼,学会控制情绪是一种必需的心理整合,是获胜的要诀之一。

对金钱不贪婪

国王走下宝座,拉着那个诚实的人,高兴地说:"你能够不为金钱所动,真是好样的。"

北非某国的国王张榜求贤,准备选一个诚实的人,为他征款收税。为了保证这个人对国王尽忠尽力,不贪污,不弄虚作假,谋士们纷纷出谋献策。其中一个谋士对国王说:"陛下,等那些应征者来到宫内,您只要如此这般,我就能从中给您寻觅到最诚实的人。"国王听后连声称妙。

第二天,所有应征者都被唤至王宫,应征者看着这富丽堂皇的建筑,啧啧称奇,他们对税官这块肥缺早已垂涎三尺,今天总算有个自由竞争的机会,可国王究竟要考他们什么呢,谁也没有数。

谋士要他们从走廊单独过去见国王。走廊里光线暗淡,所有应征者都顺利走过走廊,来到国王面前。

国王说:"来吧,先生们,拉起手来跳个舞。我想知道你们诸位中,谁的舞姿最优美。"

豪华的宫殿上,吊着蓝色的精巧大宫灯,灯上微微颤动的流苏,配合着闪光的地板和低低垂下的天鹅绒的蓝色帷幔,给人一种迷离恍惚的感觉。当音乐抑扬疾缓地响起时,绝大多数应征者顿时傻了眼,脸色渐渐由白变红,羞愧难当。这时,只有一个人毫无顾忌地跳起欢快的舞,显得那么轻松自如。

聪明的谋士指着那个正在翩翩起舞的人说:"陛下,这就是您要找的诚实人。"原来,谋士在光线暗淡的走廊上放了好几筐金币,凡是单独穿过走廊在自己衣袋中装有金币的人,就不敢跳舞。如果一跳舞,衣袋中的金币就会丁当作响。因此,不敢跳舞的人就不是诚实的人。而那个诚实的人单独穿过走廊时,不会把金币私自装入腰包,当然就不怕跳舞露馅了。

国王走下宝座,拉着那个诚实的人,高兴地说:"你能够不为金钱所动,真是好样的。"

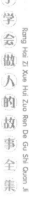

让孩子学会做人的故事全集

Rang Hai Zi Xue Hui Zuo Ren De Gu Shi Quan Ji

成 长 悟 语

金钱固然重要,但并不是万能的。如果一个人被金钱蒙住了执著向前的双眼,便会迷失了自己的世界,也领略不到生活的真善美,这样的人永远不会快乐,也永远寻找不到生命的真谛。

贝利最初的怀疑和恐惧

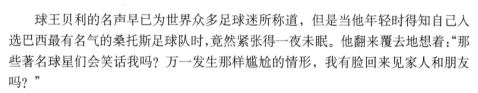

那些使他深感畏惧的足球明星们,其实并没有一个人轻视他,而且对他相当友善。如果贝利的自信心稍微强一些,也不至于受那么多的精神煎熬。

球王贝利的名声早已为世界众多足球迷所称道,但是当他年轻时得知自己入选巴西最有名气的桑托斯足球队时,竟然紧张得一夜未眠。他翻来覆去地想着:"那些著名球星们会笑话我吗?万一发生那样尴尬的情形,我有脸回来见家人和朋友吗?"

他甚至还无端猜测:"即使那些大球星愿意与我踢球,也不过是想用他们绝妙的球技,来反衬我的笨拙和愚昧。如果他们在球场上把我当做戏弄的对象,然后把我当白痴似的打发回家,我该怎么办?"

一种前所未有的怀疑和恐惧使贝利寝食不安,因为他根本就缺乏自信。自己分明是同龄人中的佼佼者,但忧虑和自卑,却使他情愿沉浸于希望,也不敢真正迈进渴求已久的现实。

贝利终于身不由己地来到了桑托斯足球队,那种紧张和恐惧的心情,简直没法形容。"正式练球开始了,我已吓得几乎快要瘫痪。"他就是这样走进一支著名球队的。原以为刚进球队只不过练练盘球、传球什么的,然后便肯定会当板凳队员。哪知第一次,教练就让他上场,还让他踢主力中锋。贝利紧张得半天没回过神来,双腿像长在别人身上似的,每次球滚到他身边,他都好像是看见别人的拳头向他击来。在这样的情况下,他几乎是被硬逼着上场的,而当他一旦迈开双腿便不顾一切地在场上奔跑起来时,他便渐渐忘了是跟谁在踢球,甚至连自己的存在也忘了,只是习惯性地接球、盘球和传球。在快要结束训练时,他已经忘了桑托斯球队,而以为又是在故乡的球场上练球了。

那些使他深感畏惧的足球明星们,其实并没有一个人轻视他,而且对他相当友善。如果贝利的自信心稍微强一些,也不至于受那么多的精神煎熬。问题是贝利从小就太自尊,自视太高,以致难以满足。他之所以会产生紧张和自卑,完全是因为把自己看得太重。

成 长 悟 语

我们应该深信,每个人都有自己的闪光之处,若想要别人肯定您的价值,先要自己能肯定自己的价值。所以任何时候我们都不要有微小、不如人的想法。信心建立之后,新的机会才会随之而来。

战 胜 自 卑

自卑使他们的人生之路多了几分坎坷,因为少年自卑的他们,绝对不会认为自己会取得巨大的成就,会成为众人皆知的"名人"。

几年前,他从一个仅有 20 多万人口的北方小镇考进了北京的大学。上学的第一天,与他邻桌的女同学第一句话就问他:"你从哪里来?"而这个问题正是他最忌讳的,因为在他的逻辑里,出生于小城就意味着小家子气,没见过世面,肯定会被那些来自大城市的同学瞧不起。就因为这个女同学的问话,使他一个学期都不敢和女同学说话,以致一个学期结束的时候,很多同班的女同学都不认识他!很长一段时间,自卑的阴影都占据着他的心灵。最明显的体现就是,每次照相,他都要下意识地戴上一个墨镜,以掩饰自己内心的自卑。

20 年前,她在北京的一所大学里上学。大部分日子,她也都在疑心、自卑中度过。她的一张 18 岁时候的照片,看起来比现在近 40 岁的她还老。她疑心同学会在暗地里嘲笑她,嫌她肥胖的样子太难看。她不敢穿裙子,不敢上体育课。大学结束的时候,她差点儿毕不了业,不是因为功课太差,而是因为她不敢参加体育长跑测试!老师说:"只要你跑了,不管多慢,都算你及格。"可是她就是不跑。她想跟老师解释,她不是在抗拒,而是因为恐惧,担心自己肥胖的身体跑起步来一定非常愚笨,会遭到同学们的嘲笑。可是她连向老师解释的勇气都没有,茫然不知所措,只能傻乎乎地跟老师走。老师回家做饭去了,她也跟着。最后老师烦了,勉强算她及格。

在最近播出的一个电视晚会上,她对他说:"要是那时候我们是同学,可能是永远不会说话的一对。你会认为,人家是北京的姑娘,怎么会瞧得起我呢?而我则会想人家长得那么帅,怎么会瞧得起我呢?"

他,现在是中央电视台著名节目主持人,经常对着全国几亿电视观众侃侃而谈,他主持的节目给人印象最深刻的一点就是从容自信。他的名字叫白岩松。

她,现在也是中央电视台著名节目主持人,而且是第一个完全靠才气而丝毫没有凭借外貌走上中央电视台主持人位置的。她的名字叫张越。

原来他们也会自卑。虽然他们超越了自卑,但他们也饱尝了自卑带来的痛苦。自卑使他们的人生之路多了几分坎坷,因为少年自卑的他们,绝对不会认为自己会取得巨大的成就,会成为众人皆知的"名人"。

　　自卑存在每一个人的心里,因为一个人不可能永远都充满自信。战胜自卑,每一个人都会从平庸变得杰出。事实上,几乎所有伟大的天才都并非天性自信的人,相反倒有几分的自卑。正是因为他们知道自身的弱点,奋起自强,反而有了今天的成功。

不要害怕尴尬

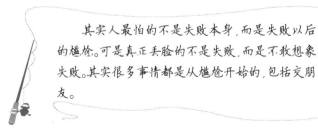

　　其实人最怕的不是失败本身,而是失败以后的尴尬。可是真正丢手脸的不是失败,而是不敢想象失败。其实很多事情都是从尴尬开始的,包括交朋友。

他貌不惊人,毕业于一所名不见经传的地方院校,而且只有大专学历。可是在满满一屋子来自各名牌大学、有着硕士博士头衔的应聘者中,他的表现却是与众不同。

尽管他很自信,可是面试官还是很快掂出了他的分量:他在专业能力方面并不能胜任这个职位。他的求职申请被拒绝了。

　　这位应聘者在得知自己已被淘汰出局后,脸上露出了一点儿失望和尴尬的神情。可是他并没有马上离开,而是起身对面试官说:"请问你能否给我一张名片?"

　　面试官冷冷地看着他,从心底里对这种死缠烂打的求职者缺乏好感。

　　"虽然我无法成为贵公司的员工,但我们也许能够成为朋友。"他说。

　　"哦?你这么想?"

　　"任何朋友都是从陌生人开始的。如果有一天你找不到打网球的搭档,可以找我。"

　　面试官看了他一会儿,掏出了名片。他确实经常为找不到伴儿打网球而烦恼。后来他俩成了朋友,他也就被录用了。

　　有一天,面试官问他:"你不觉得你当时所提出的要求有点儿过分吗?要知道,你只是一个来找工作的人,你凭什么会那样说?如果我根本不理会你,那么你怎么下台?"

　　"其实人最怕的不是失败本身,而是失败以后的尴尬。很多人不敢去做一些本来也许可以做成的事,就是害怕丢脸。可是真正丢脸的不是失败,而是不敢想象失败。其实很多事情都是从尴尬开始的,包括交朋友。"

成 长　　悟 语

　　成功的人专注于机会,并努力去做;失败的人专注于障碍,所以退却,找理由。因此,成功的人可以掌握住机会,所以离成功越来越近;失败的人看到了障碍,所以脚步向后转,因此,距离成功越来越远。

农夫和魔鬼

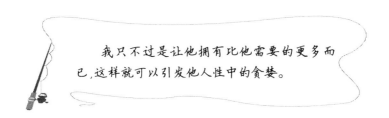

我只不过是让他拥有比他需要的更多而已,这样就可以引发他人性中的贪婪。

老魔鬼看到人间有个农夫很穷,但生活过得很幸福,他决定去扰乱一下。

他先派了一个小魔鬼去。

那农夫每天辛勤地工作,所得虽少得可怜,但他依然快乐,非常知足。小魔鬼就把农夫的田地变得很硬,让农夫知难而退。那农夫敲了半天,做得很辛苦,但他只是休息一下,还是继续敲,没有一点儿抱怨。小魔鬼看到计策失败,只好回去了。

老魔鬼又派了第二个去。

第二个小魔鬼把他的面包和水偷走了。农夫又渴又饿地到树下休息,想不到面包和水都不见了!"不知道是哪个可怜的人比我更需要面包和水。"农夫很坦然。第二个小魔鬼又失败了。

老魔鬼觉得奇怪,难道没有任何办法能使这农夫变坏吗?这时,第三个小魔鬼出来了。他对老魔鬼讲:"我有办法,一定能把他变坏。"

小魔鬼先去跟农夫做了朋友,告诉农夫明年会有干旱,教农夫把稻谷种在湿地上,农夫便照做。结果第二年别人没有收成,只有农夫的收成稻谷满仓,他就因此而富裕起来了。小魔鬼又教了农夫很多赚钱的招数,慢慢地,农夫获得了大量金钱。

老魔鬼来了,小魔鬼就告诉老魔鬼说:"您看!我现在要展现我的成果。这农夫现在已经有猪的血液了。"

只见农夫办了个晚宴,所有富人都来参加,喝最好的酒,吃最精美的餐点,还有好多仆人侍候。他们非常浪费地吃喝,衣裳零乱,醉得不省人事,变得像猪一样痴肥愚蠢。

"您还会看到他身上有着狼的血液。"小魔鬼又说。

这时,一个仆人端着葡萄酒出来,不小心跌了一跤。农夫就开始骂他:"你做事这么不小心,罚你不许吃饭!"

老魔鬼见了,高兴地说:"真了不起!你是怎么办到的?"小魔鬼说:"我只不过是让他拥有比他需要的更多而已,这样就可以引发他人性中的贪婪。"

成 长　悟 语

　　常言道:"知足常乐。"然而,生活中有些人却永远不懂得满足。他们总是在满足了一个欲望的同时,又想得到更多,拥有更多,欲望永远在不断地膨胀,甚至尔虞我诈,不择手段,以致失去人性善良的一面,成为欲望的奴隶。

接纳不完美的自己

　　我明白你有缺陷,因此我善加利用,在你那边的路旁撒了花种,每回我从溪边来,你就替我一路浇了花!

　　从前,有一位挑水夫,有两个水桶,分别吊在扁担的两头。其中一个桶子有细小的裂缝,另一个则完好无损。在每趟长途挑运之后,完好无损的桶子,总是能将满满一桶水从溪边送到主人家中,但是有裂缝的桶子到达主人家时,却只剩下半桶水。

　　两年来,挑水夫就这样每天坚持挑一桶半的水到主人家。当然,好桶子对自己能够送满整桶水感到很自豪。有裂缝的桶子呢?对于自己的缺陷则甚感惭愧,它为只能负起一半的责任而感到非常难过。

　　饱尝了两年因失败而痛楚的折磨,破桶子终于再也忍不住了,在小溪旁对挑水夫说:"我很惭愧,必须向你道歉。""为什么呢?"挑水夫不解地问道,"你为什么觉得惭愧?""过去两年,因为水从我这边一路地漏,我只能送半桶水到你主人家,我的缺陷,使你做了全部的工作,却只能收到一半的成果。"破桶子说。挑水夫看到破桶子难过的样子,心里也不舒服,他充满爱心地说:"我们回主人家的路上,我希望你留意路旁盛开的花朵。"

　　果真,他们走在山坡上,破桶子眼前一亮,看到缤纷而美丽的花朵开满路的一旁,沐浴在温暖的阳光之下,这景象使它开心了很多!但是,走到小路的尽头,它又难受了,因为一半的水又在路上漏掉了!破桶子再次向挑水夫道歉。挑水夫温和地说:"你有没有注意到小路两旁,只有你的那一边有花,好桶子的那一边却没有开花呢?我明白你有缺陷,因此我善加利用,在你那边的路旁撒了花种,每回我从溪边来,你就替我一路浇了花!两年来,这些鲜艳而美丽的花朵装饰了主人的餐桌。如果你不是这个样子,主人的桌上也不会像现在这样富有生机了!"

成长 悟语

　　在失去清水时,却收获鲜花满桌,芳香满屋。在人生旅途中,不必为自己的缺陷而耿耿于怀,不必为自己的不足而自责懊悔,只要你善于利用,就会变弊为利,看到另一种别致的风景。

别受负面批评的干扰

那些无谓的批评像利剑一样刺入他的心中。他在心理上无法对恶评设防,因而丧失了追求梦想的勇气。

　　艾列克在大学主修音乐。鲍勃见他全身心投入音乐,每天花那么多时间练琴,对他相当敬佩。毕业后,艾列克顺利申请了奖学金继续深造。

　　不久后,鲍勃顺道去拜访他。艾列克告诉鲍勃他每天仍苦练 8~10 个小时的琴。鲍勃并不感到意外,他相信艾列克成为钢琴家的梦想最终能够成真。

　　一年之后,鲍勃又见到艾列克。不料,艾列克却整个人都变了。

　　他申请到了最好的音乐学院的奖学金,但只读了 8 个月就中途辍学了。他之所以做此决定,部分原因就在于:他常常得在不同的听众面前演奏,并接受各类批评。他得到的批评有的很中肯,有的却流于恶意攻击,他因此一蹶不振。

　　当鲍勃再看到他时,他已有整整一个月没碰他心爱的钢琴了。他深陷沮丧,令他的父母也十分担忧。

　　不管鲍勃怎么劝,都没法让艾列克释怀。那些无谓的批评像利剑一样刺入他的心中。他在心理上无法对恶评设防,因而丧失了追求梦想的勇气。他决定改行去做老师,回大学去拿教育学位。不过,不管朋友和家人怎么劝他,他甚至连"教"音乐也不愿意。

鲍勃为自己的同学感到遗憾，他是那么有天分，然而却因为一些负面的批评而失去了让技艺更臻完美的机会。

成 长 悟 语

　　对善意的批评，应虚心接受；对恶意的攻击，应置之不理。有时候，太在乎别人的声音，就会失去自己的声音。懂得坚持自己的正确方向，才能找到属于自己的理想圣地。

第12辑 言而无信，无人信言

让孩子学会做人的故事全集

诚信对人，诚信对己。诚信是一轮朗照的圆月，唯有与高处的皎洁对视，才能沉淀出对待生命的真正态度；诚信是一枚凝重的砝码，让摇摆不定的天平立即倾向平稳；诚信是高山之巅的水，能够洗尽浮华，褪尽躁动，淘尽虚诈，留下启悟心灵的妙谛。用心灵呼唤诚信，让诚信成为小鸟的清啼在你耳畔吟唱，让诚信成为寒冷时你身边红红的炉火，让诚信变成烈日下你头顶的一片绿荫。

在挪威，诚信高于一切

在挪威人看来，一个人如果没有良好的德行，那么便没有什么尊严和信誉；而一个没有尊严和信誉的人，社会是不会接纳的。

在挪威留学期间，让我感触颇深的就是挪威人的诚信。

刚到挪威一个多月，我和一位挪威朋友开车去游玩。在路旁的一个超市旁停下来，朋友说要买两瓶水。我们进了超市，发现超市里没有一个人，我的第一疑惑是"营业员"去哪里了？朋友拿了两瓶饮料，按照价签，把钱放进了超市的自动收款机里。

超市没有营业员，也没有收银员，这里没有任何防盗设施，就是小偷不光顾，进来买东西的顾客顺手牵羊那不也是易如反掌吗？我问那位挪威朋友："如果有人进超市来拿东西，不付账怎么办？"他看了看我，脸上带着吃惊的表情。我的脸一下子红了，怎么能问这个问题呢？"不会的！"他斩钉截铁地告诉我。

这是我第一次领教挪威人的诚实守信。

在挪威，如果出门超过 100 公里，多数人都选择坐火车。火车站的站台是开放的。进站、上车、列车上和到终点下车出站，都没有人检票，全凭乘客自觉，从来没有人逃票。也许有人会问，不检票，有人逃票也不知道。错了，每列火车总共有多少乘客，每一站上多少人，下多少人，列车员都会认真详细地统计。而统计出来的乘客人数和卖出的车票完全一致。

难道挪威自从有火车以来就没有人逃票吗？人人都讲诚信吗？也不是。在 1986年，曾经发现了一个逃票者。当火车出发后，列车员统计出来的乘客是 1206 位，而车站售出的票是 1205 张。很显然，有一位乘客没有买票。于是，从来没有检过票的列车员们开始在自己所服务的车厢里检票。很快，那位逃票的乘客被抓着了，一位叫索亚斯的中年男人。

索亚斯给出的解释是因为起床晚了，急匆匆赶到车站，火车就要开了，他担心赶不上火车，就没有去售票处买票。解释是没用的，按照规定，他必须补票，并且还要交纳与火车票面值相等的罚款。在我们看来，这样的处罚不重，要知道在中国逃票，罚款的数目可远远高于火车票本身的价格。别急，更严重的惩罚还在

Rong Hai Zi Xue Hui Zuo Ren De Gu Shi Quan Ji
让孩子学会做人的故事全集

后面。从此,这个叫索亚斯的挪威人再乘坐火车,都必须主动去列车员那里受检。别的乘客坐火车在每个环节都不用检票,而他每个环节都必须接受检查。这还不算,因为逃票,索亚斯上了不守信用的"黑名单",他如果再去银行贷款,就算是挪威首相给他担保,他也贷不到一分钱。更严厉的惩罚还有呢!到商场去买东西,如果你的诚信记录没有污点,一些商品你就可以先买回家试用,3天之后,如果觉得不好,可以退还给商场,但是,有过不守信记录的索亚斯则失去了这个权利。

不守信用会遭到这样的惩罚,谁还敢越"雷池"一步呢?

因为社会有诚信的氛围,所以,在挪威人与人之间是相互信任的。拿考试来说吧,无论是多么重要的考试,都没有老师监考。每次考试,在试卷首页的上部都有一段誓言,翻译成中文是:"我以我的荣誉起誓,我没有为了这场考试给予或接受任何帮助。"在这段誓言后面,留有一个小括号,那是考生签名的地方。记得我去挪威留学的第二年期末考试,有位叫泰伦丝的女生在期末考试的最后一场考试前因为生病住进了医院。教授把试卷送到医院,对她说:"安心养病,如果你认为可以参加考试,就在医院里把它做完。"教授并没有要求她提供任何人的监督。这位女生真的在医院把试卷在规定的时间内独立完成,然后将试卷封好交给了一位护士求其代为送到学校。护士在信封上写下了:"泰伦丝小姐在医院用3个小时独立完成了这场考试,挪威奥斯陆联合医院消化科的所有医护人员可以作证。"

在我求学的奥斯陆大学,对作弊者的惩罚是有规定的:一旦发现学生作弊,校委会会展开调查,一旦案情确凿,则该生无论背景、家境、学习成绩怎样,都必须在规定的时间内离开大学。我的论文指导老师斯格特教授曾经对我说过这样一句话:"对一些有意践踏他人对其信任的人不留丝毫情面的惩罚,正是为了保证所有学生生活在一个充满信任的集体。"正是在这种甚至有点儿不近人情的体系下,人与人之间表现出了充分的信任,在挪威留学3年,平时的大考小考从来没有监考老师,我从来没有见过和听过任何形式的作弊行为。

在我们学院的实验室里,有许多贵重金属,如黄金、白金等,没有人专门管理,也没有监视。如需要,自己去拿就行了,用多少都不要紧的,但不能作为私用。如果你一念之差,顺便捎带了些回家,那么,这意味着你的信誉彻底完蛋,以后也不会有任何单位聘用你了。

在挪威人看来,一个人如果没有良好的德行,那么便没有什么尊严和信誉;而一个没有尊严和信誉的人,社会是不会接纳的。挪威人认为守信是最大的德性,其他良好的品质都是在守信的基础上衍生的。这也是挪威社会在用人时,看重你有无不守信用记录的原因。

生活在讲诚信的挪威,人人都会感到安全和轻松。因为有了诚信,就用不着整天提心吊胆地怕被谁忽悠,用不着总是在买东西时费尽心机地琢磨一件商品的真实价格,用不着总是害怕吃了什么"问题食品"而担惊受怕。当然,它的前提是人人诚实,没有欺诈。

(一 哲)

不要因暂时的蝇头小利而影响以后的生活秩序,也不要贪片刻的便利而换来一世的麻烦。丢掉诚信,就是丢掉了一切。只有诚实为人,自觉遵守规则,才能使未来的道路畅通无阻。

言而无信,无人信言

以实相告时可能犯上怒而招祸,但却体现了为人的正直无私和忠贞不贰,是忠诚的表现,唯其如此,才能得到他人的信任。

晋文公的诺言

欺骗他人一次,他人会不相信你十次。

只有"信"字当头,"言"才会有力度,有分量。

晋文公重耳即位之后,有些诸侯小国不愿臣服于他。其中有个小国叫原国。原国虽小,但国君想到其始封之君是周文王的儿子,怎么甘愿承认从国外逃亡归来的重耳作为他们的霸主呢?于是不断挑起边衅,制造事端。晋文公为平息动乱,完成霸业,决定讨伐原国。

战前,晋文公亲自部署作战方案,到士兵中作战前动员,他与士兵约定:"根据我们的军事力量和原国的战斗实力,我们能够速战速决。以7天为期,降服原国。"

战争的进程出乎意料。原国的将士在强大的晋国面前,英勇顽强,沉着应战,尽管伤亡惨重,给养困难,但仍有拼死决战的势头。

7天限期已到,原国仍然十分顽强。晋文公为遵守诺言,便坚定地下达了撤离的命令。眼见原国已近绝路,军官们纷纷向晋文公进谏,请求再坚持一下,大家一致表示:"只要再坚持3天,原国军就会完全崩溃,只有投降臣服的路了。"

面对原国陷入绝境,军官们纷纷请战的局面,晋文公坚定地说:"君主言而有信,遵守诺言是国家得以昌盛的珍宝,也是军队能真正立于不败之地的珍宝,为了降服原国而失掉如此贵重的东西,我们犯得起吗?我们合算吗?"

这一仗晋文公虽然没有用武力征服,可是他言而有信,遵守诺言的名声却传到了周围许多国家。

第二年,晋文公又发兵攻打原国。这一次他与士兵约定并向外发布:"我们必须坚持到底,达到彻底征服和得到原国的目的后再返回。"

原国人听到这个约定,知道晋文公不达目的不会罢休,于是战幕尚未拉开就投降了;另外一个一直不肯臣服的卫国,也归顺了晋文公。

鲁宗道直言

以实相告时可能犯上怒而招祸,但却体现了为人的正直无私和忠贞不贰,是忠诚的表现,唯其如此,才能得到他人的信任。

有一天,皇帝派遣使臣召见鲁宗道,使臣来到门口,鲁宗道已赴酒家喝酒去了。等到打发人去找,他才摇摇晃晃地回来,这时已经超过了时间,使臣只好先走一步,与他相约说:"圣上如果怪罪你来迟,你当用何事做托词来对答?"鲁宗道说:"应该实话实说。"使臣说:"若这么回答,只能得罪圣上。"鲁宗道:"好喝酒,这是人之常情,欺君的罪过可就大了。"使臣便拿鲁宗道的原话回了皇帝。

等到鲁宗道入见,皇帝问他何故去酒家饮酒,鲁宗道谢罪说:"臣家境贫寒,没有酒器,无法招待远道而来的亲戚,便邀他到酒家喝一杯。但臣下换了衣服,市人认不出我来,也不失为官的体统。"皇帝认为他能说实话,可以重用。后来,鲁宗道做了参知政事。由于他为人正直敢言,邪佞之人无不怕他三分。

鲁宗道深知,欺骗他人无异于连自己一同欺骗,只是自己变得更心虚罢了。

成长 悟语

　　遵守诺言,才会事半功倍;敞开心怀,才会得到别人的尊重。欺骗别人,即使暂时建起成功大厦,也会因基础不牢固而瞬间轰然坍塌。只有言行一致,才能踏实地生活,才能在成功的舞台上从容地展示自己的风采。

诚信，成功的法宝

诚信就像树木的根，如果没有根，树木也就没有了生命。因此，我们每个人都应守住诚信，"诚"是对人的态度，忠诚、诚实；"信"是做人的态度，守信、讲信誉。

诚信，这是先辈们教育后代如何做人处世的准则。然而时代发展到今天，一些欺诈行为和不诚实的现象，使得一些人对"诚信"产生了怀疑。但无数的事例告诉我们，诚信既是立身之本，又是生存之道，还是成功的法宝。

日本人小池国三的成功就是很好的例证。小池国三13岁背井离乡，在一家小商店做店员，同时替一家机器公司做推销员。一次，他推销机器十分顺利，半个月内就与33家顾客签订了合同。后来，他发现自己所卖的机器比其他公司出品的同样性能的机器价格贵了许多。这时他想自己的客户如果知道了，一定会后悔，更谈不上以后的生意了。于是他就带着合同，挨家挨户进行说明，请客户毁约。他这样做，不但没令客户反感，反而加深了客户对他的信赖和敬佩，有一些客户还把他介绍给了自己的亲朋好友和邻居。后来小池国三在商业上获得了巨大的成功，这在一定程度上得益于他讲诚信的人格魅力。

一个士兵，非常不擅长越野跑，所以在一次部队的越野赛中很快就远远落在了人后。转过了几道弯，他遇到了一个岔路口，一条路标明是军官跑的，另一条路标明是士兵跑的。他停顿了一下，虽然对做军官连参加越野赛都有便宜可占感到不满，但是他仍然朝着士兵的小径跑去。没想到过了半个小时后他到达终点，成绩却是第一名。他感到不可思议，但是主持赛跑的军官笑着恭喜他取得了比赛的胜利。过了几个钟头后，大批人马到了，他们跑得筋疲力尽。看见他赢得了胜利，开始大家都觉得奇怪，但很快大家就醒悟过来，原来在岔路口诚实守信，是多么重要。

诚信就像树木的根，如果没有根，树木也就没有了生命。因此，我们每个人都应守住诚信，"诚"是对人的态度，忠诚、诚实；"信"是做人的态度，守信、讲信誉。

成长悟语

有些人认为善于投机取巧就能更容易登上成功的高峰，其实，有时候聪明反被聪明误，想走捷径却误入歧途。只有诚实守信，才会赢得别人的赏识，才会让崎岖山路变成坦途大道，快捷地摘取成功的果实。

不管在什么时候都要信守诺言

这样不是等于送他去死吗？再说我既然答应了他上船，就应该遵循约定。否则不是成了不讲诚信的人了吗？

有一年，战火蔓延到了江南。兵士所到之处，血流成河。无奈之下，江南的百姓纷纷收拾行李，准备到太平一点儿的地方去躲避。

其中有户船家也准备离开这里，到别的地方去谋生。很多百姓都对他说要用船，于是船家决定在离开的时候捎上一部分百姓。

到了走的那一天，订好船的百姓们带齐了行李，早早地跑到船上。就在解缆离岸出发的时候，远处跑来一个小伙子。只见他背着一个大包袱，气喘吁吁地喊道："船家，等等我！等等我！"

船家停了下来，对小伙子说："我的船都满了，我看你还是坐别的船吧。"

其他乘客也都要他坐别的船。可是小伙子却说："求求你们帮个忙吧！我家里的老母亲催着我赶快回去。如果我现在不走，她会担心死的。"

船家听了，觉得这小伙子挺孝顺的，就答应带上他了。

没想到船行了一半路，就有一伙士兵乘着船追过来。他们挥舞着刀枪，在后面叫嚷着："停下，快停下！"

船上的人们惊慌不已。他们拼命地催促船家快些，再快些。可是船上人太多，船根本走不快。这时有人就提议让那个后上的小伙子下去，说这样能减轻船的重量。船家听了，就说："这样不是等于送他去死吗？再说我既然答应了他上船，就应该遵循约定。否则不是成了不讲诚信的人了吗？"

众人眼看那帮士兵越来越近，急得直说："现在还管什么诚信不诚信，命都快没了。"说着就催促那个小伙子下船。

船家赶紧制止了，他说："你们要是坚持把人家推下去，我就不开船了。"

众人一听，就不说话了。

那个小伙子很感激，他对众人说："大伙别着急，我倒有个好主意。我们每人伸出自己的一只手当桨，朝着一个方向使劲划，这样船一定能开得快些。"

众人觉得是个好主意，于是纷纷把手伸进水里，朝着一个方向使劲划了起来。只见船如箭飞，一下子就把后面那条船甩掉了。

众人得救以后，都庆幸刚才没有把小伙子推下河去。他们问小伙子是怎样想到这个办法的。

小伙子回答道："其实我早在家乡的时候就和同伴们玩过这种游戏。可是最开始的时候太着急，觉得马上就要被推下水去，所以一时就忘了。后来，船家坚持要把我留下。我心中安定了，也很想报答船家，所以一下子就想到了这个办法。"

众人听了，对船家是又佩服又惭愧。

成 长 悟 语

　　生命是宝贵的，诺言同样重要。在生命受到威胁时，仍遵守诺言，更弥足珍贵。信守诺言，可以帮助别人走出困境，也可以使自己渡过险情；信守诺言，不但赢得别人的尊重，更能延续生命的历程。

英国人是不是"很傻"

　　也许有人认为英国人很傻，实际上这是一种高贵的品质：诚实。说来也不奇怪，一个社会如果视名誉比金钱重要的话，那么，诚实就成为必然的了。

周先生来到英国，第一个感觉，便是觉得英国人很傻。

一次，他走在街上，不小心撞上了英国人，对方却很抱歉地说一声"Sorry"。好像是他碰了周先生一样，让人不可理解。

久居英国的朋友告诉周先生：如果你买了东西，拿回家后，忽然又不想要了，无论你买了多长时间，只要没有污损，都可以拿回去退货。没有任何理由，只要你说不喜欢就行了。

一次，周先生从英国向国内寄回一块手表。可当家人收到时，只是一只空盒子。里面的手表不翼而飞，不知是落在邮路的哪一地界了。当他向英国邮局提出此事时，邮局却未让他出示任何证明且很快向他赔偿了损失，也不怕其中有诈。

买了车，要去上保险。按规定，学生和老师是有一定优惠的。于是，周先生填写了这两项，办事人员没有要求他们出示任何证件和证明，很顺利地办好一切。

这就是说，英国社会非常看重人的德行。他们认为：一个人如果没有良好的德行，那么便没什么尊严和信誉；而一个没有尊严和信誉的人，社会是不会接纳的，这也是英国社会在用人时，那么看重你有无犯罪记录的原因。

也许有人认为英国人很傻，实际上这是一种高贵的品质：诚实。

在英国，上火车是没人检票的，你只要去窗口买好票就行了，站台绝对开放，但却没人逃票。

当然，你更不用怕超级市场的短斤少两和讨价还价，因为，他们的标价绝对诚实，也不会在秤上做什么文章。说来也不奇怪，一个社会如果视名誉比金钱重要的话，那么，诚实就成为必然的了。

成长 悟语

当你诚实地对待别人时，别人也会以诚相待。金钱固然重要，但诚实价更高。如果连诚实都没有了，那么失去的不仅仅是金钱，甚至会失去你在社会上的立足之地。

诺言的价值

不要轻易许诺，因为诺言背后就是重要的责任；更不能够食言，不守信用的人是不会获得朋友的。

不要轻易许诺，因为诺言背后就是重要的责任；更不能够食言，不守信用的人是不会获得朋友的。

杰弗逊有一个很要好的朋友，因为很小的时候就认识了，所以一直保持着密切的来往。朋友常常为杰弗逊推荐一些书，或者为杰弗逊做一些杰弗逊要他做的事，呼来唤去的,从来没有怨言。杰弗逊在他面前很随便,他说杰弗逊穿着大人的衣服,其实是个小孩。

有一年朋友搬了家,新年的时候,他邀杰弗逊到他家看一看。杰弗逊答应了,可新年那天轮到杰弗逊在学校里值班,上午杰弗逊给他打了一个电话,他听说杰弗逊值班,就问他还能不能去,杰弗逊说下午过去。

下午杰弗逊要离开学校的时候,有一同事来到学校,他见杰弗逊要走,就说:"您和我打一会儿网球吧!"杰弗逊说还有事,他说就玩一会儿,经他一说,杰弗逊有些手痒起来,就和他玩了起来。这一玩把时间给忘了,等杰弗逊从学校里出来,天都快黑了,他只好回家了。

后来杰弗逊总想找个机会对朋友解释一下,可不知怎么搞的,一拖就很长时间。时间越长就越不想再提这件事了。心想,反正也不是外人,何必那么多礼节呢,后来竟渐渐地给忘了。

杰弗逊再次想起朋友的时候,是有事要求他。电话里他对杰弗逊很冷淡,杰弗逊问他怎么了,他说:"问你自己。"

杰弗逊试探着提起新年里的那件事,他说:"你已经无可救药了,有那样轻率待人的吗?"他很生气,说那一天他和妻子推掉了所有的安排,只是为了杰弗逊的到来,从早晨到晚上竖着耳朵听每一阵上楼的声音,可最终杰弗逊没有去,之后连一个电话都没有。

他说得杰弗逊脸上一阵阵发热,杰弗逊解释说他从来没有把他当过外人,因为杰弗逊以为他们的距离很近,就在这件事上随便了。朋友说杰弗逊是一个言而无信的人。

为了让杰弗逊知道诺言这个很平常的词,他决定不再理杰弗逊。

因为失去了这个朋友,杰弗逊记住了什么是诺言。

成　长　悟　语

无论是对什么人,一旦许诺,就要遵守,即使是最好的朋友。失信于人,不仅失去了珍贵的情谊,还失去了别人的信任。只有虔诚地对待诺言,才会得到别人的青睐与友爱。

他为什么被拒签

当你无视自己的诚实行为时,别人也在拒绝你的足迹;当你老实自觉地遵守秩序时,别人也会为你打开通道。

一年多前,朋友结束了在新加坡的考察观光,准备返回国内。没想到,就在即将登机时,朋友却被机场工作人员礼貌地拦下:"对不起,你现在不能登机。"

"为什么?"朋友吃了一惊,"我的机票有问题吗?"

"机票没有问题,但登机不行,因为你还有一本从图书馆借阅的书没有归还。"

最终,朋友还是错过了那次航班,一个星期后,他才得以搭乘航班回国。

事情并没有就此画上句号。今年,朋友的女儿到新加坡一所大学读研究生,大喜过望之下,朋友自然要亲自送女儿一程,可是,当他办理赴新加坡的签证时,却再次遇到不小的尴尬——在最后环节,他被拒签了。

朋友很想知道,自己符合出境的一切条件却终被拒签的原因是什么。不久之后,他知道了答案。原来,他被拒签的缘由,就在一年前那本没有来得及归还的借书上面。这是女儿出国后告诉他的,女儿还告诉父亲,像他这样有过不良记录的人,除非以后换一个名字,否则很难再迈进新加坡的国门。我曾多次听朋友提起过这件事,朋友显然很在意它,每次讲述之后,朋友都会感慨:新加坡人的高素质,就是被这么"管"出来的。

相似的故事还发生在香港。一位与我相识的公司老总,在去香港谈一单生意时因为不熟悉当地的右行车道,驾车时违反了交通规则。迅速赶来的交警撕下罚单递给友人,这位友人却将一盒好烟连同罚单一起塞到警察手里,驾上车子扬长而去。他天真地认为这件小事完全可以如此摆平。可是,他错了,拒缴罚款的他在一个星期后,就收到了法院的传票,令他惊愕的是,他居然以两项理由被起诉:一是拒缴罚款,二是贿赂警员。事后,朋友在他的博客中原原本本地记下了这件事,他还说,在他的印象里,香港原本只是一座灯红酒绿的城市,通过这场"官司",他对这座城市产生了一种敬畏。使"东方明珠"熠熠生辉的,不仅是充盈的物质和繁荣的经济,更有昌明的法制和公职人员的廉洁。

两位友人的际遇,让我想到很多。的确,他们所遭遇到的种种尴尬,仅仅是由一本书、一张罚单造成的,但这一本书和一张罚单背后的东西,却值得我们深思。

成 长 悟 语

当你无视自己的诚实行为时,别人也在拒绝你的足迹;当你老实自觉地遵守秩序时,别人也会为你打开通道。美丽与幸福不是建立在私吞小利的基础上的,而是植根于人们的诚实无欺之上。

汉娜的"诚实经"

如果为了买到药而不得不让他对医生说谎,那我宁可不吃。要知道,诚实是毫无条件的真诚、坦白,不能有任何附加条件,也不可以做丝毫变通,它就是一种实事求是。

去丹麦学习之前,就听人说,在丹麦不讲诚信便没有办法做人,更无法做事。我和房东汉娜之间发生的一件小事,让我充分认识了这一点。

汉娜患有十分严重的失眠症,每夜必须服一种副作用很强烈的安眠药才能入睡。一天,我在一堆从国内带来的药中找到两瓶治疗失眠的中成药,于是我把它送给了汉娜。汉娜服用过后,感觉效果非常好,就托我再买些来。

一个多月后,我终于收到了国内朋友寄来的包裹。他打电话告诉我:所有的安眠药,国内医院都限量销售,一次不能多开。他分别去了四五家医院,对医生说自己失眠,就吃这种药有效,才凑了十几瓶。

因为药来得比较迟,我特意把朋友购得这个药的过程给汉娜讲了一遍,希望可以得到她的谅解。

汉娜听完后,脸色有些不对,问我要了钱款的单据,付完钱,转身回房了。我心里很不是滋味。

过了几天,我向汉娜借胶水,一进房间就看见从中国帮她买来的药原封不动地放在火炉边。我惊异地问汉娜为什么不吃药,她不温不火地说:"你和你的朋友从遥远的中国帮我买药,我很感激。但是,如果为了买到药而不得不让他对医生说谎,那我宁可不吃。要知道,诚实是毫无条件的真诚、坦白,不能有任何附加条件,也不可以做丝毫变通,它就是一种实事求是。因此,任何目的、任何情节、任何程度的欺骗都是错误的。这个药在购买的过程中,已经包含了欺骗,它亵渎了我的人格。所以,我是不会吃的。"

(张　夏)

成长　悟语

　　利用他人的善良去帮助别人,不仅亵渎了他人的纯洁,也玷污了别人的心灵。欺骗不应该拿善意来自我开脱,如果诚实可以寻找借口,那么,诚实就失去了生存的土壤。

1 毛钱的诚信

　　由于岛村诚实,总明明白白地跟厂家和客户说自己在中间赚了多少钱,赢得了人们的信任,人们都愿意和他做生意。

　　岛村芳雄是日本赫赫有名的富商,他是在几年时间内迅速富起来的,人们问他:"您在短时间内成为富商的秘诀是什么?"

　　岛村芳雄说:"诚信,我是从1毛钱的诚信起家的。"

　　岛村先生原来是一个做小规模批发生意的普通商人,干了几年以后,他看到周围的很多商人都因为诚信博得了同行们的尊敬,渐渐体会到诚信在商业交往中的作用,于是就想出一个赢得信誉的好方法。

　　日本的渔民很多,麻绳是他们必不可少的生产工具,如果能够做麻绳生意,一定会很快富起来,于是他就决定做批发麻绳的生意。他先从一家生产麻绳的厂家进麻绳,每根麻绳的进价是5毛,照理说加上运输费、保管费、搬运费,每根麻绳卖出去的价格肯定要高于5毛钱。可是岛村却又以每根麻绳5毛钱的价格卖给了东京一带的工厂和零售商,自己不但一分钱没赚,还赔上了一大笔钱。一年以后,人们都知道有一个"做赔本买卖"的商人,这个人叫岛村芳雄,于是订货单像雪片一样飞到岛村的手中,他的名字也像长了翅膀一样飞到人们的耳朵里。

聪明的岛村找到生产麻绳的厂家,说:"过去的一年里,我从你们厂购买了大量的麻绳,而且销路一直不错,可是我都是按进价卖出去的,赔了不少钱,如果我继续这样做的话,没几天我就要破产了。"

厂方看了岛村开出的货单后,果然是原价销售,考虑到现在向岛村订货的客户很多,于是就决定让5分钱,同意以每根麻绳4毛5分钱的价格卖给岛村。

岛村又来到他的客户那里,很诚实地说:"我以前为了扩大自己的影响,原价出售麻绳,现在我的钱已经都赔得差不多快光了,再这样下去,我就要关门停业了。我刚从麻绳厂回来,他们决定每根麻绳给我让5分钱,你们是不是商量一下,给我加一点儿。"

客户们看了进货单,知道岛村说的是实话,于是就决定每根麻绳加5分钱,以每根5毛5分钱的价格买岛村的麻绳。

由于岛村诚实,总明明白白地跟厂家和客户说自己在中间赚了多少钱,赢得了人们的信任,人们都愿意和他做生意。

成 长　　悟 语

　　诚信能博得别人的尊敬,能为自己赢得良好的信誉,而欺骗得到的只是暂时的成功。短暂的成功转瞬即逝,良好的信誉却是受用无穷;为了眼前一时的小利而错失以后的大利,只会得不偿失。

获益终生

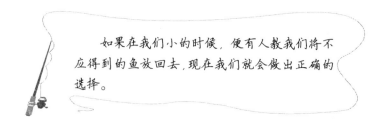

　　如果在我们小的时候,便有人教我们将不应得到的鱼放回去,现在我们就会做出正确的选择。

他才11岁,只要一到父亲位于新汉普郡湖心岛上的度假小屋,就一定要找机会去钓鱼。

钓鲈鱼季开放的前一天黄昏,他随父亲到湖边用小虫捕钓翻车鱼和河鱼。他绑

上银色的鱼饵,开始练习抛钓线。映着夕阳余晖,鱼饵投在水面上,引起一圈圈彩色的涟漪。待月亮升上湖面后,投饵的涟漪转变成银白色。

他的鱼竿变重了,他知道线的另一端一定有条大鱼。父亲用赞赏的目光,看着男孩技巧地将鱼拖到码头边。

终于,他满心喜悦地将那尾精疲力竭的鱼拉出水面。这是他钓过的最大的鱼,但却是一条鲈鱼。

男孩和父亲望着这条完美的鱼,鱼儿在月光里上下鼓动着鱼鳃。父亲点根火柴看看手表,才晚上 10 点——离钓鲈鱼季开放的时间还差两个小时。他望望鱼,又看看男孩。

"儿子,你得把它放回去。"他说。

"爸!"男孩叫道。

"还有其他鱼嘛!"父亲说。

"可是都没有这只大呀!"男孩说。

他望望四周,月光下的湖面并没有其他的钓鱼人或船只,他又用乞求的眼光看着父亲。

既然没有人在场,根本不会有人知道他何时钓到了这条鱼。但男孩从他父亲坚定的语调中明白,父亲决定的事不容妥协。他慢慢从大鱼的嘴里取回鱼钩,将鱼放回黑漆漆的湖水中。那鱼有力地扭动了两下身躯,不一会儿便消失了踪影。男孩心想,他恐怕再也见不到这么大的鱼了。

那已是 34 年前的往事。如今,男孩已成为纽约一名成功的建筑师。他父亲的度假小屋仍在那座湖心的小岛上,他也会带着子女在相同的码头钓鱼。

他想得没错,他从未再钓到过和他那次放走的那条一样大的鱼。但每当他面临道义上的歧路口时,他会一再看见那条相同的鱼。

就像他父亲教过他的,道德是很简单的对错问题,只有实践道德时才困难。当身边没有旁人时,我们也做正确的事吗?赶时间时,我们是否能拒绝偷工减料呢?当从不正当渠道获得绝密的股市信息时,我们是否能拒绝横财的诱惑呢?

如果在我们小的时候,便有人教我们将不应得到的鱼放回去,现在我们就会做出正确的选择。因为我们已学到了真理。

([美]詹姆斯·兰斯提)

成长悟语

在无人的时刻,最能体现人的内心品质,流露人的真正面目。如果要在别人的强制监督下,才去遵守、去实践,做表面功夫。那么,弄虚作假不仅掩盖不了别人的耳目,反会蒙蔽自己的良心。

再贵都不卖的棉花

说真心话，我很想收下这笔钱，给我的儿子治病。可我的良心却拦住了我要伸出的手，它告诉我不能这样自私，不能为了我自己的儿子，让十几万士兵在冬天挨冻。

"如果您睁一只眼闭一只眼，肯把军队的棉花卖给我们厂，您轻而易举就能得到 5000 美元的酬劳！""卑鄙无耻的想法！前方的战士为了守卫你们宁静的生活，在流血拼命，可你们却想干什么！拿走他们冬天的棉被、御寒的棉衣、包扎伤口的纱布！赶快带着你的臭钱滚蛋吧，再不走我就要开枪了！"

一家北方棉纺厂的代表被上校赶了出来。

自从美国的南北战争爆发，整个萨姆特堡被重重包围，北方军队陷入了前所未有的困境，很多产于南方的物资不能运过来，十分紧缺。棉花，就是其中一种。陆军上校清楚地记得，上司把保护军用棉花的任务交给自己时，自己许下的诺言："您放心，这里的棉花，绝不会丢失一袋！"

军队仍未能突出重围。又一家北方棉纺厂的代表，提着礼品来拜访上校。

"如果您能够给我们一批棉花，这里的 10000 美金全都属于您！"棉纺厂代表指着厚厚一叠钱说。"10000……"这个数字让上校的心忽然痛了一下。几天前，妻子发来电报，说是儿子的重病已经耗尽了家里所有的积蓄，接下去的治疗费用还需要10000 美金，如果无钱支付，只能把儿子抬回家等死了。10000 美金是多少？是心爱儿子的生命的重量，可也是十几万士兵生命的重量。这一次，上校的喉咙有些发干，他努力驱赶脑子里儿子的身影，把那个妄图贿赂自己的代表赶出了办公室。

坐下来，上校很想哭，眼角却是干的。作为一个军人，他知道自己的做法没有一点儿过错；可作为一个父亲，自己是那样的无奈和自责。

被围困的日子是漫长的。不久，第三拨棉纺厂的人又敲开了上校的门。这一次，他们给上校的酬劳是 20000 美金。

上校久久注视着比上次厚出一倍的钱，棉纺厂代表的脸上露出喜色。破天荒的，这一次上校没有骂人，也没有立刻赶他们出去。他的声音非常低沉，也非常平静，如同暴风雨之后的湖水，没有一点儿波纹："你们知道吗，我的儿子得了重病，发烧,烧得连耳朵都快听不见了,他是那么喜欢听音乐。说真心话,我很想收下这笔钱,给我的儿子治病。可我的良心却拦住了我要伸出的手,它告诉我不能这样自私,不能为了我自己的儿子,让十几万士兵在冬天挨冻。"

屋子里异常的安静,那准备贿赂上校的代表屏住呼吸,默不作声地退出上校的办公室,带着那笔钱和一脸的愧色。

上校做出了一个决定。

他找到自己的上司:"我知道我应该遵守当初的诺言,可我的儿子病得厉害,非常需要钱,我现在的工作让我受到很多诱惑,我很担心,担心有一天万一自己坚持不住,违背承诺,收了别人送来的钱。所以,我请求辞职,请您派一个更合适的人来接手这项工作。"

上司的目光在上校的脸上停留了好一阵,才皱着眉头说:"你是一个诚实、正直的好军人,能够战胜自己,出色地完成任务。现在,我批准你的辞职申请,但你必须答应我一个条件……"

上校吃惊地看着上司,他没想到上司在批准自己的辞职请求时会提出条件。

"那就是,必须收下我以个人名义奖励你的 10000 元奖金!"上司伸手拍了拍上校的肩膀,笑了起来。

207

成长悟语

在大是大非面前,不顾家庭,心系国家,这是一种崇高的道德品质。其实,当你珍视自己的道德操守的时候,别人也会对你的人格肃然起敬,对你的家人也会关怀备至。拒绝金钱的诱惑,得来的将是更大的恩惠。

一条黄金准则

我们希望他人怎样对待我们,就应该以同样的态度对待他人。批评他人的过错远比抗拒自身的诱惑要容易。

苏珊一向诚实待人,可是从来没有很好地理解那条黄金准则:"你希望别人怎样对待你,就应该怎样对待别人。"她有时思索这条准则,觉得自己并没有很好地遵守它。于是,她请妈妈解释这条原则的涵义。

妈妈对苏珊说："这条准则其实意味着没有任何私心。一个人如果爱他的邻居胜过爱自己，就不会对他人做自己不愿意遇到的事情。不仅如此，我们希望他人怎样对待我们，就应该以同样的态度对待他人。还要记住，批评他人的过错远比抗拒自身的诱惑要容易。

"有不少人是诚实的，但是也很自私。可是这条准则不仅要求人们诚实正直，还要求人们要有一颗慈悲之心。《圣经》里有个撒尔利人的故事，它很好地解释了这条准则的含义。故事是这样说的：撒尔利人非常诚实，但是他走过一个受伤的人时，却不伸手相助。这个诚实的人对一个遇难的陌生人，并没有做他在同样的景况下希望人们对他做的事情。"

苏珊认真地思索着妈妈的话。接着反复思考自己所做的事，过去那些自私的行为、恶意的举动都在她的脑海中涌现。苏珊的眼睛里露出悔恨的神情，脸颊也羞红了。她暗暗下定决心，从今以后无论遇上什么事情，一定要按照这条黄金准则去做。

不久，苏珊就遇到了一个考验自己的机会。她妈妈的工作是给汤普森家旅店的客人洗衣物。一个星期的报酬仅仅是 5 美元，妈妈没有空闲时间，总是让苏珊代自己去旅馆领钱。这个星期六的傍晚，苏珊像往常一样去汤普森家领取妈妈的报酬。她在马厩里找到汤普森先生的时候，他刚和一群马贩子交涉了半天，结果生意没有谈成，正在气头上。苏珊看见他手里捏着一个打开的钱包，里面塞满了钞票。汤普森先生看见苏珊，没有像平常那样训斥她——因为苏珊没有在他忙碌的时候打搅他——而是随手拿出一张钞票递了过来。

苏珊拿了钱急忙走出去，为自己逃过了一劫而庆幸。她跑到路上停下来，拿出别针把钱别在围巾的缝里。这时她才发现手里的钞票不是一张，而是两张。苏珊心里一阵狂跳，她抬头看了看，周围没有人，于是高兴起来，因为她可以占有这样一笔意外之财。

苏珊心里想："这笔钱是我的，全部属于我。我可以给妈妈买一件新大衣，她那件旧的就给玛丽姐姐穿，这样一来，冬天玛丽就可以和我一起去学校了。说不定还能够给弟弟买一双鞋子呢。"

可是，苏珊的兴奋没有持续多久，因为她很清楚汤普森把钱给错了，这笔钱不属于她。可是一个声音在她耳边低低地说："反正钱是他给的，你何不把它当做他送给你的礼物呢？而且他的钱包里装着那么多钞票，不会知道弄错了一张 5 美元钞票的。"

苏珊往家里走着，心里进行着激烈的斗争，是用钱买到的快乐重要，还是诚实做人重要？她走到家门前的一座小桥，看见桥上一把生锈的椅子。她妈妈正是坐在这把椅子上，给她解释那条黄金准则的。那句话在她耳边响起："你希望别人怎样对待你，你就要怎样对待别人。"

苏珊猛地停住了脚步，转身往回跑。她跑得那样快，仿佛后面有什么危险在追逐。苏珊一口气跑到汤普森的店门口，脾气暴躁的老先生看见她又回来了，气冲冲地问："你这回有什么事情？"

苏珊气喘吁吁地说："先生，你给我的是两张钞票，多给了一张。"

"我给了两张？真是这样吗？让我看看，的确是两张。不过你才发现吗？干吗不早点儿给我送回来呢？"

苏珊羞愧地低下了头。

"我想你是打算自己留着,对吧？唉,看来你妈妈要比你诚实,不然的话这5美元我可白扔了。"汤普森说道。

苏珊小声地说:"我妈妈并不知道这件事。我还没有到家就给你送回来了。"

老人用一双犀利的眼睛打量着苏珊,看到一串委屈的泪珠从她的脸上滚落下来。固执的老人被感动了,他从口袋里取出一先令,递给苏珊。

可是苏珊没有去接递过来的钱,她哭泣着说:"谢谢您,先生。我这样做并不是要得到什么报酬,我只希望您把我当做一个诚实的人。因为这笔钱的确是很大的诱惑,先生,要是你和我一样看见自己家人缺吃少穿,您就会明白,要做到对待他人像自己希望他人对待自己一样有多困难啊。"

这个冷漠自私的老人低下了头,为自己感到惭愧,他向苏珊道了晚安,走进屋里去了,嘴里喃喃地说:"有的人虽然年幼,可非常明白道理。"

苏珊愉快地回到了那个简陋的家。过去没多少年,苏珊已经成为一个杰出的人物。

成 长 悟 语

　　要想得到他人的信任和敬重,首先要诚信待人。无论对待富人抑或穷人,都要一视同仁,友善对待,这样人们才会和睦相处,相互敬仰。其实,人与人的心是相通的,诚实换得真心,欺诈和贪欲只能换来罪恶。

诚信，这是先辈们教育后代如何做人处世的准则。然而时代发展到今天，一些欺诈行为和不诚实的现象，使得一些人对"诚信"产生了怀疑。但无数的事例告诉我们，诚信既是立身之本，又是生存之道，还是成功的法宝。

　　责任是人出生时就烙下的命运。读书的时候，我们要为贪玩造成的成绩下降负责任；生活中，我们要为我们的过失和任性负责任；长大以后，要为我们的父母、为工作负责任。责任是一种担当，一种约束，一种动力，一种魅力。

　　责任有时很沉重，令人很辛苦，但没有背负的生命会轻浮，会飘在半空；责任使我们的生命更充实，更有质感。千万不要因为短视和怕苦而推卸责任。逃避责任就是逃避命运给你的馈赠。

百 年 责 任

> 这世界上,没有不倒的建筑,只有不倒的灵魂。责任,比那些屹立不倒的建筑,比那些刻在建筑物上的名字,更让人油然而生敬意。

那一日,中国的一座百年老屋的主人,突然收到一封信,信是用英文写的,满怀着疑惑,主人小心地拆开信,但里面也全是英文,于是找人翻译。信是从英国的一所大学寄来的,信尾的署名是一位名叫汤姆的人。

主人清楚地记得,他根本没有外国朋友,更谈不上海外亲戚了,这封信,是不是寄错了呢?可是地址没有错,信封上的收信人栏里明明白白写着"房屋的主人"收。

翻译人员终于译好了全部内容,信的大致内容是这样的:

我是一名建筑设计师,很荣幸设计了您所居住的房子,从开始到竣工,融入了我大量的心血,它是我年轻时最得意的作品之一!可是再怎么美观的建筑,也会像人一样,有衰老的一天,世界上任何建筑物都逃不了这种劫难。当您收到我这封信时,这座房屋的寿命也将尽了,再住下去,只会导致您与家人的生命财产受到不必要的损失与威胁!虽然,这所房屋的处理权不在我身上,但是作为这所房子的设计者,我有责任与义务提醒您:请您务必尽快搬离这座房屋!

房主很重视这封信和设计师"汤姆"的忠告,按照"汤姆"的提醒,在最短的时间内搬离了这所房屋,并封了它。同时,他按照寄信人的地址回了一封信,真诚地感谢并邀请"汤姆"来中国做客。

一个月左右,房主收到了回信,信是"汤姆"的孙子小汤姆寄的。原来,小汤姆的爷爷老汤姆是当时很有名气的建筑设计师,一次来到中国旅行,设计并建造了这座房屋。可是,老汤姆已去世近百年。这封信,是老人在遗嘱中重点提到的,要求他的子孙,在一百年后的今天,务必将这封信交到中国房屋主人的手中。

为此,这封长达一个世纪的信,经过了祖孙几代人的手,并通过外交途径,终于及时地转交到了现在房主的手上。

不久,一个暴风雨之夜,伴随着狂风电闪雷鸣,这座长达150年的建筑物,真的轰然倒塌了……

事物总有消亡的一天,建筑物也一样。这世界上,没有不倒的建筑,只有不倒的灵魂。责任,比那些屹立不倒的建筑,比那些刻在建筑物上的名字,更让人油然而生敬意。那些高尚的人格,更是立世的基石!

(宇 原)

成 长 悟 语

建筑虽然倒塌了,但那份强烈的责任感却依然在废墟中闪耀。不忘自己的职责,懂得为别人着想,这一份百年牵挂,不仅感动着屋主,也同样感动着每一位有良心的人。责任,不是一时的事,而是一生的牵挂。

职　责

父亲时常在闲暇的时候,坐在车厢里,一边听着远处传来的汽笛声,闻着他熟悉的车厢味道,一边把整个车厢打扫得干干净净。

父亲在一个偏远的小火车站整整干了42年,从信号员干到小站站长。

母亲去世很早,我从小是在父亲背上听着火车汽笛声长大的。

父亲退休那年,我考上了省城的警察学校。离家那天早晨,他要亲自送我上火车。父亲的话很少,只是火车开动的一瞬间,站在月台上的父亲仍然和从前一样立正敬礼。

当警察是我多年的一个梦想,三年的警校生活结束后,我被分配到铁路沿线的一个派出所当民警。我测算了一下,那里离我家整450公里。派出所只有三位民警,所以,我回家的机会很少。那年秋天回家,吃过晚饭,我见父亲郁郁寡欢的样子,忙问他怎么了?他说:"我这辈子听惯了火车的汽笛声,闻惯了车厢气味。现在一切都没了,这样的日子有啥意思?"

几天后,父亲突然对我说:"走,帮我干点活儿。"我茫然地跟着他来到离家不远的铁道旁。那是一段废弃的铁路支线,铁轨和枕木早已被野草遮住,一节破旧的火车车厢沉默地在秋风中肃立着。

父亲说："这节旧车厢是最近淘汰下来的,我跟领导央求了半天,让他把这节车厢卖给我。最后,领导说,'行,你在铁路部门待了半辈子,就把它当纪念品赠给你了。'"父亲说着,脸上露出孩子般的微笑。

我和父亲用了三天时间,把那节旧车厢里外擦洗一新,然后刷上了深绿色的油漆。最后,父亲还在车厢内钉上了"车厢内严禁吸烟"的警示牌。

此后,父亲时常在闲暇的时候,坐在车厢里,一边听着远处传来的汽笛声,闻着他熟悉的车厢味道,一边把整个车厢打扫得干干净净。

第二年的夏天,我回家探亲,天空正飘着小雨。我下车后,直奔父亲的车厢。远远地,我看见父亲苍老的身影出现在车厢的门口。走近了,只见身披旧铁路服的父亲,坐在车厢的阶梯上抽着烟,细细的水流顺着他头上的塑料帽檐缓缓地流到他的身上。

我不知何故,忙问道:"爸,您干吗坐在这儿? 快进车厢里抽去吧。"

父亲猛地抬起头,看到是我回来了,惊喜立时点亮了他浑浊的双眸。但是,一瞬间,他和蔼的笑容忽然凝固了,接着轻声对我说:"这里是无烟车厢。"

(北　方)

成长 悟语

退下的是岗位,不舍的是情结;不变的姿势和永恒的节拍,铸造了职责的榜样。岁月流逝,老去的是容貌,更加坚定的是自己的职业操守。当职责成为一种习惯,精神就成为人们崇敬的丰碑。

对结果负责

艾米对结果负责,她知道结果是最关键的,在结果没出来之前,她是不会休息的——这是她的职责!

格里·富斯特讲了一个简单的故事,从这个故事中,你也许能对责任感的强弱做出比较清晰的分辨。

作为一个公众演说家,富斯特发现自己成功的最重要一点是让顾客及时见到他本人和他的材料。

事实上,这件事情如此重要,以至于富斯特管理公司有一个人的专职工作就是让他本人和他的材料及时到达顾客那里。

"最近,我安排了一次去多伦多的演讲。飞机在芝加哥停下来之后,我往公司办公室打电话以确定一切都已安排妥当。我走到电话机旁,一种似曾经历的感觉浮现在脑海中:

"8年前,同样是去多伦多参加一个由我担任主讲人的会议,同样是在芝加哥,我给办公室里那个负责材料的琳达打电话,问演讲的材料是否已经到多伦多,她回答说:'别着急,我在6天前已经把东西送出去了。''他们收到了吗?'我问。'我是让联邦快递送的,他们保证两天后到达。'"

从这段话中可以看出,琳达觉得自己是负责任的。获得了正确的信息(地址、日期、联系人、材料的数量和类型),也许还选择了适当的货柜,亲自包装了盒子以保护材料,并及早提交给联邦快递,为意外情况留下了时间。

但是,正如这段对话所显示的,她没有负责到底,直到有确定的结果。

格里继续讲他的故事:

"那是8年前的事情了。随着8年前的记忆重新浮现,我的心里有些忐忑不安,担心这次再出意外,我接通了助手艾米的电话,说:'我的材料到了吗?'"

"'到了,艾丽西亚3天前就拿到了。'她说,'但我给她打电话时,她告诉我听众有可能会比原来预计的多,大约400人。不过别着急,她把多出来的也准备好了。事实上,她对具体会多出多少也没有清楚的预计,因为允许有些人临时到场再登记入场,这样我怕400份不够,保险起见寄了600份。还有,她问我你是否需要在演讲开始前让听众手上有资料。我告诉她你通常是这样的,但这次是一个新的演讲,所以我也不能确定。这样,她决定在演讲前提前发资料,除非你明确告诉她不这样做。我有她的电话,如果你还有别的要求,今天晚上可以找到她。'"

艾米的一番话,让格里彻底放下心来。

艾米对结果负责,她知道结果是最关键的,在结果没出来之前,她是不会休息的——这是她的职责!

成 长 悟 语

在结果没有出现之前,如果不继续跟进,中间环节出现难以预料的问题,没有负责人在场,那么,给人的印象就是在逃避责任,所以,负责不仅是对过程的监督,还有对结果的估计和重视。

责任传递责任

如果没有这两个孩子的这种责任感,我想我是不会给你送过来的,而是要等到邮递员来取走,你的孩子让我懂得了什么是责任。

丽莎和凯琳是一对姐妹。在一个风雪交加的下午,丽莎从家里的邮筒中取出了一封信。可是这信不是她家的。

信上赫然写道:K市大河沿路60号。而丽莎的家是在K市小河沿路60号。

"姐姐,这可怎么办?"丽莎问。

"等邮递员下次来时再取走吧。"凯琳说。

"可姐姐,邮递员三天才来一次呢。要是有什么急事,那不就耽误了吗?"

"那你说怎么办,爸爸妈妈又不在家。"

姐妹俩一时也不知该怎么办。送去,外面风雪交加,两个孩子有些胆怯,因为丽莎9岁,凯琳也只有11岁;不送,要是人家有急事耽误了可怎么办呢?

"我觉得我们还是应该送去,虽说和他们是陌生人,但我们收到了别人的信,理应给收信人送去,这也是我们应该做的,你说呢?"凯琳说。

"姐姐,我也是这么想的。我们一起去吧。"

就这样,两个小女孩穿好衣服,带着这封信走进了风雪中。她们俩也不知道大河沿路到底有多远,只好一路走一路打听。

"嘿,我说小孩,这么大的雪还出来干吗?大河沿路,远着呢,怎么不让你们的父母带你们去?一直走,到第五个路口向右拐,然后再打听。"一个陌生人这样对姐妹俩说。

丽莎和凯琳深一脚浅一脚扶着往前走,雪太大了,她们看不清前方。

"丽莎,我们一定会把信送到的,对吗?"凯琳问。

"我也是这么想的,姐姐,一定会的。"丽莎坚定地说。

她们走了很长时间,终于来到了大河沿路60号。姐妹俩高兴极了。

门开了,出来了一位年轻的女士。"你好,孩子,你们有什么事吗?"年轻的女士问。

"这是大河沿路60号吗?"

"对呀,有事吗?"

"是这样的,我们家住在小河沿路60号,邮递员把你家的信送到了我家,我们给您送来了,怕您着急。"凯琳说。

年轻的女士向外看了看:"就你们俩,没有大人吗?"

年轻的女士感激地看着这两个孩子,不停地说谢谢。

事情过了一个月之后,有一天,一个陌生的男子来到了丽莎的家。爸爸妈妈并不认识这个来访的人。这个陌生人说:"我是住在大河沿路60号的,一个月前,我的信被误送到你家,是你的两个孩子冒着大雪给我送到家的,多亏了这两个孩子,当时我的父亲病重急需一笔钱,那封信是让我给家里送钱的,晚了我的父亲就活不了了,太谢谢孩子们了。"

爸爸妈妈笑了,他们并不知道自己的孩子做了一件这么伟大的事情。

"还有一封你家的信。"这个男子掏出了一封丽莎家的信,"如果没有这两个孩子的这种责任感,我想我是不会给你送过来的,而是要等到邮递员来取走,你的孩子让我懂得了什么是责任。"

成 长 悟 语

217

对别人的事情漠不关心,那么,当你遇到同样的事情时,别人也不会关心你。相反,当你揣着强烈的责任感敲开别人的心门时,别人的责任之门也敞开着,为你,也为他人。你对别人的责任强些,别人也会对你负责得多些。

责任是一种精神

　　责任来自于对集体的珍惜和热爱,来自于对集体每个成员的负责,来自于自我的一种认定,来自于生命对自身不断超越的渴求——责任是人性的升华。

任何时候,责任感对自己、对国家、对社会都是不可或缺的。

责任来自于对集体的珍惜和热爱,来自于对集体每个成员的负责,来自于自我的一种认定,来自于生命对自身不断超越的渴求——责任是人性的升华。

下面是邮差弗雷德的故事。

第一次遇见弗雷德，是在我买下新居不久。迁入新居几天后，有人敲门来访，我打开房门一看，外面站着一位邮差。

"上午好，桑布恩先生！"他说起话来有种兴高采烈的劲头，"我的名字是弗雷德，是这里的邮差。我顺道来看看，向您表示欢迎，介绍一下我自己，同时也希望能对您有所了解，比如您所从事的行业。"

弗雷德中等身材，蓄着一撮小胡子，相貌很普通。但尽管外貌没有任何出奇之处，他的真诚和热情却溢于言表。

这真让人惊讶。我收了一辈子的邮件，还从来没见过邮差做这样的自我介绍，但这确实使我心中一暖。

我与邮差弗雷德就这样认识了，弗雷德的热情给我留下了深刻的印象。接下来，我出差，从外地赶回来时，邮差弗雷德的一个小小的举动，让我感觉到了更多的温暖。

两周后，我出差回来，刚把钥匙插进锁眼，突然发现门口的擦鞋垫不见了。我想不通，难道在丹佛连擦鞋垫都有人偷？不太可能。转头一看，擦鞋垫跑到门廊的角落里了，下面还遮着什么东西。

事情是这样的：在我出差的时候，美国联合递送公司(UPS)误投了我的一个包裹放到沿街再向前第五家的门廊上。幸运的是，我有邮差弗雷德。

看到我的包裹送错了地方，他就把它捡起来，送到我的住处藏好，还在上面留了张纸条，解释事情的来龙去脉，又费心用擦鞋垫把它遮住，以避人耳目。

弗雷德已经不仅仅是在送信，他现在做的是 UPS 分内应该做好的事！

成长 悟语

　　责任，不单单是对自己职业的一种履行，更是对人的一种情感、出自内心的关怀。当责任丧失了情感，那么，也失去了做人的基础，奢谈责任，只是掩饰自己的虚伪而已。只有对人类深含感情，才能更好地诠释责任的精神实质。

改变一生的一件小事

> 犯了错误必须自己承担后果，不可迁怒于他人，不可推卸责任，无论你是一个父亲、老板，还是领袖，即使你受到了伤害。

这是一件发生在安德鲁童年的小事。然而，这件事却影响了安德鲁的一生。

那年，安德鲁 9 岁。有一天，安德鲁坐在靠近门边的书桌前写字。门铃响了，爸爸前去开门，是邻居家的叔叔。叔叔没有进门，于是，两人就站在大门外交谈。

那天风很大，把安德鲁的写字本吹得"啪啪"作响，安德鲁于是跑去关门。他猛地把门一推，然而，大门由于碰到障碍物立刻反弹了回来，与此同时，安德鲁听到父亲尽力压抑却依然压不下去的叫喊声。

门外的父亲，眼嘴鼻全都因为疼痛扭成了一团，连头发都一根一根地竖了起来，而他的五根手指，则怪异地缠来拧去。一看到安德鲁伸出门外一探究竟的脸，父亲即刻暴怒地扬起了手，想给安德鲁一记耳光。但是，手掌还没有盖到安德鲁脸上来，便颓然地放下了，安德鲁的脸颊，仅感受到了一阵掌风。

"你太不小心了，你父亲的手刚才扶在门框上，你看也不看就把门关上了……"叔叔以责怪的口吻对安德鲁说。

原来，父亲的手指几乎被夹断！十指连心，父亲此刻剧烈的痛楚，安德鲁当然知道。但是，当时的安德鲁，毕竟只是一名 9 岁的小孩，他最担心的、最害怕的，是父亲到底会不会再扬起手来打他。

然而，他的担心是多余的，父亲终于没有。

当天晚上，父亲五根手指肿得很厉害，母亲在厨房里为他涂抹药油。安德鲁无意中听到父亲对母亲说："我当时实在痛得厉害，原想狠狠地打他一个耳光，但是，转念一想，我是自己把手放在夹缝处的，错误在我，凭什么打他。"

父亲的这句极为普通的话，给了安德鲁一个毕生受用的启示：犯了错误必须自己承担后果，不可迁怒于他人，不可推卸责任，无论你是一个父亲、老板，还是领袖，即使你受到了伤害。

219

一生中,谁都可能会犯错。但当你在为自己的错误寻找借口时,你已经失去了改正错误的机会,失去了重新起飞的平台。只有勇于承担责任,才能迅速医治好折断的双翅,使自己飞得更高,飞得更远。

没有冶炼好的矿石

约翰的成功,完全源于一种责任感。也就是说,他具有负责任的心态,处处为公司的利益着想。

约翰是主管过磅称重的小职员,到一家钢铁公司工作还不满一个月,他就发现很多矿石并没有经过充分的冶炼,一些矿石中甚至还残留有未被冶炼好的铁。他想:如果继续这样下去的话,公司岂不是会有很大的损失?

于是,他找到了负责该项工作的工人,跟他说明了这个问题。这位工人说:"如果技术有了问题,工程师一定会跟我说,现在还没有哪一位工程师跟我说明这个问题,说明现在还没有出现你说的情况。"

约翰又找到了负责技术的工程师,对工程师说明了他看到的问题。工程师很自信地说:"我们的技术是世界一流的,怎么可能会有这样的问题?"工程师并没有重视约翰所说的问题,还认为:一个刚刚毕业的大学生,能明白多少,不会是因为想博得别人的好感而表现自己吧?

但是约翰一直认为这是个很大的问题,于是他拿着没有冶炼好的矿石找到了公司负责技术的总工程师,他说:"先生,我认为这是一块没有冶炼好的矿石,你认为呢?"

总工程师看了一眼,说:"没错,年轻人!你说得对,哪里来的矿石?"

约翰说:"我们公司的。"

"怎么会?我们公司的技术是一流的,怎么可能会有这样的问题?"

总工程师很诧异。

"工程师也这么说,但事实确实如此。"约翰坚持道。

"看来是出问题了。怎么没有人向我反映？"总工程师有些发火了。

总工程师立即召集负责技术的工程师来到车间，果然发现了一些冶炼并不充分的矿石。经过检查发现，原来是监测机器的某个零部件出现了问题，才导致冶炼的不充分。

公司的总经理知道了这件事后，不但奖励了约翰，而且还晋升约翰为负责技术监督的工程师。总经理不无感慨地说："我们公司并不缺少工程师，但缺少的是负责任的工程师。工程师没有发现问题事小，别人提出问题还不以为然事大。对于一个企业来讲，人才是重要的，但是更重要的是真正有责任感的人才。"

约翰的成功，完全源于一种责任感。也就是说，他具有负责任的心态，处处为公司的利益着想。

责·任·是·命·运·的·馈·赠

对于正确的观点，一定要坚持，这不仅是对自己负责，也是对社会负责。也许，有些人不理解，甚至嘲笑你。但当你的责任感被别人认可时，你就会实现巨大的跨越，跃向成功的巅峰。有时候责任感的强弱直接决定着成功的高度。

为自己的过失买单

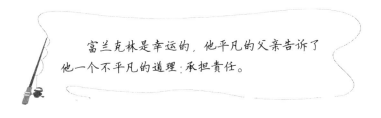

富兰克林是幸运的，他平凡的父亲告诉了他一个不平凡的道理：承担责任。

从被投进这个世界的那一刻起，你就要对自己的一切负责。

本杰明·富兰克林小时候很喜欢钓鱼。他把大部分闲暇时间都花在了那个磨坊附近的池塘旁边。在那儿，他可以得到从远方游来的鲽鱼、河鲈和鳗鲡。

本杰明和小伙伴们最喜欢到波士顿郊外的一个地方去钓鱼。那儿的水边有一片深深的泥塘，有鱼上钩的时候，他们必须站到泥塘里才能抓住它们。

一天，大家都站在泥塘里，本杰明对伙伴们说："站在这里太难受了。"

"就是嘛！"别的男孩子们说，"如果能换个地方多好啊！"

在泥塘附近的干地上，有许多用来建造新房地基的大石块。本杰明爬到石堆高处。"喂！"他说，"我有一个办法。站在那烂泥塘里太难受了，泥浆都快淹没到我的膝盖了，你们也差不多。我建议大家来建一个小小的码头。看到这些石块没有？它们都是工人们用来建房子的。我们把这些石块搬到水边，建一个码头。大家说怎样？我们要不要这样做？"

"要！要！"大家齐声大喊，"就这样定了吧！"

他们决定当晚再聚到这里开始他们伟大的计划。在约定的时间里孩子们都到齐了，开始搬运石块。他们像蚂蚁那样两三个人一起搬一块石头，终于把所有的石块都搬来了，建成了一个小小的码头。

"伙计们，现在，"本杰明喊道，"让我们大喊三声来庆祝一下再回去，我们明天就可以轻轻松松地钓鱼了。"

"好哇！好哇！好哇！"孩子们欢叫着跑回家去睡觉了，梦想着明天的欢乐。

第二天早晨，当工人们来做工时，惊奇地发现所有的石块都不翼而飞了。工头仔细地看了看地面，发现了许多小脚印，有的光着脚，有的穿着鞋，沿着这些脚印，他们很快就找到了失踪的石块。

"嘿，我明白是怎么回事了。"工头说，"那些小坏蛋，他们偷石头来建了一个小码头。不过，这些小鬼还真能干。"

他立即跑到地方法官那儿去报告，法官下令把那些偷石头的家伙带进来。

幸好，失物的主人比较仁慈，否则本杰明和他的伙伴们恐怕就麻烦了。石头的主人是一位绅士，他十分尊重本杰明的父亲，而且孩子们在整个事件中体现出来的气魄也让他觉得非常有趣。因此，他轻易地放了他们。

但是，这些孩子们却要受到来自他们父母亲的教训和惩罚。在那个悲伤的夜晚，许多荆条都被打断了。至于本杰明，他更害怕父亲的训斥而不是鞭打。事实上，他父亲的确是愤怒了。

"本杰明，过来！"父亲用他那一贯低沉而严厉的声音命令道。本杰明走到父亲的面前。"本杰明，"父亲问，"你为什么要去动别人的东西？"

"唉，爸爸！"本杰明抬起了先前低垂的头，正视着父亲的眼睛，"要是我仅仅为了自己，我绝不会那么做。但是，我们建码头是为了大家都方便。如果把那些石头用来建房子，只有房子的主人才能使用，而建成码头却能为许多人服务。"

"孩子，"父亲严肃地说，"你的做法对公众造成的损害比对石头主人的伤害更大。我的确相信，人类的所有苦难，无论是个人的还是公众的，都来源于人们忽视了一个真理，那就是罪恶只能产生罪恶，正当的目的只能通过正当的手段去达到。"

富兰克林一生都无法忘记他和父亲的那次谈话。在他以后的人生道路上，他始终实践着父亲教给他的道理，后来成为了美国有史以来最杰出的政治家和外交官之一。应该说，富兰克林是幸运的，他平凡的父亲告诉他一个不平凡的道理：承担责任。

成长 悟语

　　无论你是帮助穷人，还是造福他人，只要是犯了错，一样要承担责任，即使你有非常充足的理由。没有责任感的人，他的好心与善良迟早会沦落为牟取私利的棋子、招摇撞骗的幌子。

绝不推卸责任

　　其中61名杰出人士承认，他们所从事的职业，并不是他们内心最喜欢做的，至少不是他们心目中最理想的。但他们却取得了辉煌的成绩，为什么呢？

　　有责任感可以创造奇迹。

　　几年前，美国著名心理学博士艾尔森对世界100名各个领域中的杰出人士做了一个问卷调查，结果让他十分惊讶——其中61名杰出人士承认，他们所从事的职业，并不是他们内心最喜欢做的，至少不是他们心目中最理想的。

　　这些杰出人士竟然在自己并不喜欢的领域里取得了那样辉煌的业绩，除了聪颖和勤奋之外，究竟靠的是什么呢？

　　带着这样的疑问，艾尔森博士又走访了多位商界英才。其中纽约证券公司的金领丽人苏珊的经历，为他寻找满意的答案提供了有益的启示。

　　苏珊出身于中国台北的一个音乐世家，她从小就受到了很好的音乐启蒙教育，非常喜欢音乐，期望自己的一生能够驰骋在音乐的广阔天地，但她阴差阳错地考进了大学的工商管理系。一向认真的她，尽管不喜欢这一专业，可还是学得格外刻苦，每学期各科成绩均是优异。毕业时被保送到美国麻省理工学院，攻读当时许多学生可望而不可即的 MBA，后来，她又以优异的成绩拿到了经济管理专业的博士学位。

　　如今她已是美国证券业界风云人物，在被调查时依然心存遗憾地说："至今为止，我仍不喜欢自己所从事的工作。如果能够让我重新选择，我会毫不犹豫地选择音乐。但我知道那只能是一个美好的'假如'了，我只能把手头的工作做好……"

（[科威特]穆尼尔·纳素夫）

成长 悟语

奇迹的创造不仅需要智慧和勤奋,也要有高度的责任感。责任感能给予你前进的动力,让你变得更加认真和刻苦。即使是你不喜欢的、不感兴趣的事情,你也能做得非常出色、完美。

让人们都富有责任心

这就是现实。有的人对生活有着高度的责任心,而有的人却自私自利。责任心需要极大的勇敢、坚强的信念和对生活、对人的热情。

天色昏黑、混浊了。风摇树叶,白浪翻卷,催促着游兴未尽的人们上岸、穿衣、回归。

突然,一声尖利刺耳的呼救声划破沉静的黄昏,人们止住了脚步。原来一位初学游泳、乐而忘形的少女被蔚蓝的大海吸引住了,她只顾在深水里尽情地游来游去,却不料风起潮涨,而且她腿抽筋了。

岸上的男女老幼惊恐万状、瞠目结舌。其中有三四个人虽然尚未脱掉游泳衣,却停下了脚步,屏息凝望着那濒临死亡的溺水少女在浪涛中苦苦挣扎。

这时,一位走在高坡上的小伙子飞快地向海边冲去。他顾不得脱掉衣帽,就毫不迟疑地扑进波涌浪卷的海涛。

少女得救了,欢声笑语又回到了人们中间。而小伙子却默默地向她绽出一丝坦然的微笑,带着满身的水渍,步履艰难地离开了岸边,消失在归途中的人流里。

有一个12岁的少年目睹了这一切。他不敢相信这是真的,怀疑自己是刚刚看完了一场电影。他惊魂不定,疑虑重重,回到家,向父亲详尽地讲述了所见的情景。"她当时就要淹死了,那么多的人都不管。要不是那位不知名的大哥哥去救她,她早就成了鱼群的美餐了。"他最后说。

父亲蛮有兴致地听完了儿子的讲述,说:"这就是生活呀,孩子。这就是现实。有的人对生活有着高度的责任心,而有的人却自私自利。责任心需要极大的勇敢、坚强的信念和对生活、对人的热情。"

([科威特]穆尼尔·纳素夫)

成 长 悟 语

　　助人,是一种品德,同时也是一份责任心。只有出于对自我做人原则的高度负责,出于对美好未来的热烈追求,生活才会过得充实,过得有意义。有时候责任心需要付出很大的牺牲,甚至自己的生命。

负责任的人是成熟的人

> 　　那天她走出出租车踏进公司大门的时候,上班的铃声正好敲响。她悄悄而有力地将自己的双手紧握在一起,心里第一次为自己充满了无法言语的感动,还有骄傲。

　　艾米莉刚从大学毕业,在一家企业上班。每天清晨 7 时,公司的班车会准时等候在一个地方接送她和她的同事们。

　　一个骤然寒冷的清晨,她关闭了闹钟尖锐的铃声后,又稍微赖了一会儿暖被窝——像在学校的时候一样。她尽可能最大限度地拖延一些时光,用来怀念以往不必为生活奔波的日子。在那个清晨,她比平时迟了 5 分钟起床,可就是这区区 5 分钟却让她付出了代价。

　　当她匆忙中奔到班车等候的地点时,已经 7 点过 5 分。班车开走了。站在空荡荡的马路边,她怅然若失。一种无助和受挫的感觉第一次向她袭来。

　　就在她懊悔沮丧的时候,突然看到了公司的那辆蓝色轿车停在不远处的一幢大楼前。曾有同事指给她看过那是上司的车,她想真是天无绝人之路。她向轿车走去,在稍稍犹豫后打开车门,悄悄地坐了进去,并为自己的聪明而得意。

　　为上司开车的是一位慈祥温和的老司机。他从反光镜里已看她多时了。他转过头来对她说:"你不应该坐这车。"

　　这时,她的上司拿着公文包飞快地走来。待他在前面习惯的位置上坐定后,她才告诉他的上司说:"班车开走了,想搭您的车子。"她以为这一切合情合理,因此说话的语气充满了轻松随意。

上司愣了一下，但很快坚决地说："不行，你没有资格坐这车。"然后用无可辩驳的语气命令："请你下去！"她一下子愣住了——这不仅是因为从小到大还没有谁对她这样严厉过，还因为在这之前她没有想过坐这车是需要一种身份的。当时就凭这两条，以她过去的个性是定会重重地关上车门以显示她的不屑一顾，然后拂袖而去。可是那一刻，她想起了迟到将对她意味着什么，她非常看重这份工作。于是，一向聪明伶俐但缺乏生活经验的她变得从来没有过的软弱，她用近乎乞求的语气对上司说："我会迟到的。"

"迟到是你自己的事。"上司冷淡的语气没有一丝一毫的回旋余地。

她把求助的目光投向司机。可是老司机看着前方一言不发。委屈的泪水在她的眼眶里打转。然后，她在绝望之余为他们的不近人情而固执地陷入了沉默的对抗。

他们在车上僵持了一会儿。最后，让她没有想到的是，她的上司打开车门走了出去。坐在车后座的她，目瞪口呆地看着有些年迈的上司拿着公文包向前走去。他在凛冽的寒风中拦下了一辆出租车，飞驰而去。泪水终于顺着她的脸颊流淌下来。

老司机轻轻地叹了一口气："他就是这样一个严格的人。时间长了，你就会了解他了。他其实也是为你好。"老司机给她说了自己的故事。他说他也迟到过，那还是在公司创业阶段，"那天他一分钟也没有等我，也不要听我的解释。从那以后，我再也没有迟到过。"他说。

她默默地记下了老司机的话，悄悄地拭去泪水，下了车。那天她走出出租车踏进公司大门的时候，上班的铃声正好敲响。她悄悄而有力地将自己的双手紧握在一起，心里第一次为自己充满了无法言语的感动，还有骄傲。

从这一天开始，她长大了许多。

成 长　悟 语

在日常生活中，你是否想到因你一个人的迟到，要浪费多少人的时间来等你？也许，你是无心的，或者是有重要事情耽搁的。但不管怎样，你都不能逃避自己的过失。只有善于处理、敢于承担责任的人，才是一位独立、完整的人。为自己负责，才能为别人负责。

让孩子学会做人的故事全集

Rang Hai Zi Xue Hui Zuo Ren De Gu Shi Quan Ji

承 认 错 误

> 在工作中承担责任,把它当成一种习惯去培养并固定下来,一旦出现问题,要敢于担当,并设法改善。

　　人不怕犯错误,就怕犯了错误以后不认错、不改错。只要你坦率地承认,并想办法补救,在今后的工作中加以改进,便会得到人们的认可和信任。

　　约翰和戴维是美国一家大型速递公司的两名职员,他们俩是工作搭档,工作一直很认真,也很卖力。上司对这两名员工很满意,然而有一件事却改变了两个人的命运。

　　一次,约翰和戴维负责把一件很贵重的古董送到码头,上司反复叮嘱他们路上要小心。没想到送货车开到半路却坏了。如果不按规定时间送到,他们要被扣掉一部分奖金。

　　于是,约翰凭着自己的力气大,背起邮件,一路小跑,终于在规定的时间赶到了码头。这时,戴维说:"我来背吧,你去叫货主。"他心里暗想:如果客户看到我背着邮件,把这件事告诉老板,说不定老板会给我加薪呢。他只顾胡思乱想,当约翰把邮件递给他的时候,一下没接住,邮包掉在了地上,"哗啦"一声,古董碎了。

　　"你怎么搞的,我没接你就放手。"戴维大喊。

　　"你明明伸出手了,我递给你,是你没接住。"约翰辩解道。

　　他们都知道古董打碎了意味着什么,没了工作不说,可能还要背负沉重的债务。果然,老板对他俩进行了十分严厉的批评。

　　"老板,不是我的错,是约翰不小心摔碎的。"戴维趁着约翰不注意,偷偷来到老板的办公室对老板说。老板平静地说:"谢谢你,戴维,我知道了。"

　　老板把约翰叫到了办公室。约翰把事情的原委告诉了老板。最后说:"这件事是我们的失职,我愿意承担责任。另外,戴维的家境不太好,他的责任我愿意承担。我一定会弥补我们所造成的损失。"

　　约翰和戴维一直等待着处理的结果。一天,老板把他们叫到了办公室,对他们说:"公司一直对你俩很器重,想从你们两个当中选择一个人担任客户部经理,没想到出了这样一件事,不过也好,这会让我们更清楚哪一个人是合适的人选。我们决定请约翰担任公司的客户部经理。因为,一个能勇于承担责任的人是值得信任的。戴维,从明天开始你就不用来上班了。"

"老板,为什么?"戴维问。

"其实,古董的主人已经看见了你们俩在递接古董时的动作,他跟我说了他看见的事实;还有,我看见了问题出现后你们两个人的反应。"老板最后说。

任何一个老板都清楚,一个能够勇于承担责任的员工,对于企业有着重要的意义。问题出现后,推诿责任或者找借口,都不能掩饰一个人责任感的匮乏。

因此,在工作中承担责任,把它当成一种习惯去培养并固定下来,一旦出现问题,要敢于担当,并设法改善。推卸责任并置之度外,只会伤害公司和客户的利益,同时,也会伤害到你自己。任何一个老板都不会让那些习惯于推卸责任的员工来做他的得力助手。在老板眼里,习惯于推卸责任的员工,便是一个不可靠的人。

成 长 悟 语

当出现过失时,如果首先想到的是如何逃避责任,那么,在你开脱责任的同时,你也脱离了别人的视线。其实,承认错误不是懦弱的表现,而是需要极大的勇气和魄力,以及强烈的责任心和足够的自信心。

被埋没的声音

我谨记父亲的教诲,学水利,学治黄河,就是想为农民服务。我不能看着要祸及农民不说话。至于为此而付出的沉重代价,我一生无悔。

提起黄万里,今天的国人也许感到陌生,他的父亲黄炎培,倒是有不少人知晓。1911 年 8 月,黄万里出生于乱世;1932 年,他毕业于唐山交通大学,成为当时为数不多的桥梁工程师,亲自参加江山铁路大桥的建设;1937 年,黄万里获得美国伊利诺伊大学水利学博士学位后,没有留恋异国的奢华,而是毅然回国,把一生献给了祖国的水利事业。

1955 年,苏联专家拿出了三门峡水库的设计方案,叫好声连片响起。1957 年 6 月,中央召集国内有关专家 70 人展开"热烈讨论",年近半百的黄万里先生被邀请参

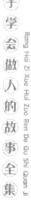

加。会上，不少专家并不赞同苏联人的想法做法，但由于诸多不敢言破的原因，大家噤若寒蝉。

这时，黄万里站了出来，他说："一定要修三门峡水库将来要闯祸的，历史将要证明我的观点。"立马有人反驳他，并着实风光了一番。黄万里自感人微言轻，便换了口气道："一定要修，请别将河底的施工排水洞堵死，以便将来觉悟到需要冲刷泥沙时，也好重新在这里开洞。"黄万里的良苦诤言，成为当时高层的耳旁风——水库设计施工时仍坚持苏联专家的意见，堵死了排水洞。

不久，黄万里被打成"右派"，整天挨批斗，后又被罚做清洁工，贬至乡下务农。

1960 年，三门峡水库如期运转。不到一年，渭河流域淤积了大量泥沙，河床抬高，大片良田淹没，土地迅速盐碱化，危险直逼古都西安。迫于无奈，只好降低水库水位，拆除 15 万千瓦发电机组，改装 5 万千瓦小机组。同时耗费惊人的人力、物力、财力打通排水洞，以泄泥沙。如此一折腾，不下百亿元被投进水库"打水渠"。世代生活在渭河平原的许多农民不得不背井离乡，向宁夏缺水地区迁徙。水库的诸多后遗症，至今也未能消除。

事后，有人问黄万里，你明知说破会遭惨祸，为什么还要直言？黄万里说："父亲常对我说，中国有史以来，农民从来没有对不起统治阶级。让我一辈子为农民服务。我谨记父亲的教诲，学水利，学治黄河，就是想为农民服务。我不能看着要祸及农民不说话。至于为此而付出的沉重代价，我一生无悔。"

2001 年 8 月，病榻上的黄万里教授临终感言："我一辈子念书想'治黄'，可他们没有听我一个字。白学了一场，我真痛心！"

沉沙掩不了真知灼见，历史抹不去真理之声。今天的人们钦佩黄万里教授，渭河流域千千万万的农民永远铭记着这位曾经拉过犁、种过田的文弱书生。坚持真理是一种操守；为真理而付出沉重代价，甚至献身，无疑是一种圣洁。黄万里教授身上散发的圣洁的光芒，在人云亦云的年代，在科学界日益浮躁的时代，愈发显得弥足珍贵。

如果黄万里教授沉在泥沙里的声音能振聋发聩，那么，我们就可以真正感触到昌明的气息，领略到科学的魅力。

（陈志宏）

成长悟语

也许，一个人的力量是微弱的，但如果没有坚持真理的勇气，那么，有再多的学识也是徒劳。没有知识，可以学习获取；保持沉默，知识只是水里的冰山，看似清澈，其实什么作用也没有。

　　责任，不单单是对自己职业的一种履行，更是对人的一种情感、出自内心的关怀。当责任丧失了情感，那么，也失去了做人的基础，奢谈责任，只是掩饰自己的虚伪而已。只有对人类深含感情，才能更好地诠释责任的精神实质。

第14辑 请尊重你的价值

毕加索刚出道时原本想当个诗人，结果他的诗被极具鉴识能力的丝泰茵夫人批评得一文不值，他因而回心转意，回到了绘画上来。幸好有这位夫人的提醒，要不然，世界不就少了一位画坛巨匠？当自己的能力与理想遥不可及时，适时调整方向是明智之举，虽然这未免有些艰难和痛苦。

时代都尊重个人价值，我们的使命就是实现人生最大的价值，让心灵获得解放，可以自由地创造前程。"如果有个柠檬，就做柠檬水"，请以此来面对人生价值。

小和尚卖石头

真正懂得它价值的只有珠宝店的老板,知道它只不过是外面包裹了一层石头的样子,里面是一块无价的宝玉!

庙里有两个和尚,一个是老方丈,一个是小和尚。有一天,小和尚耐不住寂寞了,跑去找方丈:"方丈、方丈,我不想读书念经了,反正我也不会有什么出息……"

方丈看了看小和尚,什么也没有说,回到房间里搬了一块石头出来:"这样吧,今天你把这块石头拿到山下的市集上去卖。但是记住一点:无论别人出多少钱都不要卖!"小和尚想不通:一块石头让我去卖,而且有人买还不卖?可是,没有办法,小和尚只好拿着石头下山了。

在市集里,有个妇女走了过来,看了看石头说:"我出5文钱买你这块石头。我想买回去给丈夫写字的时候压压纸,这样不容易被风吹走。"小和尚想,一块石头能卖5文钱啊!但是,方丈不准他卖啊!所以,小和尚只好说:"不卖、不卖!"妇女走了。

小和尚回到山上,说:"今天竟然有个妇女愿意出5文钱买这块石头……但你说不让我卖,我只好没卖!"

方丈问:"你能从中明白些什么呢?"

小和尚摇摇头回答:"不明白!"

方丈笑了笑:"这样吧,这次你把这块石头拿到山下的米铺老板那儿去卖,但是记住,无论他出多少钱都不要卖!"小和尚带着石头下山了。

小和尚来到米铺,见到了米铺老板。米铺老板拿着那块石头端详了半天说:"我出500两银子买你这块石头!"小和尚吓了一大跳,一块石头值500两银子啊!米铺老板解释:"这是一块化石,我愿意出500两银子来买这块石头!"小和尚连忙说:"不卖、不卖!"抱着石头赶忙回去找方丈。

小和尚见了方丈,说:"方丈、方丈,米铺老板说愿意出500两银子来买这块石头,说是一块化石……"

方丈问:"你能从中明白些什么呢?"

小和尚回答:"不明白。"

方丈又是笑笑:"这次呢,你还是去卖石头。不过,这次是卖给山下珠宝店的老板,还是记住,无论他出多少钱都不要卖!"小和尚来到珠宝店,老板把石头拿过来端详半天说:"我有三家珠宝店、两家当铺和一些田产,我愿意拿我所有的财产来换这块石头!"

小和尚吓得"扑通"一声跌倒在地上:"这么值钱啊!"

珠宝店老板解释道:"你不要以为它是一块普普通通的石头,其实,它只是外面包裹了一层石头的样子,里面是一块无价的宝玉!"

小和尚吓得连忙说:"不卖、不卖!"紧紧抱着石头连滚带爬地上山去找方丈。

"方丈、方丈,珠宝店老板说他愿意用他所有的财产来换这块石头。他说这里面是一块无价之宝呀……"

方丈问:"这次你明白了吗?"

小和尚回答:"不明白!"

方丈微笑着告诉小和尚:"同样一块石头,在一个妇女的眼中,只是一块压压纸的石头,值 5 文钱;到了米铺老板那里,认识到它一些价值,知道它是一块化石,愿意出 500 两银子来买;而真正懂得它价值的只有珠宝店的老板,知道它只不过是外面包裹了一层石头的样子,里面是一块无价的宝玉!"

成 长 悟 语

不要以别人的眼光来判定自己的优劣,其实,每个人都有自己独特的价值。只要坚定自己的信念,牢牢把握人生的主旨,即使你生活在地球的边缘,也会闪耀天边的夜空。

请尊重你的价值

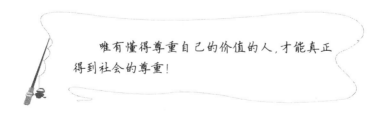

唯有懂得尊重自己的价值的人,才能真正得到社会的尊重!

一位老朋友在德国留学毕业后,开始四处求职。但汉堡的就业形势并不乐观,加之他刚刚毕业,缺乏工作经验,所以一直没有找到一份合适的工作。

直到 3 个月后,他开始心灰意冷,委曲求全,凭着自己的二级建筑装饰设计师的证书和资质,被一家私人的小建筑装饰设计企业接纳了。那家私人企业的规模很小,月薪只有 2800 欧元,但他已经很知足了。

可刚工作了一周,工会的人就找到了他,咨询他的工资问题,并提醒他按工会和政府规定,像他这样的二级建筑装饰设计师应得到 3500 欧元的月薪。但他表示现在可以接受这个偏低的工资。

可是第二天,政府部门的工作人员直接找到了我朋友所在的私人公司的老总,希望公司能给他将工资升到政府规定的 3500 欧元。因为政府认定,这样做违背了一个二级建筑装饰设计师的真实劳动价值。

最后,单位的老总无法满足这个要求,只好把他解雇了。而工会和政府的一位负责人员却很严肃地提醒他:"请您尊重您的价值,因为它已经得到了社会的认可。当你贬低或破坏您的价值时,就等于贬低或破坏整个行业在这个社会的价值。"

就这样,他只好再领着政府的失业金过了好长一段时间,直到找到了另一份符合自己身份和价值的工作。

而他也从此事中明白了一个道理:唯有懂得尊重自己的价值的人,才能真正得到社会的尊重!

(张　翔)

 成长 悟语

　　不管在什么时候,我们都不要看轻自己。屈就自己,只会让人对自己的能力产生怀疑,也会使自己丧失自信心。懂得维护自我价值,树立自身形象,才能赢得别人的另眼相看。

土豆的用途

　　　人有时就像一颗土豆,有的能力像土豆心,可以做大一点儿的用途;有的能力像土豆皮,只能干相对较小的事情。

一位美国人最初靠养猪为生,第二次世界大战爆发后,他偶然得到一个消息:前线作战部队需要大量的脱水蔬菜。他立即向银行贷款,买下了当时美国最大的两

家蔬菜脱水工厂,专门生产供部队用的脱水土豆。

过了两年,纽约一位化学师研制出冻炸土豆条,买下脱水蔬菜工厂的美国人认定这是一种很有潜力的军需产品,果断地买断了化学师的生产技术,大量生产炸土豆条,果然一炮打响。

然而,炸土豆条的工艺也有缺点,每个土豆只能利用一半,其他的都被当做废料扔掉了,浪费惊人。那位美国人在剩余的土豆里拌入谷物用来作牲口的饲料,饲养了前线 15 万匹军马。前线部队有数以百万计的车辆,每天消耗的汽油非常可观,他又抓住这一良机,用土豆来制造以酒精为基础的燃料添加剂,效果非常好。

与此同时,那位美国人用土豆加工过程中所产生的含糖量丰富的废水灌溉当时的农田,把土豆喂养战马所产生的马粪收集起来,作为沼气发电厂的材料。整个二战中,他的土豆系列产值超过了 10 亿美元,利润超过了 6 亿美元。他就是被称为"土豆富翁"的 J·R·辛普洛特。

对于一个小小的土豆,辛普洛特开发到了极致。正是这种绝不浪费的理念,极大地托举了辛普洛特的事业。

人有时就像一颗土豆,有的能力像土豆心,可以做大一点儿的用途;有的能力像土豆皮,只能干相对较小的事情。我们应该充分开发、利用它们,把每一种主要的能力都化成人生实实在在的成就,让生命在多个方向实现突破。

成 长 悟 语

如果只满足于某一个领域所取得的成绩,那么,你就会裹足不前;如果充分开发自己各方面的潜能,你的天地就会百花齐放,生活也会多姿多彩。全面的突破,才能换得全面的辉煌与灿烂。

永远不要低三下四

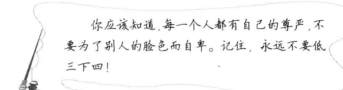

你应该知道,每一个人都有自己的尊严,不要为了别人的脸色而自卑。记住,永远不要低三下四!

那天,他的父亲在办公室看账本,可能是有一个地方不明白,父亲喊一个伙计的名字,让伙计过来一下。伙计正在外面做事,听到老板的喊声,马上答应一声跑了过来。父亲喊他的时候他正在抽烟,而伙计知道,老板是最讨厌人抽烟的,于是,伙计边跑边把正在燃着的烟斗塞进裤子口袋,然后来到父亲面前。

父亲是应该看到伙计的举动的,因为这时伙计的裤子开始冒烟了。但是父亲什么都没有说,冷冷地看着伙计,既没有让伙计把裤子口袋里的烟斗拿出来,也没有让伙计把火拍熄,就好像没看到冒烟的裤子似的,直到伙计汇报完工作狼狈地离开。

儿子正好在父亲的办公室里看到这一幕,儿子感觉气愤不已,他愤怒地对父亲大喊:"你怎么能这样对待别人!"那是他第一次对父亲发火,从他记事起,父亲给他的印象就是不苟言笑,虽然很严肃,但是心地很善良,不管是对家人还是身边的人,父亲从不把气愤挂在脸上,是个少有的好人。儿子的想法很简单,既然是好人就不能这样。

对于儿子的愤怒,父亲显得很平静,等儿子埋怨完之后,父亲心平气和地对儿子说:"我没有让他把烟斗放进口袋,桌子上有烟灰缸,他也可以到门外把烟头扔出去,他甚至可以继续抽烟,但他自己选择了口袋。"见儿子没怎么听明白。父亲拉起儿子的手:"你应该知道,每一个人都有自己的尊严,不要为了别人的脸色而自卑。记住,永远不要低三下四!"

许多年之后,儿子长大成人。虽然他来自非洲一个很小的国家,但是通过努力,最主要是从不低三下四,他成为了联合国第七任秘书长,执掌联合国10年之久。

他就是刚刚离任的联合国秘书长科菲·安南,一个非洲小国来的联合国秘书长。谁都清楚,联合国秘书长这个位置并不好坐,尤其来自小国的秘书长,有很多人都可以对他指手画脚。在那些资本大国面前,安南的策略是,不管谁提意见或是建议,他都认真聆听,但他只按照自己的思路去做事。正因为安南从来没有低三下四,

联合国在他的领导下每天都有新的变化；就算那些看不起他的国家的人，在评价安南人品的时候也赞不绝口。安南知道，他所得到的这一切，与父亲的教育是分不开的，不低三下四，让他在做事的时候没有心理负担，让他能够坚持自己的想法，这是他个人事业成功的关键因素之一。

（董　刚）

成　长　悟　语

　　不要放弃自己的尊严，不管是在领导抑或老板面前，没有了尊严，就没有了脊梁，在别人面前永远站不起来。以平等的心态与人为伴，才能博得人们的尊敬。经常仰视别人，自己只会越来越渺小。

请·尊·重·你·的·价·值

237

大师和青年音乐爱好者

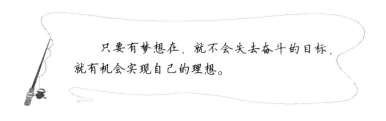

只要有梦想在，就不会失去奋斗的目标，就有机会实现自己的理想。

　　法国伟大的音乐家柏辽兹，早年生活贫困，直到《幻想交响曲》被李斯特等音乐大家认定是藏在浪漫主义标题后面的古典杰作，他的音乐才被完全认可。

　　成名后，一位青年音乐爱好者来到他的家，演奏自己的曲子，征求柏辽兹的意见，并想拜他为师。不料，柏辽兹听完他的演奏后说："你根本没有音乐才能，我这样痛快地给你这个结论，是为了使你赶快放弃音乐，另找出路。"青年人听了，垂头丧气地走出了柏辽兹的家。

　　他走到街上，柏辽兹却从楼上窗口探出头来，高声喊道："我不改变我刚才的评语，但我得补充一句，大师们当初对我也这么说。请记住，你和我当初一模一样。"

成　长　悟　语

没有梦想就没有希望，因此，永远不要放弃自己的梦想，即使你的梦想遭到别人的怀疑与嘲笑。其实,只要有梦想在,就不会失去奋斗的目标,就有机会实现自己的理想。如果梦想破碎,希望也随之消失。

潜水的启示

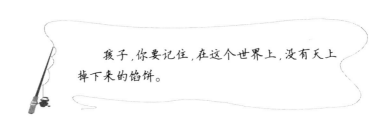

孩子,你要记住,在这个世界上,没有天上掉下来的馅饼。

他是一位潜水员的儿子。读初中三年级的时候,面对日益增多的课业量和中考压力,他逐渐产生了厌学情绪。他开始频繁逃学,溜到网吧去上网,学习成绩一落千丈。

这天下午,学校开家长会。会议结束后,别的学生家长都回去了,只有他的父亲被班主任单独留了下来。得知这个消息后,他的心中忐忑不安,预感到一场暴风雨即将到来。

傍晚的时候,父亲回来了。可是,出乎他意料之外的是,父亲并没有说什么,而是拿过两副潜水镜对他说:"走,我们一起潜水去。"

父子二人来到大海边,一起走入蔚蓝色的大海。在1米深的浅水区,父亲突然指着一种深绿色的海菜问道:"你知道这种海菜在市场上卖多少钱一斤吗?"他摇了摇头。父亲说:"人们只要花5毛钱,就可以买到满满一篮子。"

他们继续往前游。在2米深的地方,父亲让他戴上潜水镜潜入水中,看看能找到什么。为了不惹父亲生气,他顺从地潜入水中。等他再次浮出水面时,手中多了几枚牡蛎。父亲问他:"这些牡蛎在市场上卖多少钱一斤?"他又摇了摇头。父亲告诉他:"牡蛎的价格是1块钱1斤。"

父子两个接着往前游。在深水处,父亲一个猛子扎入水底。过了好一会儿,父亲带着一枚海螺回到水面上。父亲告诉他,这种海螺在市场上可以卖到10块钱1斤。

他们又往前游了一段。父亲再次潜入水底。这次,父亲带上来一只海参,并且说:"你别看海参长得难看,它在市场上却能够卖到几十块,甚至是上百块钱一斤呢。"

听完父亲的话后,他若有所思地点了点头。

父亲又说:"你知道为什么生长在浅水区的海菜那么便宜,而生长在深水区的海参那么昂贵吗?这是因为浅水区的海菜数量众多,而且人们采摘也不需要花费多大的力气。深水区的海参则不同,它们不仅数量少,捕捞也需要花费很大的工夫,有时甚至要冒着生命危险。孩子,你要记住,在这个世界上,没有天上掉下来的馅饼。如果你现在不好好用功学习,将来对社会的贡献就会十分有限,自己的人生价值也难以得到体现。"

成长 悟语

　　没有谁能随随便便成功,即使你非常聪明,不付出辛勤的汗水是收获不到香甜硕果的。无论是在小学、中学还是人生的其他阶段,都不能放松自己,只有付出艰苦的努力,才能取得巨大的成功。

没有规矩的拿破仑

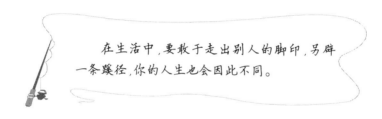

　　在生活中,要敢于走出别人的脚印,另辟一条蹊径,你的人生也会因此不同。

　　18 世纪末,欧洲政坛上出现了一位最没有规矩的人物:拿破仑。

　　他从政没有规矩:一个没有贵族血统、没有门第背景的人,却靠娶了一个有钱的寡妇,挤进了法国政坛。

　　他打仗没有规矩:别人都是列着队敲着鼓走到跟前再放枪,可他打仗是先用大炮轰,然后再让骑兵冲上去一顿乱砍。拿破仑曾下达过一条著名的指令:"让驴子和学者走在队伍中间。"在拿破仑的远征军中,除了 2000 门大炮外,还带了 175 名各行业的学者以及成百箱的书籍和研究设备。

　　他用人没有规矩:除了法国,当时没有任何一个欧洲国家的元帅是鞋匠、木工、小摊贩,可他的 26 位元帅中,有 24 位出身于此类平民。

　　他甚至连加冕都没有规矩:别的皇帝都是跪下让教皇把王冠给他戴上,他竟然是站起来抓过王冠,自己给自己戴上的!

　　总之,如同当时欧洲的贵族们怒斥的那样:拿破仑这个土匪是世界上最没有规矩的人!

　　但是他们又不得不臣服于拿破仑,并且按照拿破仑给他们制定的规矩生活,因为按照他们自己的规矩,他们打不过拿破仑。拿破仑的铁蹄踏遍了整个欧洲,欧洲历史上所有的军事强国全都一一败在他的手上……

规矩是一种标准、法则和习惯,合乎标准和常理的人总是规矩最忠实的践行者,但他们终生踏着别人的脚印走路,毫无创意可言。在生活中,要敢于走出别人的脚印,另辟一条蹊径,你的人生也会因此不同。

成 长 悟 语

突破旧规矩,才能创造新世界;墨守成规,终被时代抛弃。善于创新,才能取得进步,将来才会有所建树,才有机会在历史上留下自己的脚印。无论在学习上,还是生活中,只有扬起创新之帆,才能开辟新大陆。

坚持的价值

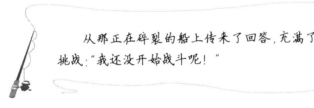

从那正在碎裂的船上传来了回答,充满了挑战:"我还没开始战斗呢!"

安详、明亮的月光洒向平静的海面。

但空中突然响起了枪炮的轰鸣,海水咸腥的气息立刻被硝烟的辛辣所中和。折断的桅杆、圆木和风帆的碎片漂得到处都是——到处都是拼命挣扎的人们。

其中一条船上的枪炮突然静了下来——这条船的帆已经没了,桅杆也只剩下了参差的杆子,在水面以下的船体已经裂开。它的船长是不是已经决定投降了?毕竟他能有的选择只是一条沉船和葬身海底,他或许认为该投降了。

另外一条船的船长注意到了这突然的平静。投降了吗?他想着,如果他们已经弃械的话,他们的舰旗应该已经降下来了,但是透过烟雾看不清他们在做什么。因此他朝对面的船喊了过去:

"你们降旗了吗?"

从那正在碎裂的船上传来了回答,充满了挑战:"我还没开始战斗呢!"

那是约翰·保罗·琼斯,美国海军的英雄。他不是要承认失败,他在想着进攻的新计划。

因为他自己的船正在下沉,他取胜的唯一办法就是登上对方的船,在英国人的船上与之作战！

慢慢地，他把自己那艘已经难以驾驭的船靠近了敌船。船帆刮了下船帆，然后又滑开了。约翰的船试了几次要靠牢敌船，但都没有成功。然而，很巧的，他的船只的锚钩钩住了对方船上的铁链。抓到敌人了！很快水兵们就熟练地把两条船用绳子紧紧地绑在了一起。

"到他们的船上去，到他们的船上去！"约翰大喊，这些勇敢的美国水兵游到了对方的船上——开始了战斗。

很快，唯一幸存的英舰的船长降下了自己的旗帜，而约翰和他英勇的士兵们则成了英舰"萨拉匹斯"号的主人。当他们驾船离开时，他们自己的那条无望的船，慢慢地沉没了。

我们中的大多数人远比我们自己所认为的更能够坚持。如果不是因为坚持，约翰不会驾着萨拉匹斯回国，而很可能已经和他的船一起葬身海底了，或者已被英军抓获，被作为海盗在桅杆上绞死。

（ [美]罗伯特·科利尔）

成 长 悟 语

无论是在多么艰难的环境下，都不要轻易放弃自己的希望。其实，在最黑暗的时刻，只要你再坚持一下，就能看到黎明的曙光。很多时候，急忙的放弃只会前功尽弃，足够的毅力、坚持到底才能踏入胜利的门槛。

为知识而奔波的人

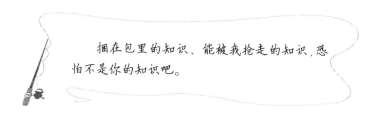

捆在包里的知识、能被我抢走的知识，恐怕不是你的知识吧。

安萨里外出游学近十载，几乎集中了那个时代人类的全部智慧。他把这些书籍、笔记打包背在身上。

终于，他可以背着自己鼓鼓囊囊的包回家了，离开尼沙布尔——那个中世纪最负盛名的"知识之城"——满怀着对知识的虔诚。

在西亚通向中亚的茫茫高原上，有好多的商队，为知识而奔波的人毕竟是少数，而为金钱不择手段者则充塞了道路。

安萨里遇到了强盗。他们搜掠了商队的所有财宝。现在轮到安萨里了。

"除了这些东西，我可以把我所有的东西给你们，求你们把这些东西留给我。"安萨里抱着自己的包裹说。

这些东西是什么？难道比金银珠宝更贵重？强盗们打开了安萨里的包看到里面不过是一大堆黑纸。强盗们大概很迷惑，这个文弱的青年不远千里要背回家的难道是这堆没有一点儿光泽的黑纸？

"这是什么？有什么用处？"

"这是我多年的学习笔记，对你们毫无用处，对我却是无价之宝。如果你们把它拿走，我的知识就没了。求求你们，我在求知的路上付出了太多的艰辛啊。"

黄沙弥漫，地阔天空。中世纪的太阳高悬在一文不名的年轻学者和腰缠万贯的强悍文盲头上，苍茫而鲜亮。

强盗头子哈哈大笑："抢走你的知识？哼！"强盗们发出此起彼伏的笑声。"什么知识？我看到的不过是一堆破书和笔记而已。捆在包里的知识、能被我抢走的知识恐怕不是你的知识吧。蠢货，打你都怕脏了我的手，滚吧！"

安萨里后来成为塞尔柱王朝时期最伟大的思想家和著作家，他的《哲学家的矛盾》、《迷途指津》成为那个时代思想的高峰，他的仅有两万多字的《致孩子》在上个世纪被联合国教科文组织指定为世界儿童必读书。安萨里说："引导我思想成长的最好箴言是从强盗的口中听到的。"

成长 悟语

摘抄书籍的精彩语句，只是别人的东西。只有在前人的基础上，深入思考，才能联系实际，融会贯通，与时代同步。死读书，永远被书本牵着鼻子走；学以致用，才能书写历史的篇章。

广告的效果

> 别人永远不会赋予你理想的价值，你必须自己主动去做一块招牌，适当地放大自己的价值。

　　这是一个规模很小的食品公司，生产资金只有十几万。但老总却很有信心，在单位的文化墙上写着要做这座城市辣酱第一品牌的豪言壮语，时刻激励着员工的信心。辣酱上市之前，老总寻思着给辣酱做宣传广告。他本来想在这座城市某个热闹的街头租一个超大的、显眼的广告牌，但是当他和广告公司接触后，才发现市中心广告的价位远远高于他的想象，根本不是他那小小的企业所能承担的。

　　可是他并没有失望，而是不停地到处打探，试图能发掘出哪里有便宜而且实惠的广告位置。经过反复寻找，他终于看好一个城门路口的广告牌。那里是一个十字路口，车辆川流不息。但有一点遗憾就是，路人行色匆匆，眼睛只顾盯着红绿灯和疾驶的车辆。在这里做广告很难保证有很好的效果。打探了一下价格，几万元。老总却很满意，于是就租了下来。

　　对于老总这个举措，员工们纷纷提出质疑，但老总只是笑而不答，仿佛一切成竹在胸。旧广告很快撤下来，员工们以为第二天就能看到他们的辣酱广告了。然而，第二天，员工们看到广告牌上根本就没有他们的辣酱广告，上面赫然写着："好位置，当然只等贵客。此广告招租 88 万元／全年。"

　　天哪，这样的价格该是这座城市最贵的广告位了。天价招牌的冲击力似乎毋庸置疑，每个从这里路过的人似乎都不自觉地停住脚步看上一眼。口耳相传，渐渐地，很多人都知道了这个十字路口中有个贵得离谱的广告位虚席以待，甚至当地媒体都给予了极大关注……

　　一个月后，"爽口"牌辣酱的广告登了上去。

　　辣酱厂的员工终于明白了老总的心计，无不交口称赞。辣酱的市场迅速打开，因为那"88 万元／全年"的广告价早已家喻户晓，"爽口"牌辣酱成了这座城市的知名品牌。

　　老总把原先的口号擦去，换成了要做中国第一品牌的口号。一位员工问他："我们还不是这个城市的第一品牌，为什么要换呢？"老总意味深长地回答说："价值只有在流通中才能得以体现，但价值的标尺却永远在别人手中。"

别人永远不会赋予你理想的价值，你必须自己主动去做一块招牌，适当地放大自己的价值。这依靠什么？当然得依靠过人的智慧和思维。

成 长 悟 语

　　有远见的人在现实中展示理想的效果，当效果图深入人们的心灵，那么理想就顺理成章地成为了现实。适时提高自己的追求目标，才能永葆进取之心；适当提高自身的价值，才会创造更大的价值。

"不出错"未必好

不敢大胆去攀登探索，自然不会跌落山路，但一定欣赏不了山顶的壮丽风光。

　　某公司的老板想找人设计公司标志，脑子里排出三个人选：小张，有创意，且发挥稳定，只是生意繁忙且价格较高；小王，有创意，但发挥不稳定，不稳定的意思是有时比小张做得还好，有时作品根本没法见人；小李，没什么创意，但十分合作，善于隐藏自己本来的想法，或者换种说法，本来自己没什么想法，然而善于揣摩客户的需求，做出来的东西基本不会出错，但也没有大的惊喜，收费标准和小王差不多。

　　考虑再三，老板最终圈定了不出错的小李。原因有三：第一，时间紧，预算少，没有多余的时间让小王返工，也没有充裕的金钱吸引小张足够的重视。第二，最低限度，小李的作品不至于太离谱，至少交代得过去。第三，这位老板自己也是"不出错的人"，不愿意把雇佣小王所连带着的风险，揽到自己身上，因此宁愿放弃雇佣小王可能产生的高额回报。

　　也许，对于大公司来说，与其聘用喜欢高风险、高收益的人物，不如聘用不出错的人，正如某位杂志社的出版人说的："也许你在我们杂志上看不到耸人听闻的东西，但我们的优势在于稳定，每期都能打75分。对大公司来说，稳定在75分，也许比这次100分、下次50分更有利。"

但是专家指出，一旦进入"不出错"模式，脑系统就会自动地把"高风险、高收益"的 100 分思路删除掉。这不仅仅对公司利益是一种损害，对个人的脑细胞生长更是一种抑制。到最后，"不出错的人"虽然不再会出错，但再也做不出最棒的作品了。

成长 悟语

不出错，其实就是循规蹈矩、墨守成规的另一种说法。不敢大胆去攀登探索，自然不会跌落山路，但一定欣赏不了山顶的壮丽风光。当你安于大山里低矮的平房，那么，你永远住不了城市的高楼大厦。

无 可 奉 告

245

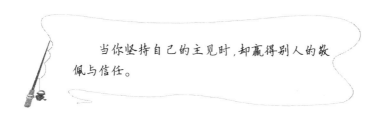

当你坚持自己的主见时，却赢得别人的敬佩与信任。

一位专业知识精良、学识丰富的工程师因为看不惯企业里一位主要领导营私舞弊而愤然辞职。恰好城里一家实力雄厚的外资企业招聘一名技术人员，工程师于是赶去报了名。那份工作报酬丰厚，条件也很好，报名的人很多。外资企业的技术主管和人力资源主管联合主持录用考试。

外语、专业知识考试一项一项地进行下去，工程师都轻松完成了，他自我感觉十分好，信心百倍。可是等到他翻开第二张考卷时，下了愣住了。整张考卷上只有两道题目，那就是：您所在的企业或曾经任职的企业经营成功的诀窍在哪里？请写出他们的详细技术数据。

工程师在原先的企业就负责技术工作，回答这样的题目对他来说易如反掌。可是，这样的问题属于商业机密，一旦说出来，原来的企业将会蒙受极大的损失。他的笔紧紧攥在手里，迟迟不肯落下去。这份工作对他来说，无疑是非常重要的，不但能够减轻家庭的负担，还对于他的职业生涯有很大的好处，但是他绝对不会放弃自己的原则。他宁肯放弃这次机会，也不能出卖原来的企业。

于是，他毫不犹豫地落笔，在第二张考卷上写下四个大字：无可奉告。然后，他带着一份轻松的心情离开,得不到这份工作无疑是一个很大的遗憾,可是他坚持了自己的原则。

本以为通过考试无望,工程师开始四处查看招聘信息,另谋他职,可是正在他连日奔波的时候,他接到了那家外企的录用通知,通知上用大大的黑体字写着一句话:你的"无可奉告",让我们由衷敬佩。

成长 悟语

当你放弃自己的原则时,别人也放弃了对你的祈求;当你坚持自己的主见时,却赢得别人的敬佩与信任,得到自己所追求的利益。机遇不会因你的坚持而错失,却会因你的放弃而流逝。

宠物狗大赛

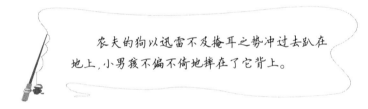

农夫的狗以迅雷不及掩耳之势冲过去趴在地上,小男孩不偏不倚地摔在了它背上。

一个小镇正在举行一年一度的宠物狗大赛。训练有素的宠物在主人的指挥下各显其能:有的表演花式跳跃,有的表演乱中寻宝,有的表演抗拒诱惑,有的表演捕获猎物……精彩场面不时引发看台上观众的阵阵掌声。

最后一只出场的狗有些另类,上场后随意跑了一圈,叫了两声,就跑到主人身边。这引起了观众的大笑,评委们也不无嘲笑地直摇头。这也难怪,它是农夫养的一只家狗,平素没有经过什么训练。很显然,它会被淘汰。

参赛狗都乖乖地站在主人身边等待结果。正当评委准备宣读进入下一轮的"选手"时,意外发生了:一个兴奋、顽皮的小男孩从两米多高的看台上摔了下来……说时迟那时快,农夫的狗以迅雷不及掩耳之势冲过去趴在地上,小男孩不偏不倚地摔在了它背上。而此刻,别的狗都焦虑不安地叫着。全场响起了经久不息的掌声。

比赛就此终结,评委和观众把冠军头衔和5000元奖金颁发给了这只"英雄式的家狗"。当评委询问农夫"训练秘诀"时,他说:"我从来没有对它进行过什么特殊的训练,它也没有什么出色的技艺,但在紧要关头,它知道自己该干什么,这就足够啦!"

在紧要关头,狗所表现出来的救人行为,绝对不是为了表演、博取观众的欢心,而是一种发自内心、来自灵魂深处的善良和高尚。其实,具有见义勇为的精神和危难显身手的人,才是真正的胜利者。

最好的投资

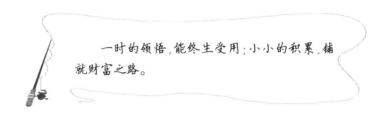

一时的领悟,能终生受用;小小的积累,铺就财富之路。

2006年《福布斯》杂志全球富豪排行榜显示,沃伦·巴菲特个人资产420亿美元,稳坐全球富人的第二把交椅,被人称为华尔街股神。

最近,英国的《泰晤士报》一位记者采访他:"至今在您所进行的投资中,哪一次的收益最高?"沃伦·巴菲特想了想,从办公桌抽屉里拿出一个发黄的笔记本,笑呵呵地说:"就是这个了。"记者不信,说:"您在开玩笑吧。"这时,他严肃起来:"不,先生,这是真的。这个笔记本是我小时候花0.5美元买的,现在已成为我最珍贵的财富了。"记者带着疑问打开看看里面到底有什么宝贝,才发现上面记录了他突然闪现的投资想法以及一些生活和投资经历,其后有一些评论性的感受。其中几段是这样的:

7岁那年,我向父亲要一点儿零花钱,买一本很好看的漫画书,父亲不给,让我自己想办法。于是,我只好像别的孩子那样去送报或做点别的短工。

——第一次拿到自己挣钱买的东西,有一种很高兴和自豪的感觉。

11岁,当许多同龄孩子在读报上的体育新闻或玩球时,我以38美元的价格购买了城市服务公司的股票,没多久股票跌至27美元,我坚持不卖,最终以每股5美元的赢利脱手。

——要学会自己做决定,要有自信和耐心。

12岁,再次购买股票,价格一路暴跌,最后,很久在低价徘徊,遭受挫折。

——不要轻易涉足自己不熟悉的地方，不然很容易因为光线灰暗而跌倒；明亮的道路也不需要去了，那里太挤了。

14岁，我已经打了好几份送报的零工，并把它当做一项业务来经营。当时，我每天送500份报纸，我把送报的路线安排得极为合理。我还利用送报的机会向客户推销杂志，以最大限度地增加收入。

——有时候，努力还不够，还必须用点儿智慧，有一个积极的心态。

我与伙伴联手在理发店安装了一个弹球机，这项业务每月挣50美元。17岁时，我以1200美元卖了弹球机。随后，和人合作买了一辆劳斯莱斯，并以每天35美元出租。

——开始时，一个人的力量是弱小的，我们需要一个伙伴。

放学后，我阅读股票值指数和图表以及《华尔街日报》。读大学后，我阅读了能够接触到的各种投资和商业类书籍，总共读了100多本，并把学到的应用到实际中。尝试各种投资方法，力图找到一套框架体系，犯了很多错误，也有了许多经验教训。

——要想做好一件事必须了解它，学习它，实践它。虽然遭受了不少失败，但是总算掌握了股票的一些规律。

……

"这真是一笔无穷的财富啊！"记者由衷地赞叹道。

沃伦·巴菲特稍稍一顿，接着说："这笔财富已经创造的物质财富以及它本身都在随时间而不断地增值，可以说，它是我最成功最漂亮的一次投资了。"

（张建伟）

成长悟语

对自己做过的每一件事，都要及时地总结经验，衡量得失，这样，才能把握生活的规律，使自己更从容地驾驭未来的生活。也许，一时的领悟，能终生受用；小小的积累，铺就财富之路。

第15辑 伟大灵魂的目光都是向下的

在这个世界上很多人比我们不幸。做人不应该把注意力全部集中在自己身上，不要为自己的一点儿挫折、一点儿不如意而埋怨，让自己融入对弱者的关心和体谅中。

每一个伟大的灵魂的目光都是向下的，因为它站在高峰，是最高尚的，所以不会仰头向上帝索取，而会俯下身子去尊重。

为了尊重，不谢幕

他们不谢幕，不是因为不懂得尊重观众，而是为了不把自卑的阴影像尘埃一样，落在那个腿脚不便的同伴心灵上。

我应邀担任某校园艺术节的评委，观看一场文艺演出。

当红色的幕布徐徐开启，10个手执二胡的少年已经端坐在舞台中央，一个个精神抖擞。琴声渐起，他们为大家演奏的是二胡名曲《赛马》。时而悠扬、时而激昂的琴声，把草原上万马奔腾的气势表现得淋漓尽致。全场鸦雀无声，仿佛所有人都伴随着琴声来到了广袤无垠、策马奔腾的美丽大草原上。

演奏结束，全场观众在沉寂了数秒钟之后，报以雷鸣般的掌声。按照惯例，这时候，演奏的小演员们应该起立向观众鞠躬谢幕，然后依次退场。可是这群小演员却端坐不动，只是报以灿烂的笑容，直到幕布徐徐拉上。这时，我听到观众席上传来阵阵骚动，评委之间也有人交头接耳。

演出结束，《赛马》以0.1分之差屈居第二。我很替他们惋惜，如果不是因为谢幕出了问题，他们完全有实力拿第一。回后台的时候，正好碰到他们的指导老师，我很坦诚地说出了我的想法，并不客气地向她指出："作为一名指导老师，你不仅要教孩子们高超的琴艺，还要让他们懂得尊重观众。"

指导老师笑笑说："我教过孩子们要尊重观众，而且以前我们也一直在演奏结束后向观众鞠躬致敬。"

"那为什么现在不这样做呢？"我疑惑不解地问。

指导老师用手指指坐在化妆间门口的一个孩子说："看到那个孩子了吗？去年因为车祸，他右腿残疾，身体恢复以后仍然坚持参加演出。每次演出结束谢幕时，他都坚持起立向观众致谢，但每次都站不稳，尤其是退场的时候，他不能像其他孩子一样健步走下舞台。为了不让他感到尴尬和自卑，我决定，只要有他参加演出，我们就不用谢幕。虽然我们有可能因此错失冠军，但我们不后悔。"

他们不谢幕，不是因为不懂得尊重观众，而是为了不把自卑的阴影像尘埃一样，落在那个腿脚不便的同伴心灵上。他们其实更懂得尊重！

(陈洪娟)

成 长 悟 语

为了维护别人的自尊而放弃荣誉的争夺，为了消除别人的自卑而甘愿牺牲名利，这样的谢幕，远比夺得冠军更令人震撼。其实，尊重的真正内涵就是把它献给最需要的人。

飘香的生命

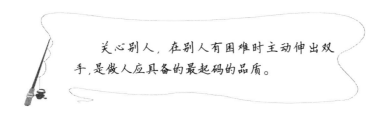

关心别人，在别人有困难时主动伸出双手，是做人应具备的最起码的品质。

一次和朋友在街上闲逛，路旁有个垃圾堆，清洁工人已经把垃圾都装上了车，可是车却怎么也发动不起来，那个清洁工很着急。朋友忙跑过去，不顾脏乱和难闻的气味，用力地帮他推车。几经努力，车终于启动了。我对朋友说："你也不嫌脏，那味儿多难闻！"朋友看着我，给我讲了一个故事。

在他上大学的时候，校园后面的围墙下是一个大垃圾场，学校里每天都有大量的垃圾被堆放到这里。有一个50多岁的老工人开着一辆破旧的车来运垃圾，一车一车，每天不知要跑多少趟。在一次上大课的时候，白发的老教授忽然问了大家一个与课堂内容不相关的问题："你们谁能告诉我每天运走校园垃圾的那个人的名字？"大家一片茫然，老教授又问："那你们谁能给我描述一下那个人的样子？"下面仍然一片寂静。老教授感叹地说："你们不会注意他的！因为他只是一个运垃圾的。谁会想到10年前，他也曾站在这里给学生们讲课！后来他因病告别了讲台，几年后病体恢复，他没有应邀再来授课，而是买了一辆旧货车，每天往城外运送校园里的垃圾，不要一分钱！"学生们都呆了，仿佛在听着一个美丽的童话，可是这是现实，是撞痛人心的现实！

老教授接着说："今天早晨我经过那个垃圾堆，他的车陷在泥里，束手无策。当时有很多晨跑的大学生经过他身旁，却看也不看他一眼，是我帮他把车推上来的。一个人应该理解别人的劳动，更应该尊重别人的劳动，关心别人，在别人有困难时主动伸出双手，是做人应具备的最起码的品质。可我们大学生又做了些什么呢？没有一个健全的心灵,有再多的知识又有什么用?"

阶梯教室里静得可以听见大家忏悔的心跳,老教授的话像一柄重锤,敲开了每个人心中的一扇门,那一刻,大家仿佛长大了许多。

我问:"后来呢?"

朋友说:"有一次在往车上装垃圾时,他的病忽然发作,倒在垃圾堆上,再也没有起来!他的追悼会,几乎所有的学生都参加了!"

我默然,为自己刚才的心态而羞愧。很久以后的一个夏天,我和女友一起逛街,路过一个臭味冲天的垃圾场,一群清洁工人正在清理。女友一脸厌烦地掩住鼻子,神情很是不屑。我说:"你不该这样看他们,没有他们就没有清洁的城市!"然后我给她讲了朋友说的那个故事。她听完,停住脚步,回头凝视着那一群身影,久久不语。

(包利民)

成长 悟语

对于遇到困难的人,我们难道要先分清他们的身份才伸出援助之手吗?其实,即使是社会最底层的人,也同样有尊严,渴望爱。人生最悲惨的不是遭遇不幸,而是在不幸中得不到亲人、朋友的理解和尊重。

尊重弱小何尝不是一种高贵

不要忘记那些在背后默默地支持你的人,只有懂得尊重他们,才懂得珍惜荣誉,才会创造更多的荣誉。

当《卧虎藏龙》一举捧得四项奥斯卡金像奖时,圈内朋友立即兴奋地告诉李凤梅,她拍的电影得大奖了。她的眼里闪过一丝亮光,但转瞬即逝。

几年前,《卧虎藏龙》开机时,她被招入剧组给章子怡做武打替身。那个剧组可谓真正的"卧虎藏龙",从演员到导演,任何一个名字都如雷贯耳。而她只是个小小的替身演员,根本没有人知道她何时来,也没人留意她何时走。电视屏幕前不曾出现过她的面目,甚至演职员表上都没有她的名字。她想,《卧虎藏龙》的庆功会,是不会有人记得通知她参加的。

让孩子学会做人的故事全集

Rang Hai Zi Xue Hui Zuo Ren De Gu Shi Quan Ji

没想到，几天后制片主任忽然给她打来电话，说："李安导演回来了，特别交代要请所有的工作人员参加庆功会，你一定要来啊！"那几天，她正好没有工作安排，心想：去看看大明星们的风采也不错。

庆功会变成了欢乐的海洋，闪光灯闪烁不停，群星耀眼。她找了一个不起眼的角落坐下，在那种场面，她实在太渺小了。

人们争相过去跟李安导演打招呼，向他表示热烈祝贺，亲切地抚摸小金人，然后拍照留念。她多想过去和导演握握手，亲手摸一摸小金人啊，可是她更清楚自己的分量，事隔近两年了，万一导演不认识自己，岂不是大出洋相？正在胡思乱想之际，李安的目光忽然落到了她的身上，立即让助手把她叫到身边。"小姑娘，我记得你。你看，这是咱们的奖杯，快拿着奖杯拍张照片吧。"李安亲热地招呼她，像久别的老朋友见面。也许是出乎意料，也许是过于激动，她的脑子里瞬间一片空白，慌忙接过小金人，快门适时地按下，令她终生难忘的画面被定格下来。那天晚上回家，她大哭了一场。

前几日，我在电视上看到她亲口讲述了这段经历。当时，她还拿出那张照片给大家看，照片上她和李安并排而立，一起捧着小金人，李安的脸上依然挂着儒雅的微笑，而她的表情则略带拘谨和兴奋。她说："李安导演那时已经誉满全球，真没想到，这样的大人物会主动请我照相。当我捧起奖杯时，我突然感觉到自己并不渺小，那是一种从未有过的荣誉和自豪！"想必，这是她一生中最美好的回忆吧。

一个是国际著名大导演，一个是无名替身演员，在世俗的眼光里，二者地位相差难以估量，但是李安不这么认为。"这是咱们的奖杯"，简单而朴实，不仅饱含感激之情，更有发自肺腑的真诚与尊重。有人说，学会平视权威会让人变得高贵，其实尊重弱小又何尝不是呢？李安以一部《断背山》再次向世人证明了自己的电影才华，而这次，他又让我明白了，什么叫高贵。

（姜钦峰）

成 长 悟 语

一部影片的成功，凝聚着每一位演员的功劳，包括替身演员，同样值得称赞。当你捧起奖杯时，不要忘记那些在背后默默地支持你的人，只有懂得尊重他们，才懂得珍惜荣誉，才会创造更多的荣誉。

屋　檐

> 有能力做屋檐的人，在自己有生之年多做几处吧！没能力，那就在自己的心里搭一个屋檐，心怀天下，悲悯苍生。

在一处古村游览风景区，一帮游客正在兴致盎然地参观清代江南某五品官遗留下的豪宅。古宅形体庞大，精巧别致，给人极大的新鲜感。站在古宅前，游客们心里都纳闷：这宅子的屋檐也真怪，怎么做成一个小巧的屋子？导游小姐站在屋檐下，给游客们卖了一个关子。她指着屋檐下那间小巧的屋子，学着某电视节目的语气问道："大家知道这间小屋子是干什么用的吗？"经这么一吊胃口，大伙的兴趣就来了，纷纷抢答。

有人说："放鞋子用的。人进屋后，把鞋子脱了搁在这里。"

有人说："训小孩用的。家里小孩犯错了就把他关在这里，闭门思过。"

有人说："雨天进门，把伞放在这里。"

有人说："关鸡的。"

导游小姐抿嘴一笑，无奈地摇摇头，告诉大家："都没猜对。这是供路过此地的流浪汉遮风挡雨、歇脚过夜的。"游客们哑然。

现代人生活舒适了，不知在街上行乞、流浪的人的悲苦，谁还会把他们放在心上？随着生活节奏越来越快，我们的同情心渐渐被挤进一处孤独的暗角，我们的悲悯情怀也正一点点丢失。在现实中，人们不会想着为流浪汉做一个能挡风遮雨的屋檐；在心灵里，也没有给社会上的弱者留一个充盈同情与关爱的屋檐。然而，远在清代的人就知道给流浪汉做个屋檐，这何尝不是一种关爱他人、帮扶弱者的情怀呢？人活于世，谁没有一个难处？谁能保证自己不需要他人的帮助？

有能力做屋檐的人，在自己有生之年多做几处吧！没能力，那就在自己的心里搭一个屋檐，心怀天下，悲悯苍生。

（陈志宏）

成长　悟语

不要在寒冷的冬季盖上你温暖的炉火，要不，当你在风雪中飘零的时候，也没有一扇为你遮挡严寒的墙。生活中，你尽力去帮助别人，关心他人，这样，当你有困难的时候，别人也会乐于为你分忧解难。

尊重的力量

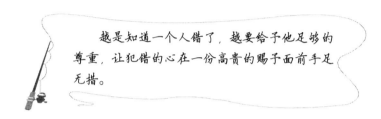

越是知道一个人错了，越要给予他足够的尊重，让犯错的心在一份高贵的赐予面前手足无措。

前不久，我和三个中学校长应邀到英国伦敦哈姆雷区中学去做"影子校长"。踏进校门的第一天，就遇到一件让我们感触极深的事。

我们先在门卫那里做了来宾登记，然后就被引领着去校长室。体形微胖的女校长正在和一个男生谈话，见我们进来，热情地和我们一一打了招呼，然后就又将注意力转移到了那个男生身上。引领我们的人低声对我们道了声歉，将我们带离了校长室。但我们没走出几步，校长就追了出来，说："走，我们一起去参观校园。"我发现那个男生就跟在校长身后，谦恭地埋着头。显然，校长从我的目光里看出了不解，于是说："噢，介绍一下，这是爱德华，今天他被'罚'充当我们参观校园的临时讲解员。"我们当中有个校长纳罕地问："为什么说是被罚？"校长笑了，回头对爱德华说："你自己告诉中国客人，你为什么被罚？"爱德华不好意思地说："我和低年级一个男孩打架了。我打伤了他。"

爱德华不是一个好的讲解员，他只会指着一间间教室说：这里是食品技术教室，那里是舞蹈教室……总是他先开个头，校长再做详细介绍，弄得爱德华十分难为情。

快要走到体育馆的门口时，校长突然停下来，对爱德华说："你去给客人们讲讲那里的陈列品吧。"校长说完冲我们意味深长地笑笑，停下脚步，跟正在做楼体保洁的工作人员闲聊起来。爱德华突然兴奋不已，他跑过去，指点着门口陈列架上的陈列品，滔滔不绝地告诉我们哪个奖杯是哪次比赛得来的，哪件球衣是哪个校友在哪场大赛中穿过的……我们问他，你怎么对这些信息掌握得这么全面准确呀？他得意地一笑说："我是学校橄榄球队的。你们看我领带上绣的这个图案，这就是橄榄球队的标志。"

等我们再度与校长会合的时候，天下起了蒙蒙细雨。校长急于将我们带回办公楼。但是，爱德华突然小声向校长提议说："再让他们去看看琼斯的椅子吧。"校长眼睛一亮,赞赏地点点头。爱德华于是带我们来到了小喷泉旁边的"琼斯的椅子"面前。他说:"5年前,琼斯在这所学校读八年级。有一天,他来上学的路上,被一辆汽车给撞死了……为了纪念他,同时也为了提醒人们珍爱生命,学校在这里安了这把椅子。"校长用慈爱的目光注视着爱德华,突然开口对他说:"汽车没有眼睛,也没有理智,所以,它对琼斯犯下了那样的罪过。而我们不是汽车,我们有眼睛,有理智,应该懂得爱和尊重,懂得保护弱小者和无辜者——你以为呢?"爱德华使劲地点头,羞愧和自责使他的双颊绯红了。

就在那一刻,我深切地体会到了尊重的力量。

越是知道一个人错了,越要给予他足够的尊重,让犯错的心在一份高贵的赐予面前手足无措。罚就罚得人没齿不忘,训就训得人入耳动心。即便是在施罚的过程当中,也要积极地为被罚者创造"露脸"的机会,不将已生出愧怍的心彻底打进冰窟,不让那努力探求光明的眼在无边的墨色中丧失了追索的热望。甚至,连死者都要给予别样的尊重——用那不幸者的名字命名一把椅子,让恒久寂寞的心时时有人来陪,让来坐的人明白生命的美好,也明白生命的脆弱,从而更加看重自我的生命,也更加尊重他人的生命……

(张丽钧)

成长 悟语

　　尊重是心与心的平等,是人与人的靠近,是即使犯错了也不会得到羞辱和压抑,是即使死去也能得到怀念和敬爱。尊重别人是从小事做起,却能像空气一样波及整个生命,让生命和人格在尊重的面前显得高贵无比。

我只要一句祝福

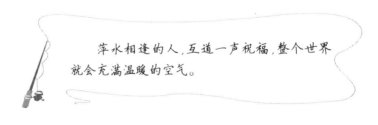

　　萍水相逢的人,互道一声祝福,整个世界就会充满温暖的空气。

　　去年夏天,我和一个朋友在哈尔滨车站办事。站前的人很多,熙熙攘攘的,一片嘈杂。由于要找的人不在,我们便在一个阴凉的地方等着。这时一个三十多岁的妇女走到我们面前，怯怯的，还没等开口，朋友对她一挥手，说："没有零钱！"她犹豫了一下，转身走了。

在车站这样的人很多，有时的确很让人厌烦。于是和朋友发了一通感慨，回头间发现，那个妇女不知何时又来到我们身边。见我看她，她忙说："我不要钱，也不要东西！"我们一愣，问："那你有什么事吗？"她说："我想请你们帮个忙！"我和朋友交换了一下眼神，问："帮什么忙？"她用手一指不远处，在那边的柱子下，斜倚着一个小女孩，七八岁的样子，长得又瘦又小。她说："那是我的女儿，今年7岁了。她从3岁开始就随我四处走，有时钱花没了，我们就在人多的地方要点儿钱。我们是出来找她爸爸的，她爸爸在外边打工，一走就是7年，没有消息！"说着，她用手抹了一下眼角。

我问："我们有什么可以帮你的吗？"她笑了笑，露出一口很白的牙，说："今天是阴历六月初九，我女儿的生日。可怜她从小就跟我在外面跑，从没好好地过一次生日。去年过生日时，是在沈阳，我给她买了几个橘子，她以前从没吃过橘子。那天她忽然问我：'妈，别人家的孩子过生日时，都有人说生日快乐，怎么没人对我说呢？'我就告诉她，等来年过生日时，就会有人对她说的。她就开始盼着过生日，可是，一上午我求过许多人，没人理我啊！"

257

午后的阳光暖暖地洒在大地上，我心中忽然涌起一种说不清的情愫。我和朋友来到那个小女孩面前，她有些惊恐地看着我们。我俯下身问她："你叫什么名字啊？"她看了看妈妈，小声说："我叫琳琳！"我说："今天是琳琳的生日，叔叔祝琳琳生日快乐，天天都快快乐乐的！"这时朋友在旁边轻声唱起了"祝你生日快乐"。琳琳愣了好一会儿，笑了，大声地对妈妈说："妈妈，真的有人跟我说生日快乐了！还唱歌呢！"她的妈妈也笑了，眼中有泪光闪动。

我拿出50元钱，对琳琳的妈妈说："给她买些礼物吧！"琳琳妈妈赶紧推开我的手，说："我不要你的钱，你们已经帮了我很大的忙了，看把她乐的，她都很久没这么高兴过了。我还不知道怎么感谢你们呢！"我问琳琳："你会写字吗？"她说："我会，妈妈常教我的！"我拿出自己的钢笔送给她，说："叔叔把这支笔送给你，以后就用它写字吧！"她看着妈妈，见妈妈点了头，才小心地接过钢笔，轻轻地抚摸着。朋友把他带的一个小本子也送给了她，她高兴得哭了。

临告别的时候，琳琳忽然对我们说："叔叔，我能亲你们一下吗？"我点头，俯下身来，她在我们的脸上亲了一下，说："妈妈说了，等找到了爸爸，我就可以回家上学了！"目光中满是憧憬。

我的心中生起了浓浓的感动，这些年来奔波劳碌，已很少有让我感动的人和事了。眼前这个小女孩天真的笑脸却直印进我心中最柔软的角落，让我的眼睛慢慢地湿润了。是啊，人与人之间真的不需要太多的物质交往，有时只是一句轻轻的祝福，就会唤醒生命中许多的美好，让生活变得焕然一新！

（包利民）

语言的力量是精妙而强大的，一句祝福能融化整个冰山，驱走炎夏；一句祝福能雪中送炭、雨中送伞；一句祝福能告别黑暗，走向光明。萍水相逢的人，互道一声祝福，整个世界就会充满温暖的空气。

赠送一百份饭

我们中的每一个人都受到过别人的帮助，我们应该随时准备把对别人的关心转为对别人的帮助。

科林·卢瑟·鲍威尔生于纽约，父母是牙买加移民。鲍威尔从小聪明好学，意志坚强，并且乐于助人。他当过里根总统的国家安全顾问，曾经被布什总统任命为参谋长联席会议主席，成为美国历史上第一位任该职的黑人，也是最年轻的参谋长联席会议主席。2001 年 1 月，他出任小布什政府的国务卿，成为美国历史上第一位担任该职的黑人。

鲍威尔上小学四年级的时候，就开始关注研究街头流浪者无家可归的问题。

有一次，在从学校回家的路上，他遇到一个流浪汉。鲍威尔就停下来问那个流浪汉需要什么东西。

"我需要一个家，一份工作。"无家可归的人感叹道。小鲍威尔为难了：自己还是个小孩子，怎么才能帮他呢？家和工作自己都不能给他呀。于是，小鲍威尔接着问："你还要什么其他的东西吗？"

无家可归的人很无奈地笑了一下，带着满脸的憧憬说："我真想能够吃一顿饱饭呀。"

鲍威尔这下放心了，终于可以帮那些流浪汉做一件自己力所能及的事情了。于是，他花了整整三天的时间，在妈妈和两个姐姐的帮助下，作计划，采购，做了一百多份的饭，送到他们家附近的一个流浪者收容所。

在以后的一年时间里，几乎每个周五的晚上，鲍威尔全家都要给收容所送饭。后来，鲍威尔的活动得到了全班同学以及所在社区的理解和支持，活动规模不断地

让孩子学会做人的故事全集 Rang Hai Zi Xue Hui Zuo Ren De Gu Shi Quan Ji

扩大了。

鲍威尔在一篇文章中这样写道：我们每个人都应该关心他人……而且我们自己也欠别人的。我们中的每一个人都受到过别人的帮助，我们应该随时准备把对别人的关心转为对别人的帮助。

成长 悟语

关心和帮助别人，那是人类的美德。只要你真正地关心别人，做些力所能及的事情去帮助别人，也许只是一些小事，譬如在车上让座，给乞讨者一碗饭，就能影响你身边的人，让不幸的人也能感受到这个世界的温暖。

学会尊重每一个人

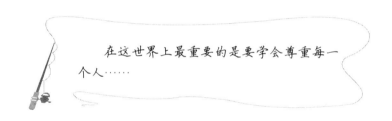

在这世界上最重要的是要学会尊重每一个人……

这是发生在美国纽约曼哈顿的真实故事。

一天，一位40多岁的中年女人领着一个小男孩走进美国著名企业"巨象集团"总部大厦楼下的花园，在一张长椅上坐下来。她不停地在跟男孩说着什么，似乎很生气。不远处有一位头发花白的老人正在修剪灌木。

忽然，中年女人从随身挎包里揪出一团白花花的卫生纸，一甩手将它抛到老人刚剪过的灌木上。老人诧异地转过头朝中年女人看了一眼。中年女人也满不在乎地看着他。老人什么话也没有说，走过去拿起那团纸扔进一旁装垃圾的筐子里。

过了一会儿，中年女人又揪出一团卫生纸扔了过来。老人再次走过去把那团纸拾起来扔到筐子里，然后回原处继续工作。可是，老人刚拿起剪刀，第三团卫生纸又落在了他眼前的灌木上……就这样，老人一连捡了那中年女人扔的六七团纸，但他始终没有因此露出不满和厌烦的神色。

"你看见了吧！"中年女人指了指修剪灌木的老人对男孩说，"我希望你明白，你如果现在不好好上学，将来就跟他一样没出息，只能做这些卑微低贱的工作！"

老人放下剪刀走过来，对中年女人说："夫人，这里是集团的私家花园，按规定只有集团员工才能进来。"

"那当然，我是'巨象集团'所属一家公司的部门经理，就在这座大厦里工作！"中年女人高傲地说着，同时掏出一张证件朝老人晃了晃。

"我能借你的手机用一下吗？"老人沉吟了一下说。

中年女人极不情愿地把手机递给老人，同时又不失时机地开导儿子："你看这些穷人，这么大年纪了连手机也买不起。你今后一定要努力啊！"

老人打完电话后把手机还给了妇人。很快一名男子匆匆走过来，恭恭敬敬地站在老人面前。老人对来人说："我现在提议免去这位女士在'巨象集团'的职务！""是，我立刻按您的指示去办！"那人连声应道。

老人吩咐完后径直朝小男孩走去，他用手抚了抚男孩的头，意味深长地说："我希望你明白，在这世界上最重要的是要学会尊重每一个人……"说完，老人撇下三人缓缓而去。

中年女人被眼前骤然发生的事情惊呆了。她认识那个男子，他是巨象集团主管任免各级员工的一个高级职员。"你……你怎么会对这个老园工那么尊敬呢？"她大惑不解地问。

"你说什么？老园工？他是集团总裁詹姆斯先生！"中年女人一下子瘫坐在长椅上。

（刘歌华）

260

成 长 悟 语

  人只有高低之分，而没有贵贱之别，不要因为任何原因看轻一个人。也许你已经很了不起，但总有比你更了不起的人。要学会尊重别人，首先要把自己和别人放在同一个起点上。等你学会了尊重别人，你自然也会得到别人的尊重。

让孩子学会做人的故事全集

Rang Hai Zi Xue Hui Zuo Ren De Gu Shi Quan Ji

玛拉的奇遇

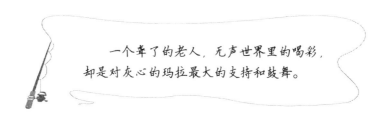

一个聋了的老人，无声世界里的喝彩，却是对灰心的玛拉最大的支持和鼓舞。

玛拉因为长得又矮又瘦而没被允许加入合唱团，而且，她总是穿着一件又灰又旧又不合身的衣服。

玛拉在公园里难过地流泪。她想：我为什么不能去唱歌呢？难道我的歌声真的很难听？

不由自主地，玛拉就低声地唱了起来，她唱了一首又一首，直到唱累了为止。

"真好听！"这时，一个声音响起来，"谢谢你，小姑娘，你让我度过了一个愉快的下午。"

玛拉惊呆了！

说话的是一位满头银发的老人，他说完后就走了。

玛拉第二天再去时，老人还坐在昨天的位置上，满脸慈祥地看着她微笑。

于是玛拉又唱起来，老人聚精会神地听着，一副深深陶醉的样子。最后他大声喝彩，说："谢谢你，小姑娘，你唱得太棒了！"说完，他又独自走了。

就这样，十多年过去，玛拉长成了大姑娘，变得美丽而优雅，是本城有名的歌手。但她忘不了公园长椅上那个慈祥的老人。于是她特意回公园去找老人，但却怎么也找不着他了。经过打听才知道，老人早就去世了。

"他是个聋子，都聋了20年了。"一个知情人这样告诉她。

成长 悟语

一个聋了的老人，无声世界里的喝彩，却是对灰心的玛拉最大的支持和鼓舞。所以说，自信是成功的重要前提，无论做什么事情，只要有了足够的信心，一切都会水到渠成。

两颗钉子的故事

> 要学会帮助别人，首先得学会如何顾全别人的面子，怎样令得到帮助的人不会觉得是在被施舍，这是尊重的艺术境界。

每晚 8 时左右，一位衣着褴褛然而神情坦然的老头，总会准时来到纽约市一条小巷中捡拾人们丢弃的物品，然后默默离去，从不晚点，也不久留。

第一次见到老头时，他正在与人争吵。他要翻动垃圾箱捡破烂，可那个居民不允许，说这是公共领域，而且又是晚上，这样做会把街道搞乱搞脏。老人便梗着脖子说："我靠自己的双手捡点儿破烂糊口，凭啥不让？当我是小偷不成？"老人很瘦，脖子上扯起根根青筋。他的缕缕白发在灯光下显得格外引人注目。

如果此时你认为老头有些倚老卖老、无理取闹的意味，那么就错了。

后来也不知怎么，看到老人很仔细地挑拣物品又很仔细地打扫清理现场，大家习以为常就不再管老头了。老人每天都来，但与别的拾荒者不同，他每次都在天黑以后才来，白天从不进来，而且他捡垃圾就是捡垃圾，除垃圾之外的东西秋毫无犯。这对一度饱受"顺手牵羊"之苦的居民来说实在是个惊奇的发现。时间久了，人们知道了关于老人一段凄楚的身世：老头是某码头的退休工人，由于妻子长年体弱多病，生活拮据，虽有几个儿女，但都久无音讯来往，倔强的老人不甘过仰人鼻息的日子，就在附近租了间破房与妻子相依为命。有限的退休金度日艰难，生性高傲的他为了凑足妻子买药的钱，不得不背上了捡垃圾的蛇皮袋。

大家了解了这段隐情后，都欷歔不已，从此看他的眼光中就多了几分同情与敬重。一次，邻居戴卫担心他晚上捡不到什么，便将一袋子上好的橘子递给他。老人一愣，随即嘟哝了一句："我是捡破烂的，不是乞丐。"拍拍手，提着瘪瘪的蛇皮袋起身就走。接下来的好几天里他都没再来。

戴卫默然。几天后，老头终于又出现在大院的垃圾堆旁。趁他离去时，戴卫回屋拿出铁锤，在垃圾旁的大树上一上一下钉了两颗钉子，然后把一些包扎好的食品，挂在上面的钉子上；又将一些旧书、旧报捆扎在一起挂在下面的钉子上。第二天，老人来了，他取走了挂在树上的那两个食品袋。他当它们是别人舍弃不要的垃圾了。

后来,许多居民都知道了这一秘密,于是树上的钉子上便常常多出许多胀鼓鼓的食品袋来。每天晚上老人来后总要先在垃圾堆里翻找一通,再去取那些食品袋。经常晚归的戴卫,一次看到了老人在取那些食品袋时,竟然泪流满面。

成长悟语

　　为了不伤及老人的自尊而钉上的两颗钉子,代表了人与人之间的尊重与谅解。要学会帮助别人,首先得学会如何顾全别人的面子,怎样令得到帮助的人不会觉得是在被施舍,这是尊重的艺术境界。

无言的尊重

263

　　为了不令人误会,宁愿自己受责骂和委屈,沉默的尊重里有海一样博大的包容。

　　朋友小王在一次聊天中给我讲了他去旅游返家时所亲历的一件事儿。

　　那天,在火车上。不知为什么我朋友所在的那节车厢中气氛特别沉闷。大家或专心致志地看杂志,或欣赏车窗外优美的景色,或端坐在那闭目养神。我的朋友是个不甘寂寞的人,尤其在这漫长的旅途中,更是不能缺少聊天的伙伴。为了打破沉闷,他就主动和邻座打招呼:"你好,你也……是……是去郑州的吗? "

　　邻座是一个三四十岁的中年男人,他转过脸看了看朋友,却没有说话,只是微笑着点点头。

　　"出去……旅游的? "朋友是没话找话。

　　中年男人仍是微笑着点点头。一时间,两个人的谈话因为一个人的不配合而陷入了僵局。

　　"你知道这……这趟车几点到……终点站吗? "过了一会儿,朋友实在不甘心受此冷遇,继续追问道。

　　中年男人依旧沉默不语。而这时,坐在朋友对面的一个小青年看不过去了。他生气地责问中年男人:"你这人怎么回事? 你又不聋又不哑,没听见人家正和你说话呢? "

中年男人没有理他，只是一个劲儿微笑着。我的朋友心想这个人不是哑巴就是一个榆木疙瘩，便不再和他说话，而是转过身和对面的小青年攀谈起来。两个人都是年轻人，谈话自然十分投机。两人从天南扯到海北，言谈中有相见恨晚之意……

当他们终于结束谈话准备下车的时候，我的朋友却发现一直坐在旁边听他们闲谈的那个中年人不知在什么时候已经走了。

朋友在餐桌上发现了压在水杯下面的一张纸条，那是中年男人走时留下的：老弟，很抱歉我刚才的所作所为。我是一个口吃病患者，而且是越急越说不出话来。我之所以没有和你搭话，是因为我不想让你误解为我在嘲笑你。

朋友看着看着，眼眶忽然湿润了。

（张 云）

成 长 悟 语

　　为了不令人误会，宁愿自己受责骂和委屈，沉默的尊重里有海一样博大的包容。无声的尊重就像细流一样流过心田，带来恒久的感动，让沉闷的旅途变得生动美好。

第16辑 魔鬼在细节

上海地铁一号线是由德国人设计的,看上去并没有什么特别的地方。直到中国设计师设计的二号线投入运营,才发现二号线忽略了其中的许多细节,结果运营成本远远高于一号线。

人类和类人猿的基因差别只是1.8%,成功者和普通人做的事98%是一致的,人与人的命运的不同往往表现在对细节关注程度的高低。当20世纪世界四位最伟大的建筑师之一密斯·凡·德罗,被要求用一句最概括的话来描述他成功的原因时,他只说了五个字:"魔鬼在细节。"

完美来自于小举动

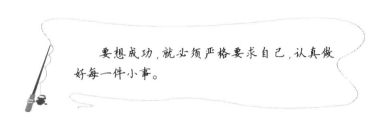

要想成功，就必须严格要求自己，认真做好每一件小事。

在人类历史上，第一个随同载人航天飞船遨游太空的宇航员名字叫加加林。从他乘坐载人航天飞船成功返回地球的那一刻起，他乘坐的飞船"东方1号"和他的名字就已经被载入了史册，永远被全人类所铭记。无疑，这是一个巨大的荣誉。

"东方1号"刚刚设计出来的时候，它先进的制造技术和精密的制造工艺让苏联军事科学研究者们无比自豪，而在选择随同载人航天飞船一起遨游太空的人选时，所有的人都犯了难。经过严格的体能测试、技术能力测验和品德素质的考察之后，有三个宇航员成为符合条件的人选：加加林、季托夫、涅留波夫。但是究竟三个人里面谁更合适呢？不管是飞船的设计者还是负责整个航天计划的领导者都为此踌躇不已。一直到航天飞船进入太空前一周，这个问题才最终解决，加加林最终被选定为人类历史上第一位随同载人航天飞船进入太空的宇航员。

三个人的实力相当，最终加加林是凭借怎样的优势入选的呢？记者采访"东方1号"的总设计师罗廖夫的时候，得到的答案十分出人意料。罗廖夫说："当时的选拔过程中，我总感觉有的宇航员的表现有些美中不足，但究竟是哪里出了问题我自己也不太清楚。直到加加林进入飞船的那一刻，我才清晰地意识到其他宇航员的不足之处。加加林在进入航天飞船之前，轻轻地脱下了自己的鞋子，只穿着袜子进入了座舱。就是这个很多人看来微不足道的小举动一下子打动了我。正是这个举动让我看出了他平时追求完美的习惯，而且感受到了他对于航天飞船的无比珍爱。珍爱航天飞船也就是对我们设计人员的尊敬，就是对航天事业的热爱。而在其他的测试方面，加加林的表现同样完美，所以，我们最终决定让加加林来执行人类首次太空飞行的神圣使命。"

成长 悟语

细节决定完美，完美由细节组成，越是细致的地方，越能看出一个人的性格。飞机少一个螺丝，就影响整个航程。人如果说话粗鲁，就会影响自

让孩子学会做人的故事全集

Rang Hai Zi Xue Hui Zuo Ren De Gu Shi Quan Ji

己在别人心目中的形象。要想成功,就必须严格要求自己,认真做好每一件小事。

上海人的精细

在被精确计算过后的服务氛围里,让人感受到的是放心和方便,更有被尊重的感觉。

　　在人们的印象中,上海人是比较精细的。这20年间,我多次去上海,在这方面感受颇深。

　　上世纪80年代初,上海市面上卖一种"阳春面",面条细,葱花细,价格也细:8分钱一碗。我想,这应是成本加利润核算后的准确价,店主没有硬凑整数卖个一角钱省事。据说,当时上海家庭主妇上街采购,花一角钱就可供一人吃顿水饺。资金分配很精细:5分钱买馅,3分钱买皮,2分钱买调料。上海的停车场多由老年人看管。看着那些头发花白的老人,臂佩红袖章,手握红、绿两色旗打着旗语,一丝不苟地指挥车辆出入,我为他们认真细心的作风所折服。

　　近几年,上海变化很大,城市面貌焕然一新,但上海人并没有因此而浮躁。以城市的综合服务来看,在很多细节上体现出这个大都市的精细和认真。比如,公交车站牌上都有标明首末班车的时间表,但与其他地方不同的是,每个不同站标的时间不同,而且有整有零,十分精确:比如,首班6:08分、末班22:42分等等,这是经过科学的测算后,告诉你汽车到达所在站点的确切时间。我曾在体育馆出了地铁站等一路末班车,结果按时到,按时开。时间如此精确,价格也和当年"阳春面"的标价一样,一丝不苟。比如,从静安寺航机楼到浦东机场的大巴是19元,他们恪守经营的利润比例,不会图省事就收你20元或者更多,在被精确计算过后的服务氛围里,让人感受到的是放心和方便,更有被尊重的感觉。前些日子去上海,见到一些商场为迎合消费者需求而设置的手机临时充电器,又在市场上看到将鸡蛋的蛋黄、蛋清分开卖,更为上海人精细的经营服务意识而叹服。

　　了解海尔的人,都知道张瑞敏有一句话:把简单的事情千百次做好就是不简单。其实,上海人也是把很多简单的事办得不简单了,他们的特点就是精细、认真。

（林　寿）

成长 悟语

　　做事精细的人先决条件是要有耐心，要认真细致。这种精细更要运用到学习上，研究学问一丝不苟，学到的知识自然扎实。

5 美分产生的奇迹

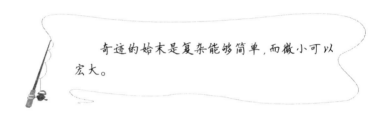

　　奇迹的始末是复杂能够简单，而微小可以宏大。

　　伍尔沃斯年轻时干过许多工作，但都不尽如人意。后来，到一家杂货店做店员，由于生性怯弱，不善言谈，连顾客的询问都使他紧张得要命。杂货店老板常常叹气说："弗兰克，你是我见过的最没用的售货员！"他也为自己的无能叹息、沮丧，甚至落泪。

　　一次，老板把他单独留在店里，说："弗兰克，你看见这些盘子了吗？还有这些刀子和刷子？今天你要把它们卖出去。"他最害怕讨价还价，为了避免同顾客单独打交道的困窘，他想出了一个"笨"办法：把这些小商品干脆堆在桌子上，旁边立一块板子，在上面注明老板要求的最低售价："一律5美分"。

　　结果，情况出乎意料，商品卖得非常好，顾客来得非常多。这个意外的成功鼓舞了他，1879年，他借了300美元，在宾夕法尼亚州开了一家商品零售店，卖的全是5美分的货物。后来，他的5美分连锁店一家接着一家，遍布美国、英国、加拿大。

　　1913年，他在纽约兴建了一栋高238米的大厦，当时的美国总统威尔逊亲自参加了大厦的剪彩仪式。这就是当时世界第一高楼——伍尔沃斯大厦。

　　1996年，他创立的连锁店数量成为世界之最，达到8000多家。他创立的明码标价、薄利销售、连锁经营等理念是现代商家的"鼻祖"，被沿用至今。

　　伍尔沃斯的成功，看似意外，实则不然。其5美分奇迹的核心在于：微小和简单。微小基于价格、利润，而简单则抓住了一个普遍的消费心理。

　　奇迹的始末是复杂能够简单，而微小可以宏大。

（祁文斌）

成功并不是偶然,它源于灵感和长期努力的结合。这些偶尔遇到的看似微不足道而且简单的灵感,如果能够善于运用,就是发光的金子,如果不懂得它的价值,那就只是沙子。

不要忽视生活的细节

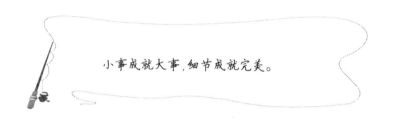

小事成就大事,细节成就完美。

一位先生在报纸上登了一则广告,要雇一名勤杂工到他的办公室做事。约有五十多人闻讯前来应聘,但这位先生却只挑中了一个男孩。

"我想知道,"他的一位朋友问道,"你为何喜欢那个男孩?他既没带一封介绍信,也没受任何人的推荐。"

"你错了,"这位先生说,"他带来许多介绍信。他在门口蹭掉脚下带的土,进门后随手关上了门,说明他做事小心仔细;当看到那位残废老人时,他立即起身让座,表明他心地善良、体贴别人;进了办公室他先脱去帽子,回答我提出的问题干脆果断,证明他既懂礼貌又有教养。

其他所有人都从我故意放在地板上的那本书上迈过去,而这个男孩却俯身拾起那本书,并放回桌子上。当我和他交谈时,我发现他衣着整洁,头发梳得整整齐齐,指甲修得干干净净。难道你不认为这些小细节是极好的介绍信吗? 我认为这比介绍信更为重要。

有句话说:"小事成就大事,细节成就完美。"细节总是能够看出一个人的性格,它就像你随身携带的名片一样,是你身份的象征。你的一举手一抬足都能留给别人一些印象,如果忽视了细节,也就是忽略了你自己。

不拘小节的代价

天下大事,必作于细。

在一家大公司里,有一位热情开朗的小伙子,他乐于助人,又善于讲笑话,深受同事们的欢迎。可是他有个坏毛病,就是有一些不雅的口头禅,时不时就冒出一两个,让同事们很不习惯。曾经有老前辈告诫他,说这是对人不礼貌的表现,必须改正。这小伙子当时答应得好好的,也真的戒过几天,可是江山易改,本性难移,没多久他又旧病复发了。同事们见他这样,除了偶尔说几句不拘小节之外,别的也就不说了。

这样过了两年,他由于工作出色,被提升为经理助理。有一天,他和经理与几位客户吃饭,席间他老毛病又犯了。先是空调开得太小,他当场来了句口头禅,然后跑过去按遥控。接着客户聊起这城市的塞车问题,他对这问题的不满由来已久,很自然地又来了句口头禅。这些客户中有一位是女士,她从小长在国外,接受过严格的修养教育。这位女士的中文虽然说得不太好,可是却正巧能够听懂这几句口头禅。她先是皱了皱眉头,没有吭声,可是后来接二连三地听到,觉得有些污染自己的耳朵了。于是她很礼貌地对经理说:"真不好意思,我刚刚想起有件事还没办,只好先告辞了。"

"这么快?要不我们赶紧吃,然后再送你去办事。"经理赶紧站起来挽留。

"谢谢,可是我真的等不及了。"她边说边站起来。

经理见她态度坚决,不可挽留,只好说:"这样啊,行,让我的助理送你去吧。"

小伙子赶紧站起来,给这位女士开门。

这位女士不好拒绝,只好说了声谢谢,然后低头快步地出门。这时小伙子突然发现仓促间忘带车钥匙,又不自觉地说了句口头禅,然后奔回座位上取钥匙。可是等他跑出去时,发现那位女士已经走了。

这笔生意自然是没有谈成,对方的理由是:贵公司虽然硬件设施齐全,但贵公司的职员却存在着一些不礼貌的现象,这让我们不能把这样重要的业务交给你们。对此我们深表歉意!

可怜这家公司想了半天,才想出问题的症结。结果只好忍痛把这位受人欢迎、却不拘小节的小伙子给送走了。

让孩子学会做人的故事全集

Rang Hai Zi Xue Hui Zuo Ren De Gu Shi Quan Ji

老子曾经说过:"天下大事,必作于细。"细节体现了一个人的个人素质和对人对事的态度。不拘小节要对不同的人,对于那些不能接受的人来说,这就是不礼貌和不尊重别人的行为,是会令人反感的。

法国人的检错习惯

只有那些勇于承认错误并为犯错做出应有的补偿,不断地自我反省和勇于承担责任的人,才能进步和成长。

271

在法国读书的一位中国留学生,某天晚上赶到地铁站,见车已进站,他急忙在打票机上打了票,并且清楚地听到了"咔嚓"一声。车到了终点站时遇上查票员,他取出票来顿时傻了眼,刚才那台打票机并没有在他的车票上留下任何印记。查票员不容辩解便对他以逃票处置,罚款150法郎。他大喊冤枉,因为他确实打了票,一定是票机出了故障。可是查票员对他说:"打票机坏了是车站的责任,你该问问自己有没有责任。因为站台上有4台打票机,而另外3台是正常的。当时您完全可以避免这个错误,但是现在您必须为这个小小的错误付出你的代价——罚款。"

法国人的这一自我检错习惯是从小培养起来的。如上述这位留学生有一次去朋友家做客。吃饭时,朋友8岁的孩子用一小块面包逗小狗玩,狗跳起来撞翻了他手中的盘子,盘子碎成几块。男孩对父母说:"你们看见了,是小狗打碎了盘子,不是我的错。"这时,男孩的父亲叫男孩离开餐桌到他自己的房间里去,想想自己究竟有没有错。十几分钟后男孩走出房间说:"小狗有错,我也有错,我不该在吃饭时逗狗,这是你们多次对我说过的。"男孩的父亲笑了:"那么今天你就该为自己的错承担责任,收拾餐桌,并拿出零用钱赔这个盘子。"男孩同意了。

人是不可能不犯错误的,重要的是犯了错误要及时改正,不推卸责任。只有那些勇于承认错误并为犯错做出应有的补偿,不断地自我反省和勇于承担责任的人,才能进步和成长。

细微之处见精神

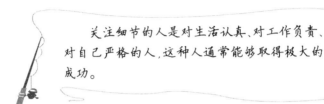

关注细节的人是对生活认真、对工作负责、对自己严格的人,这种人通常能够取得极大的成功。

许多成功人士极其注重小事和琐事,并且特别喜欢在细节上下工夫。在约翰·肯尼迪总统眼里,似乎任何细枝末节都具有特别重要的意义。

在其就职典礼的检阅仪式上,肯尼迪注意到海岸警卫队士官中没有一个黑人,便当场派人进行调查;在他就任总统后的第一个春天,他发现白宫的草坪上长出了蟋蟀草,便亲自告诉园丁把它除掉;他发现美国陆军特种部队取消了绿色贝雷帽,便下达命令予以恢复;尤其使人感到意外的是,肯尼迪在就任总统后不久举行的一次记者招待会上,竟然胸有成竹地回答了关于美国从古巴进口 1200 万美元的糖的问题,而这件事只是在此前有关部门一份报告的末尾部分才第一次提到过。

身为总统,肯尼迪巨细都抓的风格非但没有被美国人指责,反倒更加丰满了他的形象。

同肯尼迪相比,美国的许多位总统似乎都不逊色。其中,富兰克林·罗斯福总统是凭借惊人的记忆力来记住诸多细枝末节的。

第二次世界大战中,有一条船在苏格兰附近突然沉没,沉没的原因是鱼雷袭击还是触礁,一直没有结论。罗斯福则认为触礁的可能性更大,为了支持这种立论,他滔滔不绝地背诵出当地海岸涨潮的具体高度以及礁石在水下的确切深度和位置。这一手令许多人暗中折服。

罗斯福更拿手的绝活是进行这样一种表演:他叫客人在一张只有符号标志而没有说明文字的美国地图上随意画一条线,他都能够按顺序说出这条线上有哪几个县。

成长悟语

关注细节的人是对生活认真、对工作负责、对自己严格要求的人,这种人通常能够取得极大的成功。这些细微之处的记忆不但要求一个人投入兴趣，还要求他将心放进去，培养一颗细腻而有耐性的心。

洗澡水中的学问

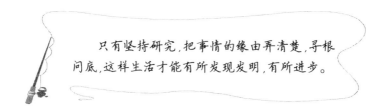

只有坚持研究，把事情的缘由弄清楚，寻根问底，这样生活才能有所发现发明，有所进步。

有一句著名的格言："真理诞生于一百个问号之后。"这句格言本身就是真理。

综观千百年来的科学技术发展史，那些定理、定律、学说的发现者、创立者，几乎都很善于从细微、司空见惯的自然现象中发现问题，追根溯源，最后把"？"拉直，变成"！"，找到了真理。

就拿洗澡来说，是一件极为普通的事情。洗完澡，把浴缸的塞子一拔，水就哗哗地流出去了……然而，美国麻省理工学院机械工程系的系主任谢皮罗教授却敏锐地注意到：每次放洗澡水时，水的旋涡总是向左旋的，也就是逆时针的！

这是为什么呢？谢皮罗紧紧抓住这个问号不放。为此他专门设计了一个碟形容器，往里面灌满水，他惊奇地发现每当拔掉碟底的塞子，碟里的水也总是形成逆时针旋转的旋涡。这证明放洗澡水时旋涡朝左，并非偶然，而是一种有规律的现象。

1962年，谢皮罗发表了论文，指出这旋涡很可能与地球自转有关。如果地球停止自转的话，拔掉澡盆的塞子，就不会产生旋涡。正是由于地球不停地自西向东自转，而美国处于北半球，所以洗澡水朝逆时针方向旋转。

谢皮罗认为，北半球的台风都呈逆时针方向旋转，其中的道理与洗澡水的旋涡是一样的。他断言，在南半球情况恰好相反，洗澡水将按顺时针形成旋涡；在赤道，则不会形成旋涡！

谢皮罗的论文，引起了各国科学家的浓厚兴趣，他们纷纷在各地进行实验，结果证明谢皮罗的论断完全正确。

谢皮罗教授从洗澡水的旋涡，联想到地球的自转问题，联想到台风的方向问题，并做了合乎逻辑的推理，这正是他目光敏锐、善于思考的体现。

无独有偶。近百年前，一位名叫密卡尔逊的生物学家调查了蚯蚓在地球上的分布情况。他指出，美国东海岸有一种蚯蚓，欧洲西海岸同纬度地区也有这种蚯蚓，而美国西海岸却没有这种蚯蚓。密卡尔逊无法解释这是为什么。

密卡尔逊的论文引起了德国地质学家魏格纳的关注。当时,魏格纳正在研究大陆和海洋的起源问题。他认为,那小小的蚯蚓,活动能力很有限,无法跨越大洋,它的这种分布情况正好说明欧洲大陆与美洲大陆本来是连在一起的,后来裂开了,分为两个洲。他把蚯蚓的地理分布作为例证之一,写进了他的名著《大陆和海洋的起源》一书。

魏格纳从蚯蚓的分布推论地球上大陆和海洋的形成,这也说明:他的成功在于从问号中探求真理。

洗澡水的漩涡和蚯蚓的分布,这些都是很平常的事情,然而,善于"打破砂锅问到底"的人,却能从中有所发现,有所发明,有所创造,有所前进。

成 长 悟 语

苹果为什么往下掉?一年为什么有四季?一天为什么有白天黑夜?你有想过这样的问题吗?科学总是从生活中来的,生活中的一些小细节却常会被人忽略。只有坚持研究,把事情的缘由弄清楚,寻根问底,这样生活才能有所发现,有所进步。

274

100%的认真

在人生旅途中,如果我们都能以100%投入的态度对待一切,追求一切,那么我们的生活就会出现奇迹。

第二次世界大战中期,美国空军和降落伞制造商之间曾就质量问题发生过争执。当时,降落伞的安全性能不够。在厂商的努力下,合格率已经提升到了99.9%,但是,军方要求产品的合格率必须达到100%。对此,厂商不以为然。他们认为,能够达到这个程度已经接近完美,任何产品都不可能达到100%的合格,除非出现奇迹。

99.9%的合格率,意味着每1000个伞兵中,会有一个人因为产品质量问题而在跳伞中送命,这个结果美国军方无论如何都无法接受。后来,美国空军改变了检查降落伞质量的办法,这个问题终于迎刃而解。原来,美国空军决定从厂商前一周交货的降落伞中随机挑出一个,让厂商的负责人装备上身后,亲自从飞机上跳下去。这个办法实施后,奇迹终于出现了,不合格率立刻变成了零。

在现实生活中,99.9%并不是一个完美的数字。产品质量99.9%的合格率,员工99.9%投入的工作态度,都会出现许多问题。有一组统计数字很好地说明了这一点,假如大家工作时只是99.9%地投入,那么结果会是这样:每小时将有1.6万件邮件在邮寄途中丢失,每小时会有2.2万张支票被存入错误的银行账户,每天将有50个新生儿的身份被搞混,医院里每星期会有500例错误手术,药剂师每年将给2万个病人拿错药。

对于这个世界来说,0.1%的失误造成的损失是巨大的,是触目惊心的。在工作中,在生活中,在人生旅途中,如果我们都能以100%投入的态度对待一切,追求一切,那么我们的生活就会出现奇迹。

(黄　巧)

孩子都还是贪玩的年龄,不喜欢枯燥的学习,所以学习的时候总是不够投入。他们不明白,一件事只有全身心地投入,认真去做,才能把它做完美,才能打破"不可能百分百合格"的顽固想法。

一滴焊接剂节省5万美元

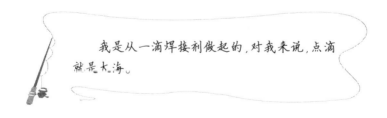

我是从一滴焊接剂做起的,对我来说,点滴就是大海。

有一位年轻人,几经周折,终于在一家石油公司里谋到一份工作,他所做的工作是最低档、最机械、最没有创造性的巡视并确认储油罐盖有没有自动焊接好。

这是公司里最简单枯燥的工作,凡是有出息的人都不愿意干这件事。尽管这份工作来之不易,但这位年轻人还是觉得,天天看一个个铁盖太没有意思了。他找到主管,要求调换工作。可是主管说:"不行,别的工作你干不好。"

年轻人只好回到焊接机旁,继续检查那些油罐盖上的焊接圈。既然好工作轮不到自己,那就先把这份枯燥无味的工作做好吧!

有一次,他突然发现石油罐子每旋转一次,焊接剂滴落39滴,焊接工作便结束了。

为什么一定要用 39 滴呢？少用一滴行不行？在这位年轻人以前，已经有许多人干过这份工作，从来没有人想过这个问题。这个年轻人不但想了，而且认真测算试验。结果发现，焊接好一个石油罐盖，只需 38 滴焊接剂就足够了。年轻人在最没有机会施展才华的工作上，找到了用武之地。他非常高兴，立刻为节省一滴焊接剂而开始努力工作。

　　原有的自动焊接机，是为每罐消耗 39 滴焊接剂专门设计的，用旧的焊接机，无法实现每罐减少一滴焊接剂的目标。年轻人决定另起炉灶，研制新的焊接机。经过无数次尝试，他终于研制成功了"38 滴型"焊接机。

　　这个小伙子节省的只是一滴焊接剂，但"一滴"却给公司带来了每年上亿美元的利润。

　　许多年后，他成了世界石油大王——洛克菲勒。

　　有人问洛克菲勒："成功的秘诀是什么？"他说："重视每一件小事。我是从一滴焊接剂做起的，对我来说，点滴就是大海。"

成长　悟语

　　善于捕捉自己的思想，思考问题，善于动手去实践，认真做好每一份工作，为了改善生活而努力奋斗。一个小小的改变很多时候能够带来翻天覆地的变化，前提是不在枯燥的生活里迷失自己的目标，重视每一件小事。

表现出色的落选者

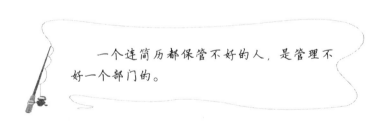

　　一个连简历都保管不好的人，是管理不好一个部门的。

　　小吴是某大学应届毕业生。参加招聘会的那天早上，小吴不慎碰翻了水杯，将放在桌子上的简历浸湿了。为尽快赶到会场，小吴只将简历简单地晾了一下，便和其他东西一起，匆匆塞进背包。

　　在招聘现场，小吴看中了一家深圳房地产公司的广告策划主管岗位。按照这家企业的要求，招聘人员将先与应聘者简单交谈，再收简历，被收简历的人将得到面试的机会。

　　轮到小吴时，招聘人员问了小吴三个问题后，便向他要简历。小吴受宠若惊地掏出简历时，这才发现，简历上不光有一大片水渍，而且放在书包里一揉，再加上钥匙等东西的划痕，已经不成样子了。小吴努力将它弄平整，递了过去。看着这份伤痕累累的简历，招聘人员的眉头皱了皱，还是收下了。那份折皱的简历夹在一叠整洁的简历里，显得十分刺眼。

　　三天后，小吴参加了面试，表现非常活跃，无论是现场进行电脑操作，还是为虚拟的产品做口头推介，他都完成得不错。在校读书时曾身为学校戏剧社骨干社员的小吴，还即兴表演了一段小品，赢得面试负责人的啧啧称赞。当他结束面试走出办公室时，一位负责的小姐对他说："你是今天面试者中最出色的一个。"

　　然而，面试过去一周后，小吴依然没有得到回复。他急了，忍不住打电话向那位小姐询问情况。小姐沉默了一会儿，告诉他："其实招聘负责人对你是很满意的，但你败在了简历上。老总说，一个连简历都保管不好的人，是管理不好一个部门的。你应该知道，简历实际上代表的是你的个人形象。将一份凌乱的简历投出去，有失严谨。"

成长　悟语

　　千里之堤，溃于蚁穴。一个人即使综合素质再好，只要一个细节问题，就很有可能被理解为能力不合格而遭到淘汰。因为细节上马虎同时证明了人的性格也是马虎的，别人又怎么放心聘请一个粗心的人呢？

　　关注细节的人是对生活认真、对工作负责、对自己严格要求的人，这种人通常能够取得极大的成功。这些细微之处的记忆不但要求一个人投入兴趣，还要求他将心放进去，培养一颗细腻而有耐性的心。

第17辑 先是做个好人

让孩子学会做人的故事全集

孟子说:"取诸人以为善,是与人为善者也。故君子莫大乎与人为善。"意思是,君子最高的德行就是同别人一道行善。后来,与人为善的语义有所拓展,多指要做个好人,以善意的态度对待他人,为人着想,乐于助人。

人心本善,做个好人是人际交往中一种高尚的品德,是智者心灵深处的一种沟通,是仁者个人内心世界里一片广阔的视野。

请把我人性的芳香带走

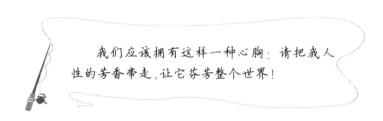

> 我们应该拥有这样一种心胸：请把我人性的芳香带走，让它芬芳整个世界！

你知道雅诗·兰黛香水是怎样占领法国市场的吗？

雅诗·兰黛香水在美国推销成功后，便远征欧洲大陆，选择法国作为突破口。当时有人劝雅诗·兰黛女士打消这个念头，说法国人怎么看得上美国人喜欢的香水呢？果然，雅诗·兰黛香水摆在法国市场，法国人连正眼都不瞧，只有一些爱占便宜的法国小市民假装试用，多多地倒在身上，却一个子儿也不掏，就走掉了！

有些过分的人还一而再、再而三地来。忍无可忍的雇员向雅诗·兰黛女士抱怨，表示要想办法制止这类人。雅诗·兰黛却轻松地笑笑，说："你们尽管让他们用香水，不必在乎他们占的那点儿便宜。"她的想法是：这些人会把香味带给更多的人，带给真正的买家。果不出其所料，雅诗·兰黛迅速打开了法国市场。

生活中，我们时常听到一些人说自己的善良和好心被人利用了、被人欺骗了。其实，大可不必埋怨，也大可不必因自己的善良被欺骗、被利用而从此放弃善良。我们应该有一种豁达的心胸，尽可能地让人把我们的善良带走，把我们美的品行带走，让我们人性的芳香不断地远播，不断地泽及他人。这样，我们的品行就会像雅诗·兰黛香水一样，成为一种品牌而风靡世界，从而得到人们的真心推崇和真诚赞美。

是的，我们应该拥有这样一种心胸：请把我人性的芳香带走，让它芬芳整个世界！

（黄小平）

成长 悟语

其实做人不能太计较，也不能因为曾经被骗就对世界失去信心。常常怀着一种宽松的心情看待问题，你会发现，你的努力不会白费，一切付出都能收获丰硕的果实。

骑手的眼神

时刻注意周围需要帮助的人，把自己的同情和友善表达出来，即使在最寒冷的下雪天，也能给人以希望，带来温暖人心的力量。

有的时候，人们需要的常常只是一席暖心的话。美国的一个知名人士曾说过这样一件事：

一个寒冷的晚上，在弗吉尼亚北部，一位老人在等待着骑手带他过河，寒风中，他的胡须已经结了一层冰凌。等待似乎永无止境，冰天雪地中，他的躯体渐渐地麻木和僵硬了。他忧心忡忡地看着过往的骑手。第一个骑手经过时，他没有起身引起骑手的注意。马沿着冰冻的路面奔跑着逐渐远去，蹄声均匀而急速。

第二个、第三个都这样过去了……当最后一个骑手经过老人坐的地方时，老人已宛如一个雪人，他看着骑手的眼睛，吃力地说："先生，你不介意带一个老人过河吧？我已经找不到路了。"

骑手勒住马，回答说："当然，上来吧。"看到老人冻僵的身体已经不可能自己起身，他随即下马扶老人上马。骑手不仅带着老人过了河，还把他送到了目的地。

当他们到达老人温暖的小屋时，骑手好奇地问："老先生，前面几个骑手经过时，您没有请他们带您，然而我经过时，您却立刻请求我，我常得很奇怪，这究竟是为什么呢？在这样寒冷的冬夜，您为什么情愿等待并请求最后一个骑手呢？如果我拒绝，您怎么办？"

老人从马上下来，直视着骑手的眼睛说："我想我的直觉不会骗我。我看看他们的眼睛，就能立即知道他们并不关心我的处境，请求他们帮助是没用的。可是在你的眼神里，我看到了友善和同情。我相信，在我需要帮助时，你的善良会赐予我脱离困境的机会。"

一番发自内心的话触动了骑手。"非常感谢您刚才所说的，"他告诉老人，"我以后绝不会只顾忙自己的事，而忽略他人需要的友善和同情。"说完，他掉转马头转身离去。

这个骑手就是美国历史上著名的总统托马斯·杰弗逊，而他当时要去的地方正是白宫。

当一个人只顾着朝着目标前进的时候,常常会忽略了周围的风景。时刻注意周围需要帮助的人,把自己的同情和友善表达出来,即使在最寒冷的下雪天,也能给人以希望,带来温暖人心的力量。

老锁匠收徒

我收徒弟是要把他培养成一个高超的锁匠,他必须做到心中只有锁而无其他,对钱财视而不见。

襄阳老锁匠一生修锁无数,技艺高超,为了不让他的技艺失传,人们帮他物色徒弟。最后,老锁匠挑中了两个年轻人,准备将一身技艺传授给他们。

一段时间以后,两个年轻人都学会了不少东西。但两个人中只有一个能得到真传,老锁匠决定对他们进行一次考核。

老锁匠准备了两个箱子,分别放在两个房间,让两个徒弟去打开,谁花的时间短谁就是胜者。结果大徒弟只用了不到10分钟就打开了箱子,而二徒弟却用了半个小时,众人都以为大徒弟必胜无疑。

老锁匠问大徒弟:"箱子里有什么?"

大徒弟眼中放出了亮光:"师傅,里面有很多钱,全是金银珠宝。"

老锁匠问二徒弟同样的问题:"箱子里有什么?"

二徒弟支吾了半天说:"师傅,我没看见里面有什么,您只让我打开锁,我就打开了锁。"

老锁匠十分高兴,郑重宣布二徒弟为他的正式接班人。大徒弟不服,众人不解。

老锁匠微微一笑说:"不管干什么行业都要讲一个'信'字,尤其是我们这一行,要有更高的职业道德。我收徒弟是要把他培养成一个高超的锁匠,他必须做到心中只有锁而无其他,对钱财视而不见。否则,稍有贪心,登门入室或打开箱子取钱易如反掌,最终只能害人害己。我们修锁的人,每个人心中都要有一把不能打开的锁。"

俗话说："人无诚信不立。"一个讲诚信的人，才能得到别人的信任。而且做人要有自己的道德标准，无论何时，这个标准都是不能触犯的。这样才能成为一个正直、善良、诚实的人。

给别人一把钥匙

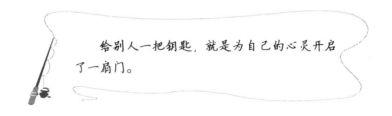

给别人一把钥匙，就是为自己的心灵开启了一扇门。

19世纪早期，在德国的一个小村庄里，坐落着一个由石墙围起的古老教堂，里面有精美的雕刻，彩绘玻璃和一架华美的管风琴。管风琴向来以宽广的音域和饱满的音色被赋予"乐器之王"的美称。

这一天，教堂里正在干活的一位老管理员，忽然听到教堂避难所的橡木门上传来敲门声。他打开门，看到一位穿军装的士兵站在台阶上。

"先生，您可以帮我一个忙吗？"士兵说，"请允许我弹一个小时的管风琴好吗？"

"很抱歉，年轻人，"管理员回答说，"除了我们自己的风琴演奏者外，不允许外人弹奏它。"

"但是先生，贵教堂的管风琴闻名遐迩，我远道而来，只为了能亲眼见到它，弹奏它，仅一个小时！"老人犹豫了一下，悲伤地摇了摇头。

"好吗？"士兵请求道，"我的指挥官只允许我请假24小时。过几天我们将到另外一个省，在那里将有一场残酷的战斗。恐怕这是我一生中最后一次弹奏管风琴的机会了。"

老管理员不情愿地点点头。他打开门，招手让士兵进来，然后从衣袋里取出一把钥匙递给他："管风琴锁着呢，这是钥匙。"

士兵用钥匙打开管风琴华丽的琴盖，然后弹奏起来，宏伟的音符如一排排波浪从管风琴金色的音管中翻腾而出。老管理员震撼了，他的眼中闪动着泪花，在门口的长椅上坐了下来。

不到几分钟，教堂门口已经聚满了附近教区的村民，他们朝里窥视，纷纷摘下帽子踏进避难所来倾听，优美的旋律在避难所回荡了一个小时。拥有天才手指的风琴弹奏者完成最后一个音符后，双手从键盘上抬起。

士兵放下琴盖锁好，当他站起转过身来的时候，惊讶地发现教堂里坐满了人，村民们是暂停手中的活儿来听他演奏的。那个士兵谦逊地接受着人们的称赞，然后从过道中央走过，把钥匙归还给老管理员。"谢谢。"年轻人感激地说。

老人起身接过钥匙，"谢谢你！"他一边回答，一边握住年轻士兵的双手，"这是我年迈的双耳听到过的最动听的曲子，请问，你叫什么名字？"

"我叫费力克斯，"士兵回答道，"费力克斯·门德尔松。"

老管理员听到这个名字时，眼睛睁大了。眼前的这个士兵，20岁以前就已经是享誉欧洲大陆最著名的作曲家了。老人注视着这个士兵离开教堂消失在村庄的小路上，他喃喃自语道："我差一点儿没有给他钥匙而错过这支美妙的乐曲！"

给别人一把钥匙，就是为自己的心灵开启了一扇门。常常给予别人一个力所能及的帮助，你将获得震撼心灵的回报。

（[美]理·戴维士　北　佳/译）

俗话说："助人为快乐之本。"帮助别人的时候，往往也是在帮助自己。给别人的帮助虽小，却像一把钥匙打开了彼此的心门，让世界充满了温馨动人的故事。

老禅师和他的徒儿

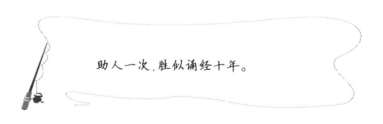

助人一次，胜似诵经十年。

老禅师带着徒儿下山游方化缘，归途中遇见一个饿得奄奄一息的年迈老妪。

老禅师当即命徒儿留些干粮和银两给老妪，徒儿有些不情愿，老禅师打句佛语，问徒儿他们身上的银两和口粮共有多少。徒儿说口粮仅够三天，银两才化得5

两白银。老禅师颔首微笑道："口粮三日总有食完之时，白银5两也不足以修缮一座破庙，但与一无所有的人相比，我们师徒已属幸哉。"说完，老禅师留下了3两白银和师徒两人两天的口粮，随后转身离去。

一路上，老禅师见徒儿闷闷不乐，便道："生死与功德只在一念之间，这些银两和食物对我们来说只不过是暂时能维持生计罢了，可对施主却是救命之物啊。"徒儿似懂非懂。几年后，老禅师油尽灯枯，圆寂前他把一本经书交到徒儿手中，翕动着嘴唇却没能来得及说出最后一句话。那经书徒弟年幼时就已经倒背如流，故而未曾翻阅便搁在了一边。

年轻的徒儿继承师位后持庙有方，破旧的小庙不断扩建。徒儿心想，等庙筹建完毕，一定谨遵老禅师的教诲去广济百姓。可是当寺庙颇具规模后，他却又想，等庙宇具有规模后再济助行善吧。时光荏苒，等徒儿年至耄耋时，寺庙已是殿壁辉煌良田百顷。可是，几十年来他却因忙于建庙，疏于善事，最终没有做过一件有功德的事情。临终前，徒儿突然想起老禅师留下的那本经书，当他翻开扉页，顿然号啕大哭。但见经书上赫然写着老禅师当年未及点明的忠告——助人一次，胜似诵经十年。

其实，帮助别人并非要等到自己有足够的能力后才去为之，力所能及的援助才有着更为深刻的意义。在现实生活中，与不吝施舍的富足者相比，那些具有慷慨之心的穷人往往比前者显得更为伟大与高尚，尽管他们的援助是那么"微不足道"。

成长 悟语

只要目的是为了帮助别人，富人的10万和穷人的10块在天平上是平等的。不要老埋怨说自己没有能力帮助别人，只要尽了自己的能力，即使很小的援助也能给人带来重生的希望，这个世界也会少些悲剧。

首先是做个好人

戏如其人，文如其人，商如其人，官如其人，无论从事什么工作，首先都需做个好人。

有一次，好莱坞的一位国际知名演员正要走进影棚，一位朋友提醒他，纽扣上下扣反了。他低头看了看，连声向朋友道谢，并赶紧扣好纽扣。可等他的朋友走开以后，他又重新故意把纽扣上下扣反。

一个年轻人正好瞧见这一过程，便不解地问他是怎么回事。知名演员回答说，他扮演的是个流浪汉，扣反纽扣正好表现出流浪汉不注重形象、对生活失去信心的一面。

年轻人更加困惑地问道："可你为什么不向朋友解释清楚，说这是演戏的需要呢？"

知名演员坦然地笑了，说："他提醒我是把我当做真正的朋友，是出于对我的关心。假如我一定要解释个清楚，就极有可能让他认为我做任何事都是有准备的，有一定原因的。久而久之，谁还能指出我的缺点呢？在他们眼里，我的缺点也可能被误认为是有个性。如果没有人及时地指出我的缺点和错误，那我怎么能不断地完善自己呢？"

金无足赤，人无完人。这位知名演员原来是为了不断地完善自己，所以才给别人留下批评自己的机会。

日本的歌舞伎大师堪弥也遇到过与好莱坞知名演员相似的提醒。

有一回，堪弥大师扮演古代一位徒步旅行的百姓，正当他要上场的时候，一个门生提醒他说："师傅，您的草鞋带子松了。"

他回答了一声："谢谢你呀。"然后立刻蹲下，系紧了鞋带。当他走到门生看不到的舞台入口处时，却又蹲下，把刚才系紧的带子重新又弄松。

原来，他的目的是要用草鞋带子的松垮，来表现这个百姓长途旅行的疲惫不堪。演戏细腻到如此的地步，这位大师确有其过人之处。

正巧那天有位记者到后台采访，看懂了这一幕。等演完戏后，聪明的记者问堪弥："您为什么不在当时指教学生，因为他还不懂得你演戏的技巧啊。"

堪弥回答说："对待别人的亲切关爱与好意，我必须坦然接受。要指教学生演戏的技能,机会多的是,在今天的场合,最重要的是要以感谢的心情去接受别人的提醒,并给予回报。"

大师一身艺,千古一剧情;难得演好戏,更难做好人。戏如其人,文如其人,商如其人,官如其人,无论从事什么工作,首先都要做个好人。

(蒋光宇)

別人的好心提醒,也许不是正确的,却都是出于善意的。我们要怀着感恩的心去感谢他们的指点,让别人乐意继续指出缺点,这样保留了给人批评指正的机会,才能更好地完善自身。

良 心 在 上

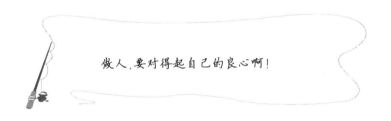

做人,要对得起自己的良心啊!

丛艳春是生活在吉林山村的一个农家妇女,虽然她勤快能干,可她的生活依然十分贫穷。她的丈夫常年卧床不起,唯一的儿子不但患有间歇性神经病,而且还是侏儒——28岁了,身高只有1.30米。丛艳春多次托人想把儿子送到县里的马戏团去挣口饭吃,可人家看到他那痴呆呆的样子,什么也不说就走了。为了治好丈夫的病,家里已经一贫如洗了。可现在她又心如刀割:家里唯一的那头老驴也要被拉上屠宰场了——就等着把这头驴杀掉卖钱给丈夫抓药。

杀驴的时候,当剖开驴的肚子时,一个硕大的肉球滚了出来,吓了人们一跳:杀了几十年驴的屠夫也没遇到过这样的事,后来,他们断定,那个从驴肚子里滚出来的东西就是传说中和"马宝"一样能够包治百病的"驴宝"。

山村轰动了,人们都在谈论着,真是"上天有眼"啊,只要"驴宝"一出手,丛艳春就发财了,这一下,不但丈夫看病的钱不用再发愁了,治好儿子的病也有可能了。

丛艳春得到"驴宝"的消息像长了翅膀一样传开了,附近方圆几百里的药材商走马灯似的来到丛艳春家,先是打探,然后就开始出价。可丛艳春显得异常的平静，她没有因为得到了"驴宝"而沾沾自喜，面对络绎不绝的买家，她只是说了一句话："等我弄明白了再卖。"

接下来的几天，丛艳春忙着为"驴宝"做鉴定。她先从"驴宝"上剥一点儿细丝，碾碎成粉末，冲给自己的丈夫喝。她认为，既然包治百病，那么对丈夫的病一定有帮助。看到丈夫喝下"驴宝"的汤剂，病情似乎得到了缓解，她的心里有了些许的欣慰，但她还是怀疑：这真的是传说中的宝物吗？

这时，为了能得到"驴宝"，那些商人们打起了争夺战。一开始，有人出价7000元，丛艳春笑着摇了摇头，人们以为她嫌价钱低了，于是价钱一直往上抬。到10万元、17万元，可丛艳春还是不为所动。商人们迷茫了，当地的老百姓也开始嘀咕了，这丛艳春是不是太贪心了，明摆着还要人出更高的价钱嘛。她的家人也劝丛艳春见好就收，毕竟17万已经不是一个小数目了，可丛艳春还是坚定地摇了摇头，她说："我要弄明白才能卖！"又有人说她傻了，为什么一定要弄明白呢，假如弄清楚了是个废物，不是一分钱也不值了吗？

在人们纷纷猜测之时，丛艳春又带着样品上路了。在这之前，她已经找了很多兽医以及县里的行家鉴定，但没有一个权威的结论。她于是又凑足路费，上了市区。就在她上市区的前一天晚上，有三个蒙面人来抢劫，幸亏她没有把"驴宝"放在家里。临走的早上，一个商人出了40万元的天价，惊得当地的老百姓目瞪口呆，可丛艳春坚持："我不能不明不白地糟蹋人。"

经过市里多个专家的鉴定，真相大白：这"驴宝"跟"马宝"相差甚远，它只是驴身上的一种良性血管瘤，主要成分是驴血，没有治疗疾病的价值。

这时的山村再次沸腾了，很多人骂丛艳春傻，你去搞那些鉴定干吗，送上门的40万元不要，这下，空欢喜一场了吧。可丛艳春非常坦然，面对四壁空空的家，她还是照样拼命挣钱给丈夫和儿子治病，好像什么也没发生一样。

记者采访丛艳春时，曾经问她这样的问题："别人当时出那么多钱，你为什么不把它卖掉呢？如果这样，有了40万，你的生存环境不是可以得到巨大的改善吗？"

只见这位山村妇女撩了撩自己斑白的鬓角，笑着说："为了丈夫和儿子的病，我很想有钱，可我一定要弄明白，假如真的是宝，能治病，再卖不迟；假如一分钱不值，我也不后悔。我害怕稀里糊涂地害了人，那样我的良心上说不过去，会一辈子不安。做人，要对得起自己的良心啊！"

这就是一个目不识丁的山村妇女的胸襟：对得起良心。就这么简单。

（韩　冬）

老百姓有句话说："天凭日月，人凭良心。"良心可以说是一个人的行为准则，它指引着我们做每一件事。一个人一旦连自己的良心都对不住，他也就没了做人的意义。

美德的价值

做事关系一事成败,做人牵系一生成败。

当年,还只是一名矿泉水推销员的戴刚,为了推销罐装的矿泉水,每天骑着自行车奔波在城市的大街小巷、公司厂矿。因为当时罐装矿泉水刚刚推出,人们还都不是很认可,他的收获不是很大,最初的一个月,他只推销出去了 16 罐。他的月薪很低,只有象征性的 300 元,主要是赚取效益工资,每推销出一罐矿泉水提成 5 角钱。

第二个月,他新联络到 32 个用水客户。

第三个月,他依然满怀信心地奔波着。

这天,他骑着自行车驮着一罐矿泉水去给 5000 米外的一家居民送货。用水居民家只有一位坐在轮椅上的老妇人。在他帮助老妇人将水罐装到饮水机上的时候,老妇人家的电话响了。装好水罐,等待老妇人签收的时候,他通过与老妇人的交谈了解到,老妇人家来了外地客人,客人因为不知道老妇人家的具体位置,让老妇人去车站接,而老妇人的儿子却出差到了外地,保姆又刚刚出去买菜了,老妇人很为难。他试探着询问老妇人,在得到确认后,表示他可以去车站帮助老妇人接客人。他下了 5 楼,到汽车站将老妇人的客人接回来。

一周后,他不断接到老妇人居住的那栋楼住户的订水电话;两周后,老妇人的儿子打来电话,表示他所在的公司决定为每间办公室订水。

此后,不断有新的订水电话打来,说都是那些用水客户介绍来的。第三个月,他的推销成绩猛增到 600 多罐。他想自己的成功应该感谢老妇人,这天,他又一次来到老妇人的家,表示感谢,老妇人却笑着对他说道:"应该感谢的是你自己。因为你帮助了我,我就将你介绍给了我的邻居和我做经理的儿子,建议他们都用你的水,因为像你这样的人,一定拥有许多美德和能力,是一个值得信任的人。我的邻居和儿子又相继将你介绍给了别人……"

半年后,他已经拥有了 4840 多个用水客户,每个月都能够销售出去近 8000 罐水,公司为此配了两辆送水汽车。

他的出色业绩也使他被提升为区域销售经理,底薪达到 3000 元。

仅仅代接了一次客人,就迎来了半年内业绩百倍骤增的机遇。美德总是看似平实,但价值不菲。

要想成功地做事,首先要成功地做人。做事关系一事成败,做人牵系一生成败。

(阿 唐)

成长 悟语

美德是无价的,一些看似平凡的小事常能看出一个人的高尚品格。平时做事不要太计较眼前得失,不为酬劳地帮助别人,这让你的美德闪闪发光,生活将在你意料之外带给你丰厚的酬劳。

两 根 蜡 烛

在那一瞬间,汤姆猛然意识到了很多,他明白了自己失败的根源就在于对别人的冷漠与刻薄。

汤姆是一个工程师,在生活中屡屡受挫,虽然人过中年,但事业还是一无所成。因此也常常无端地发脾气,抱怨别人欺骗了他。终于有一天,他对妻子说:"这个城市令我失望,我想离开这里,换个地方。"无论朋友们如何相劝,都无法改变他的决定。

和妻子来到了另外一个城市,搬进了新居。这是一幢普通的公寓楼。汤姆忙于工作,早出晚归,对周围的邻居未曾在意。

一个周末的晚上,汤姆和妻子正在整理房间,突然,停电了,屋子里一片漆黑。汤姆很后悔来的时候没有把蜡烛带上,只好无奈地坐在地板上抱怨起来。

门口突然传来轻轻的、略为迟疑的敲门声,打破了黑夜的寂静。

"谁呀?"汤姆在这个城市并没有熟人,也不愿意在周末被人打扰。他很不情愿地起身,费力地摸到门口,极不耐烦地开了门。

门口站着一个小女孩,她怯生生地对汤姆说:"先生,我是您的邻居。请问您有蜡烛吗?"

"没有!"汤姆气不打一处来,"嘭"的一声把门关上了。

"真是麻烦！"汤姆对妻子抱怨道，"讨厌的邻居，我们刚刚搬来就来借东西，这么下去怎么得了！"

就在他满腹牢骚的时候，门口又传来了敲门声。

打开门，门口站着的依然是那个小女孩，只是手里多了两根蜡烛，红彤彤的，就像小女孩涨红的脸，格外显眼。"奶奶说，楼下新来了邻居，可能没有带蜡烛来，要我拿两根给你们。"

汤姆顿时愣住了，好不容易才缓过神来："谢谢你和你奶奶，上帝保佑你们！"

在那一瞬间，汤姆猛然意识到了很多，他明白了自己失败的根源就在于对别人的冷漠与刻薄。

屋子亮了，心也亮了。

成长　悟语

一直埋怨生活的不如意是没有用的，最重要的是要以轻松的心态去感受生活中美好的地方，消除自己的冷漠刻薄，这样你会突然发现生活里阳光普照。两根蜡烛，在停电的夜晚却燃亮了一颗本来灰暗的心。

变成富翁的方法

只有学会从最微小的事做起，帮助别人，又通过别人的帮助得到进步，才能一步一步迈向成功的大门。

亨利六世时期有个人叫特德，他很想成为一位富翁。

特德家境贫寒，从小到处流浪，努力寻求如何才能变成富翁的方法。他当过泥瓦匠，卖过服装，当过跑堂的伙计，还用多年积攒的钱贩卖过食盐。然而，几年过去了，他不仅没有变成富翁，反而将积攒的一点儿钱花得一干二净，他本人也因为屡屡失手而变得心灰意冷。他感叹人生无常、命运不公，觉得辛辛苦苦地干活也是无济于事，到头来还是个沦落街头、衣衫褴褛的流浪汉。

在一个风雨交加的夜里，一连3天水米未进的他跌跌撞撞地拐进了一座破教堂。雷电交加，照亮教堂里的一尊神像，他跪在地上，虔诚地向神诉求："神啊，你大慈大悲,为什么不能指点我一条成为富翁的路呢?"他饥饿交织,瘫倒在地上。

　　冥冥之中,特德仿佛听见神的声音,神说:"年轻人,世间的万物皆互为因果,因便是果,果即为因。从此以后,凡是你碰到的东西,哪怕何等微小,你也要珍惜爱护,没有绝对无用的东西,为你遇上的人着想,你会有好报的。"

　　特德突然惊醒,神的话他却牢牢记在了心上,决心遵照神的指示去做,重新振作起来。次日清晨,他来到一条小河边洗了洗脸,见水面上浮着一片枯叶,上面一只小蚂蚁正在挣扎。他小心翼翼地捡起那片枯叶,将小蚂蚁放到地上。小蚂蚁迅速地领来了一群蚂蚁,他们排成黑压压的一队,指示特德往西南走去,果然翻过一个小坡,下面是一片茂密的野果林。特德饱饱地吃了一顿,又摘了几个揣进怀里;他继续赶路,不久碰到一个躺在路边的商人,原来商人迷了路,已经几天没吃东西了。特德给了商人两个果子,商人甚是高兴,就送了特德一瓶灯油继续往前走。

　　天黑了,特德来到一间黑屋子前。屋里没有灯,只有孩子的哭声,原来这家人的孩子病了,天黑路远请不到医生,特德把灯油倒进油灯中,提着油灯请来了医生治好了孩子的病。

　　孩子的父亲十分感激年轻人,送了他一锭金子作为报答。特德用这锭金子买了一个果园,由于他为人厚道帮助他的人很多,几年以后,特德有了自己的花园,成为远近闻名的富翁。

成长　悟语

　　不积跬(kuǐ)步,何以至千里?不屑于小事而妄想一步登天,那是不可能的。人与人之间的交往本来就是一个互助进步的关系。只有学会从最微小的事做起,帮助别人,又通过别人的帮助得到进步,才能一步一步迈向成功的大门。

幸运的青年

> 青年的幸运在于他的真诚和细腻，还有他给了老人卖房子最想要的代价——情感，这是再多的金钱都不能替代的。

在英国有位孤独的老人，无儿无女，又体弱多病。他决定搬到养老院，于是宣布出售他漂亮的住宅。

因为这是一所有名的住宅，所以购买者闻讯蜂拥而至。住宅的底价是 8 万英镑，但人们很快就将它炒到 10 万英镑，而且价钱还在不断攀升。老人深陷在沙发里，满目忧郁。是的，要不是健康状况不行了，他是不会卖掉这栋他度过大半生的住宅的。

一个衣着朴素的青年来到老人面前，弯下腰低声说："先生，我也想买这栋住宅，可我只有 1 万英镑。""但是，它的底价就是 8 万英镑，"老人淡淡地说，"而且现在它已经升到 10 万英镑。"青年并不沮丧，他诚恳地说："如果您把住宅卖给我，我保证会让您依旧生活在这里，和我一起喝茶、读报、散步，相信我，我会用整颗心来照顾您！"

老人站起来，挥手示意人们安静下来："朋友们，这栋住宅的新主人已经产生了，就是这个小伙子！"

青年不可思议地赢得了经济上的胜利，梦想成真。

成长 悟语

要想在众多条件比你好的人中胜出，得先抓住卖家的心意。孤独的老人需要的其实就是一个伴而已。青年的幸运在于他的真诚和细腻，还有他给了老人卖房子最想要的代价——情感，这是再多的金钱都不能替代的。

乞丐的人生哲学

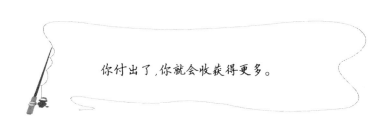

你付出了,你就会收获得更多。

几年前,摄影师杰佛逊在美国的各城市间漫游,为他的摄影创作寻找素材。就在这次旅行的最后一站西雅图市,他遇见了兰迪·麦克理。

兰迪大约有六七十岁,但看起来像已经超过了100岁。他的披肩长发灰白凌乱,其间夹杂着头天晚上在窝棚里睡觉时沾带的旧棉絮。他的身上青一块紫一块,浑身散发着酒精和尿汗的气味。

杰佛逊遇见兰迪时,他正站在西雅图市中心的人行道上向路人乞讨,他面带微笑,双手前伸。其实,他每天都这么站着,人们从他的身边来来往往,要么没意识到他的存在,要么干脆躲避着他。

尽管如此,兰迪的脸上仍然挂着微笑,他的微笑是真诚和令人愉悦的。那天,杰佛逊在一旁观察了很久,他觉得兰迪是一个很好的拍摄素材,于是同他谈了谈,同意付给他一些小费。他很痛快地答应了。

随后的三天里,杰佛逊一直躲在暗处拍摄兰迪·麦克理的生活。他还同以前一样,站在市中心熙熙攘攘的街口,伸出双手,面带微笑向人们讨钱。

第三天下午,来了一位小姑娘,大约六七岁的样子,穿着整洁合体的衣服,头上梳着小辫子。她走近兰迪,从后面轻轻拽了拽他的衣角。兰迪转过身,小姑娘伸手将一个东西放到他的手心里,刹那间兰迪喜笑颜开。只见他马上伸手从口袋中掏出什么放进小姑娘的手里,小姑娘也顿时兴奋不已,欢蹦乱跳地向不远处一直望着她的父母跑去。

这个情景是杰佛逊没有料到的,他激动地连连按下快门,几乎把其间发生的每一个细节全都拍摄下来。当时他很想立刻从隐蔽处跳出来,看一看一个乞丐和一个小女孩究竟交换了什么神奇的东西,但他最终还是努力地克制了自己。

当这一天的工作结束后,杰佛逊终于向兰迪提起困扰了他一整天的问题。

"很简单。她走过来,给了我一枚硬币;反过来,我又送给了她两枚。"

杰佛逊感到很疑惑,问他为什么这样做。兰迪·麦克理摊开双手解释道:"我想告诉她:你付出了,你就会收获得更多。"

成长 悟语

　　天下没有白吃的午餐,同样也没有无付出的收获。只要保持着愉悦的心情,每天面对生活的困难,无计较地付出,生活就会在你不经意的时候双倍地回报给你。

先·是·做·个·好·人

295

这位山村妇女撩了撩自己斑白的鬓角,笑着说:"为了丈夫和儿子的病,我很想有钱,可我一定要弄明白,假如真的是宝,能治病,再卖不迟,假如一分钱不值,我也不后悔。我害怕稀里糊涂地害了人,那样我的良心上说不过去,会一辈子不安。做人,要对得起自己的良心啊!"

第18辑 宽容是一种拯救

　　做人不可以偏激。有的人认为,如果在别人做错事后再宽容他,这样会使自己很没面子。但我想问问这类人,对于你来说,你的一个亲戚、一个朋友、一个知己重要,还是你的面子重要? 大海之所以浩瀚博大,就是因为它能包容和淡化:无论河流有什么缺点,它都能一一包容;无论河流污染多大,它都能一一接纳。

　　当你因为别人的错误而生气时,试着把自己当成别人,把别人当成自己。一个人的快乐,不是因为他拥有得很多,而是因为他计较得很少。

宽容是一种拯救

> 宽容有时候就像掉落在久旱的土地上的第一滴雨水,那种在绝望中突然遇到希望的巨大的欣喜能让沙漠变成绿洲。

2005年秋季的一天,有两个失落的少年在加州的一个林场里玩,恶作剧地点燃了那片丛林,他们想象着消防警察们灭火时的慌乱和焦灼,得意不已。他们却万万没有想到,因为这一次火灾,一名消防警察在扑救火灾的时候不幸牺牲了。

这名消防警察才22岁,在全力以赴地履行自己的职责时,他被浓烟熏倒后烧死在丛林里头。更让人伤痛的是,这名消防警察早年丧父,是母亲独自将他抚养长大的。成长的过程充满艰辛,他常常对母亲表示,成人后要好好回报她。而这正是他参加工作后的第一周,连第一次薪水都没领到就……

在查明这是一起蓄意纵火案后,整座城市的人们顿时愤怒了,市长表示一定要将罪犯抓捕归案,让他们接受严厉的惩罚。警察开始四处追捕,那两名被列入嫌疑人的少年的头像也开始出现在各个角落。

而这一切都不是这两个少年最初想象的,他们只能惊恐地离开这座城市,四处流窜。听着来自四面八方的愤怒的声音,他们陷入深深的悔恨、无奈和恐慌之中。

除了这两个少年,媒体的目光更多地投放到那位消防警察的单身母亲身上。但是,当她说出第一句话时,所有人都震惊了。她是这样说的:

"我很伤心地看到我的儿子离开了我,但是我现在只想对制造灾难的两个孩子说几句话——你们现在一定活得很糟糕,很可能生不如死。作为这个世界上最有资格谴责你们的我,我想说,请你们回家吧,家里还有等待你们的父母。只要你们这样做了,我会和上帝一道宽容你们……"

那一刻,全场的记者都无语了,没有人会想到这位刚刚失去儿子的母亲居然会说出这样的话,他们以为等来的声音会是哀伤,或是愤怒,没想到竟然是宽恕!

而人们更没有想到的是,这位母亲发表讲话后的一个小时,在邻城一个小镇的一家旅馆里,两名少年投案自首了。

两名少年告诉警察:"就在那位母亲发表电视讲话的那天下午,他们因为承受不了这巨大的社会压力而购买了大量安眠药,准备一道离开这个世界。但就在这时,他们从电视里听到了那位母亲的声音。他们顿时泪如雨下,而后,将安眠药丢到一边,拨通了警察局的电话……"

现在这两名鲁莽的少年已为人父,他们会时常领着自己的孩子去看望那位可敬的母亲,那已经是他们心灵上的另一位母亲。一个悲剧故事就这样以温馨的结局收尾了,而谁都可以想象,如果这个母亲当时说出的是另一番话语,这两条鲜活的生命就将从此逝去,母亲也会永远陷入了孤寂之中。

(张　翔)

成长　悟语

　　宽容有时候就像掉落在久旱的土地的第一滴雨水,那种在绝望中突然遇到希望的巨大的欣喜能让沙漠变成绿洲。宽恕的心原谅了不小心犯了错误的人,也同时改变了自己的人生。那不仅仅是生命的拯救,也是灵魂的拯救。

299

宽容与爱

——普林斯顿大学的法宝

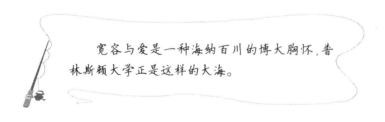

宽容与爱是一种海纳百川的博大胸怀,普林斯顿大学正是这样的大海。

在美国著名的普林斯顿大学260年的建校史上,涌现出许多星光灿烂的人物,他们因对美国乃至世界的巨大贡献而饮誉全球。这些如雷贯耳的名字包括:20世纪最伟大的科学家爱因斯坦,"计算机之父"冯·诺依曼,美国"原子弹之父"奥本海默,数学大师陈省身,物理学家李政道、杨振宁……不止如此,在100年的诺贝尔奖历史和200多年的美国历史上,普林斯顿大学还诞生了29位诺贝尔奖得主、两位美国总统和44位美国州长。

在很多人的想象中,这该是一所规模宏大的学校,或拥有一应俱全的学科门类,或拥有数以万计的学员。然而事实却是,这所世界顶尖学府既不是什么综合性大学,也没有庞大的学员数量,她只有包括研究生在内的6500名学生。人们不禁要问,这样一所"小学校",是靠什么在《美国新闻与世界报道》最具权威的学校排行榜中牢牢稳定在前三名的位置,并吸引着许多世界级的大师呢?

从纽约去费城的路上,横卧着一个面积约7平方公里的特拉华平原,这里有一座与众不同的乡村都市——普林斯顿,她东濒卡内基湖,西临特拉华河,景色幽静怡人。浸润着数百年历史风雨的普林斯顿大学就掩映于这苍松翠柏之间。像她安静淡然的环境一样,普林斯顿大学处处洋溢着一种宽容的氛围。在这种以人为本的思想指导下,这里聚集了世界一流的科学大师和天才学生。其中既有聪明的犹太人,也不乏反犹主义倾向者;既有伊斯兰教的信徒,也不乏无政府主义者。这种不拘泥于意识形态的广阔胸怀使普林斯顿大学得以接纳各个领域的奇才怪客、科学狂人,使普林斯顿大学得以光彩夺目,长盛不衰。

普林斯顿大学的宽容,并非仅仅对于意识形态的兼收并蓄,而是体现在一种摒弃急功近利的思想和对人才的极端容忍上。

1985年,年仅32岁的数学家怀尔斯就做了普林斯顿大学的教授,然而,此后整整9年,他却连一篇文章也没发表——这在我们看来,似乎是不可容忍的一件事。然而,普林斯顿大学依然允许了他的存在。或许怀尔斯唯一需要的,就是时间。果不其然,1994年,沉寂了9年之后,怀尔斯以长达130多页的论文终结了世界最难的题目——费马大定理。这是一个数学界无人不知无人不晓的著名问题,它困扰了数学界长达360年之久,不知有多少数学家为其穷尽毕生精力而一无所获。怀尔斯成功的解决方案,使他成了数学界的英雄。他因此被称为"世界的屠龙者",并最终荣膺历史上唯一的菲尔兹特别成就奖和沃尔夫奖——两个数学界的"诺贝尔奖"。

有人说,怀尔斯的成功,妙就妙在普林斯顿大学允许了他9年一篇论文也没有,允许他在如此长的时间内"无所事事"。若是没有普林斯顿大学的宽容胸怀,恐怕"费马大定理"至今仍是一个谜。

如果大家认为这种事情只是偶然的话,那么另一个故事或许能让大家真正认识到普林斯顿大学的宽容,还有一份对人才的厚爱。

看过奥斯卡大片《美丽的心灵》的人一定还记得片中那个言语木讷、疯疯癫癫的主人公,他就是数学天才、博弈论的创立者纳什。这位普林斯顿大学的数学奇才一生充满坎坷和传奇色彩。他被同学认为拙于社交、孤僻、怪异、有距离感;但同时,他又被别人称做"无所不知的人"。几乎没学过物理的他敢于跑到爱因斯坦的屋子里与这位权威科学家争论问题。但当时的数学系主任莱夫谢茨,以及著名教授斯廷罗德和塔克并不因为纳什"目无尊长"的个性而排斥他。他们认为纳什"非常聪明,具有独创精神,只是相当古怪,应该容忍他的古怪"。莱夫谢茨和塔克还力排众议,为纳什争取到了奖学金。

正是有了这些前辈的宽容与厚爱,纳什才会在一个有着无数潜规则的社会里安然发挥着他的超常才智,并在学术上做出了令人仰止的成就。

纳什在21岁就提出了以他名字命名的均衡理论，这后来成为了博弈论的两大基础理论之一。他的名字也因此被写入了数学和经济学的教科书。正当人们期待着他创造更大的奇迹时，纳什却意外地患上了妄想型精神分裂症。正像电影中所演的那样，他的世界里充满着幻想和恐惧，从不与人交往，不时地在纸上写着什么，甚至喃喃自语。他目光空洞，四处游荡，整日担心自己随时会被人杀害。

当这样一个数学天才陷入深深的痛苦之中时，像对待怀尔斯一样，普林斯顿大学并没有因纳什有精神疾病而弃之不顾，相反，他们给予了纳什极大的宽容和非同寻常的厚爱。学校继续将完全失去工作能力的纳什留在了学校，使他在安静的环境中休养。他的朋友想方设法把他安排到一个诊所治病，并作为统计员参与诊所的研究项目，以便使他既能治病又有一定的收入。特别令人感动的是，当时的普林斯顿大学数学系主任米尔诺还决定为纳什提供一个为期一年的研究数学家兼讲师的职位。正是在许多人真诚的关爱下，纳什才能在历经30年的病痛之后逐渐恢复正常，并最终获得诺贝尔经济学奖。这段经历已经成为了学术界的一段佳话，也使得纳什的名字与普林斯顿大学永远连在了一起。

现如今，纳什的事迹已经随着奥斯卡大片《美丽的心灵》传遍了全球的每个角落，同时也将普林斯顿大学的宽容与爱播向了世界各地。2002年，世界数学家大会在中国召开时，纳什的到来受到了前所未有的盛大欢迎，在中国刮起了一股旋风，人们在争相一睹大师的风采的同时，更多地体会到的是普林斯顿大学给予他的那种温和、宽容的气质。

宽容与爱是一种海纳百川的博大胸怀，普林斯顿大学正是这样的大海，正是这样的胸怀，这也是她之所以人才辈出、声名远播的原因所在，毫不夸张地说，这也是普林斯顿大学之所以成为世界一流的两件法宝。对比一下，我们国内以论文为职称基准、"争取世界一流大学"呼声甚高的大学是不是该学点儿什么？

（李天国）

成长 悟语

因为有爱才会宽容，因为宽容才能带来更多的爱。个人的宽容影响了身边的人，普林斯顿大学的宽容影响了全世界的人。宽容是人的美德，具有能够变不可能为现实的力量。拥有了它，也就拥有了人生最大的法宝。

这样的宽容让人感动

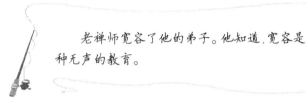

老禅师宽容了他的弟子。他知道,宽容是一种无声的教育。

妈妈教会孩子的宽容

在澳大利亚普吉岛的 Clubmed 度假村曾发生过这样一件事:一位满脸歉意的工作人员,正在安慰一个大约 4 岁的小孩,饱受惊吓的孩子已经哭得精疲力竭了。

原来那天小孩较多,这位工作人员一时疏忽,在儿童的网球课结束后,少算了一位,将这个小孩遗留在了网球场。等她发现人数不对时才赶快跑到网球场,将那个被遗忘的孩子带了回来。孩子因为一个人被留在偏远的网球场,饱受惊吓,哭得稀里哗啦的。

这时,孩子的妈妈出现了,她蹲下来安慰 4 岁的孩子,并且很理性地告诉他:"已经没事了。那位姐姐因为找不到你而非常紧张难过,她不是故意的,现在你必须亲亲那位姐姐的脸颊,安慰她一下! "

只见那个 4 岁的孩子踮起脚,亲了亲蹲在他身旁的工作人员的脸颊,并且轻轻地告诉她:"不要害怕,已经没事了。"

大概就是这样的教育,才能培养出宽容、体贴的孩子吧!

老禅师的宽容

相传古代有位老禅师,一天晚上在禅院里散步,突见墙角边有一把椅子,他一看便知有人违反寺规越墙出去溜达了。老禅师也不声张,走到墙边,移开椅子,就地而蹲。不一会儿,果真有一个小和尚翻上围墙,黑暗中踩着老禅师的背脊跳进了院子。当他双脚着地时,才发觉刚才踏的不是椅子,而是自己的师傅。小和尚顿时惊慌失措,张口结舌。但出乎小和尚意料的是,师傅并没有厉声责备他,只是以平静的语调说:"夜深天凉,快去多穿一件衣服。"

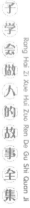

老禅师宽容了他的弟子。他知道,宽容是一种无声的教育。

(章月娥)

成长·悟语

对别人的过错视而不见,反过来安慰和关心别人,这是一种博大的胸怀,需要一颗宽容的心去承载。要知道,有时候无声就是一种最深刻的教育,这种教育不是直接的,却能直接打动人的心灵,让人不能忘怀。

宽·容·是·一·种·拯·救

宽容的深度

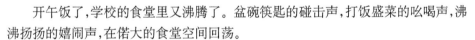

真正的宽容不是摆设与表演,也不是退却与懦弱,它是生命中的大海,即使表现为沉默,也有着涵盖一切和关照一切的深度。

开午饭了,学校的食堂里又沸腾了。盆碗筷匙的碰击声,打饭盛菜的吆喝声,沸沸扬扬的嬉闹声,在偌大的食堂空间回荡。

生性好动的我,挤在人流中与同伴说说笑笑,嘻嘻哈哈。

突然,"啪"的一声,一只饭碗连同刚打出的米饭被我扬起的手打翻在地,幸亏那是一只搪瓷碗,没碎,但碗里的米饭已洒落一地。我惊呆了——那碗的主人是一个高大壮实的初三男孩。他看了我一眼,我确信那只是极平淡的一眼。他一声不吭,拾起了碗用自来水洗了洗,独自又排队打饭去了。我看他自始至终没吭一声,也没有再看我第二眼。

我不知道他是出于宽容还是蔑视,然而我的心却被深深地震撼了。

事有凑巧。第二天中午,又是在打饭的热闹时刻,我一反以往打打闹闹的习惯,乖乖地排在长长的打饭队伍里。近了,近了,靠近打饭菜的窗口时,"刷"的一声,一碗刚端出来的肉丝煮豆腐汤不偏不倚地洒了我一身,在我那刚穿一天的浅蓝色的衬衫上开了花,格外显眼。我抬头正要发作,见一位矮小的男生正以惊恐的眼神注视着我,露出一脸的歉意和尴尬。这时,我眼前不由得浮现出那个人高马大的男孩,想起他平静、从容的神态,我的心渐渐地平静下来。我离开打饭队伍,想去水池边洗洗。那个男孩追上来,连说:"对不起,对不起!"我报以浅浅的一笑。

因为我懂得，真正的宽容不是摆设与表演，也不是退却与懦弱，它是生命中的大海，即使表现为沉默，也有着涵盖一切和关照一切的深度。

（范舜禹）

成长 悟语

宽容并不一定要滔滔不绝地晓以大义，或是大方地说我原谅你，其实只要一个沉默的眼神，一个浅浅的微笑，一个实际的行动，对方就能从你的身上感受到宽恕，感受到深深的震撼，并且把这份宽恕用来对待别人，让这个世界少了摩擦，多了和谐。

宽容些好

生活中我们会遇到很多不如意的事，以不同的心态去面对和处理，情况可能会大不一样。如果能怀着一颗宽容的心，多为对方想一想，就一定会收到两全其美的效果。

我爱读书、看报。退休后订了不少报纸、杂志，每天都沉浸在读报、阅刊的快乐中。可是，自从换了新投递员后，就出现了让我既头痛又烦心的事：所订报刊经常缺失。

一天，我遇到了投递员，便向他说起这件事，没想到他矢口否认，并说每天都一份不缺地按时送到。见小伙子信誓旦旦的样子，我也不好再说什么，只有期望他的话能变成现实。但过了些日子，报刊缺失的现象一如既往地发生着。无法忍耐的我，再次找到了给我送报的小伙子。哪想这回却碰了钉子，他说我有意找茬儿，劈头盖脸把我教训了一通。事后心想，本来订几份报刊是为了晚年生活充实、愉快，哪想到花钱却买来了烦恼。

一天下午，我正想着怎样和投递员再次交涉，邻居老李敲门进来了。他手里拿着一份生活报和一本老年刊物，说是他家报箱里多出来的，问是不是我的。我一看，正是前几天我缺失的那两份，顿时火冒三丈，大声喊道："这次有了证据，我非投诉他不可。"老李走后,我急忙翻看电话号码簿,找到了邮政局长的办公室电话。刚要拨号,老伴在一旁说话了:"我说老头子,还是宽容些吧。你想过没有,这投诉电话一打过去,兴许就砸了那小伙子的饭碗。何况,他也不是故意的,毕竟是新手,业务还不够熟练嘛。"我的心一震,手里的电话放下了。是呀,如今找份工作多不容易啊,要真是因为我的投诉让小伙子丢了工作,我心里也不安呀。

后来,我和老伴想出了一个办法:给邮政局长写一封信,就如何准确及时地投送报刊,提出了一些建议和要求。署名"一位老同志"。

令人欣喜的是,可能是我的建议真的发挥了作用。没过多久,报刊缺失的问题就再也没出现过,我又可以静下心来安享阅读之乐了。我再次见到那个投递员时,笑着向他伸出了大拇指,小伙子也心领神会,满面春风地向我招手、点头。顿时,我心里暖暖的、甜甜的。

生活中我们会遇到很多不如意的事,以不同的心态去面对和处理,情况可能会大不一样。如果能怀着一颗宽容的心,多为对方想一想,就一定会收到两全其美的效果。因为,把宽容给了别人的同时,也就把快乐给了自己。

（程绍瑞）

成 长 　 悟 语

　　宽容常常是和快乐同在的。中国有一句老话,叫做"得饶人处且饶人"。遇到事情最好站在别人的角度为别人着想,不把别人逼到绝路上去,而是用委婉的方式教育,这样的话反而会收到非常好的效果。

宽容是座连心桥

　　人与人的相处是一件很复杂很奇妙的事,只要一个人以宽恕之心待人,别人也会反省自身,以宽恕之心待你。

　　王强是一家合资企业的职员,在业务上是公认的尖子,可是在处理人际关系时往往意气用事,因此得罪了不少人。所以,他在公司干了好几年总是得不到升迁。

　　有一段时间,王强新搬来的一位女邻居进出时总是把门碰得很响,而且常常在房间里大声哼唱,吵得王强睡不好觉。直到有一天,他们碰到了一起,愤愤不平的王强瞪着女邻居大声喊道:"你能不能安静一点儿,让我好好休息!"

女邻居也瞪圆双眼回敬王强:"和谁说话哪!你以为你是谁,是总统!"说完对王强不屑一顾地扭转身子走了。

王强咬咬牙心想:"我会让你尝尝我的厉害。"

第二天,王强回家时,女邻居也正好回了家。王强故意把门碰得很响,并在房间大声吼叫,也想让她尝尝吵闹的滋味。

可是接下来的几天,邻居的吵闹更厉害,令王强连连叫苦。

"老这样下去能行吗?该怎么办呢?"不久,王强有了一个好主意。

几天后的一个早晨,女邻居一开门就发现地上放着一个信封,她抽出信纸一看,只见上面写着:

> 尊敬的女邻居:
>
> 　　很抱歉我那天向您大喊大叫,这也不是我惯有的作风,只是那天我从信箱里拿到了带来坏消息的信件……我希望您能够原谅我。
>
> 您的男邻居

紧接着一个早晨,当王强走出房门时,一眼就发现了地上的信封,他迫不及待地抽出信纸。

> 尊敬的男邻居:
>
> 　　这些日子我也一直心烦意乱,因为我工作上遇到了麻烦,我很高兴看到您写的便条,我想我会成为您的好朋友的。
>
> 您的女邻居

从那以后,每当他们再相见时,都会愉快地微笑着打招呼。

接下来的故事更耐人寻味:女邻居后来当上了一家大公司的董事长,经过一段时间的交往考察以后,她聘请王强担任了公司一个部门的经理。

王强改掉了得罪人的脾气,抱着与人为善的心态面对生活,最终使自己成长起来,由普通职员升迁为公司高层管理人员。

成长　悟语

　　以牙还牙、以暴制暴并不是明智的选择。正所谓退一步海阔天空,人与人的相处是一件很复杂很奇妙的事,只要一个人以宽恕之心待人,别人也会反省自身,以宽恕之心待你。这样,心和心就会因为宽容而连接在一起。

原谅别人等于解脱自己

> 恨一个人的时候就像背上了一个沉重的包袱，这包袱会压得你喘不过气。只要有一天，你放下了它，自己也就轻松了。

　　我的一个朋友，这么多年来，一直生活在愤怒、沮丧、仇恨和痛苦之中。

　　其实只是一件很小的事情。朋友和他的同学一起大学毕业，一起去一个公司试用。他们是无话不谈的哥们儿，这之前，亲如兄弟。

　　他们一起拜访了一位大客户，几乎谈成一单大生意，已经有了初步的意向，只等第二天签合同。朋友和他的同学非常兴奋，在宿舍里喝酒庆祝。结果朋友酩酊大醉，一直睡到第二天清晨。醒来后，发现他的同学不见了。等去了公司才知道，他的同学竟趁他烂醉如泥的时候，提前签成那单生意。当然，所有的功劳都成了同学一个人的。

　　朋友找他算账。对方辩解说，喝完酒，心里不踏实，所以打算连夜将那个合同搞定。想和他一起去，可一直叫了他半个小时，也没能把他叫醒。朋友当然不信，可是有什么用呢？因为那单大生意，朋友的同学升了职，并一直做到部门经理；而我的朋友，在很长一段时间里，一直是公司的一个小业务员。

　　朋友接受了事实，继续埋头苦干，一年后也升了职。可他就是不能原谅那个同学。他和同学彻底绝交，拒绝去一切有他那个同学的场合。他告诉我，只要看到那张脸，他就愤怒到几乎无法自控，恨不得将那张脸砸扁。

　　他说，他什么都可以宽容，但就是不能够宽容卑鄙；他谁都可以原谅，就是不能够原谅这个同学。

　　后来，朋友的同学多次找到他，跟他道歉。可是我的朋友，对同学的道歉总是置之不理。

　　其实我的朋友也并不快乐，尽管他也升到了部门经理。可是同在一个公司，哪怕再小心翼翼，也难免会不期而遇。每到这时，朋友就会把头扭向一边，脸色铁青，哪怕一秒钟前他还在捧腹大笑。

　　朋友说他很难受。本来，犯错的是他的同学，要受到心灵惩罚的，也应该是那位同学,怎么到最后,竟成了他自己? 并且,一直持续了好几年?

我告诉他,因为你有了太多的恨。如果一个人对另一个人有了仇恨,那么,你就会不快乐。

那我怎么办? 朋友说,要我原谅他?

为什么不能呢? 事实上,这几年来,你一直在放大一种仇恨,而当一种仇恨在心中被无限放大,便变得根深蒂固起来。你想,心中被仇恨占满了,快乐放在哪里呢? 你原谅他曾经的过错,其实对于你,也是一种解脱。

虽然朋友对我的话,抱着一种怀疑的态度,但他还是在第二天,试着跟他的那个同学交流了一下。结果,多年的积怨一扫而光,他们再次成了朋友。因为不必刻意回避一个同事,所以朋友的业务做得一帆风顺,并再次升了职。

朋友说,也许我的话是正确的。因为他的那个同学,好像并不像他一直想的那样卑鄙。几年前,也许的确是因为他喝多了,也许的确是因为他的同学年少无知,但不管怎样,他决定原谅他。他说,他的目的并不高尚:原谅了他,就等于解脱了自己,为什么不呢?

是的。原谅了别人,就等于解脱了自己。为什么不呢?

(周海亮)

成长 悟语

　　恨一个人的时候就像背上了一个沉重的包袱,这包袱会压得你喘不过气,无论你走到哪里,它都跟着你,成为你的负担。只要有一天,你放下了它,自己也就轻松了。

保持一颗宽容的心

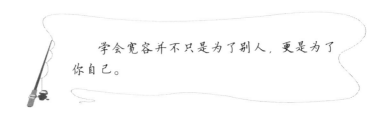

　　学会宽容并不只是为了别人,更是为了你自己。

　　汤姆在工作时无缘无故地受了上司的气,他愤愤不平地回到家,气得连晚餐也不吃,还大声地告诉父亲,说总有一天要杀了他的上司!

头发花白的老父亲听了事情的经过,说:"他确实是很过分,你当时一定气坏了吧?"

"可不是吗?他自以为自己是上司,就随便地对下属发火。"

"那你发现他今天有些不对头了吗?"

"不对头?他能有什么不对头?我看他和平常一样。"

"那你是不够关心他了。也许,他今天是遇到了什么不高兴的事,结果冒犯了你。儿子,原谅他吧!"

"才不是呢?我听说他昨天打赢了球,心情肯定好得很呢!"

"那他一定是被胜利冲昏了头脑,忘了自己姓甚名谁了。这种事一定不会经常发生。"

"也不是,他平时就这样,脾气暴躁,喜欢欺负人!"

"噢,原来如此!那就是他的性格天生这样的!儿子,是上帝让他有一副坏脾气的,你就更不能杀他了。"

"爸爸!"汤姆终于忍不住叫了起来,"你为什么每次都为他说好话呢?"

"因为只有这样才能减轻你对他的仇恨,让你时刻都保持一颗宽容的心呀!"

"是他先冒犯我的,难道他不应该受到惩罚吗?"

"可是我现在只看到你在受惩罚,因为你的不宽容,你气得浑身发抖,而且已经快让自己失去理智了!"

"我没有!我现在清醒得很!"

"还说没有,你刚才不是说要杀了他吗?"

汤姆哑口无言了。他不得不承认,自己从受气回来就很不舒服。如果早点儿原谅他,自己现在不就舒舒服服地坐在椅子上享受晚餐了吗?

成 长 悟 语

你恨一个人,会影响到自己的生活,但那个人仍然不受影响地过他的生活。只有从不同的角度去看问题,说服自己原谅别人,才能冲脱仇恨的束缚,过上轻松的生活。所以学会宽容并不只是为了别人,更是为了你自己。

拥有高尚的品质

诚实、见义勇为都是一个人应有的品质，称不上是高尚；有机会报仇却放弃，反而帮助自己的仇人脱离危险的宽容之心，才是最高尚的。

从前有一个富翁，他有 3 个儿子。在他年事已高的时候，富翁决定把自己的财产全部留给 3 个儿子中的一个。可是，到底要把财产留给哪一个儿子呢？富翁想出了一个办法：他要 3 个儿子都花一年时间去游历世界，回来之后看谁做了最高尚的事情，谁就是财产的继承者。

一年时间很快过去了，3 个儿子陆续回到家中，富翁要 3 个人都讲一讲自己的经历。

大儿子得意地说："我在游历世界的时候，遇到了一个陌生人，他十分信任我，把一袋金币交给我保管，可是那个人却意外地去世了，我就把那袋金币原封不动地交还给了他的家人。"

二儿子自信地说："当我旅行到一个贫穷落后的村落时，看到一个可怜的小乞丐不幸掉到河里，我立即跳下马，从河里把他救了起来，并留给他一笔钱。"

三儿子犹豫地说："我没有遇到两个哥哥碰到的那种事，我在旅行的时候遇到了一个人，他很想得到我的钱袋，一路上千方百计地害我，我差点儿死在他手中。可是有一天，我经过悬崖边，看到那个人正在悬崖边的一棵树下睡觉。当时我只要抬一抬脚就可以轻松地把他踢到悬崖下，我想了想，觉得不能这么做，正打算走，又担心他一翻身掉下悬崖，就叫醒了他，然后继续赶路了。这实在算不了什么有意义的经历。"

富翁听完 3 个儿子的话，点了点头说："诚实、见义勇为都是一个人应有的品质，称不上是高尚；有机会报仇却放弃，反而帮助自己的仇人脱离危险的宽容之心，才是最高尚的。我的全部财产都是老三的了。"

成长 悟语

诚实能让人产生信任，见义勇为能让人感激不已，而宽容能真正地打

动一个人的心,能化解所有的纠纷和仇恨,能得到别人的尊敬。当一个人得到了宽容,也就拥有了最宝贵的财富。

宽容的力量

这就是林肯总统消灭政敌的方法——将敌人变成朋友。宽容地对待一切,你会发现自己轻松许多。

林肯是美国历史上最伟大的总统之一,他解放了农奴,打赢了南北战争,维护了国家统一。然而,在竞选总统前夕,因为出身卑微,他在参议院演说时遭到一个参议员的羞辱。那参议员说:"林肯先生,在你开始演讲之前,我希望你记住自己是个鞋匠的儿子。"这话说得真是太狠了,大厅里有人开始嘲笑起来。

没想到林肯却微微一笑,接过话说:"谢谢你这个时候还能记起我的父亲,他已经过世了。我一定记住你的忠告,我知道我做总统无法像我父亲做鞋匠那样做得好。"

参议院一下子变得沉默了。接着,林肯转过头来对那个傲慢的议员说:"据我所知,我的父亲以前也为你的家人做过鞋子,如果你的鞋子不合脚,我可以帮你改正它。虽然我不是伟大的鞋匠,但我从小就跟我的父亲学会了做鞋子的技术。"然后,他又对所有的参议员说:"对参议院的任何人都一样,如果你们穿的那双鞋是我父亲做的,而它们需要修理或改善,我一定尽可能地帮忙。但有一点可以肯定,他的手艺是无人能比的。"说到这里,所有的嘲笑化做了真诚的掌声。

林肯待人总是格外宽容,即使遇到政敌也是如此。有人担心林肯这么做是对敌人的一种纵容。他们反对说:"你为什么试图让他们变成朋友呢?你应该想办法打击他们、消灭他们才对。"

"我们难道不是在消灭政敌吗?当我们成为朋友时,政敌就不存在了。"林肯总统温和地说。

这就是林肯总统消灭政敌的方法——将敌人变成朋友。他用他的智慧和高尚的品格赢得了选民的支持,曾经两度被选为美国总统。今天在以他名字命名的纪念馆的墙壁上还刻着这样一句话:"对任何人不怀恶意,对一切人宽大仁爱……"

生活中,我们多么需要林肯一样的处世智慧!我们既要宽容别人,也要宽容自己。宽容别人，是一种涵养，是一种美德；宽容自己，是一种境界，是一种智慧。失意时，多一分宽容，少一分苛求，自己给自己一束鲜花，你才会走出郁闷；失败时，多一分宽容，少一分懊恼，自己送自己一份鼓励，你才会变得更有勇气。

那么，我们怎样才能让自己变得宽容，变得更加完美呢？

首先，我们要让自己变得乐观。一个悲观的人会很容易想到事物不好的一面，让自己不满或者生气。如果你往好的方面一想，兴许又觉得另有趣味了。

其次，要多站在对方的角度替对方想想。这样，你会发现你们其实都是普通人，都是很容易做错事的。对每个人来说，做错一点点小事又有什么关系呢？

还有，我们要学会感恩。当你可能要生气的时候，要赶紧想想他的好，想到他对你的友好和帮助，你马上就恨不起来了。

有一个同学跟我说："进入初中后，学习骤然紧张起来。但是有个别同学并不认真，甚至自暴自弃地谈起了恋爱。这本是我痛恨的事。可是没想到有一天，老师也以这样'莫须有'的罪名，把我叫到办公室狠狠地训了一顿！原因是我与新转来的一个女生多说了几句话，被人怀疑告到了老师那儿。我又羞又气，当即就和老师顶了几句，然后什么也不管地冲出学校，第一次逃学了。第二天，我回到学校的时候，发现老师的态度温和了许多。但我还是不能原谅他，因为他那天态度太粗暴了，除非他当面向我道歉。你以前碰到过这样无聊的老师吗？"

我告诉他，我觉得这位老师并不无聊，相反还非常尊敬他，因为他太认真负责了。虽然他的态度在你看来有些粗暴，但是我们仍然可以看到他的良苦用心。他是关心你的前途才一时气急批评你的啊。难道你喜欢一个对你的事情不闻不问的老师吗？原谅他，并打心眼儿里热爱他。这样才是一个明辨是非、至情至性的好男儿。

宽容地对待一切，你会发现自己轻松许多。

（温正湘）

成长 悟语

宽容有时候就像春风一样，它吹过原野，原野就长满千姿百态的花；它吹过人的心，心里塞满的仇恨就会一扫而光。宽容拥有神奇的力量，能把敌人变成朋友，把打击化为鼓励，将人从愤怒时狭隘的想法中拯救出来，看清事实的真相。

心灵的收据

500元钱去了又回来,却不是简单的循环,因为它在此地和彼处留下了两张收据,一张收据上面写着羞耻,而另一张收据上面写着宽容。

我的朋友大李是一个文学爱好者。当年,他写了大量的文学作品投寄出去,但无一发表,大李十分惆怅。眼看着身边熟悉的朋友不断有文章发表,他的心里既羡慕又嫉妒。

为了体验一下文章发表的乐趣,也为了找到一种虚荣的自尊,他开始实施一个错误的计划。经过精挑细选,大李的目光停留在一本杂志中的某一篇文章上,他细心地把文章誊写在稿纸上,稍做修改,把原作者的名字改为自己的名字,然后投进了邮筒,然后就是忐忑不安地等待。

等待的结果并没有让他失望,两个多月后,一本散发着油墨清香的杂志寄到大李的手中,正如他所想象的那样,自己的名字终于变成了铅字,他无比惊喜但又有一丝恐慌。

不久,让他担心的事情还是发生了。文章的原作者给他写来一封义正辞严的长信,对他的抄袭行为进行了无情的批评。在信中,大李才知道,原作者是一位很有名气的作家。

大李经过再三思索,终于向作家回了一封信,把自己的真实情况告诉了作家,承认了自己的抄袭行为,并向作家道歉。不久,作家回信说可以原谅他的抄袭行为,但是他必须为自己的行为付出代价,作家要他支付赔偿金500元钱,否则,将把他的抄袭行为公布于众。大李害怕了,他只悔恨自己一时糊涂。

思量再三,大李终于将500元钱寄给了作家,他握着邮局给他的收据,心疼又后悔。

以后的日子风平浪静。一日,投递员忽然给他送来一张汇款单,开始的时候,他很纳闷儿,因为他知道,自己"发表"的那篇稿子不可能有稿费了,是谁给自己寄来了钱?他接过一看,居然是500元钱,落款是那位作家。作家在留言栏里写下了几个字:款退回,我只保留一个收据就可以了,望努力。

顿时,大李的眼睛湿润了。

此后的大李，开始了认真的阅读和写作，真正属于自己的文章也开始见诸报端。多年以后,大李才把这个故事讲给了我们。

我被感动了,感动于作家的豁达和高明。500 元钱去了又回来,却不是简单的循环,因为它在此地和彼处留下了两张收据,一张收据上面写着羞耻,而另一张收据上面写着宽容。

成 长 悟 语

　　宽容是容纳百川的海，能让迷路的浪子回头。惩罚不一定能使人改过,但宽容却能唤醒人的羞耻之心,让人后悔、感动、感恩、反省自身,从而改过。

公元前 5 世纪，波斯王率领海陆大军大举入侵斯巴达。斯巴达王亲率 300 人的卫队赶往温泉关进行阻截。温泉关战役是一场铭刻勇气与智慧的战役，斯巴达以区区 300 人固守关隘阻挡波斯数十万大军达数日之久，这为斯巴达与雅典联军在萨拉米湾挫败波斯海军赢得了宝贵的时间。

每一个机会都是一次冒险，有的人缺乏勇气，与机遇失之交臂；有的人敢于尝试，把握住仅有的成功机遇。

站起来的次数

我很遗憾，因为你只看到了表面的胜负，但你有没有看到你儿子倒下去又立刻站起来的勇气和毅力呢？那才是真正的男子汉气概！

一位父亲很为他的儿子苦恼，都已经十六七岁了，却一点儿男子汉的气概都没有。对此，他毫无办法，于是就去拜访一位拳师，请求这位武术大师帮助他训练自己的儿子，希望能够把儿子塑造成男子汉的形象。

拳师说："把你的孩子留在我这里半年，这段时间你不要见他，半年后，我一定把你的孩子训练成一个真正的男子汉！"

半年后，男孩的父亲来接儿子，拳师安排了一场拳击比赛向这位父亲展示他半年来的训练成果，与男孩对打的是一名拳击教练。教练一出手，男孩便应声倒地。但是，男孩一倒地就立即站起来接受挑战，倒下去又站了起来……如此来来回回总共20多次。

拳师问这个父亲："你觉得你的孩子够不够男子汉气概？"

"我简直无地自容了，想不到我送他来这里训练了半年，他还是这么不经打，这么轻易就被人打倒了，哪儿有男子汉的气概呢？"父亲失望地回答。

拳师意味深长地说："我很遗憾，因为你只看到了表面的胜负，但你有没有看到你儿子倒下去又立刻站起来的勇气和毅力呢？那才是真正的男子汉气概！"

 成长 悟语

所谓胜败乃兵家常事，胜利或者失败都只是表面的东西，只有敢于面对比自己强大的对手，跌倒了立即站起来，而且拥有永远不放弃的毅力，才是真正值得尊敬的男子汉。

生死攸关的烛光

杰奎琳得到允许，两手轻轻地端起藏有金属管的烛台，向三位军官道声晚安，镇定地走上楼去。当她走完最后一级楼梯时，蜡烛熄灭了。

这个故事发生在二战期间法国的第厄普市。

伯瑙德夫人精明强干，掌管着离市中心不远的一家小旅馆。

伯瑙德夫妇有两个孩子。儿子雅克，12岁，聪明机灵，讨人喜欢；女儿杰奎琳，刚满10岁，不仅能说会道，而且长得很漂亮，走在马路上，老人们有时也忍不住要摸摸她的小脸蛋儿呢。

伯瑙德一家过着幸福美满的生活。

德国法西斯发动了第二次世界大战。这时，杰奎琳刚过完10岁的生日。之后不久，杰奎琳就看着爸爸和好多叔叔伯伯们穿上了军装，背起枪去打德国强盗了。

爸爸到前线没多久，就传来了不幸的消息：他们坚守的马其诺防线被德军攻破了，大批法国士兵被德国人俘虏，爸爸也被关进了集中营。杰奎琳知道这些事情的时候，德国人的坦克已经开进了第厄普市。

伯瑙德夫人站在小旅馆的窗口，看着满街荷枪实弹的德国兵，对雅克和杰奎琳坚定地说："孩子们，看到了吗？我们的第厄普和整个法兰西，都被德国人占领了。我们不能像以前一样过着自由幸福的生活了，所以我们一定要把他们通通赶走！"

杰奎琳不明白，妈妈说这些话时，为什么会那样激动？后来雅克告诉她，只有把德国强盗赶出去，才能把爸爸和叔叔伯伯们救出来，而他和杰奎琳才能自由自在地去上学，去公园……

杰奎琳点点头，仰起脸，问哥哥："那么，我能做些什么呢？"

雅克像个大人似的，看了看杰奎琳，说道："你还小，什么也不能做。你只要乖乖听话，别去惹麻烦，就行了！"杰奎琳听了哥哥的话，很不高兴地噘起了嘴巴。

不久，细心的杰奎琳发觉，有好多事情妈妈和哥哥都在瞒着她。她看在眼里，什么也没说，生怕哥哥嫌她惹麻烦。

原来，伯瑙德夫人在第厄普市被德国人占领后，便参加了法国反法西斯地下抵抗组织。而她家这个小旅馆，已成了秘密情报站，伯瑙德夫人负责转送情报的工作。

每个星期四晚上，都会有一位法国农民打扮的人，准时来到旅馆，送来一个小小的金属管。地下工作者搜集到的绝密情报就被锡密封在里面。接下来就是伯瑙德夫人的任务了，她必须在抵抗组织总指挥部派人来取走之前，把它安全地藏好。

每当那位送情报的叔叔来的时候，杰奎琳总是抢着去开门。哥哥雅克不放心，常常拦住她，抢先冲到门口，透过锁孔先朝外望一望，然后才开门。

情报送来了，藏在哪儿？这让伯瑙德夫人动了不少脑筋。

她先把金属管藏在一把椅子的横档当中，不行啊，德国盖世太保来搜查时，常常是抓起椅子坐下，然后问这问那的，万一他们看出椅子上的破绽，搜出金属管，那就全完了。除了危及一大批地下工作者的生命安全，他们这一家三口，也性命难保啊。

后来，伯瑙德夫人把金属管放进了盛着剩汤的铁锅里。盖世太保的突击搜查，就这样被安全地躲过了好几次。但令伯瑙德夫人不放心的是，有个来搜查的德国军官，常到厨房张望，有时竟揭开锅盖查看，万一他用勺子搅拌一下，不就发现金属管了吗？

最后，伯瑙德夫人终于想到了一个绝妙的办法。她把金属管藏在了半截蜡烛里，外面用蜡小心地封好，然后把藏有金属管的蜡烛插在一个烛台上，摆在了显眼的桌子上，这样反而骗过了几次严密的搜查。

伯瑙德夫人所做的这一切，没瞒过雅克，也没瞒过杰奎琳。杰奎琳知道，这一切是不能说的，不然会让妈妈和哥哥感到不安。

一天晚上，屋里突然闯进三名德国军官，他们说要在这儿住一宿，不是来突击搜查的。可是他们嘴上这样说，谁知道究竟是怎么一回事呢？伯瑙德夫人暗暗焦急，但是也不能说什么。

三个人坐下后，少校军官从口袋里掏出一张揉皱的纸，阅读起来，桌子上的灯光很暗淡，读起来很吃力的样子。站在他身后的中尉见状，便顺手拿过藏有金属管的蜡烛点燃，放到了他的长官面前。

就着两支蜡烛，少校细心地读着纸条，时而合上眼睛思索一会儿。伯瑙德夫人坐在屋角，瞄了一眼那支蜡烛，心不由得怦怦直跳。啊，若是燃到金属管那儿，蜡烛就会自动熄灭，烛光一灭，他们就会拿起来看个究竟。他们想要重新点燃蜡烛，就必然会拔出金属管……想到这儿，伯瑙德夫人好像看到了那种可怕的后果，她痛苦万分地闭上了眼睛。她对自己说："这生死攸关的烛光啊！不能再等了，得快点儿想办法……"

雅克和杰奎琳也都意识到了什么，他们脸色苍白，嘴唇在微微地发抖，正紧张地盯着伯瑙德夫人。伯瑙德夫人看着两个孩子，她觉得一定要保持镇静，在这关键时刻，给孩子们勇气和力量。她冷静下来，站起来，然后走进厨房，取出一盏油灯放到桌上，小声说："瞧，先生们，点上这盏灯会更亮些！"说着，她若无其事地把那支蜡烛吹灭，推到一边去了。

伯瑙德夫人做完这些，轻轻地吐了口气，又坐回角落里。一场危机似乎过去了。

"屋子里这么黑,多点支小蜡烛更亮嘛!"那名中尉嘴里叽咕着,又将那冒着青烟的蜡烛拿起来,凑到油灯上点燃了。

烛光轻轻摇曳着,但此时此刻,它成了这间屋子里最可怕的东西。伯瑙德夫人似乎感到,这三名德国军官饿狼般的眼睛,正盯着那越来越短的蜡烛。她的心,已经提到了嗓子眼儿。蜡烛一灭,金属管露出,情报站暴露……后果真不堪设想啊。但是,她不能再去动那支蜡烛了,如果她再去吹灭它,必定会引起他们的疑心……

伯瑙德夫人一筹莫展。

"啊,今天晚上天真冷呀,让我到柴房去搬些柴来生个火吧!"雅克好像自言自语地说着,慢慢地站了起来,他伸出手,端起那烛台,朝门口走去。"你不用灯难道就看不见路吗?"中尉见屋子暗了下来,快步赶上去,一把将烛台夺回去,又放到桌子上。

雅克从容地搬回一捆木柴,生上火,默默地坐到妈妈身边。他知道,烛光即将熄灭,不幸很快就要降临到他们头上了。他要在这最后时刻,陪妈妈一起战斗到底。

时间,一分一秒地过去;蜡烛,越烧越短。一直很安静的杰奎琳突然站起来,她走到少校身边,娇声地说:"军官先生,我可以拿一盏灯上楼睡觉吗?楼上很黑。"

少校看着这可爱的小姑娘,放下手里的纸条,把她拉到身边,亲切地说:"噢,当然可以呀,我也有一个像你这样的小女儿,她叫路易莎。我给你讲讲她的事儿,好吗?"

杰奎琳显出十分高兴的样儿,仰起小脸,柔声说道:

"好啊。但是,军官先生,今晚我太累,想睡觉了。明天你再给我讲你的路易莎,好吗?"

少校拍了拍杰奎琳的小脸蛋儿,笑着说:"当然可以,小姑娘!那我明天再给你讲。"

杰奎琳得到允许,两手轻轻地端起藏有金属管的烛台,向三位军官道声晚安,镇定地走上楼去。当她走完最后一级楼梯时,蜡烛熄灭了。

成 长 悟 语

镇静地处理好一件事而不让别人发现你的真实意图,需要极大的勇气和过人的智慧。抓住自己的特点,充分发挥你的优势,在千钧一发之际把别人的注意力转移,成功地达到目的,就是谋略。

怕

没有尝试过就害怕自己不行，因而退缩不前，这样的话你永远不会有进步。

一个少年怕独自走夜路。父亲问他，你怕什么？少年答，怕黑。父亲问，黑为什么可怕？少年答，像有鬼似的。父亲问，你见过鬼？少年笑了，没有。父亲问，那么，现在你敢独自走夜路了吗？少年低头，不敢。父亲问，还怕什么？少年答，路边有一片坟地。父亲问，坟地里有什么声音或鬼火之类的吗？少年答，有虫叫，没鬼火。父亲问，白天的虫叫与夜里的虫叫有何区别？少年：……

一名新兵怕跳低板墙。连长问他，为什么不敢跳？新兵答：怕栽倒。连长问，你以前跳过吗？新兵答，没有。连长问，那么低板墙绊倒过你吗？新兵低头，当然没有。连长问，那你怎么知道它会使你栽倒？然后连长令新兵跳高，成绩为1.7米。连长又问新兵，你知道低板墙有多高？新兵说，不知道。连长说，1.5米。

一名失业青年近几年在家埋头写作，发表了1000多块"豆腐干"。一天，父亲指着一则招聘启事说，某报社需要编辑，快去试试！长期与社会缺少直接接触的青年胆怯地说，我未必行。父亲问，为什么？青年答，没学历。父亲问，或许你发表的作品能打动报社总编呢？青年答，那么多大学毕业生应聘，咋会看上我呢？父亲问，你见过总编了？青年答，没有。父亲问，你了解过全部竞争对手了？青年答，没有。父亲问：那你究竟怕什么？

怕走夜路的少年后来独自走了几回，虽紧张，却平安无事；怕跳低板墙的新兵后来终于咬牙跳了一次，并且以后再也没有犹豫过；怕应聘的青年后来背着一袋报刊去见总编，居然被破格录用……他们就是今天的我呀！

我曾反复品味父亲的问题：你究竟怕什么？我的回答是：怕我心中那个与生俱来的"怕"字。

（张小失）

 成长 悟语

人们对于未知的东西总是习惯加上自己的想象，把它想成可怕的东西而心生恐惧,不敢去触摸,其实人真正害怕的不是别的,正是自己的想象。没有尝试过就害怕自己不行,因而退缩不前,这样的话你永远不会有进步。

最后一次选择机会

相对于未知的事物来说,他们总是宁愿选择已知的。即使我给了那个男人机会,他还是选择了死亡。

许多年前,在一场可怕的战争中,一个间谍被狡猾的将军抓获并被判处死刑。

多年来将军一直采用一种奇怪的惯例,在每一个死刑案例中,他都会给被判死罪的人最后一次选择机会:或由行刑队迅速枪决,或者碰运气去通过一道神秘的黑门。

对这个间谍来说,这是一个可怕的选择,当他移动到厚重的黑门旁,发抖的手却不敢去打开它。最后他还是选择了枪决,因为他害怕开启神秘黑门后可能会遭遇到更恐怖的事情。

几分钟后,步枪发出的齐鸣声表明死刑已经被执行了。将军望着远方,转向他的副官说道:"你看到了吧! 相对于未知的事物来说,他们总是宁愿选择已知的。即使我给了那个男人机会,他还是选择了死亡。"

副官问:"那黑门后面究竟是什么呢?"

"自由,"将军答道,"现在我知道了,几乎没有人有足够的勇气去开启它。"

成 长 悟 语

很多时候人们宁愿选择死亡,也不愿意推开那扇"黑门"去面对生存的挑战,因为面对不能知道的未来,他们没有勇气去接受困难和挑战。要知道大雨过后就会有美丽的彩虹,未知的世界并不代表绝望和黑暗,说不定走过去了,你会发现前面正是一片鸟语花香。

拿破仑与小鼓手

他的脚步从容不迫，鼓声激昂有力，他以自己勇敢无畏的精神开辟了胜利的道路。

在拿破仑的传记中，曾经记载过这样一个故事：

那是在马林果战役的前夕，拿破仑坐在营帐里，凝视着面前摊开的一张意大利地图。他把4枚图钉按在地图上，一边挪动钉子，一边思考着。

过了一会儿，他自言自语地说："现在一切都好了，我要在这里抓住他！"

"抓住谁？"身旁的一个军官问道。

"墨拉期，奥地利的老狐狸，他要从热那亚回来，路过都灵，回攻亚历山大里亚。我要渡过波河，在塞尔维亚平原迎着他，就在这儿打败他。"拿破仑的手指向马林果。

但是，马林果战役打响后，法军受到敌军强有力的抵抗，竟只剩招架之功，拿破仑精心策划的胜利眼看要成为泡影。

正在法军败退之际，拿破仑手下的将领德撒带着大队骑兵驰过田野，停在拿破仑站着的山坡附近。队伍中有一个小鼓手，他是德撒在巴黎街头收留的流浪儿，在埃及和奥国战役中一直在法军中作战。

当军队站住时，拿破仑朝小鼓手喊道："击退兵鼓。"

这个孩子却没有动。

"小流浪汉，击退兵鼓！"

"小流浪汉，听到没有？击退兵鼓！"

孩子拿着鼓棰向前走了几步，朗声说道："啊，大人，我不知道怎么击退兵鼓，德撒从来没有教过我。但是我会击进军鼓，是的，我可以敲进军鼓，敲得让死人都排起队来。我在金字塔敲过它，在泰伯河敲过它，在罗地桥又敲过它。啊，大人，在这里我可以也敲进军鼓吗？"

拿破仑无可奈何地转向德撒："我们吃败仗了，现在可怎么办呢？"

"怎么办？打败他们！要赢得胜利还来得及。来，小鼓手，敲进军鼓，像在泰伯和罗地一样敲吧！"

不一会儿，队伍随着德撒的剑光，跟着小鼓手猛烈的鼓声，向奥地利军队横扫过去，这一次他们把敌人打得一退再退。

德撒在敌人的第一排子弹中就倒下了，但是队伍并没有动摇。当炮火消散时，人们看到那小流浪儿走在队伍最前面，笔直地前进着，激昂的进军鼓仍在敲响。他越过死人和伤员，越过营垒和战壕。他的脚步从容不迫，鼓声激昂有力，他以自己勇敢无畏的精神开辟了胜利的道路。

成 长　悟 语

坚定地前进而从来不会想到后退，坚信自己会胜利，这会化为巨大的动力，让你的计划变成现实。所以说，坚定信念是成功的关键。当你有了勇敢无畏的信念，你离成功也就不远了。

关键时刻的"胆小鬼"

真正的勇敢不是谁捅掉"马蜂窝"，谁爬得最高，而是像亨利一样，在最关键的时刻伸出援助之手，把罗伯特救起。

什么是勇敢呢？读了这个故事后，你就知道了。

中午放学，罗伯特和亨利一起回家。在路口的转弯处，他们看到有人在那儿打架。罗伯特很感兴趣，对亨利说："走，我们也过去瞧瞧吧。"

"不，"亨利摇摇头说，"我想我们最好不要去参与那些事，还是回家吧，我们又不知道怎么调解，相反，如果我们还被卷进去就麻烦了。"

"那有什么呀？不敢去是吧，真是个胆小鬼！"罗伯特说着，看他不肯，就自己去了。亨利则回家了。下午，他们像往常一样去上学。

可是，因为中午的事，罗伯特一见到他的同伴们，就说亨利是个胆小鬼，他们还一起嘲笑他。亨利没有生气，因为他有自己的看法，他觉得不能用真正的勇气去做让别人责备的事，那样是不值得的，他只是不想做错事而已。

过了几天，发生了一件事，让大家对亨利改变了看法。那天，罗伯特和他的伙伴们一起去游泳，他不小心游到了深水区，回不来了。罗伯特拼命地喊救命，可都是白费力气,他的伙伴们——曾经叫亨利胆小鬼的男孩们——很快都上了岸,没有一个人去帮他。

罗伯特很快开始往下沉。这时,亨利赶到了,他赶忙脱下衣服,跳进水里。在罗伯特沉入水下的最后一刻,亨利抓住了他的手。亨利用尽全身的力气才把罗伯特拖到了岸上。罗伯特得救了。

事后,罗伯特和那些曾经叫亨利胆小鬼的孩子们,都感到十分羞愧。因为在关键时刻,他们中没有一个人比亨利更勇敢。

成长 悟语

真正的勇敢是捅掉"马蜂窝"吗?是比赛谁爬得最高吗?是别人打架的时候敢于去看热闹吗?不是。坚持自己的想法,理智地看待问题,在关键时刻不顾自己的安危,对别人伸出援手,那才是真正的勇敢。

真正的勇敢

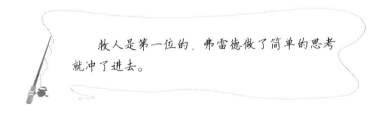

救人是第一位的,弗雷德做了简单的思考就冲了进去。

妈妈生病了,她的脸色苍白,在床上无力地呻吟着。吃完饭,弗雷德对妈妈说:"从今天开始就让我洗碗吧,我已经12岁了,是个大人了,不能再让你照顾我了。"妈妈感动得眼睛里闪动着泪花。

为了帮助母亲,弗雷德一放学就回家,再也不在学校里和同学们玩雪橇了。尽管他很想玩,但他知道自己应该回家,妈妈还病着呢。有一天,几个淘气的男孩子偷偷跟在他后面,他们想看看他到底在家干什么。他们从靠近厨房的窗户看见弗雷德正在桌子旁洗碗。

第二天,所有的男孩子都来"问候"弗雷德:"嗨,洗盘子的滋味怎么样?"

"那个花围裙也不错。哈哈!"

弗雷德并不缺乏勇气,当时他真想冲上去狠狠地把那个说话的孩子给揍一顿。但他想到妈妈对自己说的话:"要做一个真正勇敢的人。"

如果靠打架来证明勇敢,那不是真正的勇敢。他在心里想。于是他静静地走开了,什么话也没有说。身后,那些孩子还在那里嘲笑他呢。

一天深夜,呼喊声把弗雷德从梦中惊醒。"着火了!着火了!"巴顿先生家乱成了一团。弗雷德急忙冲了过去,看看自己能不能帮上什么忙。巴顿先生和太太都出去了,只有两个孩子在屋里。大风使得火势飞快地蔓延,人们很难靠近。

弗雷德认识那两个孩子,他们都还小,在这样的情况下,如果没有人帮助的话是肯定不能安全出来的。消防队还没有来,可是不能再等了,否则一切都将不可挽回。

救人是第一位的,弗雷德做了简单的思考就冲了进去。他曾去过巴顿先生的家,说不定能找到那两个孩子。

弗雷德顺着梯子爬了上去,很快他就在二楼房间的床底下找到了那两个孩子,并把她们带到阳台上,下面的人将她们接了下去,弗雷德也跟着下去了。刚到地面上,二楼的房子就"轰"的一声塌了。

当弗雷德的同学知道了这件事后,他们再也不取笑弗雷德了,因为他们从弗雷德身上看到了什么才是真正的勇敢。

成 长　　悟 语

懂得在母亲生病的时候帮她洗碗,已经是一个懂事的孩子。面对别人的嘲笑没有用暴力去解决并不是懦弱,勇敢要用在真正该用的地方,不怕危险从火海中救人,不就是最勇敢的表现吗?

勇敢的小女孩

突然,破碎的木块砸在她身上,熊冲破了木栏。就在这时,爱米莉亚跳起来,大喊了一声:"偷猪贼!"然后,用尽全身力气将木棍的尖头朝熊身上插过去,棍尖刺进了熊肥厚的身体。

爱米莉亚望着父母沿着山道走进了森林。他们是朝着海湾边去的,横渡这条海湾去杰考布先生家,汤普森夫妇准备下午帮这家邻居干农活。今天,爱米莉亚要照看家了。

爱米莉亚和她的家人来自挪威，1848年，全家启航到美国时，爱米莉亚已经有6岁——那是4年前的事了。现在，他们居住在威斯考森的荒野上。他们开垦了一块新地，种了玉米、燕麦和土豆，并且建了一栋小木屋。爸爸对她说，新的生活不会是很安逸的，他说得对，如果不是杰考布先生，他们的家会是什么样子呢？杰考布先生给了她家许多用品。

爱米莉亚看看圈养在坚固的木栏里的那头长得半大的猪，她记起了那天，杰考布先生送来时，它是最小的一头，杰考布先生对他们说，只要养得好，到冬天就可宰杀了。爸爸感谢杰考布先生送来了慷慨的礼物。

哥哥爱利悄悄地对爱米莉亚说："这头猪是别人给我们的唯一的礼物，我猜它是'慷慨'的。"于是，"慷慨"就这样得名了。

整个春天，妈妈都把这头小猪放在壁炉旁，还喂土豆皮汤给它吃。很快，"慷慨"就长到要在屋子外面养了。

"'慷慨'，"爱米莉亚对猪说，"我知道你不喜欢待在栏里，但我不能放你出来，熊或狼会吃掉你的。爱利去给你刨树根了，他很快就会回来的。我要喂些土豆皮汤给你吃，你得长得肥肥的，'慷慨'。"

爱米莉亚在屋子里动起手来。她往壁炉里加了一根木头，从木桶里捡了几个土豆。一想起吃土豆，爱米莉亚就做了一个鬼脸。爸爸有时会从海湾里抓些鱼，但更多的时候，他们吃的是土豆。她想起了熏猪肉和猪排，再过几个月就有的吃了。

突然，传来了一声尖叫，她看到"慷慨"正在顶撞木栏的一边。它的嘴在圆木间拱着，小小的圆圆的眼睛不时恐惧地往后转动。木栏的另一头，一头熊正把爪子伸向圆木间，想用它那又长又尖锐的爪子抓住这头猪。

爱米莉亚又怕又急，她看着猪在栏里来回跑着，突然，她由害怕变为生气了。"不，你这家伙不能吃我家的猪！"她走到门边，又停下来，环顾了周围，爸爸已把枪拿走了。然后，她盯上了一根一头尖尖的长木棍，它靠在门边，是种玉米用的，她一把抓起这根木棍。

爱米莉亚匍匐着爬向木栏，那头熊竖起了后腿，前爪伸着。爱米莉亚一动不动地趴在地上观察着。这家伙看到了她吗？她的心怦怦地跳着。熊想撞翻顶上的圆木，但很快就放弃了，它转而去抓咬下面的圆木。爱米莉亚一寸一寸地朝它爬过去，她那又长又厚的裙子也拖在地上，她一边爬一边拖着木棍。

终于，到了木栏边，爱米莉亚靠着它爬着，猪的鼻子就在她头上，猪尖叫着，吵得她的头皮都快炸了。她看了一下角落，熊的背离她不到3英尺远。

爱米莉亚把木棍攥得更紧了，她快绷不住了。

突然，破碎的木块砸在她身上，熊冲破了木栏。就在这时，爱米莉亚跳起来，大喊了一声："偷猪贼！"然后，用尽全身力气将木棍的尖头朝熊身上插过去，棍尖刺进了熊肥厚的身体。随之，一声狂乱的嚎叫，熊掉头朝森林逃窜而去。

"爱米莉亚，爱米莉亚，你在哪儿？"爸爸在叫她。

他从湾边朝森林这边冲过来。

"熊！"爱米莉亚喊道，她指着朝森林方向逃窜的熊。

子弹已上膛，爸爸拿着枪朝她指的地方跑去。

她知道接下来是妈妈抱住了她，然后，爱利说："你真的击退了一头熊？"

那天晚上，全家人吃上了土豆烧熊肉。爸爸讲述着他怎样抓住了熊。他笑着说："我没有花太大的力气，那畜生已经吓得半死了。"

"肉真粗！"爱利哼道，但爱米莉亚注意到，他又夹起了第二块熊肉。

妈妈说："味道挺不错的，爱利，你得谢谢爱米莉亚。"

爸爸说："我们有油点灯了，爱米莉亚的床上可以铺一床毛毯了。"

妈妈说："是的，爱米莉亚，得谢谢你，我们可以过一个舒坦的冬天了。"

全家人自豪的微笑，让爱米莉亚心里乐开了花。

成长悟语

成功永远眷顾勇敢的人，关键的时刻应该忘记恐惧和危险，为了守护重要的东西，勇敢地拿起武器面对困境，反抗那些看起来似乎不可战胜的强者。只有这样，才能获得成功，才能成为令人佩服的人。

迁徙的角马

沿着河边向上游走出100米就是平地，它们从那里很容易到达河边。但是它们宁可站在悬崖上痛苦地鸣叫，却不肯向着目标前进。

每年夏天，都有上百万只角马从干旱的非洲的塞伦盖蒂北上迁徙到马赛马拉的湿地。

在这艰辛的长途跋涉中，格鲁美地河是它们唯一的水源。这条河与迁徙路线相交，对角马群来说既是生命的希望，又是死亡的象征。因为角马必须靠喝河水维持生命，但是河水还滋养着其他生命，例如灌木、大树和两岸的青草，而灌木丛还是猛兽藏身的理想场所。冒着炎炎烈日，焦渴的角马群终于来到了河边，狮子突然从河边冲出，将角马扑倒在地。涌动的角马群扬起遮天的尘土，挡住了离狮子最近的那些角马的视线,一场杀戮在所难免。

在河流缓慢的地方,又有许多鳄鱼藏在水下,静等角马到来。经常,会有一群鳄鱼一同享用一头不幸的角马。有时,湍急的河水本身就是一种危险。角马群巨大的冲击力将领头的角马挤入激流,它们不是淹死,就是丧生于鳄鱼之口。

这天,角马们来到一处适于饮水的河边,它们似乎对这些可怕的危险了如指掌。领头的角马磨磨蹭蹭地走向河岸,每头角马都犹犹豫豫地走几步,嗅一嗅,嘶叫一声,不约而同地又退回来,进进退退像跳舞一般。它们身后的角马群闻到了水的气息,一齐向前挤来,慢慢将"头马"们向水中挤去,不管它们是否情愿。如果角马群已经有很长时间没饮过水,你甚至能感觉到它们的绝望,然而,舞蹈仍然继续着。

终于,有一只小角马"脱群而出",开始痛饮河水。为什么它敢于走入水中?是因为年幼无知,还是因为渴得受不了?那些大角马仍然惊恐地止步不前,直到角马群将它们挤到水里,才有一些角马喝起水来。不久,汹涌的角马群将一头角马挤到了深水处,它恐慌起来,进而引发了角马群的一阵骚乱。然后,它们迅速地从河中退出,回到迁徙的路上。只有那些勇敢地站在最前面的角马才喝到了水,大部分角马或是由于害怕,或是无法挤出重围,只得继续忍受干渴。

每天两次,角马群来到河边,一遍又一遍重复着这一仪式。

沿着河边向上游走出 100 米就是平地,它们从那里很容易到达河边。但是它们宁可站在悬崖上痛苦地鸣叫,却不肯向着目标前进。

成 长　　悟 语

　　人生就是一条长河,其中有激流,岸上有猛兽。但只要我们迈出相信自己的一步,你就能突破重围,因为强大的信心会使你比激流更有冲击力,比猛兽更强大。

迈 步 前 行

> 上帝从来没有把万无一失、一切到位的福分赐予人类,你总要去实践,总要在差不多的时候,赶紧迈步前行,否则只会在自己的圈圈里打转。

　　法国机械工程师吉拉德一直梦想着造出世界上第一辆真正意义的汽车,他穷其一生追求着这个理想。

　　在他之前,法国陆军工程师居纽奉陆军大臣舒瓦瑟公爵的命令,于1771年制造出第一辆用蒸汽机做动力的车,被称为"大板车",用以运送军火。这辆车以粗木做车架,装有三个车轮,前轮既是驱动轮,又是转向轮,司机可通过一个双把曲柄控制方向。"大板车"因锅炉太大,比较笨重,难以操纵,在试车时就撞倒了一堵墙。1801年,英国人特里维西克也造了一辆蒸汽动力车,但是,这辆同样笨重的蒸汽动力车,在特里维西克开着它去吃饭时,放在一家饭店门前的棚子里,最后因锅炉烧干引起火灾,不但烧毁了一座房子,那辆车也彻底报销了。

　　吉拉德从这些前人造车失败的经历中总结出了教训,他认为他们之所以失败都是因为没有理论只懂蛮干的结果。此后数十年,吉拉德精心研究关于机动车制造的理念,其研究细致到鉴定哪种材料造车最为合适。为此,仅仅是图纸他就画了上万张。吉拉德为实现造出世界第一辆汽车的梦想,孜孜不倦地研究着,但是,就在他无休止地推敲中,1886年1月29日,德国人卡尔·本茨,一个火车司机的儿子,用高压电火花为发动机点火,采用气化器,使用液体燃料,用前轮控制方向,造出了现代意义上的第一辆汽车并取得了专利。不久,本茨车(奔驰车)投入批量生产,从此,人们将1886年1月29日这天视为汽车诞生日。

　　吉拉德到死也没能实现他的梦想,他的梦想仅限于一堆图纸。吉拉德直到去世前才醒悟过来。他在日记中写道:世界上没有被计算到最完美、最精确的事物,上帝也从来没有把万无一失、一切到位的福分赐予人类,你总要去实践,总要在差不多的时候,赶紧迈步前行,否则只会在自己的圈圈里打转。

　　有人在吉拉德死后看到了他所写的关于制造汽车的理论和部分图纸,也许,吉拉德按照自己的理念和图纸去制造汽车,并在实践中不断修复和完善,世界上第一辆汽车早就在 1886 年 1 月 29 日之前诞生了。可是,天下像吉拉德这样,由于对计算苛求完美,最终遗恨辞世的人实在是太多了。他们本可能成为英雄豪杰流芳百世,但就是因为可怕的计算,让他们一生积攒起来的精华最终枯萎凋谢。应该明确,天下事并非是在人们的头脑中计算出来的,而是一步步走出来的。

(马付才)

实践是检验真理的唯一标准,一切的错误都能在实践的大熔炉中得到冶炼、修正。就像游泳,总在岸上学习游泳的姿势是不够的,一定要到水中亲身体验并不断调整才能真正学会游泳。

勇　气

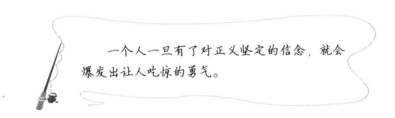

一个人一旦有了对正义坚定的信念,就会爆发出让人吃惊的勇气。

在英国举行的一次军人午餐会上,大家谁也不认识谁。我坐在一个美国伞兵的旁边,他是 101 空降师——巴顿英雄部队的。他大约 20 岁,像多数跳伞运动员那样,他长得比一般美国军人颀(qí)长些,不过肩膀很宽,显然是个威武有力的硬汉子,他胸前闪耀着的勋章绶带,比我记忆中中将级官衔以下的任何人都要多。他对我说了下面的一个故事:

在大规模进攻开始的前一天——进攻法国前 24 小时,盟军向诺曼底空投了伞兵,这个青年就是其中之一。不幸的是,他在离预定地点好几里的地方着陆。那时候天差不多亮了,脑子里记熟的标志,他一个也没有找到。他吹响集合队伍的警笛,也没什么响应。他知道原定计划出了毛病,他单枪匹马陷落在敌人控制的国土上了。

他必须马上找地方隐蔽。在熹微的晨光里,他看见不远处有个小小的、红色屋顶的人家,他不知道住在里边的人是亲盟国还是亲德国,但是他总得碰碰运气。他朝那房子奔去,一边温习着寥寥可数的几句法语,那是为了应付紧急情况而学习

的。

听到敲门声,一个年约30岁的法国女人开了门。她长得并不漂亮,但是她的眼眸是善良而镇定的。她的丈夫与她的3个孩子都惊异地盯着他。

"我是一个美国兵。"伞兵说,"你们愿意收留我吗?"

"哦,当然啦。"法国女人把他带进了屋里。

"快点儿!你动作快点儿!"她丈夫边说边把他推进壁炉旁边一个大碗柜里。

几分钟后,6个德国兵来了。他们看到伞兵在这里降落。转眼间他们找到了这个伞兵,把他拖了出来。

那位因为收留他而犯罪的法国农民,来不及说声再见就被当场枪毙了。他的妻子呜咽着,孩子也放声大哭起来。

德国兵把他这个盟军俘虏房暂时关押在一间小屋里。

小屋后边有一个小小的窗口,外边就是森林。伞兵蜷身挤出窗口,向森林奔去。德国兵发现他逃走,一边追,一边向他射击,子弹没有打中他。他躲在森林里,听到德国兵互相吆喝着,在到处搜索。

伞兵决定往回跑。他避开德国兵,再次跑进那个院子里,院子里还躺着那个被杀害的法国男人的尸体。伞兵又敲厨房的门。

女人来得很快。她脸色苍白,泪眼模糊。

"你还愿意收留我吗?"他问。

"哦,当然。快进来!"她毫不迟疑地把他送回壁炉边的碗柜里。他在碗柜里躲了3天。德国兵怎么也不会想到他第二次逃进了那户人家,并且藏在那个碗柜里。3天后,他才找到部队。

我被这个真实故事里的两位主角迷住了。我把这个故事多次讲给美国驻法国和意大利的战士听。不过我缺乏口才,总也不能满意地表达出我对这两位卓越人物的尊敬。直到全欧胜利以后,当我准备回国的时候,我碰上了一位空军将领,他才把我的感受确切地说出来:

"伞兵有的是拼命的勇气,"他说,"在死亡面前,他看到而且抓住了唯一的出路。而那位妇女呢,她也是一个有勇气的女人。"

"勇气?"我惊奇地望着他。

"对,勇气。"将军重说了一遍,"因为她懂得她信仰的是什么。"

([美]狄斯尼)

成长 悟语

一个人一旦有了对正义坚定的信念,就会爆发出让人吃惊的勇气。这种勇气会超越物质,甚至会超越生命,只要一息尚存,就会奋斗不止。只要心中有正义的信念,就能战胜一切邪恶。

人生就是一条长河，其中有激流，岸上有猛兽。但只要我们迈出相信自己的一步，你就能突破重围，因为强大的信心会使你比激流更有冲击力，比猛兽更强大。

第20辑 没有自信等于失去力量

　　爱默生说："自信是英雄的本质。"自信，是人类运用和驾驭宇宙的法宝，是所有"奇迹"的根基。自信可以赋予人奋斗的动力，可以从困境中把人解救出来，可以使人在黑暗中看到胜利的曙光。成功是高山，自信是登山的石阶；成功是远方的目标，自信是脚下的跋涉。自信是一缕和煦的春风，是一丝动人的微笑，是一片明朗的天空。

　　自信让我们变得干练、成熟；自信使我们的脚步变得坚实稳健。或许可以这么说："拥有自信，就拥有了成功的一半。"

相信自己，即使没有人相信你

> 如果你也能相信你自己，那么你就能达到你想达到的任何目标。因此不要退缩，在任何时候都不要。

还记得4分钟跑1英里的故事吗?这个故事从古希腊就开始了。据说,当时的人们为了达到这个速度,有的奔跑者尝试喝下了真正的虎奶;还有的人居然让狮子去追赶奔跑者,以为这样做能使他跑得更快。然而,这些都没有用。于是,人们便断言,这是人类不可能达到的目标。这种认识延续了几千年,人们几乎都相信,在4分钟内跑完1英里是人的生理条件所不能承受的,因为人类的骨骼结构不行,肺活量不够,空气的阻力又太大……理由有成千上万条。

然而有一个人,他独自证明了所有的科学家、教练员、运动员以及在他之前尝试过但没有获得成功的数以万计的人都错了,他就是罗杰·丹尼斯。奇迹中的奇迹就是,当罗杰突破了4分钟跑完1英里的目标后,立刻就有另外37人打破了这一记录;而一年以后,能在4分钟跑完1英里的运动员已经达到了300个!

几年前,我站在纽约1英里跑的终点上,亲眼目睹了参加比赛的13名运动员都达到了4分钟跑完这一路程的速度;换言之,即使是跑得最慢的选手也做到了这个在数十年前被人们认为是不可能的事。

这到底是怎么回事? 训练技术并没有获得突破性的进展,人类的骨骼也没有在一夜之间获得了改善,但是,人们的态度却发生了改变。

想一想石匠吧,他在一块岩石上凿打了100次,可能不会在石块上留下多少痕迹,但在101下时,那石块却分裂成两半了。这当然不仅仅是那最后一凿的缘故,而是先前他的每一次凿打都在发挥着作用。倘若你定下了一个目标,你就应该能够完成它。谁能够断言你干得不比你的对手更顽强、更漂亮、更出色,而且更有才华呢? 就是有人说你不行,那也没有关系。关键在于,而且这是最关键的,你必须相信你自己能行。

在罗杰之前,人们只相信专家,而罗杰却相信自己……他为此而改变了所有人的态度。从某种意义上来说,是改变了整个世界。如果你也能相信你自己,那么你就能达到你想达到的任何目标。因此不要退缩,在任何时候都不要。

([美]哈维·麦凯)

成长 悟语

　　每个人身上都有着无尽的潜能,但这种潜能有时会被周围人和自己的怀疑声所抑制住。其实潜能的释放量是与相信自己的程度成正比的。只要相信自己能行,给自己一个机会,我们的潜能就能无限量地释放出来。

1毫米的自信

　　很多时候,我们的自信都是受习惯思维的影响,事物的表面现象左右着我们的固定思维,并不一定是事物的本质发生变化。

　　他是杂技团的台柱子,凭借一出惊险的高空走钢丝而声名远扬。

　　在离地五六米的钢丝上,他手持一根中间黑色、两端蓝白相间的长木杆作平衡,赤脚稳稳当当地走过10米长的钢丝。他技艺高超,身手灵活,还能从容地在钢丝上做出一些腾跃翻转的动作。多年来,他表演过无数次,从未有过丝毫闪失。

　　杂技团在去外地演出回来的路上,装道具的卡车翻进了山沟,折断了他那根保持平衡的长木杆。团里非常重视,不惜高价找来了粗细相同、长短一致、重量也一样的木杆,直到他觉得得心应手时,团长才请油漆匠给木杆刷上与以前那根木杆相同的蓝白相间的颜色。

　　又是一次新的演出。在观众的阵阵掌声中,他微笑着赤脚踏上钢丝。助手递给他那根蓝白相间的长木杆。他从左端开始默数,数到第10个蓝块,左手握住,又从右端默数第10个蓝块,右手握紧,这是他最适宜的手握距离。然而今天,他感到两手间的距离比他以往的长度短了一些。他心里猛地一惊,难道是有人将木杆截短了?不可能啊?他小心翼翼地把两手分别向左右移动,一直到适宜的距离才停住。他看了看,两手都偏离了蓝块的中间位置。他一下子对木杆产生了怀疑。

　　这时,观众席上又一次爆发出雷鸣般的掌声,已经容不得他多想。他握紧木杆,提了一口气,向钢丝的中间走去。走了几步,他第一次没了自信,手心有汗沁出。终于,在钢丝中段做腾跃动作时,一个不留神,他从空中摔了下来,折断了踝骨,表演被迫停止。

事后检查,那根木杆长度并没变,只是粗心的油漆匠将蓝白色块都增长了1毫米。

很多时候,我们的自信都是受习惯思维影响的,事物的表面现象左右着我们的固定思维,并不一定是事物的本质发生变化。木杆的长度没有变,但自信的距离改变了。就是这1毫米长度的变化,影响了他的成败。

(陈文海)

成长 悟语

习惯是一种可怕的力量,它会掩盖事物的真相。而在变化面前,习惯又是脆弱的。在变化面前,第一时间激起自信心吧,我们心中的信心能让我们保持清醒的头脑,清除所有的假象。

你能行的

他走上来对我小声说:"来,你能行的!"你也许永远都不能体会到这短短的一句话多么令我振奋,四个字:你能行的。我几乎感动得哭出声来。

萨克是日本某市的居民。在她十几岁的时候,她就常常憧憬自己有朝一日能够去美国,她说:"我脑际中常常出现这样一幅画面:父亲坐在客厅中央看报,母亲在忙着烘烤糕点,他们19岁的女儿正在精心打扮,准备和男友一块儿去看电影。"

萨克终于能够到加州去完成她的大学学业。当她到那里时,她发现那里与梦想中的世界大相径庭。"人们为各种各样的麻烦事所困扰,他们看上去紧张而压抑,"她说,"我感到孤独极了。"

最让她感到头疼的课程之一是体育课。"我们打排球。其他的学生都打得很棒,可我不行。"一天下午,教师示意萨克将球传给队员,以便让她们接受扣球训练。最简单不过的一件事却让萨克胆怯了。她担心失败后将遭到队友的嘲笑。这时,一个年轻人大概体会到了她的心境。"他走上来对我小声说:'来,你能行的!'你也许永远都不能体会到这短短的一句话多么令我振奋,四个字:你能行的。我几乎感动得哭出声来。我

整节课都在传球,也许是为了感激那个年轻人,我自己也说不清。"萨克说。

6年过去了,萨克已有27岁,她又回到了日本,当起了推销员。"我从未忘记过这句话,"她说,"每当我感到胆怯时,我便会想起它——你能行的。"她确信那个青年一定不知道他的那简单的一句话对她来说意味着什么。"他也许根本就不记得了。"

她此后一直在日本,然而她始终记得这么一句话:你能行的。

成 长 悟 语

　　每个人都有与生俱来的潜力,有时我们对他人小小的鼓励也可以激发无穷的力量。一句肯定的话语、一个肯定的眼神,就如同温暖人心的春风,促使自信之花美丽地绽放。

打开你的自信罐

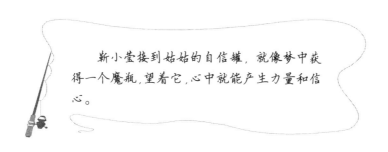

　　靳小莹接到姑姑的自信罐,就像梦中获得一个魔瓶,望着它,心中就能产生力量和信心。

　　在乡下的学校,靳小莹的成绩算得上是不错的,她还担任着班上的数学课代表。

　　过完年后,她老爸把她带到城里上学。老爸在城里跟别人合开了一家公司,当上了经理,手里有钱,人上托人,把靳小莹说进了八中。

　　八中是全市重点中学。家长们都这么夸八中:八中八中,十有八中。就是说,将来考大学,十个同学八个能考上。

　　进了八中,靳小莹的老爸骄傲地认为,女儿的一只脚已经跨进大学校门了。

　　可靳小莹并不像她老爸想象的那样顺利,一个连电梯和火车都很少见过的乡下女孩,突然走进繁华的大都市,走进铺着红地毯的重点中学,自信心严重不足。原来在乡下学校,靳小莹也算个风云人物,班上要选班干部,大会要发言什么的,哪一次也少不了靳小莹。而在城里呢,一张张陌生的脸,一双双蔑视的眼神,就像一根根钢针一样，穿透靳小莹的心。成绩再差的同学，都可以在靳小莹面前抬着高傲的头，投来不屑一顾的目光。刚来的那些日子，有的同学连她的名字都懒得叫，就叫她"乡下女孩"。

期中考试，全初二年级500多名同学排名次，靳小莹考了中腰数，排在250名左右。在乡下是个响当当的优等生，到城里竟成了"二百五"了！

不想在城里上学了，还是回乡下吧！这句话，靳小莹一直想对老爸说，又不敢。老爸不知花了多少钱，才把她弄进了八中，上了半年，就要打退堂鼓？老爸肯定会气得想揍她的。哎！没办法，死活先待着吧！

靳小莹老爸也担心靳小莹到城里重点学校跟不上班，常常问："怎么样，小莹？还跟得上吗？"

靳小莹总说："还行。"

其实，她自己知道，这样下去会越来越不行的。

于是，靳小莹想到了在南京当中学教师的姑姑，就偷偷给姑姑写了封信，想请姑姑说服老爸，让她还回乡下去上学。

过了好久，姑姑没给她回信，却给她寄来一个小包裹。

靳小莹很高兴，姑姑给她寄礼物来了，迫不及待地打开看——什么呀？！解开一层又一层的包装盒，里边是一个笨头笨脑的小白瓷罐。哎！姑姑寄这个给我干什么呀？土气死了！让人家城里女孩看见，要笑掉大牙的！知道人家现在都送什么礼物吗？MP4、数码相机！

靳小莹再看看，那个笨头笨脑的小白瓷罐上，还有姑姑写的一行字：靳小莹的自信罐。

靳小莹觉得十分不可思议，姑姑为什么寄这个东西给她？里边装的什么宝贝？揭开圆圆的小盖子，手伸进去一抓，里边有许多折好的小纸条。抓出来看看，每张小纸条上都有一句不同的话：

"上帝的旨意，把你重新安排在城里，上帝毫不吝啬地将人生的机遇再一次送给你。"

"我非常羡慕你有这样一次机会。"

"我希望我再小20岁，重新获得这样一次机会。"

"你在信中把自己说得一无是处，不对，我不这样认为。"

"你在乡下曾经是个好孩子、好学生，到城里为什么就不能做好学生？那是你的自信心首先矮了下去。"

"你说你在城里女孩面前没有一点儿长处。人，怎么会没有自己的长处呢？那是你自己先将自己看低了，并不是别人。"

"在有长处的人面前，要想到自己的长处。在比你强的人跟前，要努力拿出自己的强项。"

"任何人在这个世界上，都拥有别人不拥有的东西。你也一样。"

"一个人长期的奋斗过程，就是寻找世界和探索世界的过程。只要与自己的人生密码对上号,你就能开启那扇成功的大门。"

"你说你不擅长数学,而语文却是你的强项。你在信中所用的那些词句,都很优美、正确!"

"你说你平时不擅长说话,而你却善于思考。"

"你说你不擅长英语,而你的物理却很棒!"

"你说你是乡下来的,应该还回到乡下去,不!城市是所有人的,城市的文明,也是所有人的。"

"你要像你爸爸一样,要有信心在城里寻找下去。"

"第250名很差吗?那么,第251名以后的城里学生该怎么办?你替他们想过吗?"……

靳小莹确实没想过这么多。是呀,名次排在自己后边的城里学生,他们该往哪儿去呢?自己为什么要给自己寻找逃避的理由呢?姑姑说的多好呀!一切的一切,是我自己对自己没有信心,自己对自己的背叛!我真的就不如那些城里的女孩吗?某一门功课的成绩比她们差一点儿,可我觉得自己长得比刘莉、王娴她们都好看哩!

靳小莹接到姑姑的自信罐,就像梦中获得一个魔瓶,望着它,心中就能产生力量和信心。她把自信罐放在自己的书桌上,当遇到困难时,就抓出一张小纸条,仿佛能从小纸条上听到一种声音,那声音就像从天外传来的。

到了期终考试,靳小莹进了全班前20名。

靳小莹又给姑姑写了一封信。

姑姑马上给她回信了,信中只有一句话:用你的双脚跨进天堂!

(刘殿学)

成长 悟语

　　有时候实际的困难并不像我们想象得那么多,那些想象中的困难都像我们自己做出的一层层的厚茧,把自己捆绑得透不过气来。给自己多加加油,多给自己松绑,我们就能成功地飞翔。

小橡树的烦恼

你是一棵橡树，你的命运就是要长得高大挺拔，给鸟儿们栖息，给游人们遮阴，创造美丽的环境。你有你的使命，去完成它吧！

在一个美丽的花园里长满了各种各样的树木和花草，每一棵树、每一朵花都是那么挺拔娇艳，充满了生机和活力。

可是，在这之前的一段时间里，花园里的情形却不是这样，有一颗小橡树总是愁容满面。可怜的小家伙一直被一个问题困扰着，它不知道自己是谁。大家众说纷纭，更加让它困惑不已。苹果树认为它不够专心："如果你真的尽力了，一定会结出美丽的苹果，你看多容易。你还是需要更加努力。"小橡树听了它的话，心想：我已经很努力了，而且比你们想象的还要努力，可就是不行。想着想着，它就愈发伤心。玫瑰说："别听它的，开出玫瑰花来才更容易，你看我多漂亮。"失望的小橡树看着娇嫩欲滴的玫瑰花，也想和它一样，但是它越想和别人一样，就越觉得自己失败。

一天，鸟中的智者——雕来到了花园，看到唯独可爱的小橡树在一旁闷闷不乐，便上前打听。听了小橡树的困惑后，它说："你的问题并不严重，地球上许多人面临着同样的问题。我来告诉你怎么办。你不要把生命浪费在去变成别人希望你成为的样子，你就是你自己，你永远无法变成别人，更没有必要变成别人的样子，你要试着了解你自己，做你自己，要想知道这一点，就要聆听自己内心的声音。"说完，雕就飞走了，留下小橡树独自思考。

小橡树自言自语道："做我自己？了解我自己？倾听自己的内心声音？"突然，小橡树茅塞顿开，它闭上眼睛，敞开心扉，终于听到了自己内在的声音："你永远都结不出苹果，因为你不是苹果树；你也不会每年春天都开花，因为你不是玫瑰。你是一棵橡树，你的命运就是要长得高大挺拔，给鸟儿们栖息，给游人们遮阴，创造美丽的环境。你有你的使命，去完成它吧！"

小橡树顿时觉得浑身上下充满了自信和力量，它开始为实现自己的目标而努力，很快它就长成了一颗大橡树，赢得了大家的尊重。

让孩子学会做人的故事全集

Rang Hai Zi Xue Hui Zuo Ren De Gu Shi Quan Ji

每个人都闪耀着独一无二的光芒,都是无可替代的个体。只是有时我们会把目光都聚焦在他人成功的优点上,并将它们无限放大;而自己的优点,却得不到关注,更不用说放大了。多看看自己的优点,成功也一定会与你相遇。

自信是成功和快乐之花

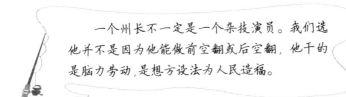

一个州长不一定是一个杂技演员。我们选他并不是因为他能做前空翻或后空翻,他干的是脑力劳动,是想方设法为人民造福。

　　富兰克林·罗斯福是美国历史上唯一连任4届的总统,命运赐给他的是英俊的容貌、善良的性格和聪明的天赋。他14岁进入著名的格罗顿公学学习,4年后来到哈佛大学,并于1901年加入共和党人俱乐部,开始了自己的政治生涯。智慧、干练、胸怀宽广、深孚众望,似乎什么都不能阻挡这个39岁的男人迈上政治巅峰的脚步。但是,无情的灾难就在这时降临。1921年夏天,罗斯福带全家到坎波贝洛岛休假,在扑灭了一场林火后,他跳进冰冷的海水,因此患上了脊髓灰质炎症。高烧、疼痛、麻木以及终生残疾的前景,并没有使罗斯福放弃理想和信念,他一直坚持不懈地锻炼,企图恢复行走和站立能力,他曾经疗病的佐治亚温泉被众人称之为"笑声震天的地方"。

　　1924年,他拄着双拐重返政坛,并在1928年成为纽约州州长。政敌们常用他的残疾来攻击他,这是罗斯福终生都不得不与之搏斗的事情,但是他很自信,总能以出色的政绩、卓越的口才与充沛的精力将其变成优势。首次参加竞选,他就通过发言人告诉人们:"一个州长不一定是一个杂技演员。我们选他并不是因为他能做前空翻或后空翻,他干的是脑力劳动,是想方设法为人民造福。"依靠这样的坚忍和自信,罗斯福终于在1933年以绝对优势击败胡佛,成为美国第32届总统。从1933年3月直到1945年4月他去世时为止,罗斯福蝉联4届总统,任职长达12年。他被认为是美国历史上最伟大的总统之一。

　　自信是一种感觉,拥有这种感觉,人们才能怀着坚定的信心和希望,开始伟大而光荣的事业。古往今来,因为拥有自信而走向成功、创造辉煌的又何止一个罗斯福？每一个伟大人物在其生活和事业的旅途中，无不是以坚定的自信为先导。拿破仑曾宣称："在我的字典中，没有不可能的字眼。"这是何等豪迈！正是由于这种自信，激起其无穷的智慧和巨人的能量，使他成为横扫欧洲的一代名将。

成长的道路上，谁也不可避免遇上这样那样的烦恼。我们都会面对分别、委屈、受伤，甚至死亡等等。现实生活的残酷绝不会因为你自卑脆弱而优待于你。我们也不可能期望周围的人随随便便就能发现你的价值，真正的个人价值是用信心和行动体现出来的。我们要做生活的强者，自信便是走向成功的第一秘诀。自信是一种人生态度，当你拥有它的时候，你会惊讶地发现，你不仅是成功的，还是快乐的。

我曾亲眼目睹一个小女孩坐在家门口练习在瓶子里夹豆子。她不是一个普通的小女孩，她在一场大火中不幸烧坏了眼睛。看她手拿筷子，在瓶子里很盲目地动着，显得那般笨拙，感觉空气都沉闷下来。而小女孩却微笑地说："姐姐，豆子再会跑，也还在瓶子里。我就快抓住它了！"我顿时热泪盈眶。从此，我每天清晨醒来，都要对着镜子照照，告诉自己："我很棒！"拥有一份自信，笑容洋溢在脸上，阳光就会悄悄在你的心里开花，这是多么美好的事情啊！

（陈巧莉）

成 长 · 悟 语

只要你足够乐观自信，任何外来的不利因素都扑不灭你对人生的追求和对未来的向往。只有受苦而不悲观的人，才能克服困难，脱离困境，向胜利的目的地快乐地迈进。

信心，成就世界经典

对自己有信心，不因别人的言行而改变自己的初衷，不轻易放弃梦想，努力致力于理想的实现，如此信任自己，接纳自己，最终一定能让别人也接纳你，欣赏你，从而获得成功。

惠特曼被誉为美国最伟大的田园诗人，他的第一本诗集《草叶集》100多年来在全世界畅销不衰，但这本书刚完成的时候却没一个出版商愿意出版。

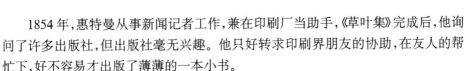

1854年,惠特曼从事新闻记者工作,兼在印刷厂当助手,《草叶集》完成后,他询问了许多出版社,但出版社毫无兴趣。他只好转求印刷界朋友的协助,在友人的帮忙下,好不容易才出版了薄薄的一本小书。

这本好不容易出版的《草叶集》,引不起任何人的兴趣,赠送的数量远远大于销售的数量,惠特曼曾经夸张地说:"一本也没有卖出去。"还有一位文学编年史家把此书的销售状况描述为美国文学史上最大的失败,其凄惨情形可想而知。

不单是销售失败,一些文学评论家对《草叶集》的负面评论也很多,《标准》周刊将这本书斥之为"一堆无聊的脏东西";《普特南》杂志的评论是"北方佬的超越主义结合了纽约人的粗暴行为"。

然而,这些打击都没击倒惠特曼,他仍坚守着崇尚自由、赞美大自然的本性。他所写的不妥协的诗,慢慢成为文学精英人士谈论的话题,也使得初版时赠阅出去的《草叶集》不断流传。

1860年,波士顿一家新成立的出版社写信给惠特曼,希望出版他的诗集,因此,增加了许多新作的《草叶集》出版了。这次的销售情况比以前好多了,几年后出版的各种不同版本的《草叶集》,销售越来越好,人们逐渐接受了惠特曼在诗中所要传达的讯息。

从惠特曼的事例中看出,对自己有信心,不因别人的言行而改变自己的初衷,不轻易放弃梦想,努力致力于理想的实现,如此信任自己,接纳自己,最终一定能让别人也接纳你,欣赏你,从而获得成功。是宝石,无论它沦落到泥土里多久,迟早都会被发现,并最终展现出它的光彩。但在未被理解之时,你却要学会忍耐,要不停地鼓励自己,不要轻易承认失败,要能够抵抗挫折和别人的嘲弄。在困难的时候努力再挺一挺,再坚持着尝试一次……

成 长 悟 语

　　人的一生并非总是风和日丽,当不幸和灾难的风雨接踵而至时,我们不要做一棵温室的花苗,应该像疾风中的劲草,昂起自信的头,不断鼓励自己,相信风雨过后,还会是艳阳高照。

有一种自信叫信任别人

一个人的力量是极其有限的，我们要有所作为，就必须发挥每一个与此相关的人的积极性，把他们的能耐集中到一起，这种驭众人才华为我所用的能力，其实是一个人最大的本事。

美国永久五星上将、第 34 届总统德怀特·戴维·艾森豪威尔是美国 20 世纪赫赫有名的人物，他治军有方，治国有略，一生成就不可谓不突出，然而，研究他的成功之路，我们可以得出一个结论：这个人在成就事业时特别另类。

艾森豪威尔二战时曾担任过欧洲盟军远征军最高统帅，他战功卓著，领导的重大战役几乎战无不胜、攻无不克，他也因此深受美国总参谋长马歇尔的赏识，1942 年 2 月他还是一个普通的少将，到第二年却是五星上将了。五星上将是美国最高军衔，当时获得这个军衔的只有马歇尔和他，艾森豪威尔晋升速度之快可以进入世界吉尼斯纪录。然而，出人意料的是，艾森豪威尔军事才华惊人，经常做的工作却只是指挥三位直接受他领导的将领，对他们的手下从不过问，更不接见。两年之后，艾森豪威尔退役并出任哥伦比亚大学校长，副校长安排他听有关部门的报告。听了十几位先生的报告后，艾森豪威尔感到非常烦躁，他把副校长召来，问自己到底要听多少人的汇报，副校长回答说至少 63 位。艾森豪威尔大发雷霆，认为这样做太浪费时间，他特地提到自己当年做同盟军统帅时如何信任直接下属这一件事。1953 年，艾森豪威尔当选为美国第 34 任总统后，一次正在打高尔夫球，白宫送来急件要他批示，总统助理事先写好了"赞成"和"否定"两种批示，只需他挑一个签名即可。艾森豪威尔一时不能决定，便在两种批示上都签了名，然后对工作人员说："请狄克（即副总统尼克松）替我挑一个吧。"仍然打他的高尔夫去了。

我们可以指责艾森豪威尔的"懒惰"，中国的文化是提倡领导者事必躬亲、以身作则的；我们也可以赞扬艾森豪威尔对他人的充分相信，指挥上百万的军队，自己却只亲自指挥三个将领；自己做总统，如何批示急件却要副总统做主……然而，我觉得最值得我们深思的是艾森豪威尔那种建立在信任他人基础之上的自信，正是这种自信铸就了他人生的辉煌。

艾森豪威尔特殊的自信主要表现在两个方面。第一，他"放心"自己的眼力。一

让孩子学会做人的故事全集

般的名人行事都如履薄冰,生怕一招棋不慎,毁了一世英名,艾森豪威尔不是这样,无论是对军队还是对国家,他实施的都是"无为而治",这种"无为"不是真正的"无为",而是充分相信选中的人可以代替自己干好必须干好的事。第二,他相信自己有领导别人、唤醒别人能量的本事。根据现代管理理念,一个管理者是不是优秀,主要不是看他个人做了多少事,而要看他率领的团队有多大的爆发力。从战场上摸爬出来的艾森豪威尔深知,一个人的力量是极其有限的,我们要有所作为,就必须发挥每一个与此相关的人的积极性,把他们的能耐集中到一起,这种驭众人才华为我所用的能力,其实是一个人最大的本事。

人的梦想能走多远,我们的腿才能走多远,在行走的过程中,没有自信是不可想象的。然而,自信有很多种,有单枪匹马的自信,有艾森豪威尔式的相信直接下属可以干成所有事的自信。如果我们把单枪匹马式的自信称为小自信的话,艾森豪威尔式的自信就是大自信。与小自信相比,大自信境界更宏大,力量更雄厚,也更能取得彪炳史册的人生成就。

(游宇明)

没·有·自·信·等·于·失·去·力·量

345

成 长 悟 语

　　人只有在内心里充满自信,才会相信别人。被信任的人一定会很快乐,因为他所做的一切都能得到肯定,这种大自信还能使你赢得别人的信任,从而帮助你乘上高速列车更快地到达成功的终点。

你认为你行,你就行

　　你们若有信心像一粒芥菜种子,你们就没有一件不能做的事。一旦我接受了这芥菜子的看法,我就开始遵循这积极的精神教诲。

　　有一次我们夫妇到澳洲去,接受了一对令人愉悦的夫妇(自那以后即成为好友)的晚宴款待。他们在澳洲拥有一串分布全国的连锁商店。

　　他们的房子漂亮得惊人,而且很独特,位于悉尼港边,可以俯瞰全市和港湾的景色,入目的是全世界最美丽动人的景观。从公路到他们家要搭乘一种小型私人缆车,而缆车即在各种奇花异草中缓缓下降。那时候正值澳洲的"冬天"，可是每种花都在盛开。

他们家里布置得极为漂亮可爱，宽大的落地窗打开来是一处平台，下去就到了海港，那里停泊着他们的私人小型游艇。我们的男女主人有着令人宾至如归的谦和。他们说之所以能拥有现在的境况，可以说只是因为遵循了一个简单的成功原则。男主人说："如果这个原则可以为我创造奇迹，当然也一定能为那些真正相信和照着这个原则去做的人创造出奇迹。"

第二天他到旅馆来看我。"我是非常平凡的一个人，"他告诉我，"我只有次等头脑。我父亲送我进一所一流的学校，而我的成绩很不好，我有最了不起的坏成绩的纪录。最后，由于让老师们受了太长的痛苦，我离开了学校，没接受完完整的教育。然后一个工作接着一个工作，我都保持了我的纪录——每一个工作都做不好。因为我是真正的平庸，我对自己没有信心。"

"我在澳大利亚国家现金记录器公司找到一个工作，"他继续说，"但我仍然受到我那已经定型的、一再重复的失败模式的伤害。后来从美国总公司来了一位充满活力的领袖，发表了一篇演讲。

"他告诉我们通往成功的基本因素是积极的想法。我以前从没有听说过这种说法。他把这整个观念浓缩成一句话——你认为你行，你就行。这一句话打进了我的内心里，像一颗炸弹爆炸开来。他要我们在心里想象我们要成为什么样的人，并且相信我们内心的力量可以做到我们想要成为的人。那时我当场就决定要做个成功的人，并且从一个新的观点来看我自己。"

作为训练计划的一部分，他到了美国，并且参观了纽约市的玛贝尔·卡耐基教堂。他在教堂的记事栏中看到了一种叫做"芥菜子记忆"的钥匙环，是个里面有一粒芥菜子的塑胶球。他要了一只，并且一直带在身上。我看到那只塑胶球表面已经有很多划痕，但是还可以清楚地看到里面的芥菜子。

"我了解到：你们若有信心像一粒芥菜种子，你们就没有一件不能做的事。一旦我接受了这芥菜子的看法，我就开始遵循这积极的精神教诲。我的意思是说，我真正实行这些教诲，而最奇妙的事情开始发生在我身上！（这些最奇妙的事情使他晋升到澳洲国家现金记录器公司的总经理）

"我开始为自己订出未来的目标，并相信我这个只具有次等头脑的人可以做到。后来我开始做生意，现在我们在澳洲各地都有连锁店，我们的生意增加了21倍。这都是因为我开始相信自己。我以前从来没有做到这一点，如今我已变成了一个再生的人。"

在听了他起初失败后来有惊人的成就的故事后，我说："博特，你打开头就不是只有次等头脑的普通人，只不过是你自己认为如此，那只是你对你自己的想象。其实，你只不过是一直把你的第一等头脑深深埋在你的内心深处。在那位讲演的人把'你认为你行，你就行'这句极有力量的话投给你的时候，你就突发出一个全新而有冲力的想法。然后你那具有同样冲力的宗教信仰——这信仰你本来就具有而且遵照着做——给引发了出来,而且付之于行动,把你改造成一个新人。"

英国女王伊丽莎白二世对这位澳洲商人也印象深刻,因为她封了这位以往"平庸的人"爵位。他现在已经荣任爵士了,而他也确实配得到这个荣衔。你也可以得到和爵士相等的荣誉,只要你相信你自己,只要你有信心。

([美]奥格·曼狄诺)

不一定人人都是天才,但不要认为自己是平庸的就什么都不去做,积极、自信会让每一个平凡人找到宝矿。也许它埋藏得很深,只要你肯前去挖掘,不停地挖掘,就会发现无穷宝藏。

没有自信等于失去力量

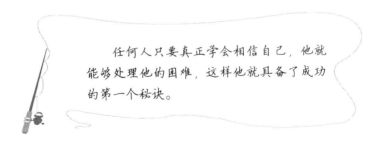

任何人只要真正学会相信自己,他就能够处理他的困难,这样他就具备了成功的第一个秘诀。

我最近接到一通国外打来的电话,从声音听来不像是我认识的人。他是一个年轻人,说英语,但是带着一点儿畏怯,甚至于有点儿歉意的态度。"我真的碰到了一个我没有办法处理的事,我就知道我不能,事实上,这确实超出了我的能力,我不……"他的声音因绝望而低沉下去。

"你认为你是一个正常人吗?"我插了进去。

"你是说我心智正常吗?哦,倒没有人问过我这个问题,不过我不是疯狂古怪的人物。"

"很好。你生病了吗?还是身体有什么不舒服?"

"哦,没有。我很年轻,非常健康。"

"太好了,你受过什么教育?"

"我大学毕业,而且成绩很好。"

"好,年轻人,我们来看看现在的情况。你是一个心智和身体都很正常的人,并受过良好的教育。那么是什么原因使得你花很多钱打这个横越大西洋的电话给我，用微弱而带有恐惧的声音，告诉我你面临着一种你确信你不能够处理的情况？"

"哦，你知道的，想到有那么多困难，我突然觉得不知所措，绝对的不知所措。我想我是完全失败了。然后我碰巧在书架上看到你的一本书，我拿了下来，看了一会儿，最后我计算在纽约正好是中午时间，我就站起来打电话给你。5分钟之内你就和我在电话上谈起来。这是不是很有意思？"

"这样看来，"我回答说，"这一切显示你有相当大的进取精神和充满活力的行动。我也注意到你有不平常的做大事的潜能。你没有对自己说：'我该打这电话吗？或许找不到他。如果我打通了，我该怎么对他说呢？或许他会认为我不对劲，神经错乱或什么的。'没有！你没有这些消极的、怀疑自己的想法，你心里决定了一个行动方案，你就立刻前进，照着去做。"

后来他来信说事情已经有了进展，至少他表现出新的态度。他在信上说："我的信心又重新恢复过来。我要保持你所说的想法，我相信我能发挥出来处理一切事情的能力。"

当然会发挥出来。任何人只要真正学会相信自己，他就能够处理他的困难，这样他就具备了成功的第一个秘诀。因此你要继续相信自己。要有信心。

我们只要认为我们能够做事，我们就可以真的变得了不起。凡事要学会实际地、非自大地相信自己，具有深厚而健全的自信心的人，都是人类的珍宝，因为他们能够把他们的活力传达给缺少活力的人。

成长 悟语

不管黑夜多么漫长，朝阳仍会如期冉冉升起；也不管冬雪多么狂暴，春风仍会如期轻轻吹来，世界上没有过不去的坎儿。不轻易对自己说不行，就等于不轻易切断一条通往成功的道路。

泰勒的实验

身体的活力会受到周围许多事情的影响，诸如食物、衣服、艺术、诗歌、音乐等等，但活力充沛与否完全取决于你自己。

站在泰勒面前的海军上校大约身高1.85米，他的体重大约有240斤，他看起来像一个职业举重运动员。他是泰勒从听众中选出的一位志愿者。泰勒试图通过人体肌肉的变化了解人的活力所受到的影响。

泰勒向听众解释，只要你活着，你就会有活力，身体的活力会受到周围许多事情的影响，诸如食物、衣服、艺术、诗歌、音乐等等，但活力充沛与否完全取决于你自己。你生活中的许多因素都有可能会增加你的活力和自信，或者降低你对自己的信心。比如说，一个消极的念头便会降低你的活力。

现在，泰勒就要通过这位站在自己面前的将信将疑的上校来证明这一点。

"举起你的左手与肩平，举稳别动。"泰勒说，他站在两英尺远处看着上校。上校左手平举，那样子好像一个人可以吊在上面。泰勒告诉他自己会通过向他输入一个消极的念头而减少他手臂的力量，听众席中立刻发出窃窃的嗤笑，上校也轻蔑地笑了笑。

首先，泰勒先给他传递一个乐观的积极的信息，泰勒抓住他的胳膊说："上校先生，你无疑是一个令人羡慕的军官。很显然你是一位具有领导气质、意志坚决、毫不动摇的人。"泰勒试着把他的胳膊往下按，但是他毫不放松。

上校非常高兴泰勒的努力失败了。接着，泰勒用一种十分严肃的口吻说："但是，有一个问题，上校，科学证明，一般说来，军人的智力水平普遍低于一般人。"于是，泰勒再次试着用同样大的力把他的手向下压，他的肌肉向泰勒妥协了，泰勒竟然一下子就把他的手压了下去。观众席中的人们一个个目瞪口呆。

泰勒数百次反复进行这个实验。在剧场里，在讨论课上，结果总是一样的。那些持怀疑态度者，当看完了后半个实验，即当泰勒发出一个消极的信息并大大地影响人的信念，因而使活力消失时，对泰勒的论点就会坚信不疑了。

　　拥有积极的信念,你就仿佛进入了巨大的能量加油站,它能不断地向你输送奋斗的力量,让你在人生道路上勇往直前;若拥有消极的信念,则仿佛进入了能量消耗站,它会把你心中的力量不断地导出,让你在人生道路上越来越虚弱。

心中的太阳

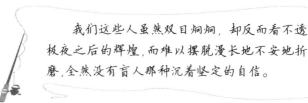

　　我们这些人虽然双目炯炯,却反而看不透极夜之后的辉煌,而难以摆脱漫长地不安地折磨,全然没有盲人那种沉着坚定的自信。

　　我从北极区移居首都奥斯陆已有多年,但对那极地岁月仍然魂牵梦绕。童年时在极地的生活教我甘于寂寞,勿急功近利;教我勤于思索,勿浅尝辄止;教我以自己的心灵而不是仅仅以自己的五官去感受自然,感受生活。

　　最难忘的是极地的一位盲人。他只身蛰居在海滨的一间小屋里,在常人看来他实在是极其可怜的——唯有一根拐杖可以相依为命,甚至连一条做伴的狗也没有。而他最大的不幸当然是他的失明了,这样他就不能够亲身去体味光阴的变幻和季节的交替了。

　　然而,这恐怕只是人们好心的揣想。说到人与自然的交契,我还不曾发现有哪位明眼人能够超越他。在极夜将尽,太阳快要在地平线上重新绽开笑脸的日子里,人们都会看到他的身影,信步经过大街旁的人行道,而后径直走上小山,再沿着山脊,在赤杨林中找到一条通往山巅的小路。然后,他找到一处四际一无遮蔽的所在,面向着南方凝神而望,浑然忘情于对日出的等待;个把小时之后,他又会准确地循原路归来。

　　要是在一场新雪之后,人们就更容易断定他是否去过山上了。因为这位盲人尽管在个人的生活享受上十分节俭,但他穿的胶皮套鞋总是新的。所以,只要一发现他的套鞋印在雪地上的足迹,人们就完全可以相信:暖人心曲的太阳即将来临。

　　当时,还没有什么人像今天这样奢谈什么"沟通"。在这位老人的时代,"默契"

之说尚未流行，他自然也绝非在追求时髦以沽名钓誉——他只是个深深地渴望着能体味那日出灵趣的人，虽然在他的脑海中那也许只是一抹紫红的闪耀。

这两件事的紧密相连——新雪上有波纹的足迹和太阳的新生——使得这位盲人在一些和他具有同样渴求的人们心目中占有了永生不灭的位置。我们这些人虽然双目炯炯，却反而看不透极夜之后的辉煌，而难以摆脱漫长地不安地折磨，全然没有盲人那种沉着坚定的自信。

——心里有了这位盲人，在生活的跋涉中，太阳永远是不落的。

（[挪威]T·史蒂根）

成 长　悟 语

　　残疾也许不能改变，但我们的心情是可以改变的。有的人只能看到影子的黑暗，而有的人却能从影子想到太阳就在前方，那样阳光就会温暖人心。命运可以剥夺我们看太阳的权力，但却不能剥夺我们享受幸福的权力。

拥 有 自 信

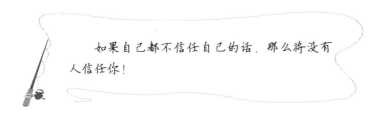

　　如果自己都不信任自己的话，那么将没有人信任你！

　　5 年前，斯蒂芬·阿尔法经营的是小本农具买卖。他过着平凡而又体面的生活，但并不理想。他家的房子太小，也没有钱买他们想要的东西。阿尔法的妻子并没有抱怨，很显然，她只是安于天命却并不幸福。

　　但阿尔法的内心深处变得越来越不满。当他意识到爱妻和他的两个孩子并没有过上好日子的时候，心里就感到深深的刺痛。

　　但是今天，一切都有了极大的变化。现在，阿尔法有了一所占地 2 英亩的漂亮新家。他和妻子再也不用担心能否送他们的孩子上一所好的大学了，他的妻子在花钱买衣服的时候也不再有那种犯罪的感觉了。阿尔法过上了真正的生活。

　　阿尔法说："这一切的发生，是因为我利用了信念的力量。5 年以前，我听说在底特律有一个经营农具的工作。那时，我们还住在克里夫兰。我决定试试，希望能多挣一点儿钱。我到达底特律的时间是星期天的早晨，但公司与我面谈还得等到星期一。晚饭后，我坐在旅馆里静思默想，突然觉得自己是多么的可憎。'这到底是为什么'，我问自己'失败为什么总属于我呢'？"

阿尔法不知道那天是什么促使他做了这样一件事：他取了一张旅馆的信笺，写下几个他非常熟悉的、在近几年内远远超过他的人的名字。他们取得了更大的权力和更高的职位。其中两个原是邻近的农场主，现已搬到更好的地区去了；其他两位阿尔法曾经为他们工作过；最后一位则是他的妹夫。

阿尔法问自己："什么是这5位朋友拥有的优势呢？"他把自己的智力与他们作了一个比较，阿尔法觉得他们并不比自己更聪明；而他们所受的教育，他们的正直，个人习性等，也并不拥有任何优势。终于，阿尔法想到了另一个成功的因素，即主动性。阿尔法不得不承认，他的朋友们在这一点上胜他一筹。

当时已快深夜3点钟了，但阿尔法的脑子却还十分清醒。他第一次发现了自己的弱点。他深深地挖掘自己，发现缺少主动性是因为在内心深处，他并不看重自己。

阿尔法坐着度过了残夜，回忆着过去的一切。从他记事起，阿尔法便缺乏自信心，他发现过去的自己总是在自寻烦恼，自己总对自己说不行，不行，不行！他总在表现自己的短处，几乎他所做的一切都表现出了这种自我贬值。

终于阿尔法明白了：如果自己都不信任自己的话，那么将没有人信任你！

于是，阿尔法做出了决定："我一直都把自己当成一个二等公民，从今以后，我再也不这样想了。"

第二天上午，阿尔法仍保持着那种自信心。他暗暗以这次与公司的面谈作为对自己自信心的第一次考验。在这次面谈以前，阿尔法希望自己有勇气提出比原来的工资高750美元甚至1000美元的要求。但经过这次自我反省后，阿尔法认识到了他的自我价值，因而把这个目标提到了3500美元。

结果，阿尔法达到了目的，他获得了成功。

成 长　悟 语

　　主宰自己生活的，不是命运，不是别人，而是我们自己。当生活不如意的时候不必去怨天尤人，信任自己就是最大的动力。真心地赞美自己的优点，勇敢地正视自己的不足，那么世上就没有战胜不了的困难。